박경리 朴景利 (1926. 12. 2. ~ 2008. 5. 5.)

본명은 박금이(朴今伊). 1926년 경남 통영에서 태어났다. 1955년 김동리의 추천을 받아 단편「계산」으로 등단, 이후 『표류도』(1959), 『김약국의 딸들』(1962), 『...』 등 사회와 현실을 꿰뚫어 보...가 발표하면서 문단의 주목...

1969년 9월부터 대하소설...년 만인 1994년 8월 15일에 완성했다. 『토지』는 한말로부터 식민지 시대를 꿰뚫으며 민족사의 변전을 그리는 한국 문학의 걸작으로, 이 소설을 통해 한국 문학사에 뚜렷한 족적을 남긴 거장으로 우뚝 섰다.

2003년 장편소설 『나비야 청산가자』를 《현대문학》에 연재했으나 건강상의 이유로 중단되며 미완으로 남았다.

그 밖에 산문집 『Q씨에게』『원주통신』『만리장성의 나라』『꿈꾸는 자가 창조한다』『생명의 아픔』『일본산고』 등과 시집 『못 떠나는 배』『도시의 고양이들』『우리들의 시간』『버리고 갈 것만 남아서 참 홀가분하다』 등이 있다.

1996년 토지문화재단을 설립해 작가들을 위한 창작실을 운영하며 문학과 예술의 발전을 위해 힘썼다. 현대문학신인상, 한국여류문학상, 월탄문학상, 인촌상, 호암예술상 등을 수상했고 칠레 정부로부터 가브리엘라 미스트랄 문학 기념 메달을 받았다.

2008년 5월 5일 타계했다. 대한민국 정부는 한국 문학에 기여한 공로를 기려 금관문화훈장을 추서했다.

토지

박경리 대하소설

토지

3부 3권

11

다산책방

차례

**제3편
태동기**

11장 고백 • 8

12장 제삿날 • 31

13장 돌아와서 • 55

14장 자살 • 77

15장 석이의 청춘 • 97

16장 군중심리 • 120

17장 뜨거운 모래 • 141

18장 환(環)의 죽음 • 162

제4편
긴 여로

1장 사춘(思春)의 상처 • 190

2장 계명회 • 211

3장 내 땅에서 • 229

4장 진실 • 256

5장 아침 커피 • 277

6장 수모 • 295

7장 마약의 심연 • 321

8장 판정패 • 342

9장 풍류 따라 • 362

10장 사랑과 미움 • 390

11장 어머니의 노여움 • 410

12장 귀부인들 • 428

13장 왜 혼자 사는가 • 452

14장 쫓기는 사람들 • 475

어휘 풀이 • 494

태동기

11장 – 18장

11장 고백

미스 헤이워드의 집을 나와 여옥하고도 헤어졌을 때 해는 많이 기울어 있었다. 명희는 잠시 거리를 바라보다가 효자동 친정으로 향한다. 치맛자락과 옷고름이 바람에 나부낀다. 바람은 부드러운데 옷 천이 가벼운 때문일까. 초여름이 내일모레 닥쳐들듯 멀리 가까이 보이는 수목의 잎새들은 짙어간다. 작정하고 집을 나섰던 것은 아니었지만 명희는 망설이지 않고 걷는다. 의사조차 통하지 않는 모친에 대해서는 이미 희망을 버렸고, 명희는 불현듯 조카들이 보고 싶었던 것이다. 조카들이 보고 싶다고 생각하는 순간 서희의 아들 환국의 모습이 눈앞에 떠오른다. 얼마 전 친정에 갔을 때 본 일이 있었다. 마침 환국이는 가방을 들고 학교에서 돌아오는 길이었다. 모자를 벗고 인사한 뒤 작은사랑으로 들어가던 뒷모습, 얼핏 보았을 때 명희는 서희를 연상했다. 그러나 서희를 닮지 않은 아이였다. 어딘지 위엄을 풍기면서도 조용하고 어질어 보였다.

"퍽 내성적인 성격인가 봐요."

명희는 올케 백씨에게 말했다.

"아이지만 어딘지 두려워요. 저런 자식 둔 것도 큰 복이지요."

올케의 말이었다. 명희는 한 번 더 봤으면 싶었다. 나도 저런 아들 하나 두었으면 하는 마음과 동시 명희는 일순간 착각을 했던 것이다. 마치 상현의 아들인 것처럼.

'동경에 함께 안 가기 참 잘했지.'

조용하에 대한 혐오감이 치민다. 교회에서 왜 울었는가 그 이유를 비로소 깨닫기 시작한다. 동경에 함께 가자 했을 때 섬뜩했던 느낌에서 명희는 내내 도망쳐왔었다. 왜 동경엔 함께 가자고 했을까. 동경에는 시동생이 있다.

'잔인한 사람이다.'

동생에 대한 조용하의 감정은 상당히 복잡하지만 대체로 구분해본다면 죄의식, 그러니까 미안하다는 생각이 이십 프로, 경계심이 사십 프로, 그리고 나머지가 질투다. 전혀 일방적인 것이지만 명희를 사랑하는 동생 찬하의 감정을 질투한다고나할까. 그러나 그것은 가끔 나타내는 감정이었고 경계심은 늘

가지는 것 같았다. 조용하가 찬하에게 경계심을 가지는 한에서는 명희의 존재가 소중하고 도적맞아서는 안 되는 보물인 것이다. 대신 질투는 명희를 사랑하는 데 광적인 정열로 나타나지만 때론 정신적 학대로 변할 때가 있다. 이번 동경여행에 명희를 동반하려 했던 것은 질투 때문인지 모른다. 찬하를 괴롭혀주고 명희를 시험하고자 한 속셈이 틀림없었을 것이다.

"오랫동안 찬하도 보지 못했으니 이번 가서 만납시다. 당신도 시동생 만나보고 싶을 게요."

묘하게, 차갑게 웃었다. 부모가 귀가한다 하여 명희와의 여행을 포기할 조용하는 아니다. 질투가 경계로 변하였을 것이다. 명희는 그러한 남편의 복잡한 심리를 얼마간은 이해할 수 있었다. 남편도 괴로울 것이라 생각했다. 자신을 사랑한 때문이라면, 냉정히 비판할 수 없었다. 아픔 같은 것, 공범자 같은 죄책감을 함께 느끼기도 했으며 자신의 존재 자체가 저주받은 것 같은 비애를 짓씹기도 했었다. 그러나 명희는 차츰 남편의 그러한 심적 갈등은 애정 때문에 비롯됐다기보다 절대 군주적인 독점욕과 한 오라기의 불복도 용납하지 않으려 드는 본래 성품 탓인 것을 알게 되었다. 그래서 한번, 명희는 묘한 생각을 한 일이 있었다. 그런 생각을 했다는 그 자체, 자기 내부에 도사리고 있는 비인간적인 요소, 명희는 여러 날을 두고 자신에 대한 혐오, 죄책감 때문에 고통스러웠다. 그 생각이란 시동생 찬하에게 화살이 가고 있는 동안은 자신의 위치가 안전하리라, 만일 찬하라는 존재가 없었더라면 조용하의 차가운 웃음 밑에 감추어진 폭군적인 잔인함이 자신을 어떻게 처우했을 것인가.

'남편과 다를 것이 뭣이겠나, 나도 그와 같이 비정한 계집이다.'

비정했다기보다 현실적이며 지극히 타산적이며 저질의 속성이었는지도 모른다. 명희가 예배를 보면서 울었던 이유는 조용하를 혐오하는 마음과 또 자기 자신을 혐오하는 마음 때문일 것이다. 찬하에 대하여는 어찌 일말의 따뜻함도 없었더란 말인가. 지극히 인간적인 동정까지 견제해야 했던 것은 도덕이 가지는 강박 때문이었다. 그렇게 변명이야 할 테지만 또 사실이 그랬으니까. 그러나 도덕의 굴레를 썼다 하여 인간 본연의 선량함도 배제해야 하는 것은 비겁한 자의 소행이 아니고 무엇인가. 자기 내부에서 판단한 도덕적 결정이기보다 명희의 경우는 형제가 한 여자를 사랑한다는 비정상의 관계를, 설혹 자신이 결백하다손 치더라도 사회에서 어떻게 보겠는가, 오로지 외부에서 실려 오는 무거운 짐짝 같은 도덕에 공포를 느낄 뿐이었으니까. 조용하의 경우도 어쩌면 도덕이 가지는 강박에서 벗어나려는 고의적 몸짓이 이상한 심리로 발전해갔는지 모를 일이다. 그랬었다면 조용하에겐 아직 인간적인 것이 남아 있는 걸까.

명희는 전차도 타지 않고 줄곧 걸었다. 효자동 어귀에 이르

렀을 때,

"제영이 고모 아닙니까?"

하고 바로 뒤에서 들려온 목소리가 있었다.

"네?"

"역시, 아까부터 그런 상싶어서, 급히 왔지요."

상현이었던 것이다. 명희의 낯빛이 확 변한다.

"오래간만입니다."

상현의 안색도 파리했다. 몇 해 만인가, 상현의 하숙에서 빗길로 나간 그날 이래 처음 대면이다. 명희 눈에서 눈물이 쏟아진다. 상현이 당황하고 놀란다. 명희도 당황하고 놀란다. 명희의 눈물은 두 사람에게 다 같이 불의의 습격 같은 것이었다.

"정말 얼마 만인지⋯⋯."

눈시울을 흔들어대며, 그러나 눈물은 명희의 의지 밖에서 혼자 마음대로였다.

"어딜 가세요?"

할 수 없이 명희는 눈길을 떨어뜨린다.

"선생님 댁에 가는 길입니다."

상현은 눈을 들어 먼 건물의 지붕을 바라본다. 상현의 옷차림은 여느 때보다 단정했다. 그러나 여위고 잔주름까지 잡히기 시작한 얼굴은 초라해 보였다. 다만 눈동자가 옛날과 같은 패기로 빛나고 있었다.

"저도 친정 가는 길인데 그럼 함께 가세요."

"그럭허지요."

두 사람은 조금 거리를 두고 걷기 시작한다.

"요즘엔 어떻게 지내세요. 여직도 약주 많이 드세요?"

"배운 술이 어디 가겠습니까?"

"신문사에는 나가시나요?"

"아닙니다."

"그럼 시골 가셨더랬습니까?"

"아닙니다. 곧 떠나려구요."

"떠나다니요?"

걸음을 멈춘다. 명희의 머릿속에는 기존의 것이 일시에 모습을 감추고, 눈앞에 있는 모든 사물까지 다 잊어버리고 상현과 함께 걷고 있다는 현실만이 가득 들어차 있었다. 완벽한 망각과 완벽한 소생이라고나 할까.

"함께 떠납니다."

"함께라니, 뉘하고."

"의돈형님하구요."

"그, 그러세요……."

명희는 휘청거리듯,

"돌아오시지 않을 건가요."

"누가 그걸 알겠습니까."

"하, 하긴, 그렇지만 그쪽으로 가신 분들 돌아오는 일 드물지 않아요?"

"지금으로선 작정도 없고 하여간 가보는 거니까, 돌아오고 싶지 않다는 기분이긴 합니다만."

눌렀기 때문에 오히려 한숨은 길게 나왔다.

"그렇다면 여기서, 친정까지…… 그리고 마지막이겠네요."

"명희 씨,"

"네."

"명희 씬 행복하지 못합니다."

"…… ."

"그렇지요?"

"그래요. 행복하지 못해요!"

날카롭게 내뱉는다.

"비웃는 건가요? 행복하지 못한 것이 제 탓이란 말인가요?"

"그럼 내 탓이다 그 말입니까?"

상현은 어색하게 웃는다.

"그때 제가 선생님 하숙을 찾아간 일이 있었지요?"

"빗길로 내쫓았지요."

"기억하고 계시는군요. 제가 그 일을 창피하다 생각한 줄 아셨던가요?"

명희는 서두는 것 같았다. 친정집까지의 거리를 숨가쁘게 의식하는 것 같았다.

"아닙니다."

"저는 선생님을 비겁한 사내라 생각했습니다."

"우리가 이런 얘기 해도 되겠습니까?"

하며 상현도 초조한 듯 거칠게 머리를 쓸어올린다.

　"오히려 안심하고 말할 수 있는 처지가 아닐까요?"

　"……?"

　"저도 그렇고 이선생님도, 다 같이 장래는 이미 결정이 돼버렸으니까요. 아무 변동도 없을 거예요. 두려워할 아무런 것도 없는 거 아닐까요?"

　상현은 꿈틀하듯 한순간 걸음을 옮겨놓지 못한다. 명희는 어느새 이렇게 당당해졌는가. 자신의 불행에 대하여 어떻게 이처럼 당당해질 수 있단 말인가. 설마 외적인 풍요가 이 여자를 당당하게 한 것은 아니겠지. 자기는 무엇인가. 명희는 눈에 보이게 자란 나무 같다. 대신 자신은 찌들었다. 지렛대같이 버텨온 자포자기의 호언을 버리니까 갑자기 이렇게 찌들어버리지 않았는가. 내 찌들어버린 꼴에 명희는 자신을 가졌더란 말인가. 애당초 행복 운운한 것부터 유치하였다. 물어볼 필요도 없는 말을 한 것부터 실없는 짓이었다. 상현은 뜻밖에 명희를 만나 혼란에 빠진 자신의 상태를 고려하지 않았다.

　"그렇지요. 두려워할 아무것도 없는 거지요. 나는 떠나니까요!"

　떼쓰는 아이같이 화를 낸다.

　"맞습니다, 명희 씨 말대로요. 잘 들어두십시오. 명희 씨! 내가 명희 씨 행복이나 빌 그런 사내인가요? 불행하라고 빌었음 빌었지, 사실 불행하리라 믿기도 했구요. 만일 행복했더라면 질투 때문에 몸이 타버렸을 겁니다!"

상현은 별안간 악을 썼다.

"나는 여자를 하나도 얻지 못했어요. 처음 여자는 나보다 딴 사내를 좋아했구요. 두 번째 여자까지 딴 사내를 진정으로 사랑했다면 나는 악마가 됐을지도 모르지요! 내 지금 기분이 그렇다는 얘기요! 네, 장래가 정해져 있으니까 두려울 것이 없다! 피장파장 비겁하고 회피하는 상태는 매일반이오!"

"서희 씨는 아이아버지를 무척 사랑했나 부지요?"

"……."

"어떻습니까? 질투 때문에 몸이 타오릅니까?"

"잊었습니다. 어처구니없게…… 생각을 속일 수는 있을지 몰라도 두 여자를 동시에 사랑하는 사람도 있을까요?"

상현은 껄껄껄 소리 내어 웃는다. 뜻밖에 그는 홀가분해하는 표정이다. 명희도 웃는다. 사랑의 고백치고 피차가 지나치게 격렬하고 거칠기조차 했는데 그들은 심각해지는 대신 웃은 것이다. 속을 털어버린 시원함이 그들을 웃게 했을까. 입으로만 태워버린 정열의 허무함 때문에 웃었을까. 상현은 명희가 자신의 불행한 자리를 지킬 것이란 확신을 얻었다. 명희는 상현이 떠날 것이며 돌아오지 않을 것이라는 확신을 가지게 되었다. 그래서 그들은 웃었는지 모른다.

두 사람은 나란히 임명빈의 집으로 들어갔다.

"아니, 어, 어떻게?"

들어서는 두 사람을 본 올케 백씨는 안색이 달라지면서 당황했다.

"오는 도중 우연히 만났어요, 언니. 그래 함께 왔어요."

명희는 천연스럽게 말했다.

"네, 오래간만에 만났습니다. 임선생님 계시는지요."

상현도 천연스럽게 말했다.

"네, 지금 사랑에서 환국이하고 바둑 두시나 봐요."

"제영이랑은 모두 어디 가구요?"

"일요일이라구 해서, 외할머니가 보고 싶다고 해서요, 외가에 갔어요. 고모, 들어가세요. 어제는 어머님께서 정신이 드시는지 고모를 찾지 않겠어요?"

명희의 등을 밀다시피 하다가 백씨는 돌아본다.

"사랑으로 들어가십시오, 이선생."

상현은 사랑에 올랐다.

"이게 누구야? 어서 오게."

"애하고 무슨 바둑입니까? 엿장수 불러올까요?"

"무슨 소리이, 소질이 대단해서 길러보는 게지."

"선생님 실력을 누가 모릅니까?"

임명빈은 껄껄 웃으며 바둑판 앞에서 물러난다.

"선생님, 치울까요?"

"음, 그래라. 그보다 환국아?"

"네."

"인사 먼저 해야겠다. 아버님 어머님이랑 절친한 아저씨다. 자네 알지, 이 애가,"

"네."

실없는 말을 하면서 상현의 시선은 방에 들어온 그 순간부터 환국에게 쏠려 있었던 것이다. 환국이는 공손하게 절을 한다.

"아버지 편을 많이 닮았군."

길상이라 하지 않고 아들 앞에서 그 아비를 존중하듯 말했다.

"그래, 바둑은 배울 만하느냐?"

환국이는 웃는다.

"바둑 두기에 아주 알맞은 성미지. 침착하고 치밀하고 임기응변에도 능하고."

"그렇담 선생님께서 배우셔야겠군요."

"에키, 이 사람."

"어련하겠습니까? 어머니 아버지가 어디 보통 사람이라야지요."

"저기, 아저씨는 저의 아버님을 잘 아시는지요?"

환국이는 조심스럽게 묻는다.

"알다마다. 어릴 적부터, 감나무를 오르내릴 적부터였지. 간도에도 함께 갔었고."

"간도에도요?"

환국의 눈이 커다랗게 벌어진다.

"네가 태어나기 전에 나는 조선으로 돌아왔다. 그곳을 기억하나?"

"합니다."

"해란강 생각나느냐?"

"네."

"봄부터 가을까지 강물이 풀려 있는 동안 뗏목이 흘러가던 강이었지."

"네."

길상을 몹시 닮은 환국의 얼굴에서 눈을 떼지 않고 얘기하며 상현은 쓸쓸하게 웃는다. 양반? 뭐 말라 죽은 게 양반이냐! 지금 눈앞에는 그 옛날 하인이었던 사내의 자식이 어느 귀공자 못지않고 슬기를 가득 채운 눈망울을 빛내며 앉아 있는 것이다. 아비에 대한 숭배감, 절대적인 존재로서의 아비, 한 치의 의혹도 없는 강하고 또 강한 핏줄의 연결, 저 슬기로운 눈망울이 자신을 겨냥하고 있질 않는가. 세월도 많이 흘렀지만 세월보다 더 빠르게 더 많이 변한 것이 인사(人事)로구나. 그런 생각을 하는데 길상의 얼굴과 안방에 앉아 있을 명희의 얼굴이 번갈아 눈앞을 어지럽힌다. 그리고 또 환국이 아비를 못 보는 형편과 하동서 아비를 못 보는 아들 형제의 형편이 같지 않음을, 그것은 깊은 패배, 비애를 몰고 온다.

'내가 아빈가? 내가 한 여자의 지아비란 말인가? 참으로 거

미줄 같은 인연이로고.'

　그런데 또 생각지 않으려고 머리를 흔들어대던 얼굴이 또 솟아오른다. 봉순이, 그가 낳았다는, 아직 본 일이 없는 자기 딸아이.

"선생님."

"음."

"함정에 빠지면 속 시원하게 뛰다가 죽기라도 하겠지만, 거미줄에 걸려들면,"

"사람이 거미줄에도 걸려서 죽나?"

"나비라고 생각하지요."

"파닥거리거나 길길이 뛰거나 고통은 다 마찬가지라구. 그리고 또 환국아,"

"네."

"이 아저씬 소설가다. 너도 책은 많이 읽지?"

　도무지 근엄한 교장 선생이 아니다. 여전히 문학청년 기가 남아 있는 임명빈. 상현은 그 화제를 떠밀어버리듯,

"이 애야,"

"네."

"너 공노인을 알겠구나."

"네! 할아버지, 그분 아, 알아요!"

　얼굴에 피가 모였다. 환국이는 흥분한다.

"나는 말이다, 실은 너의 아버지하고 사이가 별로 안 좋았

거든. 아마 내가 나빴던 것 같애."

의아하게 쳐다보는 환국이한테서 시선을 거둔 상현은 담배를 꺼내었다.

"저어, 그럼 제 방에 가 있겠습니다."

예민하게 상현의 심정을 느낀 환국이는 황황히 일어섰다.

"그럴래?"

임명빈의 말이었다.

"아저씨, 그럼 가보겠습니다."

"오냐."

상현은 어둡고 적막한 눈빛으로 방을 나가는 환국을 쳐다본다.

"저런 아이들이 자라서 자질과 포부를 펴는 세상이 됐으면 얼마나 좋겠나. 암담하고 답답하고 교육이 무슨 쓸모 있으랴 싶은 때가 한두 번이 아니라구."

임명빈의 한탄이다. 상현은 잠자코 말이 없었다.

"오늘은 그래 뭣하러 왔나."

"이별주 나누려구요."

"결정했나?"

"네. 의돈형님도 오실 겁니다."

"언제?"

"어두워지면 오시겠다 하더군요."

"이별주라……."

"……."

"모두들 빠져나가는군. 낡은 상여 틀 같은 나만 남겨놓고."

"대식가(大食家)는 남는 편이 좋고 소식가(小食家)는 떠나는 편이, 그래야 합리적이지요. 그곳 군량미는 아껴야 하니까."

"큰소리치는 거 아니라구."

"오면서 제영이 고모를 만났습니다."

"명희를 만나?"

"네."

"어디 간다던가."

"함께 왔습니다."

"여길?"

"네."

"음…… 남편을 동경에 보내놓고 고삐 풀린 망아지처럼 여기 오긴 뭣하러 와."

우울한 빛이 재빨리 지나간다.

"선생님은 망아지로 파셨습니까, 명희 씨를?"

임명빈은 쓰거운 듯 입맛을 다신다. 그러더니,

"그게 뉘 잘못인고? 다아 자네 탓이라구! 몰라서 묻는 게야?"

소리를 버럭 지른다. 어색한 침묵 끝에,

"모두 같은 말만 하는군요. 이놈만 죽일 놈이 됐습니다."

"뭐라구?"

임명빈은 두 귀를 바짝 세운다.

"아닙니다, 아무것도."

더 추궁하지는 않았다. 짐작이 간 모양이다.

"자네도 이제 조심하게!"

"네."

"밖에 나가거든 여자 따위 유념 안 하는 게 좋아."

"명심하지요."

상현의 생활이 문란했던 것만은 사실이다. 서희와 명희의
경우는 다 이루지 못한 사이니까 없던 일이라 할 수 있겠지
만, 연민 때문에 접근한 봉순에게는 아이까지 낳은 결과를 초
래하였고, 그동안 폭음하듯 이리저리 하룻밤 관계를 맺은 여
자가 적지 않았다.

"가서 자리 잡거든 가족들 데려가게."

"……"

"아껴야 할 군량미 걱정은 말고. 보나 마나 자넨 군량미 먹지
않을 테니까. 늙으신 어머님께서 고생이 되시겠지만 아들 곁에
계시는 것만 하겠나? 내가 왜 이런 얘길 하는고 하니, 자넨 의
돈이하곤 달라. 그곳에 떨어지면 며칠이 안 가서 갈라설걸?"

"……"

"자넨 자네 부친께서 쌓아놓으신 기반이 있을 테니 의식의
해결책이야 설마 없겠나. 중국하곤 달라서 간도나 연해주 방
면에는 우리 조선인들의 기반이 탄탄하고, 사업이나 하는 게

다. 그리고 돌아오지 마라. 희망 없는 거라구."

"돌아오면 안 되겠습니까?"

"지금 생활의 되풀이지 무슨 변화가 있겠나?"

"그보다 누이동생이 걱정되어 그러시지요?"

상현은 빤히 쳐다본다. 임명빈의 낯색이 싹 변했다. 이내
어처구니없다는 듯 쓴웃음을 띤다.

"미친 소리, 옛날 같았음 그런 말도 곧이듣겠다만,"

"이제는 반석 같다는 얘깁니까?"

"웬 트집이야? 서로 눈 부릅뜨며 이별주 나누어야겠나?"

"네, 선생님 맘 이해합니다. 그러나 농담 한마디 하겠습니
다. 그러다가 몰매 맞게 된다면 선생님을 잊지 않고 기억할
테니까요."

"관두어, 관두어."

임명빈은 팔을 내저었다.

"미진하게 이러시깁니까? 제가 만일 백작이나 공작, 소위
일본귀족가문의 큰아들이었다면 위자료 톡톡히 주어서 정실
내어쫓고 명희 씨한테 청혼 못하란 법 있습니까? 뭐 있어야지
요? 적게 먹고 가는 똥 싸는 시골 청백리 자손이라,"

"술도 안 마시고서 멀쩡한 정신으로 이러긴가?"

"실은 그 얘기보다,"

하다가 상현은 아까 명희하고 함께 웃었던 것처럼 웃는다.

"명희 씨 말입니다. 시집은 한 번 갔고 뭐 별 행복한 것 같

지도 않은 모양인데, 선생님 제가 업고 달아나면 어떨까 하구요. 시베리아 벌판에까지 그 귀족 자손께서 찾아올까요?"

"자네는 그러지 못하네. 명희는 어떨지 모르지만."

노발대발할 줄 알았다. 펄쩍 뛸 줄 알았다. 그러나 임명빈은 어눌한 어조로 말했다.

"술이나 주십시오."

하는데 마침 반주를 곁들인 저녁상이 들어왔다. 심부름 아이에게 상현이,

"반주 가지고 안 돼. 술부터 더 가져와."

명희는 안방에서 저녁상을 받는다.

"오늘 주무시고 가는 거지요?"

겸상으로 함께 수저를 들며 백씨가 물었다.

"아니에요. 친정 간다는 말도 안 하고 나온 걸요. 가야 해요."

"그렇담 누구 하나 데리고 다니실 일이지 혼자 다니시긴."

"교회에 나온 길에,"

"돌아가려면 저물 텐데 어떡허지요?"

"분순이를 데리고 가죠 뭐. 내일 아침에 보낼게요."

"아 참, 그럼 되겠어요. 하지만 매사에 조심을 하셔야지요."

"……."

"동경에는 함께 가셨더라면 좋았을걸."

"……."

"얼마나 계시다 오실 건가요?"

"보름은 넘기겠지요."

"고모가 보고 싶어서 오래 계시지도 못할 거예요."

올케는 그러고 나서 명희의 기색을 힐끔 살핀다.

"뭐 신혼인가요?"

"우리 보기엔 그 양반 항상 신혼 기분 같던데요?"

"언니도 참, 왜 그리 쓸데없는 걱정을 하세요?"

눈살을 찌푸린다. 백씨의 얼굴이 빨개진다.

"걱정은 무슨, 걱정될 일이 있어야 걱정이지요."

명희는 씁쓰름하게 웃으며 말머리를 돌린다.

"언니, 이 미나리무침 참 맛나요. 향기가 여간 짙지 않네요.
향기가 쇠할 때도 됐는데,"

"많이 잡수세요. 많이 잡수시고 얼른얼른, 금년에 아들 하
나 보았으면 얼마나 좋겠어요?"

"언니도 참! 오늘은 별의별 걱정을 다 하시네요."

"그 일만은 걱정이지요. 안 그래요? 삼십이 훨씬 넘은 장자
한테 아직 장손이 없다는 건, 여자는 아들부터 하나 낳아놔야
안심을 하지요. 집안에서는 또 얼마나 기다리겠어요?"

"저만 못 낳았나요? 먼저 분도 그런 걸, 제 책임 아니에요."

내쏘듯,

"설마……."

"뭐 그이한테 아이가 없을 거란 얘긴 아니에요. 사람이 마
음대로 할 수 있는 일인가요?"

명희는 감정의 발톱을 오므리며 입 밖에 내뱉은 자신의 실언을 수습한다.

"그야 그렇지요. 미나리무침 더 가져와요?"

"됐어요."

명희는 상 앞에서 물러나 앉는다.

"일전에 말예요,"

또 무슨 소리를 하려나, 명희는 올케 얼굴을 빤히 쳐다본다.

"고모가 가르친 그 인실이라는 아이,"

"아아, 유인실이 말이에요?"

"예. 그 아이가 무슨 일인진 몰라도 오라버닐 찾아왔더구먼요."

"그랬어요?"

"이젠 다 큰 처녀가 됐는데 여간 다부져 보이지가 않습디다."

"똑똑한 애였지요. 한데 뭣하러 왔을까? 일본엔 아직 안 갔는가?"

"글쎄요, 고몰 한번 만나뵙고 싶다, 그런 얘길 하더마요."

그 말 대답은 없이 명희는 엉거주춤 일어섰다.

"오라버니 뵙고 가야지요."

"손님이,"

다시 백씨는 당황하기 시작한다. 지난 일을 생각해서 그렇기도 했지만 여자는 그런 데 예민하다. 명희가 아직 상현을 잊지 못하는 것을 눈치챈 탓이다. 옛날이나 지금이나 명희가 상현을 좋아한다는 뚜렷한 증거는 없었지만.

"손님이랄 수 있나요? 내외할 사이도 아니지 않아요?"

여느 때와 달리 명희의 어세는 강했다. 뿌리치듯 강했다.

"저녁 드실 건데,"

백씨는 불안스럽고, 또 힐난하는 눈초리로 명희를 올려다본다.

명희가 사랑으로 건너갔을 때 밥상 위의 밥그릇은 뚜껑이 닫혀진 채였고 그들은 계속하여 술만 마시고 있었던 것 같았다. 임명빈은 명희를 보자 얼른 일어서서 명희 앞으로 다가올 몸짓을 하다가 에라 모르겠다는 식으로 자리에 도로 주저앉아버린다.

"왔다는 얘기는 들었다."

"오라버니 안 뵙고 갈 수가 없어서, 이선생님한테 작별인사도 올리고 할려구요."

"임자 없는 새 나돌아다녀도 되는 거야?"

"오라버닌 저를 종으로 내다 파셨나요?"

우스갯소리 같았지만 강한 심지 같은 것이 있는 말이었다.

"이거 사면초가로구나. 누군 망아지로 팔았느냐고 따지더니 이번엔 종으로 팔았느냐고? 서양 문물이 들어오고 평등사상의 기독교의 신도도 날로 늘어만 가는데 중인가문의 설움은 여전들 한 모양이지? 하하하……."

명빈은 고삐를 풀어버린 듯 웃었다. 그는 그의 아내와는 생각이 달랐다.

"우리 지금 이별주 마시고 있는 게야."

"이선생님께서는 언제 떠나세요?"

"내일 아니면 모레 떠나게 될 겁니다."

"명희야."

"네."

"오라비 대하듯 지내온 사이니까 너 이군한테 이별주 한잔 부어주겠느냐?"

너무나 파격적인 제의가 아닐 수 없다. 명희나 상현이 다 같이 깜짝 놀란다.

'불쌍한 것들, 다시 만나지 못하게 된다면 이별주 한잔 부어준들 어떠랴.'

임명빈은 예의 그 낭만적인 문학청년 같은 동경에 빠져가는 것이다. 자기 자신에게는 신기루 같고 꿈같이 불가능한 일이지만 소위 플라토닉 러브에 대한 감미로운 비애를 그는 누이와 상현을 통해 공감하고 있는 것이다. 처음에 상현이 지껄여댔을 때 경계하지 않았던 것은 아니었지만, 왕시 매부로 욕심내던 사내요, 명희 혼자 짝사랑했던 사내라는 것에 생각이 미쳤을 때 상현의 고백 아닌 고백, 그 말은 명희를 위해 만족스럽다는 것을 느끼기 시작한 것이다. 다 흘러갈 것이요, 이루지 못한다 하더라도 명희에게 실연의 쓰라림보다는 상대편도 명희를 사랑했었다는 추억은 아름다울 것이 아니겠는가.

29

그리고 그들은 헤어지면 언제 다시 또 만나게 될지 임명빈의
마음을 감상으로 몰고 간 것은 그의 성품상 어쩔 수 없었을
것이다. 수신 도덕을 일러야 하는 교장으로 있으면서 임명빈
은 도무지 문학청년적 기질만은 벗어던질 수 없었던가.

"이선생님 잔 드십시오."

상현이 술잔을 내밀었다. 술을 받아 마신다.

"몸 성히 뜻대로 되시길 빌겠습니다."

"명희 씨도 제 술 한잔 받으십시오."

빈 술잔을 내민다. 받는다. 술을 부으면서,

"울지 마십시오. 견디지도 마시고요."

"그러겠어요."

임명빈은 차마 못 보겠다는 듯 천장을 올려다본다. 이것도
사랑의 의식인가.

그러나 상현도 명희도 그리고 임명빈도 간음자요, 간음을
방조한 죄인이다.

부산하게 떠들며 들어서는 의돈의 목소리를 들은 명희는
일어서 나왔다.

"친정 왔어요, 귀부인?"

명희는 허리를 굽히며,

"안녕하셨어요. 그럼 오라버니, 전 가보겠어요."

"오냐, 살펴가거라."

"이선생님도 안녕히 계세요."

안방으로 돌아온 명희는 성경과 핸드백을 들었다. 노모의 방, 방문을 열어 잠이 든 얼굴을 한 번 내려다본 명희는,

"분순아, 날 데려다 다오."

"네, 아씨."

명희는 심부름 아이 분순이를 데리고 대문을 나선다. 밤바람도 차지는 않았다. 달이 남산에 걸려 있었다.

12장 제삿날

"삶아 젖히네. 임석이 퍽퍽 씨어 나가겠소."

밤을 치면서 연학이 말했다. 노리끼한 얼굴에 기름 같은 땀이 흐른다.

"와 아니라."

함께 밤을 치던 용이 손등으로 이마의 땀을 닦으며 건성으로 대꾸한다.

"보리죽도 없어서 못 묵는 농사꾼 처지에 이 오뉴월, 무신 놈의 제사는 집집마다 찾아드는지 온,"

삐뚜름한 음성이다.

"찬물 떠놓고 지낼 수도 없는 일이고 보믄 세전지물 없는 농사꾼의 자손들 불쌍하지요."

"호열자 덕분 아니가."

"떼죽음을 당한 사람들이야 저승길이 심심찮아서 좋았을지 모르지마는 산 사람이 어디 할 짓이오?"

"저승? 흥! 있는지 없는지……."

"맘으로 맨든 기지 저승이 있긴 어디 있겠소. 산 사람 입에 풀칠하기도 어럽운 세상, 선영봉사는 뭐 말라 죽을, 농사꾼들한테는 골병이오."

연학의 음성은 좀 격렬했다. 윤씨부인의 기일(忌日)이라 하여 평사리 넓은 집 안이 온통 법석인데 그것에 대한 반발인지, 용이는 기름땀이 흐르는 연학의 노리끼한 얼굴을 힐끗 쳐다본다.

"사람 사는 기이 다 그런 거 아니겠나."

"……."

"죽으믄 다 그만이제. 그러나 답댑이, 사람이란 그놈의 잊임이란 것이 흘해서 제사 때가 닥쳐와도 무심상하니, 제사도 없다믄 죽은 사람 생각이나 해보겠나?"

며칠 전에 용이는 자부와 함께 호열자에 죽은 강청댁의 제사를 지냈다. 세 여자를 앞세운 자신의 팔자도 어지간히 드세다는 생각을 용이는 제삿날 밤 했던 것이다. 본처 강청댁이 죽은 지는 이십 년이 넘었고, 월선의 죽음은 십 년이 다 되어가는 옛일이다. 그리고 작년 초봄엔 임이네가 죽은 것이다. 연학은 한동안 말이 없다가 좀 심한 말을 했나 싶었던지 화제를 바꾸었다.

"호열자 나던 해는 지도 어렴풋이 기억을 하는데 한 이십 년 넘었지요?"

"임인년(壬寅年)의 일인께, 보자아…… 이십사 년, 이십오 년 됐구마."

"맨날 집 앞을 관이 지나가는 것을 문구멍으로 내다본 생각이 나누마요."

"그 이듬해는 또 보리 흉년이 들어서 길바닥에 송장이 나동굴곤 했제."

"떼죽음도 물물이 오는가 배요, 이래 죽고 저래 죽고,"

"물물이……."

"생각해보믄 별 희맹이 없는 기라요. 아예 그만 인종을 싹 쓸어가 부맀으믄 좋겄소. 아이구 덥어라. 비나 한줄기 쫙 쏟아졌이믄, 한증막도 유분수지 바람 한 점 없구마요."

일손을 놓고 물러나 앉은 연학은 부채를 집어든다. 앞가슴을 벌리고 신경질적으로 부채질을 한다.

"빌어묵을 매미 소리, 귀청 찢어지겄네."

잔망스런 참새들은 시원한 대숲을 놔두고 처마 밑을 맴돌며 시끄럽게 지저귄다. 채마밭 너머 싸리나무 울타리에 기대듯 핀 능소화, 청참외 속빛깔 같은 능소화, 그것을 바라보던 용이는 등바닥에 땀이 흐르는 것을 느끼며 간밤의 꿈을 생각한다.

'뜻밖에 수동이 꿈은 와 꾸었이꼬? 이상한 일이다.'

"남의 제상에 감 놔라 배 놔라 할 일은 아니지마는 범퍼시럽게* 임석을 멋 땜에 그리 장만는지, 아이구 덥어라."

역시 최참판댁에 대해 심히 불만인 모양이다. 용이는 투덜거리는 연학의 음성과 짜증스런 부채질 소리를 들으며 계속 꿈 생각을 한다. 수동이 다리를 절룩거리며 초당을 향해 급히 걷고 있었다. 한쪽 어깨를 기우뚱거리며 걷는 모습이 아주 선명했다. 그런가 싶었는데 수동이는 절룩거리고 있었을 뿐, 제자리걸음만 하고 있는 것이 아닌가.

"와 그라노?"

용이 물었다.

"아 그러씨, 저기 저 미친년 따문에 길이 맥힌 기라."

"길이 맥히다니?"

"허허어, 길이 맥힜이믄 맥힌 기지 되묻기는? 아무튼지 간에 그놈의 동학 서학 따문에 풍지박산(풍비박산)이 난 것만은 틀림이 없인께."

"밑도 끝도 없이 그기이 무신 소리고?"

"허 참 말귀도 어둡다. 저기, 저기서 산발한 미친년이 청포장시 노래를 부르고 안 있나 말이다."

초당 쪽을 올려다보았다.

"녹두꽃이이 떨어지믄 청포장시 울고 간다아, 녹두꽃이 떨어지믄 청포장시 울고 간다아—."

산발한 또출네가 우뚝하니 서서 되풀이 그 구절만 부르고

34

있었다.

"이 미친년아! 이리 못 내리오겠나!"

수동이 외쳤다. 또출네는 허공에다 주먹질하며 잔뜩 화가 난 시늉을 하더니,

"이히히힛…… 이히힛힛……."

이빨을 드러내고 웃었다.

"이 미친년아! 정 못 내리오겠나? 오냐, 그라믄 가만 거기 있거라! 꼼짝 말고! 내 올라가기만 하믄 니를 직이부릴 긴께."

"이히히힛…… 내 원수야! 이히히힛…… 내 낭군아아―. 천년만년을 기다렸구마는. 백년을 기다렸단 말이오! 아이고오, 내 원수, 내 낭군아!"

이빨을 드러내고 웃던 또출네, 별안간 그의 손에서 오랏줄이 허공을 날았다. 무지개같이 반공(半空)을 흐르던 오랏줄이 수동이 발목에 뱀처럼 착 감긴다. 외마디 소리를 지르며 수동이 나자빠졌다. 또출네는 그물을 당기는 어부처럼 오랏줄을 당기면서 노래를 부르는 것이었다.

"주야장천 긴긴 밤에 임의 얼굴 보고 지고오, 옥 겉은 임의 얼굴 달 겉은 임의 거동, 지리상사 보고 지고―."

또출네의 노랫소리는 꿈을 깬 뒤에도 꼬리를 물고 귓가에서 울리고 있었다. 용이는 그 노랫소리가 하도 끔찍하여 귀를 털어버리고 싶은 심정이었다.

'좋은 꿈은 아닌 것 겉다.'

뜰 안 채마밭의 열무는 짙푸르고 악세게 어우러져 있었다. 비가 내리던 날 언년이가 고추 모종을 내는 것을 보았는데, 그게 엊그제만 같은데, 울긋불긋하게 물들기 시작한 고추, 주렁주렁 매달린 풋고추, 용이는 이십여 년 전의 사람들을 꿈꾼 일과, 비 오는 날 뜨문뜨문 고추 모를 심어나가던 언년의 하얀 종아리, 그런 것이 모두 기이하게 느껴진다. 임이네의 죽음도 기이할 뿐이다. 자신의 늙음과 자신의 세월과 자신의 역정과는 동떨어진, 아무런 인연도 없었던 일인 것처럼. 미구에 닥쳐올 자신의 죽음까지 자신과는 아무 상관이 없고 마치 낯선 나그네가 자기 옆을 스쳐갈 것 같은 그런 느낌이 든다. 부채를 던지고 일손을 잡은 연학이,

"어디 몸이 불편합니까?"

하고 묻는다.

"응?"

어리둥절하게 연학을 본다.

"으음."

비로소 넋 나간 듯 채마밭을 바라보고 있는 자신을 깨닫는다.

"안색이 안 좋십니다. 고단하거든 좀 드러누우이소."

"그런 기이 아니라 꿈자리가 시끄럽어서,"

"꿈자리가 나쁘거든 개꿈이거니 생각하이소."

"제사 때가 된께 그런 꿈을 꾸었는가,"

"이 댁 식구를 봤십니까?"

"아니, 식구라믄 식구랄 수도 있지만…… 수동이라고, 죽은 지가 하 오래돼서 까맣게 잊어부리고 있었는데."

"수동이가 누굽니까."

"이 댁 하인이었제."

"……"

"어른들이 다 돌아가시고 집안이 온통 낭태질이 됐일 적에, 그러니께 환국이도련님 부친하고 수동이가 천애고아, 그런께 지금의 마님을 지켰구마. 대들보 노릇을 한 기라. 참말이제 이 댁에서는 비라도 세우줄 만한 충직한 사람이었다."

"자식은 있고요?"

"자식이 다 멋고?"

"물은 누가 떠놓소?"

"응?"

어리둥절한다.

"제사 음식을 썩어나게 장만하는 이런 대가댁에서 종이기로 대들보 노릇 한 망인의 기일을 그냥 지낼 순 없지 않십니까."

"그, 그게…… 아무도 챙기는 사람이 없었구나."

당황한다.

"주, 죽은 날을 알아야제. 환국이도련님의 부친이나 돌아오믄 죽은 날도 알기다마는, 우리들이 범연해서……."

"다 그런 기이 인심 아니겠소."

"……."

"얼어 죽은 구신 홑이불이 웬 말이며 굶어 죽은 구신 배맞이밥이 웬 말이냐, 기일도 모리는 종놈의 비는 세워서 머하겠소."

면전에서 용이를 공박하고 나온다. 세(勢)를 따라서 정리 같은 것은 뒤돌아보지도 않는 간교한 인간으로 몰아붙이는 것만 같다. 왜 연학이가 그러는지 헤아려볼 사이도 없이 용이는, 사실 자신은 그런 인간이 아닌가 하는 의혹에서 한순간 허우적거린다.

'이 사람아, 와 날보고 그러노. 그때 사정을 니가 모린께 그러지. 그라고 또 지난 정분을 생각한다 캐도 그렇지. 나한테 수동이보다 더한 사람이 어디 한둘이건데. 수동이는 주제넘게 내가 설동할 계제도 아니거니와 그, 그거야 이 댁 마님 하시기 탓이고, 날보고 그라믄 우짜노?'

그러나 용이는 개운치가 않다. 더욱 기분이 나쁘고 찝찔하다. 자신이 배신자만 같다. 나쁜 놈 같고 야박하기 짝이 없는 놈 같다. 살아남았기 때문에, 처참했던 윤보의 죽음, 어느 때든 내 반드시 돌아오리, 와서 뼈라도 추려서 양지바른 마을 뒷산에 묻어주리라, 그 굳은 맹서도 세월 따라서 까맣게 잊어버렸으며 윤보를 생각하는 일조차 드물다. 참으로 믿기 어려운 것은 사람이구나. 용이는 쓴웃음을 띤다. 죽음은 여기저기에 널려 있는 것 같았다. 무더기무더기 널려 있는 것만 같았다. 조금 전까지 지난 세월은 자신과 아무런 인연이 없고 자신에게 다가올 죽음조차 낯선 나그네처럼 지나갈 것이란 생각을 했었는데, 마치 손바닥을 뒤집듯이 세월은 살아서 몸을 일으키고 그 수많은 죽음들이 선명한 모습을 드러내어 용이에게 육박해오는 것을 느낀다. 부모와 누이의 죽음으로부터 시작하여 강청댁의 얼굴이며 월선의 얼굴이며 임이네 얼굴이며 최치수, 윤씨부인, 별당아씨 얼굴이며 노비들, 윤보에 한조, 서금돌, 김훈장, 어찌 다 셀 수 있을 것인가. 삼월이며 김평산, 귀녀, 칠성이, 핏자국 같은 그들 생애를 어찌 다 헤아릴 수 있을 것인가. 가을 들판에, 베어서 눕혀놓은 볏가리처럼 멀리 가까이, 넓은 가을 들판에 베어서 눕혀놓은 볏가리 그것은 모두 죽음들이며, 죽음에 이른 무수한 삶의 이력, 삶의 잔해만 같은데 용이는 홀로, 그것들에 둘러싸여 홀로 서 있는 것 같은 외로움이 엄습해온다. 저승과 이승의 끝없는 벌판을 무엇들이 그렇게 애타게 살다 갔더란 말인가. 그리고 혼자 살아남았는가.

"꿈에,"

하고 용이는 잃은 실마리를 찾아서, 생각을 다 털어버리고, 연학의 심사 틀린 말도 오불관언인 듯 얘기를 시작한다.

"절룩거리며 수동이가 초당 쪽으로 가는데…… 그러니께 이 댁 서방님이 살아 기실 적에 그 양반이 강포수를 데리고 사냥 간 일이 있었제. 그때 강포수의 잘못으로 선불 맞힌 멧돼지가 떠받아서 수동이 다리 벵신이 됐는데,"

"강포수라 카믄 지도 생각이 나는데요."

연학이도 변덕이다. 언제 화를 냈는가 싶게 말했다.

"이 근동에서는 모리는 사람이 없는 명포수였구마."

"그보다도 어릴 적에 들은 얘기로는 그, 왜, 옥에 갇힌 계집
종 있지 않십니까? 샐인에 가담한 그 계집종이 낳은 아이를,"

"음, 하기는 그 일 때문에 강포수 명이 더 높이 나긴 했다마
는,"

"그 아이는 누구 씨였을까요? 그때 벌어진 일을 미루어본
다믄 칠성이,"

"그거를 누가 알겄노."

용이 말을 막듯이,

"사람마다 집집마다 알고 보믄 사연이야 기맥힌 것 아니겄
나."

하고 덧붙이면서 화제를 잘라버린다. 그리고 꿈 얘기도 덮어
둘 심산인지 입을 다물었다. 처음부터 꿈 얘기엔 별 관심이
없었던 연학이 역시 말을 잇지 않는다. 뒤늦게 칠성이가 임이
네의 전남편이었다는 것을 깨닫기도 했다. 기복이 심한 연학
의 마음 상태는 찌는 듯한 무더위 탓만은 아닌 성싶다. 얘기
가 끊겨버린 방 안 분위기는 더위와 더불어 답답했으나 연학
의 표정은 몹시 울적해 보인다. 침착하고 매사에 신중했으며
표현이 간략했던 그가 근자에 와서 무슨 까닭인지 균형을 잃

은 것은 사실이다.

"아이고, 이기이 누고오?"

풀발 센 삼베 치마를 서걱거리며 급히 걸어오던 야무네가 놀란다. 별채로 돌아가는 뒤안길에 흰 노타이 셔츠에 감색 양복바지를 입은 석이가 주춤거리듯 땀을 닦고 서 있었다.

"석이 앙이가? 여기는 니가 웬일고오?"

광주리를 옮겨 들며 야무네는 놀라는 한편 의아해하는 표정을 짓는다. 그도 그럴 것이 석이는 좀처럼 평사리에 나타나지 않았고 최참판댁에도 오는 일이 드물었다.

"별일 없습니까."

손수건을 호주머니 속에 찔러넣으며 인사를 한다. 석이는 옛날, 한 십 년이나 되었을까, 진주서 물지게를 지던 무지렁이 시절, 처음 관수랑 함께 구례(求禮)를 다녀오던 나룻배 안에서 야무네를 만났던 생각을 한다. 읍내 고공살이하는 야무의 옷을 해간다고 했다. 하동에 내렸을 적에 나루터에서 떡을 사가지고 뛰어오던 야무네, 그 후 몇 번 만났는데, 만날 때마다 석이는 그때 일을 생각한다.

"별일이사 있겠나마는,"

"살기는 좀 어떻습니까."

"딸아아 따문에 그렇지 요새는 훨씬 허리가 피있네라. 다여러 사램이 붙들어준께 안 사나. 그래 설마 제삿날 알고 온거는 아니겄제?"

"지가 뭐,"

석이는 쓴웃음을 띤다.

"다른 일이 좀 있어서 왔습니다."

"그래? 아무튼지 잘 왔다. 다른 사람들은 고향 떠나도 추석이믄 더러 만날 수 있는데 너거들이사 니 아부지를 진주로 이장해 갔으니 올 일도 없고, 자아 가자. 이서방이랑 연학이 그 사람이 뒤채에 있다. 집에는 별일 없겠제?"

"네."

"나도 파적 부치는 데 고치가 모자란다 캐서 고치 따러 간다."

야무네는 석이 뒤를 따라 별채 채마밭으로 나간다.

"홍이아배, 석이가 오요."

야무네 말에,

"석이가 와요?"

용이와 연학이 동시에 밖을 내다본다.

"야아야, 올라가 봐라."

석이는 신돌 위에 신발을 벗고 야무네는 고추밭으로 간다.

"정선생이 웬일이오?"

석이는 그냥 웃기만 한다.

"아재씨, 절 받으십시오."

"절은 무신, 그만두어라."

용이 손을 내저었으나, 석이는 절을 하고 자세를 바로 한 뒤,

42

"지도 밤 좀 칠까요?"

"거지반 다 됐인께 손댈 것 없다."

"오는 날이 장날이라고,"

"무신 볼일이 있어 왔소?"

연학이 약간 긴장하며 묻는다.

"진주로 바로 가려다가 모두 여기 계시다는 말을 듣고,"

"절에 갔십디까?"

"네."

"그라믄 서울서 바로 내려오는 길이구마는,"

"그런 셈이지요."

"선생들은 방학이 있어서 할 만하겠소. 그래 서울서는 머
달라진 일이라도 있십디까?"

소극적이지만 연학은 기대를 가져보는 얼굴이다.

"글쎄요. 그보다도 우연찮게 조가 놈을 만났지요."

"조가를?"

용이 되묻는다.

"네."

"한바탕 소동이 났겄소."

연학이 웃으며 하는 말에,

"소동 벌일 새도 없었고, 버러지만도 못한 놈을 이제는,"

그러나 역시 덤덤해지기는 어려운 모양이다. 눈빛이 날카
로워진 것이다. 이제는 나이가 들었고 가정을 가졌으며 남을

가르치는 처지, 세상 물정을 환하게 알게 되어 자신이 가야
할 길을 뚜렷하게 의식하고 있는 석이지만 조준구에 대한 원
한만은 극복할 수 없는가 보다.

"뜻밖에 그놈을 전당포에서 만났어요. 친구가 옷을 잡혔다
기에 찾아주려고 갔는데 그놈이 있더군요. 나를 보자 그냥 달
아나는 겁니다."

연학이 킬킬대며 웃는다.

"이자는 전당포 출입을 하게시리 그자가 망했다 그 말가?"

"그게 아니지요."

용이 말에 연학이가 부정한다. 손수건을 꺼내 이마를 닦으
면서 석이 말했다.

"옷을 찾으면서 전당포 서기한테 물었더니 주인이라나요?
기가 막혀서,"

"머라 카노?"

"아재씨는 모릴 깁니다. 나도 그 얘긴 들었는데, 정선생보
고 말 안 했던가요?"

"못 들었소."

"하 참, 그런께 정선생이 쳐들어갈까 싶어서 말 안 했일 기
요."

"쳐들어가기는요. 죽일 생각이었다면 벌써 옛날에 죽였겠
지요. 그럴 값어치나 있는 놈입니까."

더러운 것을 내뱉듯이 말한다.

44

"그라믄, 살아 있는 것도 멋한데 그자가 전당포 주인이다 그 말가?"

용이는 석이 때문인지 일손을 빨리하며 물었다. 연학이도 부지런히 손을 놀리며,

"저승 염라대왕도 그런 악종은 마다하는가 부지요. 세상일 참말로 귀떡 맥히요*. 살아서 좋은 일 할 사람은 모조리 잡아 가고 천벌을 받아 마땅한 놈은 도사리겉이 살아남아서,"

"그놈, 또 없는 사람 피 많이 빨아묵겄고나."

"전당포에다가 고리대금도 하고, 온갖 풍상 다 겪은 뒤라 양반이고 계집이고 일없다 한다던가요? 소문난 구두쇠가 됐답니다. 그런 추물이 없지요."

"다 늙어감서, 그만 죽은 딧기 들엎우리고 있일 일이지."

"들엎우리고 있어요? 풋돌겉이 이만 갈고 있답니다."

"와, 멋 때문에?"

"죽기 전에 한분 일어설 거랍니다. 원수를 갚는다 카던가. 기가 맥히서, 정선생 열나지요?"

석이는 묵묵히 앉아 있었다.

"그놈을 직이겄다고 칼을 품을 사람이야 많겄지마는 제 놈이 이 갈 사램이 어디 있어서? 참말로 염치도 좋다. 그래 그 원수가 누군고?"

"환국이어머님을 두고 하는 말이겄지요."

"거금 오천 원을 주었다고 그런다 카더나? 그놈 미쳐도 한

두 분 미친 기이 아니거마는. 그러기 애시당초부터 돈을 준 기이 잘못이라. 와 그렇기 하싰는지 지금 생각해도 모릴 일이다. 그 개놈한데 던져주느니, 이 집의 공로자 수동이 양자나 세워주시지. 그 돈 가지고 인재를 키웠어도 여러 사람 안 되겠나?"

용이의 심정도 고르지가 못해서 평소와 달리 말이 많은데다 흥분도 하고 있었지만 수동에 관한 얘기가 겸연쩍어서 얼굴을 붉힌다. 그리고 겸연쩍기 때문에 수습이 안 되는 것이다. 말을 계속한다.

"김훈장의 양손자 경우를 생각해도 그렇지. 그 어른하고 이 댁의 인연이 좀 깊으나? 보통핵교를 나와서 농사일을 하는데 조금만 잡아주믄,"

"아따, 아재씨도, 사돈 간이라고 그러요?"

연학은 아까 용이를 몰아붙인 것이 미안했고 말수가 적은 사람이 말 많은 것도 불안하여 농으로 얼버무린다.

"하기야 목심을 구해주니 옷 보따리 내놓으라 하더라고, 내 처지에 말하는 것부터 주제 넘고 낯짝 두꺼운 일이다마는, 하여간에 조가 놈, 쇳바닥을 길가에 끌박고 뒤져도 시원찮을 놈이, 지은 죄도 많은데 그럴 수가 있나."

"개 터럭이 굴뚝에서 삼 년을 묵어도 털믄은 제 털이라 안 칸디까? 타고나믄 할 수 없는 기라요. 삼신도 노망 들 때가 있어서 그럴 때 점지한 종자는 그렇기 되는 거 아닐까요?"

"하기야 다 소용 없는 일이제. 이치를 따져서 될 일이라믄, 천성으로 쓰고 나오믄 할 도리가 없지."

한숨을 내쉰다. 용이의 밤 치는 손은 더욱 빨라진다. 그는 자리에서 뜨고 싶었다. 가슴이 답답하고 고통스러웠다. 속으로 고개를 저어댔지만 임이네 죽음이 되살아난 것이다. 한 번도 따뜻하게 대해준 일이 없는 여자, 죽음은 살아남은 사람에게 회한을 남기게 마련이다. 좋지 않은 추억들을 다 떠내려 보내기 위해선 임이네 생각을 말아야 하고, 그 고독하고 처참한 죽음에 대한, 불쌍한 망령에 대한 최소한의 예절이다. 임이네의 죽음은 슬픔이나 애통보다 용이에게는 충격이었다. 죽음과의 처절한 싸움, 밑바닥을 헤아릴 수 없는 절망, 죽음은 모두 그럴 것이지만 뼛골까지 스며드는 외로운 죽음을 용이는 도저히 잊을 수 없을 것만 같았다. 그것은 참으로 견디기 어려운 연민이었으나 임이네에 대한 기억은 언제나 절망이었고, 그 절망감은 죄의식을 몰고 오는 것이다.

"수울찮이 손 잽히는데요?"

연학이 손을 털고 물러나 앉았다. 수건으로 칼날을 닦아 칼집에 칼을 꽂은 뒤 용이도 물러나 앉는다. 그리고 곰방대를 꺼내어 담배를 잰다. 밤 치는 일이 끝났다.

"아지매! 아지매!"

연학이 고추를 따는 야무네를 부른다. 목석같이 앉아 있던 석이 비로소 자세를 흐트러뜨렸다.

"와?"

야무네가 쫓아왔다.

"밤 이거 안으로 날라 가고요, 점심 좀 채리달라고 하소."

"그러지."

"거 풋고치하고 고치장도 좀 놔 오라 카소."

"개기가 만산 초목 겉은데 이런 날 하필이믄 풋고치가?"

"상놈들한테는 풋고치가 제격 아니겠소?"

"별소릴 다하네."

야무네가 채반에 가득 실린 밤을 들어서 나가려 하자 용이 불렀다.

"야무어매."

"야?"

"내 점심은 채리지 마소."

"와요?"

"속이 까끄름하고, 집에 가봐야겠소."

"아아니 아재씨."

"으으음, 영 생각 없네."

손을 내저으며 일어섰다.

"석이도 오고 했으니 술상 먼저 채리는 기이 좋겠소."

야무네보고 이른다.

"야. 그만 홍이아배도 함께하믄 좋을 긴데."

어정쩡하게 서 있는 야무네를 떠밀듯,

"내 걱정은 말고, 석아, 그라믄 나중에라도 우리 집에 오너라."

"아재씨도 참, 젊은 사람들 술 마시라고 자리 비우는 겁니까?"

연학이 어색하게 웃고 석이는,

"나중에 들르지요."

하며 굳이 잡으려 하지는 않는다. 야무네와 용이 나간 뒤 잠시 동안 두 사내의 눈이 마주친다.

"무신 일로 왔소."

낮은 목소리다.

"여기 온 일은 차차 얘기하기로 하고, 김선생이 오셨소."

"예?"

노리끼한 연학이 얼굴이 시뻘게진다.

"언제요!"

"함께, 쌍계사까지, 서울서 만났소."

"별일은 없고?"

"자세한 말씀이야 안 하시지요."

"돌아오싰으믄 앞으로 형편이 좀 달라질란가……."

"글쎄요."

떨떠름한 석이 대답이다. 어색한 침묵 속에 빠진다. 두 사람은 상당한 세월을 한뜻에서 출발하여 지내온 동지라 할 수 있는데 그러나 개인적으론 친한 사이는 아니었다. 서로가 조심스럽고 성질이 맞지 않는다고나 할까, 아니 어떤 면에선 공통점을 많이 가지고 있기 때문에 그런지도 모른다. 우선 고지식하고 재미가 없는 성미, 그러니까 농이 없고 객기 부릴 줄도 모르며, 치밀하고 정확하기로는 학식이 없어 그렇지 연학이 편이 승하였고, 잠재된 상태지만 정열은 석이 편이 강하였다. 아무튼 어느 편이든 관수하고 어울리면 틈이 없는데 두 사람만 마주하게 되면 늘 서먹서먹한 것이다.

"늦었제? 모두 눈코 뜰 새 없이 바빠서, 술 떠오는 데 시간이 걸렸다."

야무네가 술을 가져다 놓으며 말했다.

그리고 밤 껍질이랑 보늬가 잔뜩 떠 있는 물그릇을 마루로 내가며,

"세상에 별일이 다 있제."

"와요?"

연학이 술잔에 술을 부으며 물었다.

"장서방은 모릴 기다. 석이는 알제?"

"머 말입니까?"

"와 개똥이, 죽은 김서방의 천치 아들 말이다."

술을 들이켜고 안주를 집으며,

"알지요. 침을 질질 흘리고 다녔지요."

"지금도, 침이사 여전히 흘리더라."

"어찌 살아 있었던가 부지요?"

"방금 왔다."

"네?"

"시상에 그 벅수가 한 달 전까지만 해도 조가네 식구가 여기 사는 줄만 알고 있었단다."

"어디 가 있었는데요?"

"머 정한 곳이나 있었겠나. 지 말로는 머슴살이도 하고 강주리 장사도 했다 하더라마는 성상이 거지 중의 상거지더라. 하기사 말도 잘 못하는 벵신이 그 고생이 오죽했겠나."

"나이가 사십 다 돼갈걸요."

"얼굴은 늙지 않았더마."

"바보 천치치고 늙는 사람 봤소?"

"장서방 말이 맞구마. 그러고 보니,"

"식구 하나 늘었구마요. 두 바보가 생겼소."

정신 나간 육손이한테 개똥이를 보태면 두 바보란 얘기다.

"술이나 함께 마시게 오라 하지요."

차분한 음성으로 석이가 말했다.

"오라 캐도 안 올 기다. 지금 떡 찌는 솥에 불 때고 있다."

"오자마자 무슨 짓들이오."

"아니다. 누가 시킨 기이 앙이고 버릇인가 보다. 밥이나 묵고 하라 캐도 배부르다믄서 솔가지를 툭툭 뿐질러감서 불을 때네."

"옛날 식구라믄 손님대접 할 것도 없지. 하고 싶은 대로 내

버리두는 기이 편할 기구마는. 아지매는 가보소.”

연학이 냉정하게 말했다. 야무네가 가고 난 뒤,

“저 아지매도 편할라 카믄 딸이 죽어야 할 기요.”

“어쩔 수 없지요. 사는 날까지는 살아야지. 부모 맘이야 어디.”

“유별나게 자식이라믄, 요즘엔 일본 간 큰아들한테서 돈이 오고 사위도 살림에 보태는데 아마 약값으로 다 나갈 거요. 아는 병을 가지고 좀 더 살게 한다 뿐이지 나을 병이라야제.”

석이는 빈 잔에 술을 부어주며,

“땅은 일 년 양도(糧道)할 만한가요?”

“넉넉기야 하겠소? 그놈의 땅때기 때문에 말썽 많았지요. 인심 무섭십디다. 그 아지매 험담이 막 쏟아져나오는데 그중에서도 봉기 그 늙은이가 젤 엉큼스럽더마요.”

“본래 그 늙은이 욕심이 많지요. 어릴 적에 그 집에 연장 빌려주면 못 받는다 했으니, 그런데도 왜 부자가 안 되는지 모르겠소.”

“상놈이라 그렇지요. 양반이 됐더라믄 토지조사 때 한 뒷박 뿐이겠소?”

“……?”

“도장을 한 말은 팠을 기요. 문서 없는 남의 논밭, 그 먹성이야 조준구 유가 아닐 기요. 조준구는 간이 작은 편이거든. 하하핫…….”

할 수 없이 석이도 웃는다.

"다만 다른 점은 하나는 짐승이고 하나는 짐승보다 못하다 그거지요. 자식 일이라 카믄 범겉이 덤비는 봉기 늙은이, 자, 술 드시오, 정선생."

"네."

"생각해보믄 조씨 문중의 지체 높은 양반이 동저고리 바람, 짚신 뒤집어 신고 변릿돈 받으러 댕기는 터수에 백정이 임금인들 못 나오란 법 없지. 세상이 용수철겉이 마구 뛰고 솟고 물레방아겉이 돌아가는 판국인데, 젠장!"

술을 꿀꺽꿀꺽 들이켠다. 설마 조준구가 동저고리 바람에 짚신 뒤집어 신고 다녔을까마는 그만큼 구두쇠가 됐다는 뜻인 모양인데 진일 마른일 남의 눈에 띄지 않게 도맡아서 빈틈없이 해온 연학이 근래에 와서 자포자기한 듯한 그 심중을 석이는 다소 알고 있었으므로 방문 밖의 하늘을 한 번 쳐다본다. 어쩌면 연학의 고민이 자신의 고민인지 모른다는 생각이 들었던 것이다.

"기가 차서, 그 주제에 소목 일 하는 아들을 두고 가문에 똥 칠한 놈이라 했다던가?"

"장형은 어찌 그리 조가의 동태를 잘 아시오?"

"아는 수가 있지요."

"아직도 염탐꾼을 붙여둘, 그런 값어치가 있소?"

"참, 옛날에는 정선생이 그 염탐꾼이었지요?"

"다 지나간 일, 덕분에 선생 소리도 듣소만."

"조가가 광산 때문에 땅문서를 몽땅 잡힌 거는 아니었은 께."

"......?"

"아마 절반은 거간을 통해서 팔았일 기요. 쥐도 새도 모르게 산 사람이 환국이어머님이었고, 그 거간이 바로 우리 아부지였다 그 말이오."

"그랬던가요?"

"해서 조가하고 인연이 있지요. 아니 친분이 있다 해얄 기요."

"말하자면 양다리를 걸쳤다 그 말이오?"

하고 석이 피식 웃는다. 연학이도 웃는다.

"조가 놈 귓구멍 대기 건지럽겠소. 다 쓸데없는 소리고, 김선생이 오셨다믄 그런께 관수형님을 만나바야 먼가 좀 알겠구마요."

"아직은 관수형님도 모르지요. 서울서 곧장 왔으니까."

"여기 온 일은 머요?"

"글쎄…… 그걸 어쩔까 지금 생각는 중인데."

"정선생."

"네."

"김선생이 오싰다고 해서."

연학이는 아주 괴로운 표정을 짓는다.

"하여간 답답하고 머가 먼지 모리겠소. 뿌러질 거믄 딱 뿌러지고."

하다가 어세를 떨구었다.

"이자는 매인 송아지 꼴이 된 것 겉소. 식구들꺼지 진주로 끌고 왔이니 말이오. 정선생이라고 식구가 없을까마는, 깨질 바에야 살아남는 편이, 이건 중도 아니고 속도 아니고 언제꺼지 최참판댁 종질이나 하고 있이란 말이오? 되는 게 머 있소? 요새 같아서는 팔난봉겉이 사는 놈이 제일이다, 그런 생각이오. 김선생이 오싰다 하지마는 백만대군을 끌고 왔겄소? 제기랄! 이놈의 백성, 농사꾼들조차 모조리 장돌뱅이 심보로 변해가는 것이 날로 훤하게 드러나는데 무신 희맹이 있겄소. 저눔이 죽어 없어지믄 저 땅은 내가 부치게 된다, 그런 맘들이 역력하게 보일 때는 말짱 하는 일이 헛일 겉고 독립이고 개떡이고 내 가솔이나 챙기자는 생각이 절로 나는 기라요!"

연학은 젓가락으로 판을 쳤다.

13장 돌아와서

최참판댁의 기둥 군데군데 초롱이 내걸려 있고 행랑의 불빛도 환하게 밝았다. 제상에 멧밥이 올라갈 무렵 윤씨부인 무덤에는 쉬어가는 밤 나그네같이 한 사나이가 묘비를 등지고 앉아 있었다. 덤벼드는 풀모기를 쫓다 말고 사내는 담배를 꺼내어 붙여 문다. 담배를 빨아당길 때마다 아직은 망가지지 않은 얼굴의 윤곽이 나타나곤 하는데 사내는 환이었다.

골짜기에서 뻐꾸기 우는 소리가 들려왔다. 마을 쪽에선 이따금 개 짖는 소리, 여름밤의 별들은 황홀하게 반짝이고 뻐꾸기는 계속하여 운다.

"제삿밥 잡수러 가셨겠군요."

어둠 속에 하얀 이빨을 드러내고 웃는다.

"먼 곳에서 제삿날 생각하고 온 것은 아닙니다만 와보니, 제야 뭐 빈집에나 찾아와서 절 한번 하고 가지요."

풀섶에 담배를 비벼끄고 엎드려 절을 한다. 무덤 앞에서 일어서는 순간 환이는 불이 환하게 켜졌을 최참판댁 넓은 대청과 제상과 서희와 그의 두 아들의 모습이 불덩이 같은 열도를 띠며 가슴에 와 닿는 것을 느낀다. 단숨에 달려가서 제상 앞에 꿇어앉고 싶은 유혹은 가슴을 메이게 한다. 환이는 풀섶을 지신지신 밟으며 산을 내려간다. 적막한 어둠과 마음 끝을 간질여주는 갈대 같은 외로움이 스며든다. 마을의 불빛이 깜박이고 있었다. 모깃불 연기 속에 뿌옇게 비치는 불빛도 볼 수 있다. 차가운 빙하 같았던 생애. 먼 곳에서 찬란하게 빛을 내던 사람들, 인생은 보석의 빛이 결코 아니요 뿌옇게 타오르는 모깃불, 목화씨 같은 것이란 생각을 한다. 그리고 자신의 발자취는 순전히 역행이었다는 생각도 한다.

"무슨 놈의 밤도깨비 같은 짓이었나."

허허 하고 웃는다. 생모 무덤에서 절한 것이 그랬었고 자신의 인생 전부가 허허헛 허허, 하고 계속 웃는다. 김평산의 외딴 집에서도 불빛은 새나오고 있었다. 한복이 내외가 밤을 새워가며 일을 하고 있는 걸까. 환이는 마을에서 발길을 돌린다. 발길이 빨라진다. 역풍을 향해 달리듯이, 그렇게 한참 달리다가 우뚝 서며 돌아본다.

"뭣 땜에 따라다녀!"

소리를 버럭 지른다.

"성님 한 말이 맘에 끼어서요."

길섶 수풀 속에 반쯤 몸을 가리고 앉아 있던 강쇠가 엉덩이를 털며 일어섰다. 그리고 어슬렁어슬렁 다가왔다.

"무슨 말을 했기에?"

"머 기분 좋은 말도 아닌데 꼽씹어서 머하겠소."

"어느 놈한테 칼 맞아 죽을 거라 하던가?"

"점점 한다는 소리가,"

"네가 날 낳아준 어미야? 어미? 웬 잔걱정이 그리 많아?"

"어이구 참, 천지개벽을 해도 그런 촌수는 없겠소. 남자가 애기 낳는 법도 있다 캅디까?"

"강쇠야."

"허허 참 성님도, 사십 다 된 가장, 이자는 대접 좀 해주었이믄 좋겠거마는,"

"내가 뭐라 하던가."

"말한 사람이 날보고 물으믄 우짤 기요? 성님도 늙었소. 총알 겉은 그 명념은 다 어디 갔소? 자게 한 말을 잊는 거를 보이."

되뇌기가 싫은 모양이다. 강쇠는 걸음을 빨리하며 어둠 속을 살피듯 목을 뽑는다.

"죽을 자리 찾아온 것 같다는 말이 무서운 걸 보니 너도 간 덩이는 줄어든 모양이다."

"늙을수록 간덩이는 줄어들게 매련 아니겠소?"

"걱정 말어. 죽을 자리 죽을 자리 하면서 삼십 년 사십 년이 지나갔다. 어느 산천, 묘소로 보이지 않는 곳은 한 군데도 없었느니라. 실은 죽을 자리도 시기도 다 잃은 셈인데, 그는 그렇고 임실의 지가는 지금 어떻게 돼 있지?"

"시님이 말씸 안 하시던가요?"

"잠시 동안 만나서 말할 새도 없었다."

"교주 노릇을 하고 있소."

"교주?"

"야아."

"……?"

"그놈을 직이야 하는데 직일 수 없게 돼 있는 기라요."

"교주라……."

"백일곤지 청일곤지 흥, 상말로 ×같은 잡신을 내걸어놓고,

머지않아서 천지개벽이 있일 긴데 살아남을 연놈들은 내게로 오라! 해서 간이 디비진 연놈들이 집 팔고 땅 팔고 딸년꺼지 바치는 미친 지랄이 시작된 기라요. 졸지 간이지요. 이삼 년 동안에 신도들을 거머들인 기라요."

"그놈으로서는 최상으로 궁릴 잘했구먼."

"무신 소리 하는 기요? 남의 일로 아요?"

강쇠는 화를 낸다.

"혹세무민하기로 그까짓, 내 백성을 원수에게 넘기는 것보 담이야 낫지."

"깜깜한 한밤중이거마는."

"노상 한밤중이지. 소상히 안들 그게 머 대수겠나."

"속 편한 소리 그만하소! 꾹꾹 눌리고 참아온 기이,"

"백 보 오십 보야. 본시부터 싸우느냐 교세 확장이냐, 그래 서 갈래가 난 것 아니었나. 그자가 잡신이든 뭐든 윤도집의 주장을 이어받은 셈이군."

별안간 환이는 자신의 뺨을 찰싹 친다. 풀모기를 때린 것 같다. 강쇠는 한동안 말없이 걷는다. 환이가 돌아왔다 하여 어떤 변화가 일어날 것이란 기대를 할 수 없다. 지삼만의 일 로 열 올리는 것도 부질없는 일이다. 그러나,

"그놈을 쳐 죽일려고 별의별 계책을 다 꾸밌지마는 다 허 사였소. 그놈이 어디 있는지 알 수가 있어야제. 옥황상제겉이 깊숙한 곳에 들어박혀서 신도들한테도 목소리만 들리준다 카

이, 미칠 지경이지요."

"……."

"그놈이 흉악한 교주 노릇을 시작하믄서부터 우리 사람들을 재물로 꼬시내고 그것으로도 안 될 직에는 뽄배기로 찔러넣고, 간악한 수단은 다 써묵은 기라요. 그놈은 내막으로 왜놈하고 손잡았다는 소문이 빈말은 아닐 기구마는."

"그렇다면 넌 어떻게 된 건가?"

"그놈이 웃따까리만 남긴 기지요. 성님이 있었다믄 방법이 달랐일 기고 사정도 달랐겠지요. 그놈은 성님이 못 돌아오거나 죽은 줄 알고 있일 기요. 약은 놈!"

겉으론 태연하게, 담담하게 얘기하는 척했으나 지삼만의 악랄한 수법과 그의 의도에 대해서 충분히 설명을 못하는 것은 전달에 적합한 어휘가 부족한 탓도 있겠으나 내심 굉장히 흥분하고 있었기 때문이다. 울분과 실망도 있었다. 울분은 보람이 없다는 생각에서, 실망은 환에 대한 것이다. 처음 만나는 순간부터 강쇠는 지렛대가 빠져버린 것 같은 환이를 느꼈다.

"나 그렇잖아도 성님보고 따질라 했구마요. 이곳 형편이야 며칠만 더 기시믄 알게 될 기지마는, 대관절 앞으로 우짤 심산이오?"

바싹 다가서듯, 던지는 말이다. 그러나 환이는 그 말 대꾸는 하지 않고,

"좀 앉았다 갈까?"

하자 환이보다 강쇠가 먼저 주저앉는다. 환이는 천천히 엉덩이를 내린다. 길켠의 버드나무가 선들선들 움직였다. 열기가 남아 있는 어두운 땅과 수풀에 강바람이 지나간다. 바람은 물결같이 오고 또 온다.

"강쇠야."

대답 대신 한숨만 폭 내쉰다.

"몇 년을 소식 없이 뭘 했느냐, 물어볼 만도 한데…… 왜 묻질 않는가 모르겠어."

두 팔로 허벅지를 꽉 껴안듯이 그리고 어두운 땅바닥을 말 없이 내려다보고 있더니,

"묻는다고 대답하는 성미건데요?"

"……."

"자게가 하고 접어야 얘기를 하니께, 물으나 마나, 설마 왜놈들으 밀정이야 했겠소."

"그보다 더한 짓을 했는지 모를 일이지."

강쇠는 들은 척 만 척, 허벅지를 양팔로 껴안은 채 발바닥으로 땅을 몇 번 구르다가,

"가입시다."

팔을 풀고 일어섰다. 화개(花開)까지 온 두 사내는 어느 편이랄 것도 없이 불빛이 새나오는 주막 앞으로 다가섰다. 강쇠가 먼저 들어섰다.

"비연이 없나?"

대답 대신 불이 꺼져버린다.

"비연아!"

대답이 없다.

"이런 떡을 칠 놈으 행사를 봤나? 정 이럴 기가? 기둥뿌리
뽑기 전에 불 못 키겠나!"

"밤늦기 누고?"

겨우 졸려 죽겠다는 시늉의 늘어져 빠진 여자 목소리가 술
청 뒤켠 방 안에서 들려왔다.

"밤늦기? 초지녁부터 무신 지랄 하노."

"새는 날에 오소. 잘라 카는데 술은 무신."

환이는 마당에서 뒷짐을 지고 하늘을 올려다보고 있었다.

"이 모서리에서 술 팔아묵고 살 작정이믄 속곳 걸치고 나오
는 기다. 소나아만 밝히가지고 아가리에 밥 들어가겠나."

강쇠는 술청에 올라가 앉는다. 방 안에서 부시럭거리는 소
리가 나고 소근거리는 소리도 들려온다. 이윽고 등잔을 켜 든
삼십을 넘은 여자가 나왔다. 사내는 뒷방문을 열고 빠져나가
는 기색이다. 그러나 뒤란을 돌아나오려던 사내는 뒷벽에 쌓
아올려 놓은 솔가지에 얼른 몸을 감춘다. 술청에서 새나오는
불빛을 받고 하늘을 올려다보며 서 있는 환이를 본 것이다.
방에서도 강쇠 음성을 알아차리고서 여자를 내보냈고 뒷방문
으로 빠져나온 눈치다.

"오밤중에 이기이 무신 짓이오? 술장수는 당신네들 종이오?"

쨍쨍 울리는 여자 목소리.

"넘찐 소리 마라. 부애 돋구믄 대가리를 깨부릴 긴께. 사당년이 주모로 출세했이믄 옛날 행사는 버리는 기이 우뚷노? 더럽어서 술 마시겄나."

"더럽운 술 안 마시믄 될 거 아니오!"

"그라믄 주막 뜯어 개라. 다른 사람이나 해묵고 살게."

"누구 맘대로, 이녁이 내 서방이오?"

"별 탈 없이 오늘 밤을 지낼라 카거든 술상이나 잘 채리내. 시끌버끌한 참에 성미 나오믄, 알겄나! 성님, 안 들어오고 머 하요?"

환이 술청으로 들어가는 것을 본 사내는 슬그머니 주막을 빠져나간다. 주모 비연(飛燕)은 환이 기색을 슬쩍 살피다가 아무 일도 없었던 것처럼,

"어서 오소."

하고 눈웃음을 친다.

"이년이 또 꼬리를 치네. 제 버릇 개 못 준다 카더니,"

여자는 강쇠의 사팔뜨기 눈을 노려본다.

"말말이 이년 저년, 입정 고약한 사내구마."

"그렇기 나오이 제법 머엇 겉다. 니 이모가 이 주막을 했을 직에는 임석이 깨반하고* 오밤중이라도 나그네가 들믄 군담 없이 술상 밥상 다 채리냈고 행신이 조심스럽어서 어느 누구도 넘보거나 업신여기진 않았다. 이모 죽은 덕분에 이만한 집

칸이라도 물리받아서 사당패 생활을 걷었이믄 죽은 이모 반
몫은 해얄 거 아니가. 이놈 저놈 집적이는 대로, 그래서는 못
쓰지. 이거 다 죽은 니 이모하고의 정리를 생각해서 하는 소
리니 새겨서 들어라."

　강쇠는 타이르듯 말했다. 그러나 여자는 고개를 돌리며 입
을 비쭉거린다. 이렇게 해서 밤을 새가며 환이와 강쇠가 술타
령을 하고 있을 때 주막에서 빠져나온 사내는 남원(南原)을 향
해 줄달음을 치고 있었다. 동이 훤하게 틀 무렵 남원에서도
훨씬 더 깊숙하게 들어간 곳, 그러니까 지삼만이 창설한 청일
교(清日敎)의 소위 교당(敎堂)까지 사내는 왔다. 똥짤막한 키에,
팔이 길어서 마치 원숭이만 같은 사내는 꽤 건각(健脚)이다. 피
로한 기색도 없이 교당의 뜰 안을 이리저리 살핀다. 누각도
비각(碑閣)도 아닌, 묘하게 생긴 건물이 중앙에 우뚝 서 있었
다. 홍살문이 중앙에 있고 벽면에는 『삼국지』의 관운장, 장비
따위의 요란스런 그림이 그려져 있었다. 그리고 그 뒷면에는
행랑 같은 건물이 즐비하게 서 있고 그의 마주 본 곳, 그러니
까 큰 건물에 가려진 곳에 돌담을 친 꽤 큰 기와집이 있었다.
모두 나무 냄새가 날 만큼, 신축한 진 얼마 안 되는 집들이다.
사람의 그림자라곤 없다. 벽면의 요란한 그림 탓인지, 관례
를 깨뜨리고 건물 중앙에다 갖다 붙인 홍살문 탓인지 요괴스
런 분위기가 감도는 청일교의 본거지, 도대체 지삼만은 이 삼
사 년 동안 어떻게 해서 이만한 기틀을 이룩하였는가. 아무도

자세한 것은 모른다. 극히 소수의 사람들, 그것도 막연한 추측인데 전주의 어느 부자가 막대한 비용을 내어 교당을 지어주었다는 것이며, 그것도 신심에서가 아니라 그 부자의 무서운 범죄의 비밀을 지삼만이 알고 있어서 비밀을 지켜주는 대가로 거금을 내놓았다는 것이다. 그리하여 환이가 심어놓은 하부조직을 부수기 시작했으며 위협과 감언이설로 포교사로 둔갑시켜 신도들을 포섭하며 지반을 넓혀간 것이다. 그는 배일사상을 적당히 가미하여 직설적이며 조야(粗野)한 변설로써 인심을 사로잡았고 동학의 교리를 약간씩 변조하여 설법함으로써 심오한 성자 행세를 했다. 그러나 언동으로써 그가 가장 강조하는 것은 일본이 망할 것이며 그리하여 동방의 새로운 햇불이 조선땅에서 높이 솟아오를 것인즉 그때 동방을 다스릴 자 누구일 것인가, 하늘로부터 인(印)을 받을 자 누구일 것인가, 지금은 비어 있는 옥좌(玉座)인데 장차 그곳에 좌정할 어른을 위해 백미 열 섬의 공덕을 쌓으면 그날이 왔을 적에 홍포도사(紅布道士)가 될 것이요, 백미 백 섬의 공덕을 쌓으면 청포(靑布)도사가 될 것이요, 백미 천 섬의 공덕을 쌓으면 황포(黃布)도사가 될 것이요, 그러나 청일교를 믿지 아니하고 교주를 믿지 않는 자는 그때를 기하여 금수로 환생될 것이며, 청일교를 비방하고 교주를 비방하는 자는 생을 다시 받지 못하리라, 대충 그런 골자의 주장이었다. 친일파라든지 뒷구멍으로 일본 경찰과 손을 잡았다는 풍설은 사실 신빙성이 없었고 교당을 지어주었다는 전주의 모 부자가 친일파라는 말이 있었다.

"제에기랄! 모두 끼고 누워서 자알들 한다."

엄지손가락으로 코끝을 튀기며 원숭이 같은 모습의 사내는 행랑같이 기다랗게 칸칸으로 된 건물을 향해 걸음을 옮긴다. 그리고 셋째 칸 툇마루에 한 손을 짚고 방문을 열려는 순간,

"거 뉘시오."

굵은 음성이 뒤통수에서 들려왔다. 사내가 고개를 획 돌린다. 그러고는 얼굴색이 싹 달라진다.

"아아니, 그게 무슨 짓이오!"

머리털이 하얀, 그러나 몸은 장대하고 튼튼해 뵈는 늙은이가 시퍼런 칼을 들고 서 있었다.

"내가 워쩌는디 그러요?"

"이 영감탕구 눈까리가 멀었나? 사람이 눈에 안 보이오!"

"아아 나는 또, 이 칼 땀시 그런다요? 헤헤헤헤……."

"새벽부터 재수 더럽게시리."

"칼이 사람 쳐다보들 않겄소? 도모지 들지를 않는단 말시. 혀서 뒤꼍에 나가 도둑눔맨치로 쓰윽쓰윽 가는디,"

"아, 아 알았소."

사내는 손을 내젓는다.

"헌디 한서방은 신새벽부터 무슨 일이오?"

"그건 알 것 없고,"

열려던 방문을 두드린다.

"오서방! 오서방!"

"아따, 참 시끄럽네. 우떤 놈이 와서 잠도 못 자게 지랄을 하노."

"급한 일인께 오서방이 일어나 나오든지 아니믄 내 들어가네."

"기다리라! 내 나가서 급한 일 아니믄 골통을 깨부릴 긴께."

옷을 주워 입는 기색이다.

"아아니, 그놈의 칼은 언제꺼지 들고 거기 서 있일 기요?"

아무래도 칼이 꺼림칙했던지 한서방이라 불리던 사내는 작은 눈을 부릅뜬다.

"헤헤헷……."

늙은이는 한 눈을 찡긋하고 음탕한 웃음을 웃으며 어슬렁어슬렁 걸어간다.

"대관절 무신 일고?"

삼베 고의적삼을 입은 오가가 굵은 맨상투 머리부터 들내고 방에서 나오며 말했다. 한가는 잠자코 걷는다. 같은 또래의 사십 대 오가는 중키였고 턱밑에 칼자국이 있었다. 투덜거리며 따라간다. 행랑과 마주 보이는 돌담, 일각 대문 앞에까지 온 한가가 걸음을 멈춘다.

"내 지금 화개서 오는 길인데 급히 교주를 좀 만나야겠다."

음성을 낮추며 말한다.

"만나잔다고 하믄 만날 수 있나? 무신 일인지를 알아야제."

"김환이가 왔어."

"머라고?"

"김환이가 왔단 말이다."

"그거 정말가!"

"이 눈으로 똑똑히 봤다. 안 봤다믄 미쳤다고 밤길을 걸어왔을까?"

오가는 놀라움을 감추지 못한다. 오가는 지삼만의 심복이었고 한가는 강쇠의 수하로서 등을 돌린 인물이며 환의 얼굴 정도는 아는 처지였다. 그러니까 한가가 밤을 새워가며 남원까지 달려온 것은 지삼만에 대한 충성심보다 환이에 대한 공포의식과 자기 보신을 위한 본능이 더 강했을 것이다. 한가하고 사정은 다르지만 김환에 대한 공포심은 오가도 마찬가지였다. 서로 마주 본다. 인가도 없는 주변의 숲을 타고 불어오는 바람 소리가 괜히 으시시하다.

"죽었는 줄 알았는데…… 하여간에 물구신 겉은 사램이다."

"앞으로 우떻기 나오까?"

"모르지."

"무사할 수는 없일 기라."

"하기야 머 이제는 수족이 있이야제. 도술을 쓴대도,"

"이러고 있일 기이 아니라 교주,"

하는데 일각 대문, 그 안에서 빗장 빼는 소리가 들렸다. 육십 가까운 안늙은이가 저자 바구니를 들고 나온다.

"여기서 웨찌 이러고들 있는 기여?"

"예, 저기,"

두 사내가 굽실거린다. 지삼만한테 딸을 바친 신도, 그러니까 장모격인데, 교주의 조반상을 위해 아침장을 보러 가는 길이다.

"웨찌 말을 못혀? 무슨 일이 생겼는가?"

위세가 당당하다. 눈꺼풀이 아래로 처져서 사납게 생기기도 했고.

"교주님한테 급히 알려야 할 일이 생겨서요."

"그럼 얼쩡거리지들 말고 들어가보란께로. 아직 주무시는디,"

"예. 그러면 다니오시이소."

늙은이가 가버리자 두 사내는 대문 안으로 들어간다. 한가는 엄지손가락으로 코끝을 튀기면서 문간에 처지고 오가만 안으로 들어간다. 꽤 오랜 시간 한가는 대문 안뜰을 서성거린다.

'어디 있다가 나타났으까? 맨 먼저 등 돌린 우리들한테 칼끝을 돌리는 거 아니까? 제에기랄! 별수 없는 일이었제. 언제꺼지 기다릴 수도 없는 일이었고 줄타기 같은 생활도 젊은 한시절, 옳고 그른 기이 어이 있더노. 좋아서 지가 놈한테 붙어사는 것도 아니겄고, 순 야바우꾼 지가 무신 교주라고. 아이유! 머가 먼지,'

오래 기다리니 기다리는 것만큼 불안해진다. 밤길을 뛰어

올 적에는 빨리 가야지 빨리 가야지, 했을 뿐인데 한가는 오줌 마려운 사람같이 이리 갔다 저리 갔다 한다. 오가는 집 안으로 들어갔지만 자기는 의붓자식처럼 밖에 서 있어야 하는 차별대우도 전에 없이 못마땅하다. 그렇다하여 청일교에서 나오고 들어가고 마음대로 할 수 있는 일인가. 김환의 칼끝과 지삼만의 칼끝이 동시에 자신을 향해 있는 것 같은,

'빌어묵을! 머를 하고 있노.'

이때 저만큼 모습을 나타낸 오가는 손짓을 했다.

"우떻기 됐노?"

"오라 하신다. 가자."

"머라 카더노."

"말 조심해. 머라 카더노가 멋고? 안전에서 그랬다가는 모가지가 날아갈 기다."

"……."

대문 앞에서 한참 돌아나간다. 난간으로 둘러진 쪽마루가 양켠에 있고 복판은 큰 대청인데 신발을 벗고 대청으로 올라서며 오가는 왼편 방을 향해 말했다.

"데리고 왔십니다."

대답 대신 큰기침 소리가 났다. 오가를 따라 한가는 방 안으로 들어간다. 지삼만은 웃통을 벗은 채, 여름에 실내용으로 쓰는 평상에 앉아 있었다. 오가는 선 채였고 한가는 이마에 두 손등을 붙이고서 절을 한다. 지삼만이 노려본다. 본시 땅

땅하게 되바라진 체격인데 그새 옆으로만 벌어졌는지 주둥이
가 좁은 항아리만 같다. 노리끼하고 성긴 수염은 옛날과 같이
초라했다.

"네 눈으로 그자를 똑똑히 보았다 그 말이 틀림없는감?"

"예."

"좀 자세히 말혀보더라고."

"예. 지가 하동에 갔다가 돌아오는 길에 화개 주막에서 술
을 마셨십니다. 그러다 보이 밤이 되고 해서 자고 갈라고,"
하다가 우물쭈물한다.

"계속혀."

"불을 껐는데 술꾼이 찾아왔십니다. 주모가 술을 안 판다고
해도."

"흐흠, 그런께로 제집을 끼고 누웠더라 그 말인디,"

지삼만은 씩 웃는다.

"예, 그, 그거야 머 오다 가다."

"그럴 수도 있지. 계속혀."

"밤이 늦었으니 새는 날 오라 해도 술상 차리라고 야료를
부리는 기라요. 방에서 듣자니께 강쇠더마요. 그냥 물러갈 것
겉지도 않고 거기서 맞닥뜨리도 골치가 아플 기고 해서, 계집
더러 나가라 하고 지는 뒷방 문을 열고 빠지나온 깁니다."

"혔더니?"

지삼만은 다시 한가를 쏘아본다.

"마당으로 돌아서 나갈라 카는데 김환이 서 있더마요. 똑똑히 보았십니다."

"그자도 니를 보았남?"

"아니요, 보았다믄 여기 왔겠십니까."

"음."

"먼저 술청으로 들어간 강쇠가 성님, 하고 부르니께 김환이가 들어가더마요. 강쇠가 성님, 하고 부를 사램이 어디 또 있겄십니까?"

"성상은 웨찌야?"

"옛날 그대로, 밤인께 자세히는 보겄십디까?"

"그놈이 오기는 온 모앵인디, 뭣이냐, 대단헌 일은 아녀. 거 담배,"

오가가 얼른 다가가서 긴 담뱃대에 담배를 재어서 내민다. 지삼만이 빨대를 입으로 가져가자 담뱃불을 붙여준다. 두세 모금 빨아서 연기를 뿜어내던 지삼만이 별안간 큰소리를 내어 껄껄껄 웃어젖힌다.

"그놈이 나한테 기어온다면은 내 그놈을 내 옆에다가 앉힐 아량은 있는디, 하하핫…… 으하하핫핫……."

"그렇기 할 사램이 따로 있지 설마 그러겄십니까?"

"뭐 워찌여? 그렇게 헐 사램이 따로 있어?"

너털웃음을 멈추고 눈을 부릅뜬다. 살기가 돈다.

"저기, 저 무신 계책이 이, 있일 성싶어서 지, 지는 걱정이 돼서 마, 말씸디린 것입니다."

한가가 목을 움츠리면서도 꾸역꾸역 말을 내뱉는다.

"한심스런 일이여. 새 세상이 와도 네놈은 게우 개돼지나
면허겠어. 하기야 그것만이라도 고마운 일 아니여? 헌 일이
있어야제."

들난 상체, 자신의 굵은 팔뚝을 찰싹찰싹 치며 지삼만은 모
멸의 웃음을 머금는다.

"그, 그게 아니고 갬히 교주님을 우떻게 하겄십니까마는,
우리겉이, 등 돌린 처지고 보믄 언제 어디서 앙갚음을 할라
칼지 그, 그기이,"

"알 만혀, 이 졸때기 겉은 놈아. 허나 내 날개 밑에 있으니
워쩔 것이여. 걱정 말어, 걱정 말더라고. 날고 기어도 이제는
별 재간 없일 거여. 들판에다 세우놓은 허세비란 말시. 참새
가 낯짝을 쪼아먹는다 혀도 꼼짝없이 당할 긴께로. 흥, 가만
히 내비려두먼은 말라서 죽을 것이여. 암, 암 그렇제. 내 그
놈을 없이헐 맴을 가졌다면은 벌써 옛날 옛적에 그랬을 거여.
불쌍헌 인생 죽을 자리 찾아서 제 고장으로 왔는디 가만히,
가만히 내비리두더라고. 알았지야. <u>으흐흣흣 으하핫</u>……."

"그렇기만 말씸,"

"어허! 모두들 나가서 한 상 자알 차려먹고 낮잠이나 늘어
지게 자는 거여. 밤이슬 맞고서 쫓아올 것까지는 없었는디.
자아, 나가더라고, 나가란 말시."

독기가 빠져버린 듯한 지삼만의 말에 한가는 맥이 풀리는
모양이다. 일어서서 비실비실 뒷걸음질치며,

'저러다가 뒤통수 빠개지는 거 아니까? 말하는 기이 너무
쉽구마. 그 사램이 우떤 사램이라고? 하룻밤에 몇백 리를 뛰
고, 참말이제 직일라 캤으믄 그 손에 지가 모가지가 남아 있
일 성싶던가?'

"헌디 이보더라고."

"예, 옛!"

"놀라기는 워찌 놀란다냐?"

"⋯⋯."

"거 주모라는 제집 말여."

"예."

"자네허고 전부텀 잘 아는 사인감."

"아닙니다."

"자네가 누군지는 알겄제?"

"모릴 깁니다. 통성명도 안 했고 그새 그곳에는 얼씬거리지
도 않았인께요. 옛날 주모 아니더마요."

"그려? 그것은 잘된 일이여. 만일에 자네가 방에서 나간 것
을 알았다면은 그자들, 살려놓으려 허지를 않았일 것이고, 왜
그런고 허니, 배신했다는 그런 사감은 별거 아닌디 숨어다니
는 몸이고 보니 발설이 무서울 것이여. 호옥 또 관가에 찔러
넣기라도 헌다면은? 입을 없이 혀얄 것 아니더라고?"

살살 만지면서 독침을 찌르는 것이다.

"허니 내 이르는디 그놈 만낸 이야그를 아무보고도 발설혀서는 안 될 것이여. 그것이 보신책이라는 거여. 그것만 명념헌다면은 걱정할 것 없인께로. 잘 알아들었지라?"

"하, 하지마는 무신 계책을 꾸미고서 왔다믄 앉아 당할 수만 없지 않겠십니까."

"허허어. 네놈만 못헌 사람이 우리 청일교에 있다 그 말이여? 잔소리가 많아 못쓰겄단게. 쇳바닥 더 이상 놀리지들 말고 일들이나 열심히 허더라고. 어여 나가아."

"이제 나가지."

말 한마디 없이 있다가 한가와 함께 나가려다 만 오가가 한가의 팔을 잡아끈다.

두 사내가 나간 뒤, 지삼만은 대청을 질러서 맞은편 방문을 열고 들어간다. 딸뻘이나 돼 보이는 젊은 여자가 웅크리고 앉았다가 일어선다.

"한잠 더 잘 것인디 워찌 자리를 걷었단가?"

"저, 월궁형님,"

"거 찢어 죽일 것이 아직도 새를 보는 거여?"

"……"

"그러면은 어쩐다아? 임가가 안 가고 있던가?"

"예."

"그럼 좀 불러오라 허게."

한참 후에 옛날의 보부상 임가가 나타났다. 머리칼이 더러 희끗거렸고 주름살도 생긴 얼굴이다. 눈 가장자리며 입술은 여전히 푸르스름했다. 옛날보다 훨씬 더 음흉해 보인다. 그는 현재 지삼만의 왼팔 노릇을 하고 있었다. 지삼만도 이자에게 는 함부로 대하질 않았다.

"무슨 일로 아침부터,"

"긴 이약은 두었다 허고, 임서방,"

"예, 말씀하시시오."

"김환이가 왔다네."

"예? 김환이가 와요?"

임가는 그리 놀라지는 않는다. 지삼만은 한가한테 들은 얘 기를 대충 들려준다. 그러고 나서,

"서둘러야 하네. 서둘러야 할 까닭을 말헌달 것 겉으면 두 가진디, 우리는 왜놈한테 대항하는 단체로 알고 있으며 또 장 차 신도가 수십만을 넘을 시, 왜놈을 치고 나갈 것인께 김환 이를 찔러 넣었다는 이야그를 알어서는 안 될 것이여. 그러고 다음 그놈이 우리가 찌른 것을 눈치챈달 것 겉으면 우리를 끌어들일지도 모를 일 아니겄어?"

"그러자면은 제 놈 편도 쑥밭 되는 거 아니겄소?"

"그렇다고 장담은 못혀. 그러니 서둘러야 의심을 덜 받는다 그 말이여라. 두 놈헌테는 발설 못하도록 입을 꼭 막아놨인께."

"서두는 거야 어렵잖은 일 아니겄소?"

"그러고 또 한 가지 명념헐 일이 있는디 반드시 우리가 밀고를 혀야 한다. 워찌 그러냐 헐 것 겉으믄 저리 돌아댕기다가 다른 연줄로 김환이가 붙잡히게 되는 날, 그때 우리까지 주렁주렁 매달리어 나온다믄 그냥 가는 거여. 경찰에다 우리가 고한 것을 명백히 해둘 필요가 있단 말시. 그것이 최악의 경우 우리 보신책이 될 것이여. 내 말뜻 알 만혀?"

"알겠소."

지삼만은 씩 웃는다.

14장 자살

복동네 집이 바라보이는 타작마당에 마을 아낙들이 모여들어 수군거리고 있었다. 고추잠자리가 해 진 줄도 모르고 제비와 경주라도 하듯 땅을 거슬러 오르며 날고 있었다.

"그동안 동네가 잠잠하더마는 궂인 일이 생기고 시끄럽어서 온."

"해필이믄 최참판댁 제삿날 밤에 죽노 말이다."

"씰데없는 소리 마라. 우짜다가 그리됐겄지."

"우짜다가 그리되다니? 양잿물 마시고 지 목심을 지가 끊었는데 우짜다가 그리돼?"

"지랄 겉다. 누가 죽은 것을 두고 한 말가. 죽은 날을 가지고 말을 맨들라 카이 그런 거지."

"아따, 충신 났고나. 그라믄 땅마지기 얻어걸릴까 바서?"

"참 내, 그래서 땅마지기 얻을 것 겉으면 밤새도록 경문 읽듯 하겠다."

"시끄럽다, 이 사람들아. 너거들은 살아 있인께 신둥건둥* 남의 일 겉제? 그러는 기이 앙이다. 내사 마 불쌍해서 가심이 아프다. 세상에 설네, 설네 해도 과부 설움보다 더한 거는 없일 기다."

야무네는 두 다리를 뻗고 앉아서 연신 눈물을 찍어내며 나무라듯 말했다.

"와 아니라요."

"말로는 그래도 알기는 어디로 알아. 너거들은 모리네라. 당해본 사램이 아니믄 모리고말고."

"야, 당해본 사람이 아니믄 모리지요."

왜헌병한테 총 맞아 죽은 마당쇠의 댁네가 혼잣말같이 뇌었다.

"나는 사십 질에 과부가 됐다마는, 굽이굽이 그 설운 얘기를 우찌 다 할 기든고? 제집이 어디 사람가. 남자 한마디믄 될 일이라도 제집은 열 마디로도 안 되는, 세상 매사가 다 그렇제. 아이 배태 한분 못해보고 청상과부로 곱다시 늙은 복동네, 한을 풀기는커녕 애참하게 죽었으니,"

"그러기 말입니다."

"실성한 시아부지 모시고 근근하게 살다가 삼 년 거상을 혼자서 치르고 양자를 얻어서 장개까지 들이 대(代)도 이었고, 어이구, 그 무서라는 길쌈, 며누리 손에 밥 얻어묵고 이자는 편할 긴데."

"며누리 봤다고 어디 편합디까."

눈알이 새까만 붙들이댁네가 입술을 삐쭉거린다.

"다 늙어서, 가리 늦기 세상에 그런 벼락 맞일 누명이 어디 있겄노."

"구설수가 있이믄 할 수 없는 기라요."

"깔끔코 엄전하던 그 여편네가 하필이믄 그런 누명을 쓰고 그렇게 죽을 줄은 참말이제."

야무네는 자기 설움도 곁들여 흐르는 눈물을 닦아낸다.

"구설수 따문에 죽었이까요? 내 놓은 자식도 멋한데 남의 자식, 며누리가 시어미를 대수로 여깄겄소?"

붙들이댁네는 묘하게 복동네의 사인을 며느리 쪽으로 몰고 가려 한다.

"그러씨, 이 일 저 일 다 겹쳐서 살기가 싫은께 갔겄제."

고부간의 불화가 전혀 근거 없는 일은 아니었던지 야무네도 부인하지는 않는다.

"노소 간에 죽음이 무신 사정이 있을까마는 한참 살 긴데, 지가 지를 직이다니 애참타."

야무네는 악센 삼베 치마를 끌어당겨 눈물을 닦고 일어선다.

"이러고들 서 있이믄, 나는 갈란다."

다른 아낙들은 우두커니 서 있었고 마당쇠댁네만 야무네랑 함께 타작마당을 떠난다. 강 건너 산허리는 어느덧 검게 하늘과 강물에 선을 긋고, 노을이 꼬리를 감춘 하늘과 강물은 흰빛으로 퇴색돼가고 있었다.

"말이 났으니,"

야무네 옆을 우죽우죽 따라오던 마당쇠댁네가 말을 꺼내었다. 경우 없는 욕심꾸러기이며 억지를 썼다 하면 당할 사람이 없었던 마당쇠와는 달리 차분하고 말이 적은 마당쇠댁네는 뭔가 얘기를 하지 않으면 못 배기겠는 그런 표정이다. 그는 과부가 되면서부터 복동네와 무척 가까이 지낸 사이였다. 깔끔하고 부지런하고 선량한 사람됨이 비슷했다. 그는 야무네처럼 눈물을 짜지는 않았으나 복동네의 자살로 충격은 더 받은 것 같았다.

"이 얘기를 안 하믄 죽은 복동어매가 나를 원망할 것 같고 해서……."

야무네는 비로소 마당쇠댁네가 따라온 까닭을 알아차린다.

"그렇지만 얘기를 하고 보믄 그 뒷감당을 내가 우찌 하꼬 싶어서,"

"내사 말해서 안 될 일이믄 입을 봉할 기다마는 무신 일인지 몰라도 말은 함부로 할 거는 아니제."

"너무 억울해서,"

"……"

"살았일 적에 참으라꼬 말린 것도 한이 되고,"

"그라믄 복동네 죽음이 미심쩍다 그 말이가?"

"그거는 아입니다. 실은 야무어매도 알 깁니다마는, 이상한 그 소문 말입니다."

"그거사 말도 안 되는 일이다. 이십 년도 더 되는 옛날 일, 말 같지도 않다. 어느 연놈의 주둥이가 그런 말을 했는고."

소문이란 이십여 년 전, 최참판댁의 종 삼수가 최참판댁 살림을 송두리째 가로채어 평사리에 들앉은 조준구에게 빌붙어서 제법 마을 작인들에게 호령하던 시절, 과부 복동네한테 쌀 말씩이나 져다주고서 잠자리를 같이했다는 터무니없는 것이었는데, 복동네의 인품을 아는 마을 사람들은 출처 모르는 그 말을 쉬쉬했던 것이다. 그러나 소문은 복동네가 없는 자리에선 꽤 화젯거리가 된 것도 사실이다. 곧이듣건 곧이듣지 않건 사람이란 항상 남의 일에 대해선 무책임하게 마련이다.

"지도 처음 그 말을 들었일 적에 혼자 사는 것도 서러운데 별 더러운 소리를 다 듣는다 싶었습니다. 그런 소문이 있는 것도 모리고 복동네는 요새 와 나를 만내믄 모두 이상한 눈으로 보는지 모리겄다고 푸념을 할 적마다 딱해서 겐딜 수가 없데요. 복동네는 며누리하고 가끔 다투는 일 땜에 그러는가 그리 생각는 눈치였십니다. 그랬는데 어느날 새파랗게 돼서 찾아왔더마요. 그때 죽는다는 말을 합디다. 그러나 이 애면(억울한) 때는 벗고 죽어야 안 하겠느냐고 울더마요. 그러잖애도 내놓은 자식이 아니라서 아무리 공이 들어도 며느리가 시어미를 대수로 안 여기는데, 하믄서 설게 울더마요. 참으라고 달랬지요. 남이사 머라 카거나 말거나 나만 청백 겉으믄 고만 아니냐고, 그랬는데 복동네는 그 소문의 출처를 종구고(찾고) 댕긴 모양이라요. 소문을 맨든 사램이 누군지 아요?"

"원수진 사람도 없일 긴데 그러씨,"

"봉기 그 영감탕구지 멉니까?"

"머라꼬?"

"그래서 복동네는 봉기 그 늙은이를 찾아갔는데,"

"그 늙은것이 미쳤던갑다."

"말도 마이소. 말을 캐러 간 복동네는 말을 캐기는커녕 세상에 그럴 수 없는 수모를 당했지 멉니까? 누한테 그런 얘기를 들었으며 그런 짓 한 것은 어느 눈구멍이 보았느냐고 한께 그 늙은이 말이 삼수, 예, 삼수라 카데요. 그 삼수한테 들었다 믄서 도리어 입에 못 담을 욕을 한 기라요."

"저런 세상에,"

"어째서 그런 말을 하믄서 복동네를 퍼부었는가 하믄 그 와시집간 큰딸 안 있십니까?"

"두리 말가?"

"야. 그 딸을 삼수라는 최참판댁 종놈이 수수밭으로 끌고 가서 욕을 보았다, 그 말을 복동네가 했다는 겁니다."

"그, 그렇다믄 두리가 시집가기 전의 일이구마. 생각이 난다, 삼수 그놈이 두리를 보고 침을 흘리믄서 댕기던 일이. 그래서,"

"이년아, 쌀 몇 말에 니가 붙어묵고서 천금 겉은 내 자식헌테 덤턱을 씌우느냐 하고 칠 듯이 덤비더랍니다. 반쯤 죽게 돼서 집으로 기어왔더마요. 기가 넘고 입술이 말라붙어서 처음에는 말도 못하데요. 삼수한테 들었다는 말 때문에, 내가 황천에 가서 그 일을 밝히겠나, 방바닥을 치믄서, 그라고 수수밭에서 욕봤다는 말 역시 듣도 보도 못한 일이라,"

"그런께 알 만하다. 봉기 그 늙은것이 능히 그랬을 기다. 제 자식 일이라, 무신 짓이라도 할 사람이제. 그래 지 딸의 말이 걸려 있어서 그런 소동은 감쪽같이 덮었구나. 그런데 복동네도 모리는 일이, 우째서 일이 그쯤 됐일꼬?"

"알고 보이 복동네 며누리한테서 말이 났던 모앵입니다. 그 아아 성이, 말은 그 아아 성 입에서 났는데, 뭐 삼수한테 들었다 카든지 봉기 늙은이 딸아아한테 들었다 카든지,"

"자식 낳고 사는데 그것도 보통 일은 아니다."

"그래 그 말이 그 늙은이 귀에 들어가서 며누리가 닦달을 당했는데 지 성한테 들었다는 얘기는 쑥 빼고 시어머니한테 뒤집어씌운 기라요."

"나쁜 년! 그러이 늙은것이 죄 없는 복동네를 잡았구마. 지

딸 말막음도 하고 원한도 풀고, 세상에 아무리 제 자식이 귀하기로 몹쓸 짓을 했제. 그러기 옛말에 사람 무섭은 거는 범보다 더하다 안 하더나."

"그러니 며느리하고 봉기 늙은이가 사람 하나 직인 거지요."

"음, 그보다도 이십 년 넘기 옛날에 죽은 놈이 산 사람을 직인 기다. 생전에도 숭악한 놈이더니 삼수 그놈이 화근이었제. 세상 무섭어서 이래가지고는 어디 살겠나? 그렇지마는 이대로 있일 수는 없다. 너나 내가 안 기이 불찰이제. 안 이상 복동네 애면 때는 벗겨주어야 한다."

"그렇게 하자면 우리가 안 당하겠소?"

"말깨나 하는 남정네들이 설동해서, 빌어묵을 여핀네, 죽기는 와 죽노. 살아서 흑백을 가릴 일이지."

두 아낙은 자신들도 모르게 마을 길에 멈추어 선 채 얘기를 하고 있었다.

"그 일도 그 일이고 복동네는 낳지만 않았다 뿐이지 그래도 공이 든 자식이라 어미가 당한 수모, 분풀이를 해줄 줄 알았는데 며느리가 수수밭 얘기를 뒤집어씌운 것은 제쳐놓고 그 늙은이 한 말이 사실이 아닌가 의심을 했다는 깁니다. 며느리도 역시나 그 말을 믿고, 그것이 더 서럽고 억울했던 모앵이라요. 남의 자식 소용없다, 내가 헛살았고, 신령이 어디 있노, 이 세상에 믿을 것 하나 없다, 몇 분씩이나 그런 말을 하더니

만 기여."

길섶 풀밭에서 풀벌레가 몹시 울어쌓는다. 마당쇠댁네는 숫제 길바닥에 주저앉아버린다. 논둑길을 아이들이 소를 몰고 돌아간다. 방울 소리, 또 개구리 울음, 후덥지근한 강바람, 길바닥에 주질러 앉은 마당쇠댁네가 흐느껴 운다.

"남의 일 겉지가 않소. 임자가 있었다믄 갬히 누가 그런 말을 했겄소. 무엇을 바라고 무엇을 위해서 그리 애발스럽기* 살라고 나부대었는고. 참말이제 남의 일 겉지 않소. 으흐흣흣…… 혼자 사는 것도 뼈가 저리게 설운데, 이놈의 세상, 머릿기름 한분 바릴라 캐도 남의 눈치 보고, 옷 한분 갈아입을라 캐도 남의 눈치 보고, 아무렇게나 하고 다니믄 또오, 남정네를 보믄 마주칠까 길을 돌아가고, 이것저것 귀찮아서 남을 기(忌)하고 살믄 신들맀다 카고, 말도 많고, 어이구 과부 팔자, 직일 놈 살릴 놈 해도 가장 겉은 그늘이 또 어디 있겄소."

"와 아니라. 벽을 지고 있어도, 그러이 악처보다 효자가 못하다는 말이 안 있나. 여자의 경우도 마찬가진기라."

"우짜다가 이웃이라고 안쓰러워하믄 남의 남정네기 따문에 고마우믄서도 모린 척하고, 마구잡이로 나오믄은 임자 없는 하시(下視)려니, 안 그렇십디까, 야무어매."

"마찬가지다. 늙으나 젊으나."

"여자끼리는 우떻고요? 같은 여자믄서, 아이고 시장스럽어라. 제 임자 누가 뺏아가까 봐서, 손이야 발이야 빌어도 어림없는 것을 두고, 그럴 때는 오장이 틀어져서 속앓이를 한다 카이. 덮어놓고 흘뜯고 몹쓸 년을 맨들어놔야 맴이 놓이는가. 누가 우쨌기에, 가만히 있는 사람을,"

마당쇠댁네는 울분이 한꺼번에 터진 것 같다. 쌓이고 쌓인, 참고 견딘 분통의 둑이 터진 것 같다. 조신하고 말수 적었던 여자가 미친 듯이 지껄여대는 것이다.

"엎어진 놈은 발로 걷어차고 그런 인심이 아니더믄 복동네가 죽었겠소?"

"죽자 사자 길쌈을 해서 봄이믄 젤 많이 베를 냈제. 그래서 시기도 받았네라."

"야무어매,"

"와."

"생각해본께 그냥 있일 수 없는 일이오."

"내 말이 그 말이다."

"그놈의 늙은것한테 무신 봉변을 당해도 좋소. 나 나설라요. 사람이 죽었는데,"

마당쇠댁네는 성난 닭처럼 푸르룩 일어섰다.

"며누리 년부터 족쳐야, 아무리 세상이 옛날 겉지 않다 캐도 이런 일은 동네서 판결을 내야, 그래야만 앞으로 그런 일이 없지."

"맞십니다."

"우리 둘이가, 그러니까 과부끼리 설친다 해도 멋하니, 내

사 다 늙어 무신 소리를 들어도 좋다마는, 우짤꼬? 무신 방도
가 없일까? 옳지, 김훈장댁으로 가자. 산청댁이한테 가서 의
논을 한 뒤 남정네들을 설동해서,"

"야, 그기이 좋겠소. 가입시다."

두 아낙은 선걸음에 김훈장댁으로 달려간다. 가면서 야무
네는 숨찬 목소리로,

"이럴 적에 두만네성님이 있었이믄 얼매나 좋겠노. 니사 잘
모릴 기다마는,"

김훈장댁에 갔을 때 마침 한경이는 읍내에 가고 없었으며
한경이댁네 산청댁은 마루에 나앉아서 풀먹인 삼베 고의적삼
을 개키고 있었다.

"어서 오게. 둘이서 웬일인가."

"의논할 일이 좀 있어서, 남의 일이라고 물리치지 마시고
들어주시이소."

야무네는 깍듯하게 말을 꺼낸다.

"어쩨 그러니 가슴이 설렁하네?"

산청댁이 웃는다.

"다름이 아니라 죽은 복동네 일입니다."

"나도 그 얘기는 들었네. 양잿물을 마셨다 하던데, 그게 정
말인가?"

"지 목심을 지가 끊었지요."

하고 나서 야무네는 대강의 사정을 설명하고 모자라는 점은

마당쇠댁네가 보충한다.

"기가 막혀서,"

"이러고도 그만 있겠십니까?"

"안 되지."

산청댁은 단호하게 말한다.

"그래 우떻게 하믄 좋겄십니까?"

한참을 생각하다가,

"우리 셋이 간다면 무슨 행패를 부릴지 모르겠고 봉기 늙은
이를 누를 만한 남자 두 사람하고 가는 게 좋겠구먼. 이런다
고 죽은 사람이 살아나는 것은 아니겠지만 마을 사람들 앞에
서 복동네 누명은 벗게 해야지."

"그라믄 누구를?"

"내 생각 같아서는 우리 바깥사돈하고, 얘길 들으니 그 집
에 선생 하는 석이가 와 있다 하던데,"

"장서방은 우떻십니까? 장서방 앞에서는 그 늙은것도 꼼짝
못하지요."

"최참판댁 마름 말인가?"

"예."

"그 사람은 아무래도, 타곳 사람이니까,"

"그렇긴 합니다."

산청댁은 굉장히 분개한 것 같았다. 체통 문제도 한 번쯤
생각해 봄직한데, 그는 머리를 매만지고 나서 앞장서 나간다.

늙은 과부, 중늙은 과부, 두 아낙은 백만 원병을 얻은 듯 의기 양양해서 따라나간다.

"아니, 사부인께서 우짠 일이십니까."

초상집에 다녀와서, 그렇잖아도 석이하고 함께 얘기를 하고 있던 용이 몸을 일으키며 정중하게 인사한다.

"숙모님이 무슨 일이십니까?"

부엌에서 뒷설거지를 하던 보연이 앞치마로 손을 닦으며 나온다. 이웃 간이어서 자주 내왕이 있었으나 왔다가도 용이 있는 기척이면 돌아서곤 했던 산청댁이었기에 보연은 좀 의아해한다.

"오늘은 자네 시아부님한테 청이 있어서 왔네."

"예?"

"할머니!"

뒤뜰에서 놀던 용이 손녀가 뛰어온다.

"오냐, 밥 먹었냐?"

"예, 할머니."

"애비 언제 오니? 손 얹어봐라."

계집아이는 앞이마에 손을 얹는다.

"옳지, 애비 곧 오겠구나."

산청댁은 아이를 안아 올려 볼에다 입을 맞춘다. 임이네가 죽은 뒤 홍이는 평사리 용이 있는 곳으로 솔가했다. 그리고 나서 그는 돈 좀 벌어야겠다면서 일본으로 들어간 것이다.

"올라오시지요."

마루에 앉아 있던 석이 물러나 앉으며 말했다.

"무신 일입니까?"

야무네와 마당쇠댁네는 산청댁을 대접하여 말문을 먼저 열지 않는다. 산청댁은 아이를 내려놓고 마루 끝에 걸터앉으며 간략하게, 그러나 충분히 알아들을 수 있게 찾아오게 된 경위를 설명한다.

용이는 고개를 끄덕이며 얘기를 듣고 석이는 험악한 표정을 지었다.

"그러잖아도, 그 이상한 소문이 어디서 나왔는가, 뜻밖의 삼수 얘기는 왜 나왔는가, 지금 이야기를 하고 있던 참입니다."

"그냥 있일 수 없는 일 아니겠소."

야무네가 서둘 듯 말했다.

"조져야지요."

석이 내뱉었다.

"삼일장이믄 내일이 출상인데, 시체가 나가기 전에 밝혀야 할 깁니다."

야무네가 또다시 말했다.

"아재씨."

석이가 말했다.

"제가 가지요. 아재씨는 계십시오."

"그 늙은 놈 성질이나 알고 하는 소리가?"

"시끄럽게 할 것도 없고 하여간에 마을 사람들 앞에서 자복하게 하면 될 거 아닙니까."

"그렇지. 그러나 그기이 쉬울까?"

"어림없다. 석이 니는 그 늙은것을 몰라서 그렇다. 우리 다섯 사람이 가도 당적하기 심들 긴데."

야무네 말이다.

"안 될 적에는 다시 여러 사람이 가더라도 지가 한번 부딪쳐보지요. 다 늙은 사람을 동네서 내쫓을 수도 없는 일 아니겠습니까?"

"……."

"언성 안 높이고 조용하게 해보다가, 오히려 그 편을 원할지도 모르지요. 시집가서 사는 딸을 생각해서라도 많은 사람이 가고 시끄럽게 떠들게 되면은 도리어 궁한 쥐가 고양이를 무는 격이 되겠지요. 또 한편 말없이 살고 있는 한 여자, 신세 망치게 할 수도 없는 일이지요. 저한테 생각이 있으니까 한번 시험삼아서, 부인네들이 갔다가 무슨 봉변을 당할지."

"말을 듣고 보이 그 말도 옳은데, 우떻십니까?"

용이 여자들한테 동의를 구한다.

"그렇게들 하는 게 좋겠소."

산청댁이 동의하고 야무네도,

"여자들이 아무리 해도, 남자들겉이 생각이 안 깊으다. 쇠뿔은 단김에 빼더라고 그라믄 색히(속히) 가봐라."

"네."

석이는 부채를 놔두고 일어섰다. 가면서 석이는 당부한다.

"아무한테도 말씀 마십시오."

"그러지."

석이 울타리 옆을 지나가는데,

"아무래도 배운 사람은 다르요. 석이네는 고생하고 산 보램이 있어서 얼매나 좋겠소."

석은 쑥스레 웃는다. 상갓집의 초롱이 보인다. 하늘에는 은하가 뚜렷하게 흐르고 있었다. 석이는 비극적인 복동네 죽음이 묘하게 희극적인 것으로 착각한다. 봉기에 대한 증오감조차 묘하게 절실치가 않았고, 사람의 사는 모습들이 모두 광대(廣大)만 같다. 무궁한 곳에 무궁한 은하가 흐르는데ㅡ.

석이는 봉순이 문제를 아직 꺼내놓지 못하는 자신의 감정을 다시 되씹어본다. 서울서 함께 내려온 김환의 모습도 눈앞을 지나간다. 형평운동에 깊이 관여했으며 사회주의 사상을 가진 청년들과 부단히 접촉하고 있는 관수의 근황도 머릿속에 떠오른다. 김환이 돌아왔기 때문에 관수의 현 위치를 검토해보는 것인지도 모른다. 늙어서, 아주 늙어버렸기 때문에 기대할 수 없는 혜관의 모습도 눈앞을 지나간다.

'평양에서 기화를 만났네. 폐인이 됐더군. 아편쟁이가 됐더란 말이야.'

서울서 우연히 만난 서의돈의 말이었다.

'황태수한테 부탁해볼까 싶었으나 돈만 가지고 될 일인가? 누군가가 아이는 거두어주어야 하는데, 자네가 주선 좀 해보게. 최부자댁에다가.'

봉기 집 앞에까지 왔다. 집 안이 괴괴하다. 아무도 없는 것 같다.

"계십니까?"

대답이 없다. 아주까리 잎만 바람에 너울너울 흔들리고 있었다.

"아무도 안 계십니까?"

"무신 일로 왔노."

풀이 죽은 봉기의 목소리다. 소리 나는 곳을 보니 아주까리 나무 밑에 불도 꺼진 곰방대를 물고 봉기는 쭈그리고 앉아 있었다. 복동네의 죽음 때문에 떨고 있었던 것 같다.

"저녁 잡수셨습니까?"

"저녁? 응, 저녁 묵었지. 무슨 일고?"

불안해하는 음성이다.

"네, 좀…… 두리아버지."

"머?"

두리아버지라는 어세가 강하기는 강했었다.

"두, 두리아버지라꼬?"

"네. 그 두리누님은 시집가 잘 살지요?"

"그, 그건 와 묻노!"

"아이들도 몇 되겠지요?"

"뜬금없이 무신 소리고?"

봉기는 곰방대를 뽑아들며 엉거주춤 일어섰다.

"저랑 얘기 좀 하시까요?"

"무신 얘기! 아무 할 말도 없다!"

"저하고 얘기 좀 하시는 편이 좋을 겁니다. 내일이면 아주
시끄러워질 테니까요."

"그, 그거, 그기이 나하고 무신 상관고!"

"자아, 그러시지 말고 조용한 곳으로 갑시다."

팔을 잡는다. 봉기는 기겁을 하고 석이 손을 뿌리친다.

"와 이라노!"

"허허어 참, 이러면 안 되는데, 두리아버지, 죽은 복동이어
머니보다 두리누님 장래가 더 길다는 생각을 왜 못하십니까?"

"머, 머 머라꼬? 복동이네하고 우, 우리 두리가 무신 상관
고!"

하기는 했으나 곰방대를 이 손에 쥐었다 저 손에 쥐었다 하며
안절부절이다.

"복동이어머니도 그런 짓을 했기 때문에 죽었습니까?"

"그, 그거를 와 나보고 묻노!"

"말이 사람을 죽였지요. 그렇다고 보면 두리누님의 경우도
말로써 죽임을 당할 수 있는 일 아니겠습니까?"

대답을 못하고 봉기는 후들후들 떤다.

"두리누님의 소문을 막을 생각이면 내일, 출상 전에 마을 사람들 앞에서 자복하십시오."

"자, 자복을, 내가 멋 땜에 자복을 하노!"

"그렇다면 할 수 없지요. 근거가 있든 없든 말이란 나고 보믄 복동이어머니처럼, 제가 여기 찾아온 일도 사후 약방문에 지나지 않습니다. 새는 날 마을에서 들고일어나면은,"

"드, 들고일어나아?"

"예. 복동이어머니가 왜 양잿물을 마셨는가, 왜 그런 소문이 돌았는가, 그렇게 되면 두리누님 얘기가 나오게 돼 있어요."

"……."

"자아, 갑시다. 시원한 강가에라도 가서 어떻게 하면 두리누님을 다치지 않고 복동어머니의 누명도 벗겨드릴 수 있는지 의논해봅시다. 제가 여기 올 적에는 속속들이 내막을 다 알고 왔을 거 아닙니까. 갑시다."

봉기는 슬며시 따라나섰다. 강가 모래밭에까지 간 석이는 돌연 봉기의 등바닥을 내리친다.

"짐승만도 못한 늙은것 같으니라구, 사람 백정은 유도 아니다!"

"아야! 아이구! 이놈이."

네댓 번을 후려갈긴 뒤,

"한 소위를 생각하면 멍석 밑에서 죽어야,"

"날, 날, 살려도고. 그, 그라고 제발 그 불쌍한 것, 어이구우, 간을 끄내어 회를 쳐 묵어도 씨원찮을 그놈 삼수 놈!"

"그러면 내 시키는 대로 하겠소?"

"하, 하지, 하지러."

"이 말 저 말 할 것 없고 내일 출상할 때 가시오."

"가서?"

"자복하시오."

"어이구, 내 가심이야!"

봉기는 주먹으로 자신의 가슴을 치다가,

"자, 자복을 우떻게 하꼬?"

"내가 일러드릴 테니,"

"우, 우떻게?"

"소싯적에,"

"음, 소싯적에,"

"복동네한테 내가 욕심을 내어서 월장한 일이 있었다."

"으, 음,"

"그때 복동네는 식칼을 들고 쫓아 나왔다."

"으,"

"내 꼴을 당한 놈이 또 하나 있었는데 그놈이 삼수라."

"그, 그래서,"

"이십 년이나 지난 일을 가지고 복동네가 야무어매한테 귀띔을 했고 야무네는 또 우리 집 할멈한테 귀띔을 했기에 너무 괘씸해서 그런 말을 만들어 퍼뜨렸다."

"……."

"알아들었습니까? 집에 가서 두리어머니하고 말을 맞추어 놓으시오. 나는 야무어머니하고 말을 맞추어놓을 테니까요."

"아, 알았네."

"어떻습니까? 두리누님 말은 한마디도 안 나왔지요?"

"그, 간을 끄내어 회를 쳐 묵어도 씨원찮을 놈!"

"양잿물 마시고 죽은 사람도 있소!"

석이는 소리를 바락 질렀다. 그리고 뒤도 보지 않고 모래밭을 걸어나오면서 배를 움켜잡고 웃고 싶은 것을 참는다.

"제에기, 그런 말 들었다고 죽을 건 뭐람."

15장 석이의 청춘

석이는 둑길 쪽으로는 가지 않고 강물을 따라 상류를 향해 곧장 걷는다. 걷다가 돌아본다. 유난스럽게 하얀 모래밭을 마치 거미처럼, 게처럼 봉기는 기어가고 있었다.

'저 늙은이, 나한테 등짝 맞은 일은 입 밖에 내지 못할 거라.'

모래밭을 지나서 봉기는 둑을 기어 올라간다. 웃음 때문에 배창자를 움켜쥐고 싶었던 충동이 일시에 가신다. 견딜 수 없는 슬픔이 치민다. 산다는 것이 통곡인 것만 같다. 오뉴월, 커가는 새끼를 먹이려고 야위어진 까치 생각을 한다. 봉기 늙은이도 그 야위어지는 까치 한 마리였다는 생각을 한다. 강물이 희번득인다. 밤에도 쉬지 않고 흐르는 강, 세월의 눈금도 없이 흘러가고 있다. 오만하고 냉정한 젊은 여자같이 강물은 혼자 흐르고 있다.

다시 걷기 시작한다. 석이는 야무네와 용이 기다릴 것을 생각했으나 발길을 돌리지 않는다. 옛날 아비 정한조가 낚시질하던 낚시터까지, 그곳에 가서 주질러 앉는다.

'흠, 내 어머니는 빨래꾼이어서 다행이던가.'

담배를 붙여 문다. 석이는 어머니가 혼자 됐을 때 갓 서른이었다고 기억한다. 신세 한탄할 새도 없었다. 남의 눈치 살피며 갈아입을 옷도 없었다. 검정빛 돔방치마에 누덕누덕 기운 흰 저고리 하나로 가을, 겨울을 보내면서 먹고살기에 쫓겼던 시절이었다. 산더미 같은 삯빨래를 이고 와서 개천의 얼음을 깨야 했던 겨울 한 철의 어머니 손은 늘 빨갛게 피딱지가 앉았으며 잠자리에 들 때는 들기름을 바르고 버선목을 양손에 낀 채 잠을 잤다. 여름에는 잿물 내고 빨래 삶고 풀 쑤느라고 청솔가지 매운 연기에 눈은 항상 짓물렀었다.

'어머니!'

선생님의 자당이라 하여 학부형들이 공손하게 인사를 하면 지금도 어머니는 그저 부끄럽고 황송하여 얼굴이 벌게지곤 했다. 도망갈 구멍이라도 찾듯이 허둥지둥 주변을 둘러보기도 했다.

"아범아, 자당이 무신 말고?"

"인자한 어머님, 어머니를 높여서 남이 하는 말입니다."

"아이고, 내사 마, 어무니라는 말도 황감한데,"

면소 서기질만 해도, 경찰서 급사질만 해도 내 아들이 어디 있는지 알기나 하느냐, 하기는 경찰서 면소가 다 무서운 곳이기는 하나, 경위 없는 짓 경위 없는 호령을 일삼는 그런 부모가 허다한데.

"아범아, 단단히 해라이. 남우 귀한 자석들 맡아서 가리키는 일이, 그기이 예삿일가? 그저 직심으로 달래감서, 성난다고 야단치지 말고, 그라고 또 니 어릴 적 일을 생각해서라도 부디 없는 집 자석이라고 차벨하믄 못씬다."

"엄니도 참,"

아내가 혀를 찼다.

"머가 자랑이라고 지난 일은 자꾸 들먹입니까."

"그, 그러씨."

며느리 말에 어머니는 자라같이 목을 움츠렸다.

"옛날에도 선생이라 카믄 제자는 그 그림자를 안 밟았다 카는데 그리 쩔쩔맬 것 머 있십니까?"

"무식해서 안 그렇나. 하기사 너거들이 더 잘 알 긴데, 늙으믄 씰데없는 걱정이 많아지네라."

아내는 언제나 지난 일에 대해선 신경질적인 반응을 보였다.

"남의 이목이 있는데, 아들 체면은 안 생각하시는가, 엄니는 지난 얘기를 와 자꾸 하시는지 모리겄소."

"창피해서?"

"그라믄 머, 자랑스런 일이겄소? 빨래꾼이 무슨 벼슬인 줄
압니까? 장차 성환이가 알까 무섭십니다."

"알면 어때. 애비도 물꾼이었어!"

"아아니 이분이, 지가 무신 해 될 말을 했다고? 공연히 화
를 내시네?"

"할머니는 정부인이었다, 자식보고 그런 말 할 수 있는 곳
으로 시집갈 거지, 잘못했어. 당신 말이야!"

"억지소리 말아요. 사람 사는 기이, 그러믄 벌거벗고 나가
란 말입니까?"

아내는 작은 코를 벌름거렸다.

"나는 어떤 놈같이 그렇게는 안 살아. 병신 같은 놈, 옛날에
종이었음 종이었지 오늘 잘산다고, 그따위로 노니까 가난을
면하고도 천해지는 게지."

누구란 말은 하지 않았으나 석이는 두만의 처지를 들먹이
며 화를 내곤 했었다. 그럴 때 아내는 자신과 아무 상관이 없
는 여자 같았다. 아니 그 이상으로 더불어 살 수 없는 절망과
적의까지 느꼈던 것이다. 3·1만세 때 함께 잡혀갔으며 청년운
동에 앞장섰고 상당히 진보적인 사상을 가진 처남 양필구, 친
구요 동지지만 끝내 뭔가 이질감을 버릴 수 없었는데, 그의
이복 누이동생인 양을례는 오라비에게 없는 교만과 허식이

있는 여자다. 물질적인 허영이라 할 수는 없지만 의식적인 허영은 상당히 강한 편이었다. 결혼 전에는 몰랐던 성품이다.

"백정이다, 와! 백정 놈이 니 할애비 간을 내 묵었나! 와 이라노!"

우뚝 서서 배 속에서 밀어내던 목소리, 관수의 작은 눈의 살기, 석이는 그럴 때 관수가 좀 안 그랬으면 싶었다. 그러나 처자식을 제 등으로 가리고 선 듯이 격렬한 관수의 그 신경질과 아내가 나타내는 신경질적 반응은 본질적으로 다르다는 것을, 석이는 아내를 타인같이 느낄 때마다 관수의 위치를 생각하는 것이다. 그것은 남자와 여자의 차이점이 아니며 진실과 허식에서 온 차이점이라는 것을 생각한다. 장차 아내는 아들에게 무엇을 원할 것인가.

"하긴 미꾸라지 용 됐지."

담뱃재를 떨며 석이 중얼거렸다. 밤낚시를 하는지 강 건너편에 불빛이 두셋 깜빡이고 있다.

돈푼 있다 하여 참봉 벼슬을 산 전 아무개, 벼슬을 사고도 전서방에서 전참봉으로 호칭되는 데 참 많은 시일이 걸렸었다. 그 사내 생각이 난다.

'고향에 와서, 오래간만에 돌아와서 진주 일은 왜 자꾸 생각는 걸까.'

전참봉 손목의 털토시가 눈앞에 떠오른다. 이 개쌍놈이 눈구멍에 말뚝을 박았느냐 하며 인사 안 한다고 욕설을 퍼붓던 위인, 덩치에 비하여 작은 손이었으며 그 손목에 낀 털토시는 얼마나 따스할까 하고 부러웠던 일이. 들기름 바른 손에 버선을 끼고 자던 어머니 생각을 했기 때문일까. 모두 십여 년 전의 일이다. 십여 년 전, 자석에 붙어나오는 녹슨 쇠붙이처럼 주렁주렁 매달려 나오는 옛일들, 불 앞에 와서 손 좀 녹이라던 봉춘네는 당목 솜저고리를 입은 깨끗한 중년의 여자, 기화가 인색한(吝嗇漢) 전참봉의 소실로 있을 적에 기화랑 함께 살았었다. 석이 물독에 물 한 짐을 붓고 나면 따끈한 숭늉에 찬밥을 말아주며 봉춘네는 말했다, 허기가 들믄 더 춥네라. 숭늉에 만 흰밥은 꿀맛이었다. 머리가 희끗희끗해진 봉춘네는 요즘도 진주서 가끔 만난다. 기화 얘기를 할 때는 언제나 잔주름 진 눈 가장자리에 눈물이 넘치곤 했다.

"고맙다. 참말이제 석이 니가 잘돼서 얼매나 고맙은지 모리겠다. 다 니가 근하고 신실한 덕분이제. 아이구 참, 내가 선상님을 보고 이름을 불러서, 이래 되겠나?"

하기도 했다.

"세상에 믿을 기이 있어야제. 나는 요새 예배당에 나간다. 예수님만 믿고 안 사나."

봉춘네는 성경과 돋보기가 들었을 조그마한 손가방을 들고 있을 때도 있었다.

잉어가 뛰는가, 물살 치는 소리가 났다. 그러고는 다시 조용해진다.

'미꾸라지 용 되고말고.'

석이는 새 담배를 붙여서 깊숙이 빨아당기며 쓴웃음을 띤
다. 미꾸라지 용 됐다는 말은 어제 마을에 들어섰을 때 들었
다. 아버지 생전에 별로 좋은 사이가 아니었던 것 같은, 희미
한 기억을 더듬게 하는 사내가 석이를 보고 내뱉은 말이다.
사내는 마을에서 노름꾼이라 했다. 제사장 보아오라고 아비
가 내준 돼지를 팔아서 노름판에 날리고 빈 망태 들고서 돌아
왔다는 얘기며, 그 사내는 아버지를 형님이라 불렀다. 아버지
는 바우 그놈 사람되기 글렀다 하며 욕을 했었다. 아주 어릴
적의 기억이다.

'다 쓸데없는 생각이다.'

석이는 일어선다. 걸으면서 담배를 피운다. 담뱃불이 바람
에 날린다. 코끝의 빨간 담뱃불과 강 건너의 등불 두셋.

'희망이 있을까. 도대체 무엇을 기대할 수 있단 말인가. 자각
하기는커녕 옛날같이 상부상조하던 소박한 인심마저 잃어가
고 있어. 장사꾼처럼 약아진다는 장서방의 말은 맞는 말이다.'

발길을 돌려놓지 않고 석이는 강 상류 쪽을 향해 걷는다.
김환이와 함께 서울서 내려왔는데 그 사람을 만난 것이 어째
서 절망감을 안겨주는지 석이는 알 수가 없었다. 소박한 인심
마저 잃어가고 장사꾼처럼 약아졌다는 말은 연학만의 견해는
아니었다. 관수도 그런 말을 했었다. 사회주의운동을 하는 서
울의 이범준(李範俊)이 내려왔을 때 술자리에서 그 얘기가 나왔

던 것이다. 이범준은 석이 또래, 전문학교 중퇴의, 말하자면 인텔리였고 형평사운동으로 관수하고 알게 됐으며 석이와도 스스럼없게 된 인물이다.

"아무리 학식이 깊어서 이론으로는 꽉 째여 있다 캐도 실정이란 그런 이론이 척 들어맞는 기이 앙이라구. 서울사람 중에는 쌀은 쌀 나는 나무에서 연다, 그렇기 생각는 사람이 있듯기 농민들을 쌀 나는 나무맨치로, 그래가지고는 일 안 되네. 사실 농민혁명, 농민혁명하고 너거들이 자주 들먹이는 그것도 이자는 쓴 물 단물 다 빼묵은 고목이고, 그거를 모리고 설친다믄 운동은 한갓 놀음에 불과한 기라."

관수 말에 범준은,

"형님이 그렇게 말씀하신다면 우리는 관 짜놓고 죽을 날 기다릴 일밖에 없겠습니다."

"허 이 사람 보게? 농민들 집적이는 일 외에 달리 할 일이 없다 그 말가? 아서. 너거들 농촌에서 설쳐봐야 백해무익이다. 호박줄기에 달라붙은 비리(진딧물)밖에 안 될 기다."

"너무 심한데요? 형님 말씀대로 하자면 우리는 해충인데 쓴 물 단물 다 빼먹은 고목이라면 진딧물이 좀 달라붙은들 어떻습니까."

"고목에 달라붙으믄 비리가 굶어 죽을 기고 호박줄기에 달라붙으믄 호박이 안 열린다. 마 그런께 총독부 앞의 나무에나 가서 잎이나 갉아묵어."

"농민들 쓴 물 단물 다 빨아먹힌 고목이라지만 내가 보기엔 서당 옆에 핀 복사꽃 같습니다. 몇 다리나 건너야 진짜 말이 나오지요?"

"어느 미친놈이 날보고 농사꾼이라 말하던고? 나야 너거들의 말을 빌리자믄 룸펜이라 카던가? 그거제. 아무튼지 간에 쌀은 함지박 들고 나무서 따내는 열매가 아니고 낫으로 벼야 하는 풀에서 나는 열매다, 그 정도는 알아야. 혁명이고 나발이고, 일없어!"

"알고 모르고의 얘기가 아니잖습니까. 죽 먹고 밥 먹는 게 문제가 아니지요. 쌀이 나무에서 나건 풀에서 나건 우선 제쳐 놓고 원칙적인 얘기를 한 겁니다. 혁명의 주력부대는 농민이 며 농민의 봉기 없이는, 특히 조선에서는 혁명이고 독립이고 불가능하다 그 얘기가 아닙니까?"

"그 얘기는 옳아. 그러나 주력부대 아니라 심장부대라도 그렇지. 살았이야 말이제. 숨을 쉬야,"

"그게 소위 비관론이란 말입니다. 어째서 우리 조선의 농민들이 죽어 있다는 말만 자꾸 하시지요? 근자에 와서는 각처에서 소작쟁의(小作爭議)도 활발하게 일고 있으며 동학란에 있어서 그 규모 큰 농민전쟁의 기억은 아직도 생생할 것입니다."

"아암, 생생하고말고. 동학란에 아비를 잃은 내게도 참말로 잊을 수 없제. 이군."

"네, 말씀하십시오."

"너거들 일본 가서 공부해가지고 농민전쟁이다, 농민혁명이다 하는 그런 말 가져와서 동학란이 난 줄 아나? 또 농민들의 봉기 없이는 독립이고 혁명이고 안 된다, 그 얘기도 그렇다. 와 농민의 봉기 없이는 안 되는가? 그거야 삼척동자도 아는 일이다. 수가 많은게, 수가 많아야 이기는 거 아니겠나?"

이범준은 머쓱해졌다.

"젊은 오기에 내 하는 말이 아니꼬울 기다. 그러나 그거는 피장파장인 기라. 자네가 사회주의인가 머 그런 운동을 안 한다믄 이런 말 소용없제. 아니꼬운 말 들을 이유도 없고, 나는 알다시피 핵교는커냥 서당 문턱도 넘어본 일이 없는, 게우 언해 꼬꾸랭이를 끼적일 정도니 무식꾼이다. 그러나 너거들 유식쟁이들의 새로운 사상이며 세계가 우찌 돌아가고 있는지 그런 거는 항상 귀담아들어서 요새는 제법 유식해졌제. 한다믄 무식쟁이만 귀담아들어야겠나? 유식쟁이도, 더 많이 귀담아들어야 한다, 그 얘기구마. 자네가 농민 어쩌고저쩌고, 무산계급이 어쩌고저쩌고할라 카믄 한데 엉키야만 되는 기다. 기름하고 물맨크로 따로따로 돼 있다믄, 그는 호박줄기에 엉겨붙은 비리밖에 아니다 그 말이구마. 내가 이군 자네한테 똑똑히 일러두고 접은 것은 너거들 식자가 물 위에 뜬 기름이 돼서는 안 되겠다, 그라고 너거들이 무식쟁이 농부, 노동꾼들한테 멋을 주고 있다, 가리키고 있다는 생각부터 싹 도리내야 한다. 서로 주고받으믄서 운동을 하든 투쟁을 하든, 너거들만

주고 있는 기이 앙이다, 그 말인 기라. 너거들 목적이나 야심,
그기이 아무리 옳은 일이라 캐도 무식꾼들 바지저고리 맨들
믄은 천년 가도 그렇고 골백분 정권이 배끼도 달라지는 거는
없일 기다. 마, 이거는 과외[加外] 말이고,"

말을 일단 끊은 관수는 이범준에게 곁눈질을 했다.

"아까 내가 농민들을 두고 쓴 물 단물 다 빼묵은 고목이라
캤는데 그 얘기를 하지. 뼈다구만 추리서 내 얘기할 것이니,
너거들이 생각는 것하고 내가 말하는 것하고 얼매나 차이가
나는고 생각해봐라. 그러니께 한 십여 년 전만 해도 내가 생
각하기로는 대체로 농민들한테는 두 가지 면이 있지 않았나
싶다. 양맨크로 어진 면이 있고 늑대겉이 사나운 이 두 면인
데, 그라믄 우떤 때 어질고 우떤 때 사나운가. 입에 풀칠을 하
는 동안은 어질다. 입에 풀칠밖에 못하믄서 어질다믄 그것은
실개도 간도 없는 기이 앙이가, 겁쟁이요 비굴하고 남우 오지
랖에 떨어진 밥풀이나 줏어묵는 거렁뱅이 근성 앙이가, 너거
들은 대뜸 그렇게 욕하고 나올 기다. 안 그렇나?"

관수는 또 곁눈으로 이범준을 본다.

"그, 그야."

관수는 씩 웃었다.

"사람이란 가난하다 해서 실개도 간도 없어지는 거는 앙이
다. 숫제 실개를 빼부리고 사는 놈이야 돈맛 들인 그런 놈 아
니겠나? 가난은 죄가 앙이다. 돈맛 아는 놈이 죄인이제. 죄인

은 비굴하고 천해지기 매련이거든. 한 시절 전만 해도 농사꾼이 어디 돈을 알고 살았더나? 농촌에서는 물물을 바꾸어서 살았인께. 그래서 농촌은 가난해도 도끼뿌리 맞일 인심은 아니었제. 장사꾼 보리 한 됫박하고 농사꾼 보리 한 됫박에는 한홉가량의 칭아(차이)는 있었인께. 도부꾼한테는 됫박 후하게 주고도 잠재우주고 죽 솥에 물 한 바가지만 더 부으믄 객식구 죽 한 그릇이사, 목마른 길손에게 무시 하나 뽑아주기 예사요, 그래도 인성이 비굴해졌다 하겠나? 죽물 묵어도 맴이 떳떳한 기이 농사꾼이라. 자고로 도둑질 잘하는 놈이 벼슬 밝히는 법, 부자치고 세도에 아부 안 하는 놈 없고, 와 그럴꼬? 욕심이 사람을 잡는 기라. 노비들이야 애시당초 실개 뽑아놓지 않으믄 목숨을 부지할 수 없을 것이요, 장사꾼은 노상 돈을 만지는 푼수고, 장이 바치나 막일꾼은 일용(日用)을 돈으로 해결하는 것이고 보믄, 살기가 농사꾼보다 낫다 한들 밭에서 무시 하나 뽑아주듯기 배고픈 나그네한테 돈 한 닢 주기는 어려운 일이제. 해서 농사꾼들 맘은 항상 넉넉했다고 봐야겠지. 그거는 새소리 물소리 들으믄서 사철이 변해가는 들판이며 산이며 강이며 바라보고 사는 탓도 있을 기다마는. 농촌에서는 도방걸이 도둑이 없고 사람의 도리를 중히 여기며 인륜 대사도 양반 못지않게, 오히려 더 정성 딜여서 지키니 비록 까막눈이라도 성현의 말씸을 잘 지키기론 농사꾼이 으뜸이제. 그러나 이렇기 어진 농사꾼들도 입에 풀칠하기가 어려워지믄은 사납운 늑대가 되는 것은, 그거야 부처님이 아닌께 당연한 일이고 해서 미련한 위정자는 백성을 굶기지만 간교한 위정자는 굶어 안 죽을 만치 백성을 믹이는 기라. 내가 이렇게 말한께 농민들 칭송만 하고 있다, 생각을 한다믄 이군 자네 머리는 과히 좋다 할 수 없일 기구마. 그 머라 캤제? 너거들이 노상 말하던, 응 농민들은 봉건적인 사상이다, 내 칭송은 그렇기 받아야 할 기구마."

하고 관수는 하하핫 하고 웃었다. 이범준도 실소했다.

"그러니께 그 머냐, 십여 년 전까지만 해도 도방하고 농촌은 별로 내왕이 없었고, 서울 천 리 길이라 카믄 지금 기차 타고 만주 가는 것보다 몇 배나 더 멀었인께. 그래 외지 소식은 장날에나 가서 귀동냥하고 아니믄 도부꾼 방물장시한테나 들었제. 소식이 캄캄하믄 별난 일도 없는 기고 농촌이란 본시부텀 사계절이 가고 오고, 풍년 흉년, 그런 거로나 달라질까 변하는 기이 없는 곳인데 누가 죽고 누가 태이나고, 누구네 집에서 삼베 몇 필을 짰는가, 누구네 집 고추밭이 절단났으며 간밤에 멧돼지가 내려와서 고구마밭을 낭태질 했다, 마 그런 거야 수백 년 되풀이해서 내리온 일들이고 다 어숫비숫, 변하는 기이 머 있었겠노. 개화 바램이 불고 왜놈이 와서 우리 땅을 묵어치우기 전까지만 해도 이놈의 나라부텀 그랬인께. 임금이고 신하고 간에 좀 더 나아지는 일보다는 더 못하게 되는 일에만 겁을 묵고 똥을 쌌인께. 웃물이 흘러서 고이는 곳이 농촌인데 하여간 난리굿은 맘에 안 내킨다, 적기 묵고 가는 똥 싸자, 가는 똥도 안 나올 직에 별수 있겠나? 쇠스랑 들고, 낫 들고 도끼 들고, 수효만 많으믄 그까짓 사또 모가지 하나 베는 기이 대수겠나? 그 판국에다 동학이 민란 아닌 전쟁으로 바뀌어갔으니 농민들도 자신이 생기서 나라까지 들어엎을라 했거든. 한데 오늘날은 어떠한가. 전쟁은커녕 민란도 안 돼! 온갖 잡것들이 농촌으로 들어가고 나오고 뿌리를 내리서 수백 년을 지킨 토지가 이놈 손 저놈 손, 빼앗기고 뺏기고, 엄청난 변화, 시시각각 흥하고 망하는 꼴을 눈앞에 겪는데 모진 놈을 만났거나 억지도 못 쓰는 치들은 결국 보따리 싸서 간도로 가고 도방에서 비럭질하고 모집으로 일본에 가고 남은 사람조차 흔들리는 가지 끝에 게우 매달린 형국이다. 그래도 어질겠나? 자아, 그라믄 쇠스랑 들고 낫 들고 도끼 들고 나서겠나? 베야 할 사또 모가지는 어디 있노? 동학란이 농민들의 자신(自信)에서 발전한 거라믄 동학란은 또 왜놈으 그 최신 무기와 수효에 농민들 자신을 꺾어버린 끝말이었다. 어질지도 못하고 늑대도 못되고 죽도 밥도 아니게 됐다. 중도 속도 아니게 됐단 말이다. 더욱이나 3·1만세는 우떤 면으로 봐서는 농민들한테 물을 끼얹은 기라. 동학이 농민들의 전쟁이었다믄 3·1만세는 조선사람 전부의 반항이었제. 그러나 농민들은 왜놈이 철갑선이라는 것을 다시 한번 확인했고, 왜놈 앞에서는 쇠스랑도, 낫도, 도끼도, 만세 소리, 방화, 파괴 그 모두가 아무 소앵이 없었다는 것을 똑똑히 본 기라."

"그러면 3·1운동을 부정한다 그 말씀입니까?"

"나는 지금 농민들 얘기를 하고 있다. 조선사람 얘기를 하는 거는 앙이다. 아까 내가 말했듯기 농민들은 변화를 싫어하고 또 농민들은 확실한 것을 찾는다. 쉽게 달뜨지 않는다는 말도 되겠지. 장사꾼들은 셈이 빠른 것 겉지마는 짐을 두고 이문을 예상하는 것은 확실찮은 일이고, 농민들은 콩 심은 데 콩 나고 팥 심은 데 팥 난다는 생각이며, 장사꾼은 한 장을 기다리지마는 농민들은 일 년을 기다린다. 그러니께 내 말은 뭔고 하니 쉽게 불이 안 붙는다는 얘기다. 더욱이나 이 시기에는 절대로 불이 안 붙는다. 양도 아니고 늑대도 아닌 요새 농부들, 양도 아니고 늑대도 아니라믄 그거는 고앵이다, 고앵이라. 제 편한 자리 찾을라 카고, 속으론 늑대, 겉으로는 양, 그런께로 해코지나 해서 울분 푸는 고앵이란 말이다. 아까 고목이라 했는데 그거는 내 잘못된 말이었고, 움이 틀 때꺼지 기다리야 하네. 지금은 헛수고, 힘을 낭비해서는 안 되제. 빨리 달고 빨리 식더라 캐도 풍각 잡힐 곳*은 도방이다."

"그러는 동안 기독교 세력이 뻗칠 것이오."

"아무도 못 묶어! 농촌은 아무도 못 묶어. 못 묶는다 카믄 못 묶는 줄 알아! 농촌은 맨 마지막이다. 상투도 남아나는 곳은 농촌이니께."

물줄기를 따라가다가 석이는 발길을 돌려놓는다.

'각도는 다르지만 김선생도 그런 말씀을 하셨지.'

"농촌엔 엄폐물이 없어. 산속은 공격해야 할 목표가 멀고."

김환의 말은 지극히 간단한 것이었다.

석이 돌아왔을 때 모깃불을 피워둔 채 용이와 한복이 마루에 앉아 있었다. 아낙들은 돌아가고 없었다.

"우찌 됐노?"

무척 기다렸던지 곰방대를 성급하게 떨며 용이 물었다.

"출상 전에 동네 사람들 앞에서 발명하기로 했습니다. 형님, 오셨어요."

"음."

한복은 모깃불에 쫓기어 날아드는 나방을 한 손으로 쫓으며 거북한 듯 대답했다.

"그 음흉스런 인사가 참말로 발명하까?"

미심쩍은 듯 용이 고개를 갸웃거렸다.

"할 겁니다, 틀림없이."

신발을 벗고 마루로 올라가며 석이 말했다.

"그렇기만 한다믄 동네가 안 시끄럽아서 좋겄다마는,"

"그런다고 안 시끄럽겠습니까? 돌매는 좀 맞일 깁니다."

"그러씨…… 그놈의 첩지 지 버릇 개 못 주고 생사람 잡은 생각을 하믄 좀 맞아야 할 기다."

한복은 잠자코 있었다. 용이와 석이도 그 문제를 그 이상 말하지는 않는다. 복동네의 죽음은 마을 사람들에게 까맣게 잊어버렸던 함안댁의 죽음을 불러일으켰다. 남들이 그러한데 아들인 한복이가 어미의 죽음, 그 괴로운 과거를 생각 안 했을 리가 없다. 동네가 죽 끓듯 했으나 한복은 여느 때와 달리 온종일 집 밖에 모습을 나타내지 않았었다.

동네에서 비명에 간 여자가 함안댁과 복동네만은 아니다. 미친 또출네는 불길 속에서 죽었고, 삼월이는 물에 빠져 죽었으며, 귀녀는 형장(刑場)에서 죽었다. 그러나 맑은 정신으로 스스로 목숨을 끊은 것이 함안댁과 복동네는 매우 비슷했다. 하나는 지아비의 죄과를 부끄러워한 나머지 목을 매었고, 하나는 자신의 결백을 주장하여 양잿물을 마신 것이다.

자세한 내막은 알 수 없으나, 복동네 자살과 관련이 있다는 봉기노인, 돌매를 맞을 거라는 석이 말에서 한복은 옛날을 생각한다. 어미가 목맨 살구나무가 약이 된다 하여 맨 먼저 나뭇가지를 타고 올라가서 목맨 새끼줄을 걷고 나뭇가지를 휘어잡으며 분지르던 봉기, 눈 언저리에 푸르스름한 달무리가 져서 올빼미 같았던 얼굴, 샐인 죄인 샐인 죄인, 입버릇같이 하던 말, 세월이 흘러서 다 잊었던 그 한(恨)이 새로워지는 것이다.

"관수형님은 별고 없는지 모리겄네."

생각을 밀어붙이고 한복이 말했다. 어정쩡한 어조다. 아랫도리 벗었을 때부터 보아왔고 나이도 훨씬 위여서 반말은 하지만 석이는 교육을 받았고 선생님이라는 데서 마음까지 만만해질 수 없는 모양이다.

"네, 별일이야 있겠습니까."

"관수 본 지도 오래구나."

용이 말이다.

"그러잖아도 홍이 소식 있었느냐고 물어보더군요."

"지난적에 펜지하고 돈이 좀 왔더마."

돈이 왔다는 용이 말에 한복이 껌쩍 놀란다.

"쉬이 나올 기란다. 갈 때도 질기 있지는 않을 기라 했지마
는."

용이 얼굴은 평온해 보였다.

"관수형님 아들이 부산서 공부한다 캤제?"

한복이 관수에게로 얘기를 되돌린다.

"진주서 싸워봤자 안 되는 일이니 할 수 있습니까."

"다 같은 사람인데 머 그래쌓을 것도 없지 싶으다만,"

한복이 말에 용이는,

"싸우다 보믄 서로 어깃장 놓게 매련인데 그것도 머 차차로
나아지겠지. 옛날겉이 서얼이나 상놈은 과거 못 보게끔 법으
로 돼 있는 거는 아닌께,"

"그렇지만 형평사운동은 그리 단순하진 않습니다. 일본에
서도 백정들로부터 수평운동이 일어나고 있습니다만 그게 어
디 백정만의 문제겠습니까? 얼핏 생각하기론 백정하고 농청
(農廳)의 싸움이다, 그러니 조선사람들 신분끼리의 쌈질이다

할 수 있지요. 형평사의 조직이 전국으로 퍼질 수 있었던 것도 따지고 보면 조선사람들끼리의 싸움이라는 점이 크게 유리했던 겁니다. 물론 사회주의자들이 관여하고 있기 때문에 왜경들도 감시를 늦추지 않고 있겠지만 조직된 힘이란, 특히 우리와 같이 일제 압제하에 있는 형편에는 절대로 필요한 거지요. 관수형님이 백정네 사위기 때문에 열 올리는 거만은 아닙니다."

관수의 설득으로 독립자금을 가지고 간도, 연해주까지 갔었던 한복이는 긴장된 낯빛으로 듣고 있었다.

"관수는 좀 보통 사람하고는 다르제."

용이는 이십 년 전 자기 자신도 혈기가 왕성했던 그 시절, 산으로 들어갔을 때 양반이라면 치를 떨던 관수의 그 강한 기질을 생각하는 것이다.

밤은 깊어간다. 더위 때문에 잠 못 이루던 마을 사람들은 잠이 들었는가 사방은 조용하다.

"실은,"

하고 운을 떼듯 한복이 말했다.

"석이 너하고 의논 좀 하까 싶어서 왔는데,"

"......?"

"우리 집 둘째 놈, 핵교를 우짤꼬 싶어서."

"네, 몇 살입니까?"

"열세 살인데 명년에 보통핵교를 졸업한다."

115

"그러면 상급학교로 보낼려구요?"

석이 놀란다.

"그래 볼까 싶은데,"

"힘들 겁니다."

"내 처지에 심들 거는 알지만 설사 중도지폐를 하더라 캐도 하는 데까지 시키볼 생각으로,"

"둘째라 하셨는데 큰아들은요?"

"큰아들은 여러 해 전에 잃어부렀지."

용이 대신 말했다.

"그놈이 살았이믄 올해 열여섯이제."

눈을 껌뻑거리며 한복은 중얼거리듯 말했다. 석이 말머리를 돌린다.

"공부는 잘합니까?"

"응, 공부를 잘한께 아깝아서 안 그러나. 그거 하나라도 사람 맨들어보까 싶다. 다만 어느 방면으로 택해서 보내야 할지 니는 선생질을 한께 알겄제?"

"본인이 어떤 생각을 하는지, 되도록이면 원하는 대로 해야겠지요."

"지야 머, 나이가 어리고 머를 알겄나? 어른이 끌어주어야지."

"대학이나 전문학교까지 갈 생각이면 그냥 보통중학교로 가는 것이 좋겠고,"

"그, 그거는 꿈이나 꿀 일이가?"

"그렇다면 상업학교 농업학교 또 사범학교가 있는데,"

"상업핵교라 카믄 장사 같은 거를,"

"졸업 후 은행이나 금융조합 같은 데 취직이 되지요."

"그러씨 그래도…… 내 생각 겉애서는 진주에 있는 농업핵교가 우떨꼬 싶은데,"

"아아니, 미리 작정을 해놓고서 그럽니까?"

석이 웃는다.

"작정을 한 거는 아니고 여러 가지 궁리 끝에, 마침 니가 왔다기에 니는 선생님이니께 그런 질수는 잘 알 거 아니가."

석이는 한복이가 아비의 행적을 고려에 넣고 배수의 진을 치듯 농업학교를 택한 것을 알아차린다.

"농업학교, 좋습니다. 본인 하기에 따라서 더 할려면 농과 대학도 있으니까."

"그런 소리 하믄 남이 웃는다. 우리 처지에 농업핵교만 시키도, 그놈 아아가 공부는 잘하지만 영 얼되나서,"

"생각 잘했다. 시키는 데꺼지 시키봐라. 그놈 사람 되겠더라."

용이 말에 한복은 기쁜 듯 웃는다.

"형님."

"음,"

"간도에나 한번 가시지요."

"가, 간도에는 머하러."

117

당황한다. 아까 홍이한테서 편지와 돈이 왔다는 말이 있었을 때도 한복이는 당황했다. 그에게도 몇 달 전에 두수로부터 돈과 편지가 왔던 것이다. 그간 간도로 오든지 아니면 그 마을을 뜨라는 편지가 여러 번 왔으나 한복은 묵살해왔다. 돈이 오기론 이번이 처음이었다. 일금 삼백 원, 한복은 도둑질이라도 한 것처럼 읍내 우편국에 저금한 채 입을 다물고 있었다. 처한테, 자식한테도 알리지 않았다. 석이로서는 매국노든 역적이든 더러운 돈이든 형제니까 도움 못 받을 것 없다, 오히려 그런 돈은 받아쓰는 편이 낫고 올바른 인물 하나 만드는 데 써주어야 한다, 그런 저의로 말한 것이지만 지나치게 당황하는 한복을 보자 다음 말을 잇지 않는다.

과묵한 세 사나이는 멋없이 우두커니 앉았다가 한복이는 돌아가고 용이와 석이는 등잔을 들고 방으로 들어왔다. 잠자리를 마련하고 등잔불도 껐다. 석이는 몇 번이나 몸을 뒤채다가,

"아저씨, 주무십니까?"

"안 잔다."

비로소 석이는 기화에 대한 얘기를 꺼내었다. 이야기를 다 듣고 난 뒤 용이 말없이 일어났다. 어둠 속에서 부시럭거리다가 곰방대에 성냥을 그어댄다. 한모금 깊숙이 빨아당긴다. 밖에선 모깃불, 그 매캐한 냄새도 가시지 않았는데 빗방울 떨어지는 소리가 들려왔다.

"너거들이 말 못하겠이믄 내가 얘기하지."

"……."

"아무리 대범한 양반이라도 봉순이 일은 가심에 맺히 있을 기다. 주종(主從)이라도 예사 주종가."

석이는 잠이 오는 것처럼 돌아눕는다. 그러나 잠이 올 리도 없고 가슴은 답답했다. 기화를 위해 자신은 무엇을 할 것이며, 또 아무 일도 할 수 없고, 해서도 안 되는데, 미진한 마음은 그칠 줄 모르게 내부 깊은 곳에 항상 도사리고 있는가. 빗방울 소리를 듣는 머릿속엔 안개가 자욱한 것 같고, 심장 복판을 타고내리는 뜨거운 것. 기화는 동생같이 생각했을 테지만 석이에게는 옥색 치마 분홍 저고리의 기화는 사랑이었고, 청춘이었다. 입 밖에 내서도 안 되는 마음이었고, 비쳐서도 안 되는 마음이었다. 그 감정은 석이 청춘에서 가장 찬란하고 유일하게 아름다운 것이었다. 처참했던 소년기에서 절도를 배우고 사명감을 갖게 된 청년기, 삭막했던 터전에, 견고하게 다져졌던 마음의 터전에 한 떨기 핀 꽃이던 기생 기화. 증오와 저주와 분노로 치닫던 감정의 황막 지대를 뜨겁고 감미로운 눈물로 젖게 한 그 불행한 여자. 석이는 서울서부터 평양의 기화를 찾아가고 싶었다. 기차를 타고 오면서, 평사리로 오면서 줄곧, 계속하여 평양으로 갈 생각을 했었다. 몸은 더 멀리 떠나오면서 마음은 더욱 가깝게 평양으로 치닫는 것이었다. 그 욕망을 묻어둔 채 석이는 어느 때보다 더 많은 다른 일들을 생각했던 것이다. 빗방울은 어느덧 조용조용히 내리는 빗소리로 변해 있었다.

16장 군중심리

"동네 사람들이 이녁을 나무에 매달기라도 하믄 우짤 기요?"

잠을 못 이루고 있다가 첫닭 우는 소리에 일어난 봉기의 마누라 두리네는 등잔에 불을 켜놓고 우두커니 앉아 있다가 말했다. 역시 잠을 못 이루고 멀뚱멀뚱 천장만 보고 누워 있던 봉기는 획 돌아누우며,

"석이 놈이 그리되게 내비리두지는 않을 기구마는. 식자깨나 들었다고 넘찐 소리는 해도 지각은 있인께."

하다가 화를 벌컥 낸다.

"신새벽부터 재수 없게시리. 방정 그만 떨어라!"

"강약이 부동인데 동네 사람 성나서 서둘믄은 석이 혼자 감당할 기든가."

"속 타는 사람한테 와 이리 불을 지르노!"

"속 타는 거는 이녁보다 나요."

"그라믄 임자가 가서 맞아라."

"그렇기만 됨사. 그러이 내가 머라 캅디까. 애맨 소리 마라고 그렇기 말을 해도 안 듣더마는,"

"모리거든 아가리 닥치라! 다 내 깊은 생각에서 한 짓인데 그리 쉽기 죽을 줄 누가 알았더나!"

"그래서 참 잘됐소! 남우 생목심 끊게 하고 내사 마, 얼굴 치키들고 동네 나갈 수 없일 기요."

"부끄럽은 생각을 한께 임자는 청풍당석이구마. 남부끄런 생각 백분 해도 좋으니까네 자식 낳고 사는 두리 신세나 안 궂있이믄 좋겄다."

"언성은 와 높이요! 며누리 들으까 무섭소."

"……."

"참말이제 남사스럽어서 우찌 살꼬."

"매 맞는 것 구겡 안 하믄 될 거 앙이가."

"매 맞일 생각은 하누마요. 매만 맞고 말 깁사?"

"그라믄 머가 또 있단 말고오! 사지를 찢을 기가! 주리를 틀 기란 말가!"

벌떡 일어나 앉는다.

"동네서 쫓아내믄 우짤 기요."

"멋이 우짜고 우째?"

방바닥에 두 손을 짚고 엉덩방아를 찧어대던 봉기는,

"그렇기는 안 될 기다! 그렇기는 안 되고말고! 불을 싸악 질러부리제, 불을! 권석(권속)들 끌고 어디로 가아! 가기는 어디로 가아!"

입에 거품을 문다.

"그만 복동네가 찾아왔일 직에 잘못했다고 빌었이믄 이런 일은 없었일 긴데 아이고 무써리야, 그놈의 계집아아 하나 따문에 인벵* 든 생각을 하믄, 시집을 보내놓고도 하마 쫓기오나 애간장을 태웠는데, 그 생각을 하믄 삼수 그놈, 그 숭악한 놈을 찢어서 포를 맨들어도 내 맘이 안 차겄소. 그 목이 뿌러질 놈!"

"그놈 얘기는 와 하노! 누구 복장 터져서 죽는 꼴 볼라고 이라나?"

"욕심이 사람 잡제. 욕심만 안 부맀이믄 그놈이 두리한테 눈독을 딜있일까. 다 이녁 욕심,"

"이 제집이!"

달려들어 가슴을 쥐어박는다. 두리네는 쥐어박힌 가슴을 제 주먹으로도 한 번 치고 소리를 죽이며 운다.

"일은 벌어진 기라요. 매는 매대로 맞일 기고 두리 험집도 한 사람 두 사람, 말이란 건다 보믄, 그 아아 시집까지 가는 거사,"

제 가슴을 또 친다.

"그런께 내가 나가서 발명하기로 한 거 앙이가. 그 일 아니라믄 미쳤다고 내 발로 발명하러 가까? 잡아떼믄 그만이제. 밤새도록 생각을 해봤는데 석이가 일은 썩 잘 꾸민 기라."

풀이 죽는다. 그러나 말만은 희망적이다. 봉기에게는 복동네의 죽음 같은 것은 안중에 없었다. 죄의식도 태산 같은 근심 앞에 지푸라기만도 못한 비중이다. 어떻게 하면 모면할까, 딸자식 흠집을 어떻게 가려줄까, 그 일념에 사로잡혀 있었다.

새벽이 뿌옇게 걷히기 시작했을 때 며느리가 조반을 지으러 나왔는지 부엌 쪽에서 달그락거리는 소리가 들려왔다. 다른 때 같으면 벌써 일어나 논물을 대러 가든지 풀이나 한 짐 베어왔을 터인데 아들의 기척은 없고 손주 놈도 숨을 죽인 듯, 말할 기력이 빠져버린 늙은 내외는 서로 외면한 채 바깥 기색에 귀를 기울인다.

한나절이 지나서 타작마당에 사람들이 모여들기 시작했다. 덩달아서 아이들도 몰려나왔다. 강아지들도 쫄랑거리며 쫓아온다.

"데끼 놈들! 여기 어디라고 나왔노. 집에 못 가겄나?"

남정네가 아이들을 몰아내는가 하면 아낙은 아낙대로 아이들 오는 곳이 아니라면서 참새 쫓듯 휘야! 하고 팔을 벌리곤 했다. 들내놓고 시시덕거리는 사람은 없었지만 마을에 굿거리가 든 것처럼 들떠 있는 것만은 확실하다. 밤사이 사발통문(沙鉢通文)을 돌린 것도 아니었을 텐데 마을 사람들 중에 봉기가 자복한다는 것을 모르는 사람은 없었다. 처음에는 이러쿵저러쿵 예사말로 주고받던 마을 사람들 화제는 사람들이 불어나면서부터 분개하고 규탄하고 처단하자는 공론으로 들끓어갔다. 출상을 본다는 생각은 깡그리 내던져버리고 오로지 흥미는 나타날 봉기한테 집중하는 것이었다. 타작마당은 마치 신풀이 한풀이의 장소로 변해간다. 상대가 심술궂기로 이름난 봉기였고, 안 좋은 꼬투리는 대개 한두 개쯤 갖고 있는 마을 사람들은 고소해하고 한층 신이 나는 모양이다. 말뚝같이, 송곳같이 복동네 심장을 때려박고 찌르지는 않았다손 치더라도 뒤꼍에서 바늘 하나쯤은 복동네 심장에 꽂았을, 그런 위인일수록 이상하게 남보다 분개하고 규탄하고 처단하자는 주장이 강했으니. 그것도 양심인지 모를 일이다.

"늑대 겉은 그 늙은것 동네 가운데 두어서는 안 된다. 동네가 시끄럽어. 대소사에 그놈의 주둥이 안 내미는 곳이 없고오,"

"동네 가운데 두고 안 두고는 고사하고 돌로 쳐 직이야지 그냥 두어?"

"흥, 열 분 죽는다고 복동네가 살아올 기든가? 허물을 벗으믄 머하노. 시상에 그기이 제집도 앙이고 소나아가 할 짓가? 똥물에 튀길 놈의 인사지."

"그런 기이 있인께 동네 인심이 말이 아닌 기다. 이곳저곳 쑤시고 댕기믄서 이간질, 쌈질이나 시키고, 그 늙은것 옛적부터 그랬네라. 그래도 우리 동네 인심이 좋아서 그나마도 멩 보존하는 거를 모리고 억지만 쓰믄 다 되는 줄 아니까, 남들도 그 뽄 볼라 안 카나? 그렇기도 못하는 사람은 울믄서 게자 먹는다고,"

"간에 붙었다가 실개에 붙었다가 그기이 어디 사람이건데?"

"계묘년(癸卯年) 보리 흉년 때만 해도 온 동네 사람이 다 죽는다고 소동인데 그놈의 집구석에서는 쌀밥만 처묵었지. 의리고 우애가 있이야제. 약 할라 캐도 없다. 조가한테 알랑방구나 꿰고 삼수 놈한테는 찰떡겉이 붙어서 행여 문전옥답이 내 차지나 안 될까, 그런 놈이라고. 우리끼리니 하는 말이지마는 최씨네가 들왔이믄 마땅히 그런 표리부동한 놈의 땅은 거둬딜이야 하는 게지. 땅을 못 얻어서 기갈인데 멋 땜에 그런 놈한테 땅 주노."

"실카락만 한 것이라도 남을 칠 건디기만 있이믄 신나제. 남 먼저 설동하고 몰아세우는 데는 앞장 앙이가. 흥, 이분에는 뜨거운 맛 좀 봐야 할 기요."

"이분에는 제 편에서 맞아야제. 언젠가 그 와, 주막 앞에서, 최참판댁 머슴 하던 구천이 안 있나? 지 제집을 뺏긴 것도 아닌데 동네 사람들을 몰고 가서 개 패듯이 패서 죽었다는 소문도 있더마."

대개 연령이 높은 층의 얘기였고 젊은 층은 무조건 신나는 그런 얼굴들이다. 간밤의 비 때문에 햇빛은 유난히 부시다. 일을 꾸민 장본인들, 마당쇠댁네와 야무네는 죽 끓듯 한 타작마당에는 끼어들지 않고 좀 처진 밭둑에 걸터앉아 말이 없다. 오히려 불안한 눈으로 타작마당을 바라보고 있다. 밭둑 찔레꽃 덤불 밑으로 미련스런 두꺼비 한 마리가 뒤둑뒤둑 기어간다.

"야무어매."

"음."

"동네 사람들이 저리 기승을 부리는데 봉기노인 맞아 죽기라도 하믄 우짜겠소?"

"설마, 나이를 처묵윴인께 그러기야 하겄나."

"기왕에 죽은 사람은 죽은 기고, 잘못한 짓이나 아닌지 모리겄소. 내 입만 다물고 있었이믄 벨일 없이 지내는 거를,"

"……."

"만일에 무슨 일이라도 생기믄 쥐 잡을라 카다가 독 깨는 쪼가 안 되겄소?"

"걱정 마라. 젊은 놈 겉으믄 혹 모리겄다마는 늙었이니 마구잡이로야 하겄나. 울림장(으름장)으로 끄칠 기다."

"그는 그렇고 동네서 쫓아내는 일이라도 있이믄 두고두고,"

그 말에는 야무네도 풀이 죽는다. 보복이 두렵지 않을 수 없었다.

"사람 영악한 거는 범보다 무섭다 카는데 악이 받치믄 무슨 짓을 할지,"

"이자는 할 수 없는 일 앙이가."

"빌어묵을 제집, 죽기는 와 죽노. 살아서 애멘 때 벗으믄 될 긴데 그렇기 죽는 것도 남 못할 짓 시키는 기라요."

"평시는 순한 제집인데 죽고 보이 독하구마."

드디어 타작마당에 낡은 상여가 나온다. 얼마 안 있어 복동네 집에서 장정 몇 사람이 관을 들고 나타났다. 그 뒤를 이어 재최(齎衰), 굵은 삼베 상복을 입고 상장(喪杖)을 짚은 양자 복동이와 며느리가 곡을 하며 따라나온다. 관은 상여에 실리지 않았다. 멍석 위에 놓여졌다. 언제 왔는지 봉기는 도살장에 끌려온 송아지처럼 고개를 푹 숙이고 서 있었다. 이따금 치뜨고 사방을 살피는 눈알이 불면 때문에 시뻘겋게 물들어 있었다. 곡성이 멎고 와글바글 벌집 쑤셔놓은 듯했던 타작마당이 일시에 물을 끼얹은 듯 조용해졌다. 봉기의 그 흥미진진한 자복의 광경을 기다리는 것이다. 까마귀가 공중을 선회한다. 열기를 타고 벼 익는 냄새가 풍겨온다. 침묵은 하마 폭발할 것처럼 무겁게 사방을 누른다.

"머하노! 해 지겠다!"

누군가가 외쳤다. 그리고는 또다시 침묵이다.

"오밤중에 등불 들고 묏구덕 팔 기가!"

두 번째 외치는 소리다. 봉기는 뱃등 위에 두 손을 깍지 끼고 비실비실 걸어나온다. 얼굴은 누우렇게 떴고, 입술은 하얗게 바래졌으며, 진저리치듯 몸을 한 번 떨었다.

"내가,"

하다가 봉기는 제 가슴에 주먹질을 몇 번 한다.

"내가 직일 놈이제."

이번에는 제물에 놀라서 사방을 두리번거린다. 냉혹한 눈들이 일제히 쏘아본다. 비비대볼 수 있는 눈동자는 한 개도 없다. 고개를 숙인다.

"남우 생목심 끊어놓고 내가 우, 우째 살기를 바라겠노."

밤새껏 외워 온 말을 시작한다. 눈물을 줄줄 흘린다. 후들거리는 다리가 제자리를 잡은 듯하다. 주먹으로 눈물을 씻어 내며,

"그렇지마는 죽은 사람 허물은 벗기주어야 안 하겠나. 다 늙어빠진 기이 앞으로 살믄 얼매나 살 기라고, 우짜다가 한분 마음 잘못 묵어 한 짓이 이렇기 될 줄은 꿈에나 생각했겠나."

울먹이는 소리가 곧잘 나온다.

"목이 메이서 차마, 그런께 이십 년도 더 되는 옛적 일이구마. 나도 그때는 한창 나이였고 해서, 그 멋고, 그런께 욕심을 품었다 그 말인데 그, 그런께 달이 밝은 밤에 청상과부 서금돌이 자부가 혼자 자는 집으로 간 기라. 이 나이 해가지고 낯뜨거운 마, 말이지마는 전후 사정 얘기를 하자 카이, 흉년에 시어매는 죽고 실성한 시아비는 집 비우기가 일쑤라. 그런데 그런 일이 더러 있었던가 방에 들어서자마자, 머리맡에 둔 식칼을 들고, 복동네가 고래땅 겉은 소리를 지르는 바람에 그만 혼겁을 했구마. 도망쳐 나오는데 삼수 놈이 오더란 말이다. 마음속으로 생각했제. 옳다꾸나, 저눔하고 정을 통했구나 싶었제. 그래서 살금살금 되돌아가서 싸리 울타리를 비집고 들여다보이 삼수 놈도 내 꼴을 당하더란 말이다."

청산유수라 할까, 시뻘건 거짓말을, 밤새도록 얼마나 뜯어 맞추었던지, 사람들 뒷전에 서서 바라보고 있던 석이는 배창자를 움켜쥐고 싶은 것을 간신히 참는다. 한편 진실에 가깝게

재주를 부리는 봉기 모습에 서글퍼지며 눈시울이 뜨거워질
것도 같다.

'밤새도록 얼마나 연습을 했으면,'

미워할 수가 없었다. 한 철을 사는 나비가 부드러운 속잎을
찾아서 알을 까는 일이며, 파헤쳐진 흙더미 속에서 알을 먼저
피난시키는 개미며, 벌레 중에는 애벌레의 먹이가 되는 수컷
이 있다던가. 석이는 문뜩 그 신비한 조화(造化)를 생각한다.
도시 본능은 무엇인가 생각한다.

"그 챙피스런 일을 뉘한테 말하겠노? 혼자 꽉 묻어두었는
데, 그러다가 다 잊어부렸는데, 이십 년이나 지난 오늘에 와
서 얼굴은 조그랑바가지가 된 주제에 어디서 그 얘기를 들었
던지 할망구가 생지랄을 하는 기라. 할망구 생지랄이사 아무
것도 앙이고 남사스런 얘기가 난 기이 돌더마. 말이 났다믄
복동네 말고 입이 없은께, 요것 봐라? 싶더마. 그래서 삼수
놈하고 그렇다고 뒤집어씌운 기라. 그런 일이사 흔히,"

"야, 이 도둑놈아!"

봉기 또래가 되는 윗동네 윤서방이, 평소 봉기하고 사이는
좋지 못했으나, 그러나 진심에서 욕설을 퍼붓는다.

"네놈의 낯가죽은 쇠가죽으로 맨들었더나? 흔히?"

"그, 그거야, 사 사내들 욕심 묵기 예사 앙이가. 또오 과부가
험담 좀 들었기로 저저이 다 죽나? 내 운수가 나빴던 기지."

사이가 나쁜 윤서방의 욕설이었기 때문에 순간 봉기의 오

기가 고개를 쳐들었다. 그리고 말을 다 해버리고 나니 실수 없이 치른 것이 대견하였고, 배포가 커졌으며, 생래의 생떼도 동했다. 늙은것을 어쩌랴. 석이를 믿는 마음도 있었고, 말을 하고 보니 운수가 나빴고 억울한 것은 자신이라는 착각도 들었다.

"아 생각해봐라. 세상에 애멘 소리 안 듣고 사는 사램이 있나? 애멘 소리 들었다고 다 죽을 것 겉으믄 사람우 씨가 남을 기던가? 말 한마디 잘못한 죄로 이렇그름 경을 치는 벱이 어디 있노? 내가 도둑질을 했나 칼 들고 샐인을 했나? 다 늙어서 낼모레 황천객이 될 이 나를 끌어다 놓고 닦달질을 해야 하겠나!"

딸의 일은 장부에서 싹 지웠다는 생각을 하는지 별안간 봉기는 두 주먹을 불끈불끈 쥐면서 자신도 모르는 사이 싸움의 태세로 들어간다.

"말 가지고는 안 되거마는."

누군가가 말했다.

"직일라 카믄 직이라! 복동네 애멘 때는 벗기주었으니 이자나는 할 일 다 했다. 세상에 무신 놈의 인심이 이렇노? 응? 남을 핑계하고 너거들이 사감으로 이러는 줄 나 다 안다. 안단 말이다아! 무신 죽을 죄를 졌노! 말 한마디 잘못하기 예사지. 너거 놈들은 성인군자가! 밑껑이(밑) 들쳐보믄은 다 그렇고 그런 놈들이, 네놈들이 날 우짤 기고!"

"이보시오, 낼모레 황천객 될 영감님, 내 말 좀 들어보소."

바우가 척 나선다. 격에 맞지도 않는 점잖은 거동으로,

"영감님 말씸을 듣고 보이 복동네가 와 죽었는고 확실하게 알겠소. 그러나 애멘 때 벗은 거를 우리가 안들 무신 소용이오. 억울한 거는 우리가 아닌께, 안 그렇십니까? 억울한 사람은 복동네라요. 하니 애먼 때 벗은 거를 알아야 할 사람은 복동네 아니겠소?"

봉기는 어리둥절하다가 말뜻을 새겨보려고 애를 쓴다.

"그러니 아무래도 죽은 사람이 일어나 앉아야 안 하겠소?"

구경꾼들 속에서 낄낄대며 웃는 소리가 났다.

"바우 네 이놈! 이 사기꾼 노름꾼아! 니가 머 잘났다고 애비뻘 되는 나를, 나를 놀리묵어?"

삿대질을 한다. 제 얼굴빛을 찾았던 봉기 얼굴이 시뻘겋게 물든다.

"염치도 좋다! 주리팅이가 없어도 유분수지 어느 아가리서 그런 말이 나오노!"

돌멩이가 날아왔다. 그것이 신호인 양 두 번째 세 번째 돌멩이가 날아왔다.

"아이구우."

세 번째 돌멩이는 이마를 쳤다. 당장 이마에서 피가 흐른다. 봉기는 두 손으로 얼굴을 가린다. 바로 대놓고 때릴 수 없는 젊은 사람, 아낙들에게 돌은 참 편리한 것이다. 누가 던졌

느지 알 수 없는 돌멩이는 그 수가 많을수록 군중의 심리를 폭력으로 이끄는 데는 안성맞춤이다. 삽시간에 돌멩이는 우박이 되어 봉기한테 쏟아진다. 얼굴을 가린 손등에서 피가 흐르고 머리를 감싸면 얼굴에 돌이 날아오고, 봉기는 쓰러졌다. 석이가 사람들을 헤치고 나가는 것과 동시 타작마당 한곁에 있는 물방앗간에서 장년이 쏜살같이 뛰어나왔다. 봉기의 아들 도식이다. 물방앗간에 숨어서 동정을 살피고 있었던 모양이다. 쓰러진 아비를 가리고 서서,

"날 때리라! 날 때리란 말이다!"

호랑이 울음 같은 소리, 입이 찢어질 것 같다. 순간 팔매질하던 마을 사람들은 주춤한다.

"야 이놈들아아! 너거들은 애비 에미도 없나아! 다 늙은 울 아부지 쳐 죽이야 시원컸나아! 아이구우 아부지이!"

통곡을 한다.

"아이구우 아부지이, 아이구우우— 말 한마디에 죽은 사램이 모질고 독하지이! 야, 이 연놈들아! 너거들은 없는 말 지어서 안 하고 살았더나! 아이구! 아부지, 아부지이!"

아비를 흔들며 안아 일으키려 한다.

"이놈들아! 또 쳐라! 또 쳐라! 이놈들아, 사생결단해보잔 말이다! 우리 부자 죽으믄 그만 앙이가! 직이라, 직이! 와 안 치노오! 너거들 손에 죽을라 카는데 와 안 치노오!"

고함은 강을 넘어 멀리까지 퍼진다.

"도식아, 이자 그만해라. 어서 아버지 업어라."

어릴 때 친구 간인 석이 도식의 등을 두드린다.

"어서 업으라 카이, 자아."

"늙은 사람이 제 발로 걸어와서 자복했이믄 그만이지! 그 이상의 망신이 어디 또 있일 기라고, 야 이놈들 내 똥 묻은 중 우까지 팔더라도 재판 걸 기다아! 어허허훗."

목이 쉬었다. 도식은 미친 사람 같았다.

"자아, 자 출상(出喪)도 해야 안 하겠나. 아무리 억울해도 죽은 사람만이야 할라구. 자아."

석이는 억지로 봉기를 아들 등에 업혀준다.

"아이구 아부지, 다 큰 자식 두고 이기이 무신 꼴이오."

도식은 어이어이 울면서 타작마당을 떠난다. 마을 길로 접어들자 봉기는 등 뒤에서 신음 소리를 냈다. 도식이는 계속하여 울면서,

"아부지가 동네서 인심을 잃어 안 그렇소. 이자는 제발 남우 일에 챙견 마소."

꺽쉰 목소리로 말한다.

"이자는 다 치르었인께. 아, 아야! 어이구우, 니 누부 땜에, 그 그랬지. 내가 마, 맞일 사람가. 아이구 아야아!"

어느덧 해는 서쪽으로 푹 기울어져 있었다. 관은 상여에 실려졌다. 상여 앞에 놓인 제상에 제수를 차리고 상주는 제사를 지낸다. 남정네들은 일단 일은 끝났다고 생각했다. 그러나 아낙

들은 그렇지가 않았다. 상주 두 사람을 겨냥하고 있는 것이다.

"어이구우, 어이구우."

"아이고 아이고오."

높고 낮은 음성이 곡을 시작한다.

"우는 아가리에 똥이나 퍼 넣지."

아낙들 속에서 야무진 목소리가 튀어나왔다.

"와 아니라. 너거들 상주 된 덕 톡톡히 보는 줄이나 알아라. 상주 아니더믄 몸뚱이 성해나지 못했일 기다."

다른 아낙이 받아서 메어친다. 곡소리가 기어든다.

"남의 속에서 빠졌기로 키운 공이 있는데 세상에 그런 법이 어디 있노? 늙은 놈하고 어울리서 짝짜꿍을 쳤으니 복동네 공든 세월이 원통해서 죽었을 기다."

곡소리는 더욱더 기어들어간다.

"이 사람들아, 내 말 명념해두는 기이 좋을 기다. 초상 끝나거든 집이고 전답이고 팔아서 너거 양모 회원[解冤] 굿 해주어라. 야장스럽게 너거들 떠주는 물 얻어묵을라고 복동네가 오겠나."

"얻어묵고 산 것만도 은공이 태산인데, 너거들 것이 어디 있노. 하모, 회원 굿 해야 하고말고. 비명에 갔으이 해도 크게 벌이야 할 기구마는."

아낙들의 말을 듣고 보니 남정네들도 새삼스레 깨달아지는 것이 있다.

"어헛! 자석 없는 놈은 사람도 아니다. 죽을 죄를 져도 자석 있인께 업고 가네. 애비 대신 한사코 안 덤비더나? 헛 참, 자석 많다고 지천을 해쌓았더마는 그기이 앙이고나. 복동네한 테도 자석이 있었다믄 봉기가 자석 등에 업히 갔을까?"

"그렇고말고. 자석이 있었다믄 밟아 직이든지 찢어 직이든 지 했겄지. 만판 공 딜이봐야 남의 속에서 빠진 것 아무 소앵 이 없다."

"하기야 눈이 등잔 겉은 자석이 있었다믄 복동네가 그런 허 물을 쓰지도 않았을 기고, 차라리 중이나 돼 가지, 남의 핏덩 이는 머할라꼬 받았는고."

"그거 다 사람 나름이제. 김훈장댁 양자는 친자석이 그러하 까? 참말로 정성이 지극한데. 얼매나 정성스리 선영봉사를 한 다고?"

"그라믄 여기는 상놈이라 그런가?"

"상주들은 고개만 빠주고 있일 일이 앙이다. 곡이라도 크게 해주었이믄 좋겄네."

"가소롭다. 맴이 없는 곡소리만 크기 하믄 머하는고? 아이 고오 불쌍한 복동네, 말짱 헛지랄하고 살았제."

사방에서 마구 꼬집어댔으나 장사는 치러야 했다. 한이 많 은 생애, 사연이 복잡했던 영결식, 애통하는 혈육 하나 없는 망자를 실은 상여는 고개를 넘어간다. 혼령의 흐느낌 같은 상 두가도 고개 하나 넘으면서 멀어진다. 바람에 나부끼는 명정도 보이지 않게 되었다. 더러는 장지까지 따라갔고 나머지는 타작마당에서 비지땀을 흘리며 한바탕 죄인 없는 성토를 벌이다가 하나씩 둘씩 빠져나가고 빈터만 쓸쓸히 남는다. 갈가마귀가 무리를 지어 날아간다.

석이 장지에서 돌아왔을 때 하늘에는 가득하게 노을이 져 있었다. 마당에서 혼자 놀고 있던 홍이의 딸 상의가,

"아져찌, 우리 할배 기와집에 갔다아?"

하며 쪼르르 달려와서 석이 손을 잡았다.

"안 울고 잘 놀았나?"

"응."

홍이댁네 보연이가 앞치마에 손을 닦으며 부엌에서 나온다.

"거기, 최참판댁에 아버님이 가 계시는데 그리로 오시라는 전갈입니다."

"그렇습니까, 그럼,"

석이는 상의의 머리를 쓰다듬어주고 발길을 돌린다. 몸이 아주 온전치 못한 용이는 장지는 물론 타작마당에도 나오지 않았다. 그새 최참판댁으로 올라간 모양이다. 기화 문제 때문에 그럴 거라는 짐작은 충분히 할 수 있었다.

아무 일도 없었던 것처럼, 눈금 없는 강물처럼 온갖 사물도 매듭 없이 흐르고 있다. 아이들은 소를 몰아붙이며 밭둑길을 걸어오고, 늙은이는 채마밭에서 서성거리고, 장정들은 풀을 베어서 돌아온다.

"석아!"

우렁우렁한 목청이 울려왔다. 배추밭에 거름을 냈는지 똥 장군 옆에 앉아서 곰방대를 빨고 있던 사내가 목청껏 불렀던 것이다.

"으음, 거름 내나아?"

성큼성큼 걸어가며 석이 대꾸한다.

"니 정말로 우리 집에는 한분 안 올 기가!"

"일 바쁠 건데 가면 뭘해. 이리 보면 됐지 머."

다가간 석이 걸음을 멈춘다. 어릴 적 친구다.

"농사꾼은 상종 안 하겠다 그 말가? 그래 봐라."

"무슨 소리를 하노. 내가 찾아가봐야 폐만 끼치지."

석이는 궐련에 불을 붙여 내민다.

"이것 피우라고."

"응."

사내는 기쁜 듯 얼른 받는다.

"그래도 그러는 거 앙이다. 망해서 고향 돌아온 사람은 우리가 청해야지마는 잘돼가지고 고향 온 사람은 그쪽에서 찾아야제. 만내서 씬 술 한잔이라도 나누어 묵는 기이 친구된 우애 앙이겠나."

석이는 자신도 담배를 붙여 물고 그 당연한 말에 미소 짓는다.

"알았네. 지금 볼일이 좀 있어서 가는데 밤에라도 찾아가지."

"그래야지. 있고 없고 간에 정이사 다르겄나."

"날 저문데 자네도 일 그만하게."

"머 다 끝났다. 한 고랑만 남았인께. 다른 일이 바빠서 배추
밭 돌볼 새가 없어서 내비리두었더마는 장에 내기는커녕 김
장도 못하겄다."

"지금이라도 늦잖지. 그럼 나중에 보자."

"응, 꼭 오니라."

최참판댁을 들어서려는데 뒤에서,

"정선생님."

돌아본다. 환국이다.

"낚시질 갔었댔나?"

"네."

"좀 잡았어?"

"조금요."

키가 휜칠했다. 중학교 삼 학년이다.

"방학도 얼마 안 남았다."

"네. 온종일 어디 가셨어요?"

"초상집에 가고."

"아아 참, 초상이 났대지요."

환국은 그 이상 일은 모르는 것 같다.

"선생님은 진주 언제 가십니까."

"내일은 가야지."

함께 집 안으로 들어간다. 용이 마루에 걸터앉아 있었다. 어둡지도 않았는데 마루엔 모깃불 대신 향을 피워났다. 뒷마루, 후원을 바라볼 수 있게 활짝 문을 열어놓고 발을 쳐놓은 채 그 발을 등지고 서희가 앉아 있었다. 환국이는 고기가 든 바구니를 언년에게 건네준다. 그리고 용이와 얘기하는 듯한 어미를 힐끗 한 번 쳐다보고서는 사랑으로 돌아간다.

"석이 오나. 저기 마님께서,"

용이 일어섰다.

"그라믄 지는 가보겠십니다."

절을 하고 물러간다.

"정선생 올라오시오."

"네."

석이는 신발을 벗고 마루에 오른다.

"뭐 시원한 것 들겠소?"

"아닙니다."

"그러면, 이서방이 봉순의 얘기를 했는데 정선생은 서울서 뉘에게 들었소?"

"아실는지 모르겠습니다만 서의돈이라고 임역관댁 바로 뒷집에 사셨지요. 임역관댁 교장 선생님, 또 이부사댁 이선생님하곤 막역한 사이올시다."

"그분이 어째서 봉순이를 아는고?"

"처음 서울 갔을 때 이선생님 면을 봐서 그분들이 모두 후원했지요."

서희는 고개를 끄덕인다.

"봉순이가 병을 앓고 있다는데 무슨 병이라 하던가요?"

석이는 고개를 숙인다. 용이한테는 신병이라 했지만. 대답이 없자 서희는 순간 눈살을 찌푸린다.

"알고 있으면 말하시오."

"네, 실은 아편을 찌른다 하더군요."

"뭐라구!"

"그분 말씀이, 봉순이누님보다 아이 걱정을 하더구먼요. 그러니까 가망이 없다는 뜻 아니겠습니까?"

"아이 걱정…… 계집아인가?"

"네."

"음…… 그러면 개학까지 며칠이나 남았을까?"

"칠팔 일 남았지요."

"칠팔 일, 평양은 다녀오겠구먼."

"……."

"어떻소? 정선생이 좀 다녀오겠소?"

"네?"

석이 고개를 쳐든다.

"장서방은 여기 일이 많기도 하지만 정선생보다 생소할 게요. 형편 보아서 재량껏 하는 것도 정선생이 나을 게구."

"네."

"가시겠소?"

"......"

"웬만하면 가주시오. 그냥 내버려둘 수 없는 일이니까."

"제가 힘이 있을는지요."

석이는 혼란에 빠진다.

"하는 데까지 해볼밖에 없질 않소?"

"그러면, 가보겠습니다."

17장 뜨거운 모래

산청장 객줏집 주인 석포는 오십 고개를 넘고도 중반기에 접어들긴 했지만, 좀체 늙을 것 같지 않았던 곱상한 그 얼굴은 주름투성이었다. 병을 앓는지 안색도 좋지 않았다.

"이서방, 오래간만이오."

삼베 동저고리 바람에 보릿대 모자를 쓴 환이, 목에 걸친 수건을 걷어 땀을 닦으며 말했다.

"아니!"

석포는 환인 줄 알면서, 그래도 반신반의의 눈으로 바라본다.

"김환이오."

광주리며 목기를 잔뜩 실은 지게를 삽짝 옆에 내려놓은 강쇠도 머리를 동여맨 수건을 끌러 얼굴을 빡빡 문지르면서,

"요새는 좀 우떻십니까?"

하고 석포에게 묻는다. 석포는 그 말이 귀에 들리지 않는 듯,

"어, 어서 방으로 들어갑시다."

허리를 펴지 못하고 구부정한 자세로 석포는 허둥대며 뒤꼍으로 돌아간다. 뒤꼍을 향해 방문이 있는 방의발을 걷어 올리며,

"자아, 들어가시지요."

장날이 아니어서 객줏집은 텅텅 비어 있었다.

"언제 오셨습니까."

방에 들어와서 마주 보고 앉으며 석포는 그 말부터 물었다.

"오기론 한 삼사일 됐을 게요. 한데 이서방 어디 아프시오?"

"속병이 좀 있어서,"

버릇인 듯 가슴을 쓸어 보인다.

"얼굴이 말 아니구먼."

"먹는 게 통 받질 않소."

석포는 심약하게 웃는다. 반갑기는 이루 말할 수 없을 만큼 반가운데, 몸이 마음을 따라와 주지 않는 것 같은 그런 웃음이다. 흙 묻은 발을 씻었는지 강쇠는 뒤늦게 와서 툇마루에 걸터앉아 얼굴 닦던 수건으로 발을 닦고 방 안으로 들어온다.

"그동안 무슨 변이나 당했을까, 걱정했지요. 변만 당하지

않았다면 다 요량이 있을 터인즉,"

하며 석포는 환의 기색을 살핀다.

"요량은 무슨 요량이오. 하기는 내 나이 사십만 됐더라도,
하하핫…… 마적질인들 쓸모가 없었겠소?"

"무슨 말씀을, 오십을 갓 넘기고서. 이제부터 무르익을 겝
니다."

환이보다 다섯 살 위인 석포는 객주업으로 처신하고 있을
망정 상당한 학식이 있고, 지금은 죽고 없는 윤도집에 비등할
만한 동학의 이론가지만, 환이에게는 전과 다름없이 깍듯한
예로써 대한다. 그리고 마적질이란 말에는 개의치도 않았다.

"돌배[山梨]가 무르익은들 얼마나 무르익을 것이며,"

환이는 픽 웃는다.

"이제는 지렛대를 가져오셨을 것이고 하니, 나도 산에 들어
가서 약수나 마시며 병을 고쳐야겠소."

"이서방 병 고치는 거야 찬성이오만 그까짓 다 썩은 초가삼
간 일으켜 세우면 뭐 하겠소."

차갑게 내뱉는다. 강쇠는 잠자코 앉아 있었다.

"지금 형편이 고약하게 돼 있기는 합니다마는, 그것은 앞으
로 하기 나름이지요. 지삼만이 그자 처분에 달려 있는 거 아
니겠소? 그놈만 묻어버리면 오히려, 그 식솔들이 많이 불어났
으니까."

"그거는 이서방 생각하고 내 생각이 다르구마요."

강쇠가 끼어든다.

"나도 한때는 그놈을 때리직일라고 벼르기도 많이 했지마는, 그 미친놈 밑에 빌붙어 사는 놈들이야 미친 우에다가 천치가 됐는데 머에다 씁니까? 어리석은 생각이라요. 윤도집 생전에, 신도들을 많이 모으자는 주장 때문에 시비가 많았는데, 그 신도까지 심 안 딜이고 물리받을 심산을, 그거는 이서방이 생각을 잘못한 기요. 옥황상제 노릇, 그 짓 할 시레비자석도 없일 기고, 하기는 환이성님이 눈 딱 감고 얼간 구신 노릇 해주신다믄은 혹 모르지요. 미친 연놈들이 갖다 바치는 가시나들, 궁뎅이나 뚜디리믄서,"

신랄하다. 강쇠는 현재 상황에 대한 울분과 환에 대한 불만을 한꺼번에 메치는 것 같았다.

"막말을 하면 쓰나. 그렇게 몰아서 얘기할 것만도 아니네."

"속 터지는 소리 이자는 듣고 접지도 않소."

"그러면 멋하러 왔나?"

"내가 아요? 성님이 가자니께 왔제요. 속 시원한 소리나 들을까 하고, 하마나하마나, 미련한 놈이 별수 있겠소?"

하다가 제풀에 피시시 웃는다. 다소 머쓱해진 석포는 환의 기색을 또 살핀다.

"구신이고 대신이고 하라면 못할 것 같은가? 누워 떡 먹기지. 객쩍은 소리는 그만두고,"

하다가 환이는 석포를 향해 말을 잇는다.

"운봉 어른과 윤도집, 그 밖의 연로한 사람들이 다 떠난 마당에서…… 그때는 시절이 좋았지요."

"네?"

어리둥절한다. 석포는 환이 무슨 말을 하려는가, 비로소 의혹을 느끼는 것 같다.

"우리도 불원간 죽을 것이며 새 사람들은 제 갈 길로 갈 게요."

"말뜻을 어떻게 새겨야 할지 모르겠소만 김장수가 전주 감영에서 효수당하고 녹두장군이 처형된 지 삼십 년이 더 지났소이다."

석포의 말에는 여러 가지 뜻이 포함되어 있었다. 만일 환이가 일을 포기한다면 삼십여 년 전에 죽은 부친을 생각하라 하는 의도가 있었고, 거두들이 다 죽은 뒤 동학당은 지리멸렬, 친일파로 정좌(定座)했으며, 매국노로 타락했으며, 거듭되는 분파에다 동학란 때 중추를 이룬 농민들은 대부분 탈락했고, 또 3·1만세 때 삼십삼 인의 서두를 장식한 손병희의 이름은 찬연하였지만, 지방마다 기독교의 조직이 강렬하게 들난 데 비하여 동학은 참담한 약세였으니, 대가리뿐인 동학을 부인할 수 없을 것이매, 그러한 삼십 년 세월 속에서도 무명노장(無名老將) 양재곤을 돛대 삼아 소리 없이 일해오지 않았느냐, 새삼스럽게 상황 얘기할 까닭은 없다, 그런 뜻도 있었을 것이다.

"삼십 년이면 강산이 세 번은 바뀌었을 터이고 이서방의 마음도 세 번쯤 변했을 거요."

환이는 왜 그러는지 석포를 빤히 쳐다본다. 석포는 고개를 흔들었다.

"계속 이런 식이라요. 복장이 터질 일이제. 이것저것 좀 잊어부리구로 술이나 주소."

석포는 다시 고개를 흔들었다. 환이는 다음 말을 이으려 하지 않았다.

"체머리는 와 그리 흔들어쌓십니까? 술 못 주겄다 그 말이오?"

사팔눈이 석포를 노려본다.

"덤비지 말게. 술이 대순가? 소라도 한 마리 잡고 싶은 심정이다. 나도 오늘은 술 좀 마셔볼라네."

"그란다고 지가 사양할 것 같십니까? 속병 앓는 사람 사정 봐주게 안 돼 있단 말입니다."

"이 사람아, 나도 자네 사정 봐주게 안 돼 있어! 끝장이라는 건 어떤 꼴이든 끝장이니 매국노든, 열사든, 도둑놈이든, 하기야 뭐 나도 순 사기꾼일 게야."

석포는 갑자기 혓바닥이라도 굳어버린 듯 횡설수설하다가 술 시키러 나간다면서 등을 구부리며 방을 나갔다.

"사람이란 다 저렇게 발라맞추며 살게 마련이야."

환이 벽에 등을 기대고 한 다리를 뻗은 채 웃었다. 그리고 물었다.

"병을 앓은 지 얼마나 됐는고?"

"한 이 년 남짓 됐을걸요."

"이서방은 죽는 걸 두려워하고 있어."

"다 마찬가지 아니겠소?"

"……."

"꼿꼿하기가 대쪽 겉고 총기도 초롱초롱한가 싶으면 별안간 허리가 확 꺾여부린 사람겉이, 저래가지고는 이서방도 얼매 못 갈 기요."

얼마 후 술상이 들어왔다. 석포도 와서 술상 앞에 앉는다.

"정말로 마실 깁니까?"

강쇠가 묻는다. 술잔에 술을 치면서 석포는,

"사팔뜨기 호걸이 제법 심약한 말씀이라. 자아 김장군, 우리 동학을 위하여, 북만주 우리 독립군을 위하여,"

묘하게 허황하고 가장된 것 같은 말이다. 그는 술을 주욱 들이켠다. 환이는 석포 말에는 일고의 관심도 나타내지 않고 가만히 술잔을 입으로 가져간다.

"정말로 괜찮겠습니까?"

소심하게 강쇠가 또 물어본다.

"병이란…… 좀 더 살고 덜 사는 것쯤 맘먹기에 달린 게야. 하기야 뭐, 일이 년 더 살아본들 그게 그거지. 병을 앓으면서 죽을 날 기다리는 건 사실 목에 칼 대놓고 있는 거나 마찬가지지 그게 어디 사는 건가?"

정말 병은 마음먹기에 달린 걸까, 술을 몇 잔 마신 석포 얼굴에 생기가 돈다. 착각인지는 모르지만.

"김장군."

석포 입에서 김장군이라는 말이 나오기는 오늘이 처음이다. 물론 비꼬아서 한 말이겠지만. 그간 석포는 김환을 대할 때마다 호칭을 어떻게 할 것인가 늘 거북해했다. 거북해하는 이유는 김환의 신분이 복잡했기 때문이다. 동학의 풍운아 김개주의 외아들, 최참판댁 머슴으로서 패륜의 악명 높은 존재, 그런가 하면 생모는 어느 지체 높은 양반 댁 규수였다는 풍문이 있었고, 신분만 복잡했던 것은 아니었다. 수수께끼 같은 인물로서 그의 행적은 안개 속에 가려서 알 수 없었다. 양재곤을 끌어내어 동학의 잔당을 모았을 때 중추적 역할을 한 것은 틀림없고, 모든 계책이 그에게서 나온 것도 사실이며, 암암리에 강한 발언권을 가졌음에도 그에게는 아무런 직명이 없었다. 일을 도모하는 데 전술적인 면으로 보아 조직의 종횡을 흐려놓는 것은 당연한 일이나 환의 동태는 어림짐작조차 할 수 없는 것이었다. 하여 석포는 늘 호칭을 생략하고 그를 대해왔다. 그러한 환에 관한 여러 가지 면은 이해될 수 없었지만 그런 만큼 실제 이상의 기대를 가지게 된 것도 사실이고, 그 기대는 불만으로 변하기도 했으며, 실제 이상의 의혹을 품고 경계인물로 지목받기도 했었다. 환이는 김장군이라는 말을 시답잖게 듣는 듯 대답은 아니하고 술을 마신다. 석포는 밀고 들어오듯이 말했다.

"내 오늘은 기필코 김장군의 얘기를 좀 들어야겠소이다."

"무슨 얘기가 듣고 싶소."

"오랫동안 함께 일을 해왔으면서도 일을 떠나서 얘기해본 적이 없었던 것 같소. 김장군의 경륜도 한번 들어보고 싶고 먼 곳을 다녀왔어도 그곳 사정에 대하여 말한 적이 없었소."

"율도국의 왕이 된 홍길동도 아니겠고 내게 무슨 경륜이 있 겠소."

"그러나 강쇠 같은 사람은 김장군을 홍길동이라 생각할걸 요?"

강쇠는 술을 마시다 말고 힐끗 쳐다본다.

"그래요? 홍길동은 임금한테 재롱 피우는 강아지였지요."

"허허허."

"북쪽 나라에 대해서도 할 얘기가 없소이다. 중국, 노국 그 어느 나라든지 일본하고 박이 터지게 싸우는 게 좋다는 말밖 에는."

"좀 소상히 말씀하시오."

그 말 대답은 없이,

"조선놈한테 쌈 잘 붙이는 재간 있는 놈이 하나라도 있었으 면 좋겠소. 약자에겐 어부지리 얻는 길밖에, 안 그렇소, 이서 방?"

"네."

하는데 석포는 눈에 띄게 풀이 죽는다.

"자아, 내 술 한잔 받으시오. 이서방한테는 김장군이요, 밭에서는 똥장군이요, 북국에서는 말장군, 마적 말씀이오. 하하하핫…… 뭐 그런 거지요."

석포는 입술을 문다. 화나서 그러는 것 같지는 않다.

"이서방."

환이를 쳐다본다. 생기가 돌던 석포의 얼굴은 종전과 같이 누리팅팅했다.

"무슨 변화를 바라시오? 무슨 일이 있기를 바라시오?"

"새삼스럽게, 다 아는 일을 왜 물으시오? 내가 무슨 일확천금의 꿈이라도 꾸는 줄 아십니까?"

"애국 애국, 민족 민족 하고 떠드는 놈치고 몽상가 아닌 놈이 없듯이, 나는 여태까지 이서방을 그런 몽상가로 보지는 않았소. 꼭지가 덜 떨어진 그런 시기도 지났거니와 본시 그런 사람도 아니었는데 목에 걸린 칼이 그렇게 무섭소?"

석포 얼굴에 놀라움이 나타난다. 그리고 당황한다.

"병자만 목에 칼 걸어놓고 사는 건 아니잖소. 산다는 것은 목에다 칼 걸어놓은 거요. 사는 것 아니라니까요."

"그거는 성님 말이 맞소. 항상 칼 든 놈이 뒤따라오는 것 겉은 생각을 했인께요. 이서방이 허약해져서 그 생각을 많이 하는 깁니다."

강쇠가 거든다.

"무서운 게 아니오. 외로운 거요. 뭣이든 거머잡고 싶은 심정이오."

목소리는 낮았다.

"성님, 이서방 병난 연유 모리지요?"

술이 웬만큼 돌았는지 갑자기 어세가 달라지고 들뜬 것같이 말한 강쇠는 킬킬대며 웃는다.

"미친놈."

석포는 허겁지겁 술을 마신다.

"서울서 내리온 어떤 전도부인을,"

"이 미친놈아!"

"히히힛 흐흐훗…… 말도 마이소. 저 나이 해가지고, 꼭 선머심아이 안 겉십니까?"

"그런 게 아니오."

하다가 다시 석포는 환이를 보고,

"그 여자 때문에 병난 것은 아, 아니오. 병이 났기 때문에 지푸래기라도 잡고 싶은 심정이더군요. 술자리니께 뭐 이런 얘기 하는 편이 낫겠소."

석포는 처음으로 씩 웃는다.

"아시다시피 정한 여자도 없이, 보따리 싸서 나가고 들어오고 마 그런 형편인 것은 다 아는 일 아닙니까? 내 처지가 그러하니 바람둥이라는 것도 엄폐물이었지요. 한데 병이 들고 보니 당황해집디다. 계집을 계집으로 아니 보고 물건 보듯이 살아온 내 생각이 무너지더란 말입니다. 젊은 시절 동학에 투신하여 별의별 고초를 다 겪으면서 내 열기가 그곳으로 모두 쏠린 탓으로…….”

하더니 석포는 메치듯,

“뭐가 뭔지 알 수 없소. 나를 쥐어짜는 게 이젠 하낫도 없지요.”

석포는 폭음을 했다. 몸도 마음도 와해해가는 과정을 똑똑히 볼 수 있었다. 목마른 사람같이 무슨 일거리가 생기지 않을까, 필시 서울서 왔다는 전도부인에 대해서도 그러했으리. 발버둥을 쳐보는 것이다. 환이는 뭔지 알 수 없는 전율을 느낀다. 와해해가는 석포 모습은 동학 잔당에게 다가오는 운명인 것을 환이는 예감한다. 몇 사람이나 살아남아서 어느 물줄기를 찾아 흘러갈 것인가. 들판에는 엄폐물이 없고 산속은 공격목표하고 너무나 멀다. 도시는 동학의 것이 아니다.

이튿날 아침 석포는 자리에서 일어나지 못했다.

“성님, 나 짝쇠한테 가보고 오겠소.”

늦은 아침을 먹은 뒤 강쇠가 일어섰다. 3·1만세 때 옥고를 치른 강쇠의 이종사촌 짝쇠는 석포의 연비로 산청에 와서 대장간을 하고 있었다. 장가도 들고 아이도 생기고. 여전히 어딘가 모자라는 그런 푼수였지만. 강쇠가 나가고 난 뒤 도로 자리에 든 환이는 살폿 잠이 들었다. 시커먼 공간에 달무리 같은, 날카롭고 기분 나쁜 빛이 다가오고 멀어지고, 잠결에

도 그것을 피해 보려고 돌아누우면 불그죽죽하고 마치 쇠고
기 썩은 것 같은 물체가 꾸물꾸물 다가오는 것이 아닌가. 그
런 빛깔 물체와 실랑이를 하다가 환이는 눈을 떴다. 골 반쪽
이 지끈지끈 쑤신다. 간밤의 폭음 탓이겠는데, 꿈도 아니요,
맑은 정신에서 본 것도 아닌 그 기분 나쁜 빛깔과 물체는 아
주 좋잖은 뒷맛을 남긴다. 그것은 좋지 않은 일이 있을 것이
란 의식의 경고인 것이다. 입맛을 다시며 모기에 물린 팔뚝을
긁고 있는데 밖에서 누구 없느냐는 소리가 들려온다. 그리고
곧장 환이 누워 있는 방으로 오는 발소리가 들려왔다. 방문을
열고 들어선 것은 순사였다.

"네가 김환이지."

"……."

"너를 체포한다."

순사는 쳐다보기만 하는 김환에게 포승을 채우는 것이었다.

"이게 어찌 된 일이오."

환이와 함께 끌려나오면서 석포는 중얼거렸다.

"이게 어찌 된 일이오!"

이번에는 외쳤다.

"이놈이 찔렀구나."

석포의 이놈이란 누구를 두고 한 말인지 그것은 알 수가 없
다. 그러나 객줏집을 나간 채 돌아오지 않는 강쇠를 두고 한
말같이 환이는 생각되었다. 그들은 곧장 경찰서로 끌려갔다.

그들이 잡혀간 것을 강쇠는 객줏집에 못 미쳐서 알았다. 거리에서 사람들이 잡혀간 그들을 두고 화젯거리를 삼고 있었던 것이다.

'그렇다면 필시, 나도 종구고 있을 기다.'

강쇠는 본능적으로 몸을 돌렸다. 그는 곧장 짝쇠 대장간으로 되돌아온다. 마침 짝쇠댁네가 물동이를 들고 나오는 모습을 볼 수 있었다.

"계수씨, 집에 누구 안 왔십디까?"

"아니요. 아무도 안 왔는데?"

"그러믄 짝쇠보고 좀 나오라 카소."

안색이 달라진 강쇠를 본 짝쇠댁네는 겁을 먹으며 비실비실 뒷걸음질치듯,

"저어, 예, 예."

비로소 여자는 몸을 돌려 뛰어간다. 이윽고 짝쇠가 나온다. 그의 뒤를 짝쇠댁네가 주춤주춤 따라나온다. 강쇠는 손을 흔들어 짝쇠댁네한테 들어가란 시늉을 하고,

"큰일 났다."

"와요."

어리둥절하는 짝쇠 팔목을 잡고 강쇠는 급한 걸음으로 걷는다. 곧장 걷는다.

"무신 일이 있소?"

"객줏집 이서방이 잽히갔다."

"야?"

"그러니 잠시 피신해 있다가 형편을 살피자."

환이 붙잡혀갔다는 말은 하지 않았다.

"이, 이거 큰일 났소."

두 사내는 대장간과는 반대 방향으로 접어들어서 한참 가다가 길목 주막으로 들어간다. 그들은 온종일 그곳에 묵으면서 술을 마셨다. 밤이 되기를 기다린 강쇠는,

"나가자."

"야."

두 사내는 술을 마셔도 취하지 않았다. 밖으로 나온 강쇠는

"니는 말이다, 객줏집 근처까지 가봐라. 내일이 장날인께 필시 그 주변에는 장사꾼들이 나돌 기다. 무신 말이든 잠자코 들어보아라. 그라고 저기 저어기 산 밑으로, 그 큰 바우 있는 곳으로 오는 기다. 와서 내가 없어도 기다리라."

"야."

하다가,

"집 식구는 모리는데, 이야기 좀 하고 오믄 안 되겄소?"

"거기는 내가 가볼 것인께."

두 사내가 헤어졌다.

밤이 깊어서 일러준 대로 짝쇠가 산 밑의 바위 있는 곳까지 왔을 때 강쇠는 거기 서 있었다.

"집에는 별일 없더라. 그러나 나를 찾을라 카믄 그곳이 들

날 기다."

"그라믄 우짤 기요."

"볼일이 있어서 며칠 못 들어온다는 말을 해놨인께 니는 곧장 진주로 가거라. 가서 관수보고 얘기하는 기다."

"머라 카꼬요."

"음…… 객줏집 이서방하고 구천이가 잽힜다는 말만 하고…… 피신하라 카믄 알 기다."

"지금 갑니까?"

"가다가 주막에 들더라도, 다문 한 발이라도 더 떼놓아라. 자아, 여비."

하고 강쇠는 지전을 쥐여준다.

"성님은 우짤라요."

"여기 돼가는 형편을 봐야제."

함께 걷다가 두 사람은 헤어진다.

'이상한 일이다. 성님 온 지가 사나흘밖에 안 됐는데, 그라믄 만주서 묻어온 길까?'

강쇠는 고개를 흔든다. 그러나 어떻게 알고 잡아갔느냐는 것보다 석포가 마음에 걸리는 것이 무슨 까닭인지 알 수 없었다. 관수더러 피신하라, 그 말을 짝쇠에게 이를 때 강쇠는 석포를 염두에 두었다. 과연 석포가 일경의 혹독한 고문을 이겨낼 수 있을 것인지 의심스러웠던 것이다. 그러나 무엇보다 환이가 잡혔다는 것이 가장 큰 충격이다.

산청서 사흘 만에, 강쇠는 환이와 석포가 진주로 압송돼 간 것을 알아냈다.

'일 커졌구나.'

산청에 더 머물 필요가 없었다. 강쇠는 곧장 진주로 달려갔다. 광주리를 장에서 받아 광주리장수로 가장하고, 그야 몸에 밴 광주리장수였지만, 최참판댁을 찾아간 강쇠는 연학이를 찾았다. 연학의 얼굴은 긴장되어 있었다.

"우선 쪼깐이집, 그 비빔밥집에서 밥 사 묵고 있으소. 내 이내 갈 것인께."

낮은 목소리로 소곤거렸다.

"알았소."

강쇠는 엮은 광주리를 어깨에 둘러메고 돌아선다.

'이거 끝장나는 거 아니가? 혜관스님한테는 알렸는지 모르겠네.'

쪼깐이집이 어디냐고 물어서 강쇠는 찾아갔다. 마당 한구석에 짐을 내려놓고 가겟방으로 들어간 그는,

"여기 비빔밥 한 그릇 주소."

서울네가 힐끗 쳐다본다. 심부름 아이가 밖을 향해,

"비빔밥 하나아!"

하고 소리를 질렀다.

"아니, 술부터 먼저 주소. 무신 술이 있노."

아이한테 묻는다.

"소주, 정종, 탁배기도 있소."

"소주를 도라."

소주를 마시고 날라온 비빔밥을 먹으려고 숟가락을 드는데 연학이 나타났다. 강쇠가 뭐라 하려는 순간, 외면을 한 연학은,

"안녕하십니까, 사부인."

하고 서울네한테 말을 건다. 사부인이라는 말에 당황한 서울네는,

"어서오세요. 오래간만입니다."

"바깥사돈은 안 계시네요."

"늘 점방에 계시지요. 약주 드시겠어요?"

"예, 한 잔만 주이소."

그새 살이 쪄서 그런지 서울네는 별로 늙은 것 같지 않았다. 따뜻한 정종을 마시며 연학은,

"지나다가 술 생각이 나서 들렀는데 사돈 간에 서로 보기가 어렵소."

"왜 아니겠어요. 가끔 오십시오."

연학이 수작을 하는 동안 강쇠는 비빔밥 그릇을 비우고 물러나 앉으며,

"잘 묵었다. 꿀맛이구마는,"

하고 너스레를 떤다. 두 번째 술잔을 비운 연학은,

"낮술이 과하믄 안 되지요. 일간 또 찾아오겠십니다. 바깥사돈한테 안부 전해주이소."

하고 일어선다. 속으로 피차 꼬투리를 가지고 있으면서,

"네, 또 오세요."

술값을 내도 받지 않았겠지만 속으로 당황해 있던 연학이는 술값 내는 일을 까맣게 잊고 나가버린다. 성냥개비로 이를 쑤시고 있던 강쇠는 부시시 일어난다. 돈을 내고 광주리 꾸러미를 주워들어 어깨에 걸머진 뒤 나간다. 연학의 뒷모습이 저만큼 보인다. 강쇠는 잠자코 뒤따라간다. 연학이는 남강을 향해 가고 있었다. 남강에는 아이들이 뛰놀고 있었다. 그 아이들을 피해서 연학이는 강 하류 쪽으로 내려간다. 강쇠가 멀찌감치 따라간다. 모래밭은 뜨거웠다. 고무신에 넘쳐 들어오는 모래도 뜨거웠다. 긴장의 연속, 강쇠의 눈에서 눈물이 울칵 쏟아진다. 환이가 체포되었다는 사실이 현실로써 뜨거운 모래 열기와 함께 강쇠의 가슴을 쳤던 것이다.

'빌어묵을, 오기는 와 오노. 고만 그곳 구신이 될 기지, 오기는 와 오노 말이다.'

일 그르쳤다는 원망은 아니었다. 모두 잡혀갈지 모른다는 원망도 아니었다. 환이에 대한 뜨거운 정, 그를 기둥 삼아서 살아온 자신의 생애가 가슴 저리도록 아팠던 것이다.

'산놈으로 태이나서, 사람으로 맨들어주더마는, 이자는 다 틀린 기라.'

계속 눈물이 흐른다. 흐려진 눈에 연학의 앉는 모습이 보인다. 다가간 강쇠를 올려다보는 연학은 피시시 웃는다.

"우는 꼴 좋소. 한두 살 묵은 아아요?"

"마 이자는 끝장이 났는가 싶구마."

모래밭에 펄썩 주질러 앉는다.

"진주로 압송된 거를 알고 왔소?"

"몰랐다믄 거기 있었제. 연학이는 우찌 알았노?"

"손을 썼지요."

"그라믄 가맹이 있단 말가?"

바싹 다가앉는다. 연학이는 고개를 흔들었다.

"그라믄 우찌 되는 기고?"

그 말 대꾸는 없이,

"혜관스님한테도 알렸십니다."

"……."

"관수형님은 피신하고 석이는 평양 갔인께,"

"평양?"

"사사로운 일로 갔인께, 머 우선 이곳에 없는 기이 좋으니
께요, 마침 잘됐지요."

"니는 괜찮겄나?"

"아마, 괜찮을 깁니다."

"앞으로 우찌하믄 좋겄노. 성님이 우찌 될꼬?"

"그거는…… 김선생이 가진 힘밖에는 믿을 기이 없었소. 우
떻게 안에서 요량을 하고 기신지."

"흐음……."

"환국이어머님한테 말씀을 디렸십니다마는, 환국이아버님 일도 있고 해서, 참말이제, 이분 일은 집안에 머리 푼 꼴*이 됐지요."

"연루될 것이 없일 긴데?"

"그러씨,"

"나는 답답이, 석포 그 사람이 걱정이다. 뱅나고부터 영 사램이 갈피를 못 잡고 허약해져 있인께, 배신할 사람은 아니다마는 고문을 심하게 하믄…… 환이성님이 징역살이 일이 년 하는 거사 기다리믄 되는 거지마는,"

"……."

"돌아와서도 이상한 소리를 자꾸 해쌓아서 맴이 씨었는데 겔국 이런 일이 있일라꼬. 그는 그렇고 우찌 알고 그놈들이 잡으러 왔는가 그거를 아무리 생각해도 모리겄다."

"나도 그 생각은 많이 했십니다. 온 지 며칠도 안 되고, 관수형님도 내가 하동서 와가지고 이야기를 해서 알았을 정도 지요. 지가놈이 손쓸 새나 있었겠소?"

"내 생각으로는 만주서부터 따라붙인 거 아닌가 싶은 데…… 그래도 그렇다믄 절에서부터 당했을 거 아니겠나?"

"하여간 여기서 이러고 있을 수는 없고 강쇠형님도 안전한 곳에 기시야 한께 가입시다."

"어디로,"

"우선 영팔이아재 집으로 갑시다."

"영팔이라 카믄,"

"형님은 모립니까?"

"잘 모리겄는데?"

"그 집에는 3·1만세 때 아들 형제가 잽히가고는 했지만도, 이자는 벨일 없일 기요. 임시니께."

"참, 짝쇠는 우찌 됐노."

"관수형님 따라갔소."

18장 환(環)의 죽음

"계십니까?"

대문간에서 찾는 사람이 있다.

"누구십니까?"

머슴 배서방이 대문간으로 가며 묻는다. 문을 열고 내다본다. 노타이 셔츠를 입은 사내가 눈을 치뜨듯 하며 배서방을 노려본다.

"누구를 찾십니까?"

"경찰에서 왔다."

"야?"

"장연학이 있지?"

"겨, 경찰서 말입니까?"

배서방 얼굴에 겁이 더럭 실린다.

"있나, 없나!"

"예, 예, 나갔십니다."

"어디 갔어!"

"일 보러 나, 나갔겄지요. 곧 돌아올 깁니다."

"무슨 일 보러 갔나."

"모리겄십니다."

"간 곳은 어딘데?"

"그, 그것도 모리겄십니다."

"흥, 이 새끼도 도망친 것 아니야?"

"머라꼬요?"

사내는 열려진 대문 사이로 고개를 쑥 디밀며 안을 살핀다.

"안주인은 있겠지?"

"마님 말입니까?"

비로소 전세를 가다듬은 병사처럼 배서방은 불손한 사내에 대하여 까끄름한 어투로 되묻는다.

"하면은 다른 안주인이 또 있냐?"

"마님은 기시오."

"내가 좀 만나보잔다고, 서에서 나온 나형사라고 해."

배서방은 알아듣지도 못할 말로 쭝얼쭝얼하며 일부러 늑장을 부리듯 안으로 들어간다.

'마님인가 지랄인가 그 기상 세다는 여자를 어떻게 다룬다?'

담배를 붙여 문다.

'보자고 한 건 잘못한 일일까? 도리어 코 떼이는 짓 아닐까 모르겠네.'

들추다 보면 어떤 결과가 될지 그것은 알 수 없으나 사실 장연학이한테 혐의가 있어 찾아온 것은 아니었다. 다만 관수의 행방을 알아내기 위하여, 우선은 그렇다.

배서방은 유모와 함께 나왔다.

"마님께서 무슨 일로 오셨는지 여쭈어보라 하십니다."

유모가 말했다. 순간 나형사는 당황한다.

"저기, 장연학에 대해서 말씀 좀 드리려고 그럽니다."

표변한 태도로 말한다. 배서방은 수문장같이 뻗치고 서 있고, 유모만 들어간다. 이윽고 유모는 다시 나왔다.

"들어오십시오."

나형사는 손에 든 담배를 문간에 버리고 구둣발로 밟은 뒤 유모가 인도하는 대로 대청에 올라가 앉는다.

"좀 기다리시오."

유모가 물러간 뒤 아무 일도 없는 듯 집 안은 괴괴하니 가라앉는다. 정적은 마치 나형사의 뺨따귀를 갈기듯 엉덩이를 걷어차듯, 그러한 조롱에 가득 차 있는 것 같은 것을 느끼게 한다. 천박하게 사방이 번쩍번쩍 빛나는, 이른바 새 부자의 집 안과는 사뭇 다른 분위기에 나형사는 위축당하지 않으려고 양무릎에 손을 얹은 채 꾸부정했던 상체를 일으켜 세우며 헛기침을 한다. 그러나 육중한 대청 대들보가 머리를 누지르는 것 같았다. 섬세하고 단정한 장지문 문살은 냉랭한 눈초리만 같았다. 앉을 자리에 꽉 들어찬 것처럼 엄격하게 배치된 가구며, 분명 못 올 자리에 와서 자신이 앉아 있는 것 같은, 묘한 강박관념이다. 지방의 상민 출신인 나형사 의식 속에는 아직도 명문거족, 만석 살림을 아울러 가진 그 저력에 대한 공포가 남아 있는 것이다. 어릴 적에 양반댁에서 하정배(下庭拜)하던 아비 모습이 기억에 생생하다.

나형사는 활짝 열어젖혀 놓고 발을 내려놓은 후원 쪽으로 시선을 옮긴다. 물을 뿌렸는지 후원의 수목은 푸르고 시원해 보였지만 불어오는 바람은 후덥지근하다.

'제에기랄, 언제까지 기다리나.'

하는데 기척이 나면서 하얀 모시옷 입은 서희가 안방에서 모습을 드러낸다. 나형사는 저도 모르게 엉덩이를 쳐들고 일어서려다 만다. 서희는 발을 등지고 화문석 위에 앉는다. 자세를 바로 한 뒤 서희는 넌지시, 그러나 정면으로 나형사의 눈을 바라본다.

"죄송합니다."

"무슨 일인지 말씀하시오."

"저기,"

형사 노릇을 하다 보니 안력(眼力)에는 자신이 있었는데, 나형사는 얼음장같이 찬 서희 시선을 이겨내지 못한다. 막상 말해보라니까 서희보고 할 말은 아닌지 모른다는 의구심도 앞선다.

"저기, 이 댁에 있는 장연학이란 사람에 관해서 여쭐 말씀이 있어서 뵙자고 했습니다만,"

"……."

"그러니까, 그 사람은 이 댁의 마름으로 알고 있습니다만,"

"집사요."

"집사라면, 집사가 뭡니까?"

서희는 쓴웃음을 띤다. 마음속으로 아주 못쓰게 막돼먹은 인간은 아닌가 보다고 가늠을 해보면서,

"집의 안팎 일을 내 대신 다 맡아서 하는, 시쳇말로 지배인인가요?"

서희는 의식적으로 연학의 처지를 높여서 말을 한다.

"아 네에, 마름하고 엇비슷한 일이군요. 그러면 부인께서는 심복이라 할 수 있겠습니다."

막돼먹지는 않았어도 만만하지는 않았다. 오륙 년의 이력이 있는 나형사다. 그는 다음 말을 계속했다.

"그렇다면은 부인께서 장연학에 대하여 의심 같은 것 가져보신 적이 없었겠습니다."

"무슨 말을 하려는 게요?"

"아, 아니,"

"장서방이 내 소유재산을 횡령이라도 하였다 그 말이오?"

"아, 아니올시다."

"그러면 도둑질이나 사기를 하여 지금 장서방이 경찰에 구금된 거요?"

"아, 아니,"

"그러면은,"

서희의 어세는 강했다.

"그게 아니올시다."

"그게 아니라면 어째 내게 와서 심문을 하는 게요."

"시, 심문이라니요?"

나형사는 펄쩍 뛰듯 말한다.

"만부당한 말씀입니다. 감히 그럴 수 있겠습니까? 사실은 지금 불온한 일에 관련된 관계로 수배된 자가 있습니다. 그자하고 장연학이 그 사람하고 가까운 사이라는 말이 있어서, 일차적으로 그자 행방에 대하여 수소문해야겠기에,"

"내 아랫사람이 범행한 것도 아닌 터에 나를 보자 한 것은 말단 포졸의 횡포치고는 좀 심한 편이구먼."

"그, 그렇겠습니다만 일단은 장연학이도 의심 안 할 수 있습니까."

"그렇다면 상부의 지시란 말이오?"

"아, 아닙니다. 절대로 그건 아닙니다. 장연학을 찾아왔는데 마침 없어서, 이거 죄송하게 됐습니다."

"그러면 돌아가시오. 일에는 순서가 있고 예절도 필요한 게요."

서희는 일어섰다. 나형사는 별수 없이 문밖으로 쫓겨난 셈이다.

"제에기랄! 아닙니다, 아닙니다로 볼일 다 봤군."

예상한 대로 코를 떼인 꼴이라 화도 났으나 대항할 상대가 아닌 것을 실감한다. 나형사가 대문 앞에서 막 떠나려는데 저만큼, 발이 고운 삼베 고의적삼에 흰 모시 조끼, 회색 대님을 친 연학이 보릿짚 모자를 쓰고 걸어오는 모습이 보였다.

"이봐!"

나형사는 저도 모르게 악쓰듯 고함을 친다. 연학은 힐끗 한번 쳐다보고는 시답잖다는 듯 걸음을 빨리하지 않았다.

"부르는 소리가 안 들려!"

"귀머거리는 아닌께요."

다가왔다.

"제에기랄! 어디 갔다 오는 게야?"

"그건 와 묻소?"

좁은 지방이라 인사하고 지내는 처지는 아니지만 서로 면식은 있다.

"물을 만하니 묻는 게지."

"거 너무 그러지 마소. 엇비슷하게 나일 묵어감서 반말할 것까지는 없일 성싶은데요?"

장연학은 화가 난 얼굴이다.

"대관절 이 집터가 어떻게 돼먹었기에 입김들이 그리 드세나. 하인까지 이 지경이면 용 꼬리라도 묻혀 있는 거 아니야?"

"하인? 뉘보고 하는 말이오?"

"그럼 하인 아니던가?"

"실없는 소리 마소. 나형사가 계속 반말을 하믄 친구거니, 나도 반말해야겠소."

"좋소. 그러면 내 공대하지. 장서방, 어디 갔다 오는 거요?"
해놓고 나형사는 피식 웃는다.

"장작을 딜이야겠기에 강가로 나가봤더마는 나무배마다 성냥개비 겉은 거만 있어서 그냥 돌아오는 길이오. 이러믄 됐소?"

"음, 여기 서서 얘기할 수 없고 서장대로 올라갑시다."

"무신 얘긴데 그러요?"

연학은 초조한 마음을 털끝만큼도 내보이지 않고 나형사를 따라 어슬렁거리듯 서장대로 올라간다. 바람 쐬러 나온 사람들이 없지 않았으나 그런 대로 서장대는 한적했다.

"장서방."

"말하소."

"장서방은 무슨 단체에 가입한 일 있지요?"

"단체라 카믄, 가만 있자, 단체라…… 그런 일 없는데요?"

"독립운동하는 단체 말이오!"

비수를 들이대듯, 그 순간 나형사의 눈살이 실뱀같이 물결친다.

"머라꼬요? 그, 그런 기이 어디 있소? 사람 간 떨어지게 하지 마소!"

연학은 내심 경악했다. 당황한 것도 사실이다. 그러나 낭떠러지 아슬아슬한 곳에서 몸을 날려 안전지대로 내려서듯 당황한 그 자체를 역이용한다.

"살다가 별꼴 다 보겠네. 그런 일을 저저이 다 할 수 있일 기든가? 내가 할 수 있다믄 나형사라고 못할 것 없제. 그따우 실없는 소리는 집어치우소!"

"그러면 형평산가, 그 단체하고는 관련이 있는 거지요?"

"내가 와요? 머가 답답해서 새 백정 소리 들어감서 그 짓을 할 기요?"

나형사 눈이 풀리면서 실실 웃는다.

"에이 여보시오! 그런 말, 만에 일이라도 최참판댁 귀에 들어가믄은,"

"마님 아니구먼."

"사람 우습게 보지 마소. 알고 보믄 당신도 대접이 좀 달라질 거로요."

"그럼 좀 압시다."

"아까도 하인 어쩌고 하길래 내 돋는 것을 억지로 참았소만, 여수의 장 아무개 하믄 모릴 사램이 없고 어장 배가 수십 척, 이름난 부자가 내 큰아부지요."

"그렇담 우습군. 뭣 때문에 최씨네 일을 보아주나."

170

"내 아부지가 그렇다믄 남의 일 보아주겠소? 한 다리가 천리라고, 그러나 그보다 의리가 있인께."

"의리라면?"

"옛날부터 내 부친이 그 댁 땅덩이 오고 가는 데 참니를 했이니께요. 말하자믄 거간인데 팔거나 사거나 그 댁에서는 내 부친 이외 딴 사람한테 맽기지 않았소. 그것도 그렇고, 말이야 바로 하지, 실상 의리라는 것도 실속이 없이믄 지키기 어럽운 것 아니겠소? 시쳇말로 지배인이라 카믄 과히 나쁘지 않고 수입만 하더라도 은행 서기보다 월등한께 큰아부지 도움이야 내 급할 때 쫓아가믄 되는 기고,"

"아주 큰 보따리 푸는구먼."

"아, 만석이 넘는 큰 살림인데 그 재산관리가 적은 일이오?"

"그 얘기는 그 정도로 하고 당신 송관수 간 곳 알지?"

"가기는 어디로 가요?"

"음흥 그만 떨고 나중에 경칠 때 후회한들 소용없으니,"

나형사의 눈살은 다시 실뱀같이 흔들린다.

"그라믄 관수 그 사람이 이곳에서 떴다, 그 말이오?"

"어허! 왜 이러나, 응?"

"영문도 모리는 사람한테 다짜고짜로 이러믄 우짜요?"

"정말 몰라?"

"알고 모리고가 어디 있겠소? 대관절 무신 곡절이오? 형평산가 먼가 그것 땜에 그러요?"

"그런 것은 알 것 없고 송관수하고는 어떻게 된 사이지?"

"여보시오, 나형사."

연학은 노기를 띠고 나형사를 노려본다.

"내가 도둑질을 했단 말이오? 강도짓을 했단 말이오? 살인을 했소? 아니할 말로 독립운동을 했소? 나는 그 흔한 예수쟁이들 찬송가도 불러본 일이 없단 말이오! 죄인 추달하듯기, 반말로는 내 대답 못하겠소."

화를 버럭 낸다.

"아, 알았소. 버릇이 돼서, 하하핫……."

"오며 가며 서로 면대하고 지내는 처지, 그러는 기이 아니라요. 당신이 칼 찬 순사보다 높은 줄은 아요만, 죄 없는 백성한테까지 마구잡이로 굴라 카는 법은 없인께."

"내가 잘못했소. 송관수 그놈을 못 잡고 보니 나도 모르게 신경질 된 모양인데, 자아, 송관수에 대한 얘기나 해주시오."

"그야 머 어렵잖지요. 그 사람은 본시 백정은 아니었소. 장돌뱅이 아들이었지요. 아까 나하고 우떻게 된 사이냐고 물었는데 좀 대답하기가 어렵구마요. 친구 간이랄 수도 없고 호형호제하는 사이랄 수도 없고, 그렇다고 해서 고향 사람이랄 수도 없으니 말이오."

"그럼 대체 뭐요?"

"그러니께 내 본가가 하동인데, 관수 그 사람 옛적에는 아비랑 마찬가지로 장돌뱅이였소. 우리 집이 장터에 있기 때문에 내 어릴 적에는 장날이믄 관수 그 사람이 우리 집 앞에 전을 폈지요. 우리 집이야 거간이지 장삿집이 아닌께 난전을 쫓을 까닭도 없고, 그래 그랬던지 나한테 엿도 사주고 떡도 사주고, 옛적 일이지요. 그러고는 까맣게 잊었는데 뜻밖에 여기서 만났지 멉니까? 고향 사람은 아니지마는 머 비슷한 처지고 보니 만나믄 더러 술도 마시고,"

"송관수에 대해서 아는 대로 얘기 좀 해주어야겠소."

"아는 기이 머 있겠소. 처지가 처지인 만큼 좀 상종하기가 어렵지요."

"어렵다면?"

"백정의 일이라 카믄 비늘만 거슬리도 천길만길 뛰께, 말조심 안 하믄은 대가리 깨질 판국이지요. 그래서 피할라 카믄 또 거머리겉이 달라붙어서 백정이 사는 술은, 머 그것도 심술이겄지마는,"

나형사는 입맛을 다신다. 신경질을 내려다 참으면서,

"살기는 넉넉한 편 아니오? 집안 살림의 푼수는 어떻소."

"그러씨요. 어렵지는 않는 모앵입니다마는 자세한 내막이야 모리지요. 집에 가본 일도 없고 집에 가자는 소리도 못 들었인께. 나도 아닌 게 아니라 밥술 뜰 만하믄 잠잠히 있지 쌈에는 와 끼어드노 싶기도 했소. 사실 농청하고 백정들의 그 충돌이 좀 심했소? 백정하고 이야기만 해도 농청 쪽에서는 쌍불을 켜는데, 그러나 그 사람들한테 못을 걸거나 원한을 사도 그거 좋은 일 아니거든요. 백정이 무섭은 거는 나형사도 잘 아는 일 아니오? 니 죽고 나 죽겠다는 데는 당할 재간 없인께. 소 잡는 백정이 사람인들 안 때리잡겠소?"

"아따, 약기는,"

상대가 형사라는 것을 전혀 의식하지 않은 듯 마치 친구지 간인 것처럼 차분하게 얘기하는 연학의 분위기에 말려든 나 형사는 다소 친근해진 투의 말을 던지고 나서,

"하여간에 골치 아프게 생겼어. 이놈을 어디 가서 잡아 오 지?"

"……."

"웃대가리들 날이면 날마다 불호령인데 형사질 해먹기도 어려워. 수십 척 어장 배 가진 부자한테나 태어났더라면,"

"일본 유학이나 했겠지요."

"장서방 사촌들은 유학했다 그 말이오?"

"모두 나보다 나이 많은데 유학은 무신, 조카들은 보내겠지 요."

나형사는 엉덩이를 털고 일어섰다. 연학의 눈이 날카롭게 나형사 등바닥을 쏜다. 그러나 이내 사람 좋고 고지식한 표정 으로 돌아간다.

"그놈을 잡아야 일의 실마리가 풀리는데 이래가지고는 오 리무중, 어디 단서가 잡혀야 말이지. 화통 터져서 못살겠다."

"화통 터지는 거는 술로 달래야지요. 어디 가서 술이나 한

잔 안 할라요? 새귀놓고 보믄 피차 손해볼 것 없일 성싶은데,"

"그럴 생각이 없는 것도 아니지만 바빠서 오늘은 가봐야겠소."

연학을 돌아보며 과히 기분 나쁘지 않다는 듯 나형사는 웃는다.

"그럼 요다음에 만납시다. 나는 먼저 가야겠소."

손을 쳐들어 보이고 나서 나형사는 급히 서장대 내리막길을 내려간다. 가면서 수건을 꺼내어 땀을 닦곤 한다. 나형사의 뒷모습을 바라보며 연학은 중얼거린다.

"네놈을 잡아묵으까 우찌하까?"

고등계(高等係)에는 연학과 줄이 닿는 형사가 하나 있긴 있었다. 오륙 년 전 홍이가 하동서 진주경찰서로 넘겨졌을 때 약을 먹여놓은 사람인데, 그동안 부산으로 가 있다가 요즘 다시 진주로 돌아온 오형사, 그러나 연학은 이번 사건을 위해 그에게 접근하지는 않았다. 홍이의 경우와는 다르기 때문이다. 홍이 진주로 넘어왔을 때는 이미 혐의가 없다는 그네들 심증이 있었고 사실 캐봐야 캐낼 건더기, 근거가 없었으니까 형사를 매수하는 데 위험이 적었다. 그러나 이번의 사건은 표면상으론 오늘 나형사가 찾아옴으로써 그것도 막연하게 들나기 시작한 것이지만 저변에는 어마어마한 일들이 깔려 있는 것이다. 냉정하게 차단하는 방법 이외 도리가 없다. 그런 만큼 연학은 무슨 영문인지 모른다는 연극을 당분간 지속할 필

175

요가 있고, 이쪽에서 접근해서도 안 되는 것은 물론이거니와 정보를 캐내려는 행동은 더더구나 금물인 것이다. 하여 연학은 오형사와 아는 사이라는 말을 나형사 앞에서 하지 않았다. 그리고 또 앞으로 사태변화가 있을 적에 오형사를 이용할 생각은 없었다. 만일 필요하다면 다른 대상을 물색해야 하는 것이다. 그러나 고등계의 형사는 약을 먹이기도 어렵거니와 만약 먹었다 하면 연학의 독백처럼 잡아먹히는 꼴이 된다. 환이와 석포가 진주경찰서로 이송된 정보를 알아낸 것은 연학이 하동서 가족을 데려와 살림을 차린 봉산정집 뒷집에 세든 윤순사에게서다. 정보를 얻어내기 위해 매수한 것은 아니었다. 평소부터 친해둔 터이라 눈치채지 않게 교묘히 유도해서 얻어낸 정보였다.

연학은 서장대를 내려오면서 관수와 친한 사이라는 말이 김두만이 입에서 나온 것을 짐작한다. 그러나 괘씸하다는 생각보다 오히려 안전하다는 결론을 먼저 내리는 것이다. 그것은 관수와 연학이 친하다는 이상으로 나형사가 알지 못한다는 것이 명확했기 때문이다. 관수와 자신에 대하여 감정이 좋지 않았던 두만이가 얼씨구나 하고 내뱉었겠지만 다음 순간 그는 후회했을 것이다. 수십 척의 어장 배를 가진 거부, 여수의 장서방을 적대하고 싶지는 않았을 것이다. 제 한 말을 후회했다면 앞으로는 말조심을 할 것이요, 또 최참판댁 일만 하더라도 두만이는 이미 진주서 유지로 자리를 굳혔으며 경찰의 간부들과도 교류가 있는 만큼 종의 집안이라는 약점을 들내지 않기 위해서 관여 않을 것이며, 의리를 중히 여기는 어미의 압력도 고려에 넣을 것인즉, 생래의 약고 제 앞가림에는 절도가 있는 위인이라, 연학이 그 점 저 점을 종합하여 안전하다는 결론을 내린 것이다.

한편 경찰서 유치장의 환이는 연일 계속되는 심문과 고문에 시달리어 몸을 가누지 못한 채 마룻바닥에 늘어져 있었다. 그러나 고문보다 금식 때문에 그의 몸은 극도로 쇠약해가고 있는 것이다. 의식은 맑았다. 방금 절도범의 코를 핀셋으로 집어서 장난 삼아 끌고 나가던 왜형사 소노[園]의 유들유들한 얼굴을 뚜렷하게 보았고, 연신 울려오는 밖의 와자지껄한 웃음소리도 똑똑하게 들려온다. 핀셋에 코를 집힌 절도범이 어기적어기적 소노가 가는 대로 따라 걷는 모습, 그것을 보고 웃는 경찰서 놈들, 하기는 고춧가루 탄 물을 콧구멍에 들이붓는 일보다는 훨씬 고마운 것인지 모른다. 그러나 그 절도범은 자백을 했고 조서도 꾸몄으며 감옥에 넘어가는 것을 기다리고 있었으니 억울한 덤이다. 높다란 곳에 뚫린 철창문 사이로 구름 한 송이가 지나간다. 환의 눈이 오랫동안 구름에 머물다가,

'죽기는 잘 죽었다.'

눈을 감는다. 고문과 신병으로 석포가 죽은 것은 어제 일이다.

"나, 나는 모르오. 지, 진주 있는 송관수한테 물어보소."

고문에 못 이긴 석포 말에 관수가 체포 대상이 되었고, 관수를 찾아낼 수 없었기 때문에 그의 가족은 물론 환이와 석포는 더욱더 큰 곤욕을 치러야 했다. 그러나 불행인지 다행인지 석포는 어제 숨을 거두었다. 환이는 이제부터 자신에게 가해질 고문의 손길이 늦추어질 것을 예상하고 있었다. 어쩌면 단서를 잡지 못할 때 석방을 결정할지 모른다는 생각도 한다. 그러나 어느 경우든 무혐의로 낙착 짓지 않는 한 그것은 견디기 어려운 궁지임은 뻔한 것이다. 입을 열게 하기 위하여 살려두는 것이나, 연루를 찾기 위해 놓아주는 것이나 다 마찬가지로 환이에게는 진퇴양난이다. 그렇다고 해서 환이 그럴 경우를 심각하게 생각해보는 것은 아니었다. 체포되는 순간부터 아마 살아서 나오리라는 희망을 그는 버렸던 것이다. 어쨌거나 환이는 석포 죽음에 대하여 뼈에 사무치는 서글픔과 햇볕 못 본 그의 생애를 애도했으나, 그러나 그의 죽음으로 홀가분한 마음이 된 것도 사실이다. 석포와의 동행은 마지막의 오기를 꺾고 말았다. 석포를 두고 스스로 목숨을 끊는다면 사건이 심상찮음을 왜경에게 입증하는 것이며, 따라서 석포에게는 주사를 찔러가면서도 살아남게 하여 기름 짜듯 짤 것이요, 피해는 확대될 것이기 때문이다. 말할 입은 석포의 죽음으로 닫혀버렸다. 눈치채지 않게 금식함으로써 서서히 죽어가든 아니면 혀를 물고 죽든 이제는 홀가분하게 된 것이다. 아주 홀가분하게. 뒷일을 위해서는 스스로 목숨을 끊지 않는 것이 적절할 테지만 사세 여하에 따라서 자살도 수단으로 하지 않으면 안 된다. 죄상(罪狀)을 내놓는 기결(旣決)로 가서는 절대 안 되기 때문이며 오로지 미결(未決), 영원한 미결, 무혐의는 기대할 수 없기 때문에 죽음이 있을 뿐인 것이다.

아닌 게 아니라, 구름 송이가 지나가던 높다란 철창문에 노을이 타는데, 온종일 환이를 불러내 가지 않는다. 어젯밤에도 불러내 가지 않았었다. 노을이 타는 철창문을 바라보다가 환이는 다시 눈을 감는다. 홀가분하다. 말할 수 없이 홀가분한 것이다. 그러나 마음 밑바닥에서 불어오는 차디찬 바람은 무슨 바람인가. 모골을 쑤시는 것 같은 허무.

'더 늙으면 추해진다.'

눈을 뜨고 노을이 타는 철창문을 또 바라본다. 생애를 통하여 철창문에 비치는 저 노을만큼 아름다운 것을 보지 못했던 것 같은 생각이 든다. 다시 눈을 감는다.

'나는 죽음을 두려워하고 있는 걸까?'

환이는 자신의 생애가 성인의 길이 아니었음을 새삼스럽게 생각한다. 투쟁과 방랑과 애증(愛憎)과 원한의 가파로운 고개를 넘은, 평지가 오히려 발끝에 섰었던 오십 평생은 마음과 몸이 피로 물들었던 것처럼 격렬했었다. 환이는 무엇 때문에 살고 죽는 것인지 그것을 생각한다. 언제든지 떠날 수 있게 여장을 다 꾸려놓고 떠나기만을 기다리는 그 얼마 남지 않았을 시간에 열리지 않을 벽을 두드려본들 무슨 소용인가. 눈을 감은 채 환이 싱긋이 웃는다. 여러 해 전부터 진달래꽃의 여인은 꿈속에 나타나지 않았다. 자신의 저고리를 벗어 시체를 싸고 묘향산 골짜기에 묻어버린 여자, 묻고 나서, 지나간 지상의 세월은 여자와 더불어 영원히 사라진 바람인 것이며, 영겁의 세월이 흐르고 있을 저 머나먼 곳에서 여자를 다시 만날 수 있는가고, 환이 자기 자신에게 물어보았던 푸른 은빛의 그 밤하늘.

'그 꽃 따서 화전을 만들어 당신께 드리고 싶어요.'

여자의 목소리는 진달래꽃 이파리가 되고, 꽃송이가 되고, 계속하여 울리면서 진달래의 구름이 되고, 진달래의 안개가 되고, 숲이 되고, 무덤이 되고, 붉은 빗줄기, 붉은 눈송이, 붉은 구름바다, 그 속을 걷고 있다는 환각에 빠져 쓰러지면은 꿈속에서 오열하였고 꿈속에서 가슴을 치며 통곡하였다. 처음에는 번번이 꿈속에서 울었고, 몇 달 만에 한 번씩 몇 년 만에 한 번씩, 그리고 삼십여 년 세월이 흘러서 지금은 꿈속의 울음을 잊었고 여자도 잊었다. 지금은 꿈속도 아니요 진달래의 눈보라, 붉은 빗줄기, 구름바다의 환각도 아닌데 환이는 눈을 감은 채 오열한다. 눈물도 아니 흘리고 몸짓도 아니하면서 환이는 통곡하는 것이다. 만주 벌판 마적단에 사로잡혀 두목의 두호를 받으며 그들과 행동을 같이하였던 우스꽝스런 세월, 상해(上海) 거리를 아편쟁이 거지처럼 헤매던 세월이며, 포부는 있었으나 그 세월은 이미 가을이었다. 풀도 시들고 열매도 거두어들여 버린 황막한 가을이었다. 연해주를 건너가 권필응을 만났을 때 환이는 더욱더 짙게 가을을 느꼈다. 권필응의 주름진 얼굴에서 지난날 보았던 이동진의 모습이 어른거렸던 것이다. 그 수많은 독립투사 애국열사들의 마지막 운명의 그늘이 권필응만 피해 가는 것은 아니었다. 나라가 없는데 발바닥 몇 치, 안좌할 곳이 어디 있었겠는가. 뛰어야 하고 뛰지 못할 때 냉엄한 것은 인심 탓이 아니다. 망명의 풍상은 눈물을 마르게 하고 사정(私情)은 누구나가 죽이고 왔으니 말이다.

"마적질 할 만하던가요?"

함께 술을 마시다가 권필응이 웃으며 물었다.

"할 만하더이다. 화적 떼 출신인 줄 모르셨소?"

"그랬던가요? 하핫핫……."

두 사내는 공허하게 웃었다.

"신라 놈들이 못나서 빼앗긴 그 땅인데, 아직도 우리 것이라면 못해도 장작림(張作霖), 설마한들 김형이 마적의 종자(從者) 노릇이야 하였겠소?"

"죽은 자식 고추 만지는 격이지요."

"신라의 경우를 우리 역사상 오류라 지적한다면 일본의 대륙진출을 비난하기도 어렵고, 아전인수(我田引水)로밖엔 논리가 성립되지 않을 것 같소. 먼 앞날을 내다볼 때 민족주의라는 것도 한낱 고물이 돼버리지나 않을는지……."

권필응은 혼잣말같이 중얼거렸다. 권필응이 왜 그런 말을 하는지 환이는 모르지는 않았다.

"핏줄이란 본능인데, 생명이 있는 한 애비 어미를 부정할 수 있겠소?"

"그렇지요. 문제는 거기서 잘라버려야 할 게요. 우리는 철학자가 아니니까."

"성인도 아니구요. 저승에 가면 아마 바늘산으로 내몰릴 거요."

두 사람은 껄껄껄 하고 한바탕 웃어젖혔다. 모스크바에서 불어오는 바람, 민족주의자 권필응이 인터내셔널의 고개를 넘기 얼마나 어려운가를, 연해주에 거주하는 독립지도자 권필응은 나이에서보다 그 양편의 갈등으로 하여 급속하게 구세대로 탈락되어 가는 것을 환이는 느꼈다. 이동진보다 훨씬 앞섰던 사람, 기존 가치를 깡그리 부정했던 과격분자 권필응, 그는 공산주의자는 될 수 있었을지언정 민족주의, 독립에 대한 갈망만은 버릴 수 없었을 것이다.

"어쨌거나 마적 놈들이 쉴 새 없이 들쑤셔주어야 하는데, 왜놈과 내통을 하든 아니하든 왜놈 군대를 대륙 깊숙이 끌어들여 불을 질러야."

"중국인들이 들으면 김형을 타살하려 할 게요."

"뭉개고 있다고 해결이 나겠소?"

"……."

"어차피 어느 때든 치러야 할 일이라면 빨라서 나쁠 것 없겠지요. 상대가 쇠하기를 바라고 싶겠지만 바람이 차서 절로 터지는 불통(風船)은 아닐 테니까, 차라리 그리 되면은 국공합작(國共合作)이다, 봉천토벌(奉天討伐)이다 할 것도 없고 내 잘났다 너 잘났다, 쫓고 쫓기는 그 대가리들도 별수 있습니까? 손잡을 도리밖엔,"

"그럴까요? 쉬운 일일까요? 변절자도 함께 사는 이 대륙의 특성을 김형은 모를 게요. 땅덩어리가 좁은 조선이나 일본의 신경질적인 결벽증하고는 양상이 딴판이오. 우리네들은 목적을 위해 과정에 대해서는 비정해져야 한다는 다짐이 필요하나, 그들은 목적을 위해 과정을 대수롭게 여기질 않는 편이라 봐야 할 게요. 신해혁명을 전후하여 오늘에 이르기까지 그 수많은 혁명가, 집권자까지 숙적인 일본을 등에 업고자 한 사람들을 얼마든지 예거할 수 있지요. 장작림을 보시오. 어차피 왜놈 손에 갈 게요만,"

"장작림이 뒈지든 어쩌든 그건 남의 집 사정이고, 러시아, 중국이 일본의 출병을 송충이같이 싫어하는 것도 작금의 일이 아닌데 따지고 보면 그것도 미봉책에 불과한 거지요. 아무튼 조선은 중일전쟁이든 노일전쟁이든 전쟁 없이는 결과가 나지 않소. 지난날 청일전쟁, 노일전쟁의 결과로 조선이 일본의 식민지가 된 빚은 또다시 중일전쟁, 노일전쟁으로 빚을 갚아주어야 하는 게요."

"그 결과가 문제지요. 해서 우리 자리가 필요한 건데……
결국 사람과 돈 아니겠소? 내국의 성금은 기대할 게 못되고
중국과 소련에서 짜내는 것이, 그러나 중국은 자중지란이오,
소련은 흑하사변에 데었으니, 허허헛…… 김형 말씀대로 전
쟁에 기대해볼밖에 없구려. 우리도 함께 피를 흘리는 전쟁 말
씀이오."

길상은 또 이런 말을 했다.

"중국만 자중지란이겠습니까? 내 나라도 잃은 주제에 우리
쪽은 어떻고요? 그러나 저는 희망을 버리지는 않습니다. 정치
가나 지도자들이 그 지랄 발광이라도 백성들은 자라고 있으
니까요. 문물이 발달하는데 인성이 발달 안 하겠습니까? 세
계대전 후, 자중지란 속에서도 중국은 상당한 국력을 회복했
으니까요. 자란 것이 어떻게 자리를 잡을 것인가, 그때 지도
자의 역할이 큰 것 아니겠습니까? 민중은 지도자가 키우는 게
아니라 생각합니다. 스스로 크는 거지요. 저는 중국이나 조선
이 결코 정복되지 않을 것을 믿습니다."

환이는 몸을 돌린다. 창살문 밖이 캄캄했다. 꿈속에서 울다
가 깨어난 것처럼 목이 꽉 잠긴 듯했고 가슴은 맷돌에 짓눌린
듯 답답하다.

"저놈 눈깔 보통 아니야. 이건 의외로 큰 수확인지 몰라. 여간
해서 저새끼 입 열지 않을 게야. 그러나 두고 보면 알게 된다."

고등계 주임은 눈을 계속 내리깔거나 지레 감고 있는 환이

에게 그런 말을 했다. 눈깔이 보통 아니라는 그의 말은 직감에서 온 건지도 모른다. 처음에는 환이 고문을 당하지 않았다. 고문과 심문은 이석포에게 집중되었던 것이다. 그래서 얻어낸 것이 송관수의 이름이었다. 환이 고문과 끈질긴 심문을 당하기로는 관수의 행방을 알아내지 못한 데서 시작되었다. 도둑질을 했다든가 살인을 했다든가 그런 답변에는 증거 제시가 뒤쫓아오고, 그러다 보면 오히려 시끄러워질 것인즉 환이는 계속 묵비권을 사용할밖에 없었다. 사실 호적도 없었고 어디 기재된 주거지도 없었고 연고지는 입을 다물고 있는 이상, 물론 호적이 있고 기재된 주거지가 있다손 치더라도 묵비권을 행사하는 한 알 도리가 없는 일이지만, 입을 다물었기 때문에 설사 임시정부의 수반으로 간주한대도 환이로서는 이런 경우 빠져나가기 위해 어떤 교묘한 재주를 부린들 그게 함정이라는 것을 너무나 잘 알고 있는 것이다.

어느덧, 유치장의 빨가숭이 전등이, 파리똥이 무수하고 거미줄이 늘어진 천장을 비춰주고 있었다.

'장횡거(張橫渠)는 우주의 본체를 태허(太虛)라 했다. 태허는 기체(氣體)로서 기에는 음양이 있고, 기가 응결하여 고요함이 음이요 기가 흩어져서 움직이는 것이 양이라, 하여 만상(萬象)은 음양이기의 부침승강(浮沈昇降)이며, 모여서 만물이 되고 흐트러져서 태허로 돌아가며 생멸(生滅)은 불증불감(不增不減)이라. 허허헛…… 허허헛…… 귀신은 음이요 신은 양이라 하였

던가?'

장횡거는 중국의 철학자, 송대(宋代)의 사람이다. 그가 즐겨 병사(兵事)를 논함을 보고 범문공(范文公)이 그의 재주를 아껴 중용(中庸)을 내어놓으며, 유생은 높은 가르침을 즐길 것이어늘 어찌하여 군병의 담론으로 일을 삼느뇨 하고 꾸짖었기 때문에 대오하여 학문에 전념했다 한다.

환이는 갑자기 왜 장횡거 생각을 했는지 알 수 없었다. 생사의 벽을 생각다보니 장횡거의 태허설이 떠올랐는지도 모른다.

'귀신은 음이요 신은 양이라······.'

묘하게 환이는 그 말에 매달린다. 오십 년 생애에 수많은 사람들과 작별을 하였다. 이제 작별하였던 사람들에 대한 추억이나 그리움하고도 작별을 해야 하는 것이다. 전주 감영에서 효수된 부친, 제삿날 밤 무덤을 찾아갔었고 무덤 속에 잠든 모친, 묘향산 골짜기의 불여귀 같은 여자, 생애를 피로 물들였던 그 사람들의 추억도 버리고 가야 하는 것이다. 영겁의 세월이 흐르고 있을 저 머나먼 곳에서 여자를 다시 만날 수 있는가, 자기 자신에게 물어보았던 푸른 은빛 그 밤하늘이 아직 가슴에 있어서 환이는 귀신은 음이요, 그 말에 집착해보는 것일까. 귀신은 음이요 신은 양이라, 음양의 이기(二氣)가 굴신(屈伸)하여 자연의 묘용천지만물(妙用天地萬物)을 낳게 한다면 환이는 여자를 꽃이 되게 하고 자신은 나비가 되고자 하는가. 아비, 어미는 길잡아주는 도요새가 되고 자신은 새끼 도요새가 되어 머나먼 창공을 날자 하는가. 아니면 불륜, 패륜의 어미와 아비와 여자와 자신이 손잡고 피 흘리며 바늘산을 걷자고 하는가.

한밤중이다. 유치장의 문이 열렸다.

"김환이 나와."

환이는 엎드린 채 꼼짝 않는다. 다른 잡범들은 잠에서 깬 모양인데 숨을 죽이며 자는 시늉이다. 형사가 들어와서 환이를 일으킨다.

"기운 없어?"

어조가 부드럽다.

"자, 내 팔 끼라구."

"어디 가는 거요?"

"여기는 냄새도 나고 더러우니까 깨끗한 독방으로 간다. 대우해주는 거야."

"그래요?"

이끌리어 방을 나가면서 환이는 돌아본다. 실눈을 뜨고 쳐다보는 잡범들을 향해,

"잘 있게."

독방에 들여주고 형사는 가버렸다.

"흠, 이젠 밥 줄 사람도 없군."

그간 취조관들은 환이 금식하는 것을 알지 못하였다. 금식이라고는 하지만 아주 음식을 입에 대지 않았던 것은 아니었

다. 의심을 사지 않기 위해 속이 안 좋다는 변명을 하며 아주 소량만 취했을 뿐 잡범들한테 나누어 주곤 했던 것이다. 그러니까 금식이라기보다 감식이라 해야 옳겠다.

"허허헛…… 허허허허어헛…… 이 날 대우해주는 거라구?"

이튿날 아침, 환이는 스스로 목을 졸라서 죽은 시체로 발견되었다.

제4편

긴 여로

1장 - 14장

1장 사춘(思春)의 상처

　생인손의 치료를 받고 환국이 박외과 의원에서 나올 때 일이다. 앓는 생인손이 오른편이어서 그랬는지 모른다. 왼손으로 좀 세차게 문을 밀기는 했었다.

　"앗!"

　열려진 문밖에서 비명과 함께 휘청거리던 소녀는 얼굴을 두 손으로 가렸다. 세차게 밀어젖힌 문에 얼굴이 부딪친 모양이다.

　"미, 미안합."

　사과를 하다 말고 환국은 자신도 악! 하고 소리를 지를 뻔했다. 도망을 치려는 자세로, 그러나 선 자리에 못 박힌 채 시야를 빨아당기는 물체를 응시한다. 그것은 확실히 괴물이다. 소녀의 한쪽 손등 위에 꾸물거리고 있는 것만 같은 자두알보다 훨씬 큰 혹은 푸른빛과 자줏빛이 얽섞인 울퉁불퉁한 징그러운 형체였다. 환국의 얼굴이 새파랗게 질렸으나 다음 순간 두 손을 등 뒤에 감춘 소녀의 얼굴은 거의 잿빛이었다. 크고 뚜렷한 눈동자가 환국이를 노려본다. 그 눈빛은 살기였으며 어둡게 타는 불꽃이었다. 언제 그랬는지 소녀는 병원 안으로 사라졌고 환국이는 병원 밖에 나와 있었다. 하늘은 눈이 부시게 푸르고 차가웠다. 환국은 토할 것만 같은 현기를 느끼며 걸음을 옮긴다. 소녀가 양소림(楊小林)이 아니었던들 기분은 다소 안 좋았겠지만 그 불구자를 위해 가슴이 아픈 것으로 그쳤을 것이다. 충격은 너무나 컸다. 충격이기보다 일종의 공포였는지 모른다. 순간적으로 느낀 혐오감, 또 계속해 남아 있는 징그럽다는 느낌에 대한 자기 불신, 죄책감도 있었을 것이다. 진주 지방의 일각을 점유한 지주이며 또 한말(韓末)까지 고관대작은 아니었지만 벼슬길에 있었던 양씨 집안의 딸 소림에 대하여 환국이 알고 있는 것은 서울 K여고를 다닌다는 것뿐이다. 소학교에 다닐 적에는 그를 한 번도 본 일이 없었다. 서울에서 소학교를 다녔는지 모른다는 생각은 했었다. 방학이면 간혹 정거장에서, 진주거리에서, 한두 번인가 그 소녀를 본 일이 있었다. 지난 겨울방학, 그러니까 방학을 집에서 보내고 상경했을 때다. 기차를 탈 적에는 보지 못했는데 서울

역 플랫폼에 내려서 몇 발짝이나 걸었을까? 트렁크를 땅바닥에 내려놓은 채 두 손을 외투 호주머니 속에 찔러넣고 서 있는 여학생의 뒷모습이 있었다. 그가 양소림이었던 것이다. 때때로 장서방이 서울을 내왕했으므로 필요한 것은 날라다 주었고 또 대개는 임교장댁에서도 마련해주었기 때문에 늘 홀가분하게 책과 옷 한 벌 정도로 귀성하고 상경했던 환국은 마음속으로,

'저 가방이 무거워서 저러고 있는 걸까? 좀 들어주겠다면…… 그랬다가 화라도 내면 어떡허지?'

땅바닥에 놓인 가방이라는 것도 실은 과히 큰 것은 아니었다. 환국이 망설이며 서 있는데 갑자기 양소림은 장갑 낀 한쪽 손을 번쩍 쳐들었다.

"……?"

감색 양단 두루마기를 맵시 있게 입고 진갈색 여우 목도리를 두른 젊은 여자가 사람 속을 헤치며 웃는 얼굴로 다가온다. 품위가 없었던 것은 아니지만 화장이 짙었다.

"미리 들어와 있지 않고서, 엇갈릴까 싶어서 혼났단 말예요."

투정부리듯 소림이 말했다.

"좀 늦었구나. 어이구 이 애기, 혼자 오면 누가 업어갈까 봐서?"

환국이 걸음을 떼어놓으려는 순간 여우 목도리의 젊은 여자가 환국이를 힐끗 쳐다본다. 여자의 시선을 쫓아서 소림이

도 뒤돌아본다.

"어머!"

검정 외투 위에 둥글고 눈매가 뚜렷한 소림의 흰 얼굴이 금세 새빨개진다. 볼에서 귀밑 뒤에까지 새빨갛게 물든다. 아주 가까운 곳에서 대하기론 처음이지만 소림의 당황하는 태도는 의외였고, 반사적으로 환국이도 걸음을 옮겨놓는데 발바닥이 땅에 닿는 것 같지가 않았다. 소림의 태도는 환국이를 얼마나 강하게 의식하고 있었는가를 말해준 것이다. 허둥지둥 걷는데 뒤에서 여우 목도리의 여자가,

"누구니? 너 아는 학생이냐?"

하고 묻는다. 소림은 들릴락 말락 한 목소리로,

"알기는, 진주 최참판댁."

"아드님이냐?"

"……."

"그래애? 애들도, 서로 알고 지낼 만한 집안끼린데 그리 놀라자빠질 것 뭐 있니?"

"이모도 참, 제발 떠들지 말아요."

낄낄낄 웃는 여자 웃음소리,

"아, 아야! 이 애가?"

소림이 꼬집은 모양이다. 그러고는 아무 소리 없이 그들도 뒤따라 걷는 기색이다.

"아니, 저기 저분은, 아이구머니나, 언니!"

환국은 저도 모르게 돌아보았다. 여우 목도리의 여자는 소림을 이끌고 대열에서 빠져나간다. 여자를 향해 잠시 손짓을 한 사람은 명희였다. 명희는,

"환국아!"

하고 이번에는 환국에게 손짓을 하는 것이다.

"아주머니, 웬일이지요?"

환국이 다가가며 묻는다.

"응, 평양 가시는 친척 전송하러 나왔는데 네가 온다기에 널 데리고 효자동 가마고 했다."

"그럼 전 밖에 나가서 기다리겠습니다."

환국은 어리둥절해하는 여자와 민망해하는 소림의 기색을 살피며 말했다.

"그러겠느냐? 차가 있으니 그 옆에서 기다려라."

소림의 이모가 소림을 대하는 것만큼이나 명희는 환국에게 다정스러웠다. 임교장댁에 사 년 넘게 묵는 동안 이따금 친정에 들르는 명희는 조카들보다 오히려 환국이를 더 사랑했었다. 환국이 역시 이모나 고모처럼 명희를 대하게 된 것이다. 환국이 조병모 남작댁 자가용 근처에 우두커니 서 있노라니 기차가 떠나는지 기적이 울렸다. 겨울방학은 끝났어도 겨울은 아직 머물고 있는 서울의 거리, 환국은 얼마 전 소림을 보았을 적의 그 강렬했던 느낌과 소림의 모습이 가위로 잘려진 듯, 우중충한 서울의 거리, 거리를 지나가는 사람들의 을씨년

스런 모습만 의식에 실려온다.

'왜 그 기차에서 내렸을까. 기차로 곧장 갔으면 아버님을 만날 수 있을 것을······.'

언제부터였던지 환국이는 기차에서 내려 역 광장에 나오면 그런 생각을 하곤 했었다. 임교장은 아버지를 만나러 가고 싶다 했을 때 공부해야지, 서의돈 아저씨는, 부친을 찾아가기엔 나이 어리다는 말을 했었다.

"오래 기다렸지?"

회색의, 거의 발끝까지 내려온 망토를 입은 명희가 다가왔다. 여우 목도리의 여자도 함께, 그리고 소림은 주춤거리듯 뒤따라왔다.

"어쩌면 저리 조각을 한 것같이 잘생겼수?"

명희를 보고 소림의 이모는 환국이를 칭찬했다.

"조각 같다는 건 칭찬으로 안 들리는데?"

명희는 웃는다.

"아니에요 언니, 저런 아들만 하나 둔다면 결혼한 것도 과히 밑지는 일 아닐 거예요."

"환국아."

"네."

"이분은 내 후배 홍성숙 씨, 성악가시다. 인사해라."

환국이 꾸벅 절을 한다.

"얘기를 듣고 보니 저 여학생도 진주서 왔다는데 서로 안면은 있겠구나."

이번에는 얼굴을 붉히지 않았으나 소림이 눈에 겁이 더럭 실린다. 반대로 환국의 목덜미가 벌게진다.

"그럼요 언니, 애들이 아직 순진해서, 서로 알 만한 집안인데 말예요. 최참판댁 아드님도 잘생겼지만 우리 소림이도 좀 예뻐요?"

했으나 말을 끝낸 홍성숙의 미간이 약간 찌푸려졌다. 소림은 달아날 듯이 돌아서다 말고 이모의 팔을 꽉 끼는 것이었다.

"성숙이 함께 타고 가지, 응?"

"그랬으면 좋겠는데 방향이 다른걸요."

명희는 다시 권했으나 홍성숙은 굳이 사양한다. 자동차가 떠날 때 환국의 눈은 소림의 겁먹은 눈과 부딪쳤다.

"환국이 너 이제 보니 상당히 부끄럼쟁이구먼. 그래 어머님은 안녕하시냐?"

"네."

"집에 별일은 없고?"

"별일 없습니다."

그날 밤 환국은 잠자리에 들었으나 잠이 오지 않았다. 새카만 외투 위에 마치 복사꽃이 핀 듯 새빨개졌던 소림의 얼굴이 자꾸 떠올랐다.

방학이 되어 집으로 내려간다는 것에 다른 또 하나의 의미와 새로운 기대를 가졌었는데, 그 몇 달 동안의 꿈이 박외과

의원 문 앞에서 산산조각이 난 것이다. 동경에 대한 배신, 그리움에 대한 배신, 양소림에 대한 배신, 환국은 걸음을 옮겨놓으면서 양소림에 대하여 실망했다는 간단한 결론을 내리지 못한다. 그 끔찍스런 결함을 몰랐기 때문에 기만당한 것 같은 기분은 더더구나 아니었다. 방금 느낀, 지금도 느끼는 혐오감은 진실에 대한 배신 이외 아무것도 아닌 것만 같았고, 자기 자신을 배신한 것 같은 생각이 든다. 한 소년을 담은 거울이 길바닥에 떨어져 부서지는 소리를 들은 것만 같았다.

"형!"

환국은 듣지 못하고 그냥 걷는다.

"형!"

겨우 돌아본다. 수건과 수영복을 똘똘 말아 쥐고, 남강에서 수영하다 돌아오는가 윤국이 다가온다.

"병원에 갔다 오는 거요?"

"응."

"손가락이 몹시 아파요? 얼굴이 노오래."

"……."

"참, 형."

"왜 자꾸 불러."

"강에서 순철이형 만났수."

"그래서."

"형 안부 물으면서 한번 놀러 오겠다나요?"

"그래?"

새까맣게 탄 윤국은 형의 눈치를 힐끔 살핀다. 네 살 터울인 윤국이는 올해 열세 살, 두 아들을 다 서울로 보내기가 안됐던지 윤국이는 금년 이곳 중학에 입학했다. 그러니까 환국이와 함께 서울 K중학에 시험을 쳤다가 낙방한 이순철은 서울 진학을 단념하고 이곳 중학에 들어갔으니까, 윤국에게는 상급생이다.

"형은 아직도 순철이형하고 감정이 안 좋아요?"

"안 좋을 게 뭐 있니? 잘 만나지도 못하는데."

"순철이형 우리 학교에선 이거요."

윤국이는 엄지손가락을 내보인다.

"실력이 있으니까."

"공부도 잘하지만 기운도 세거든요. 장사같이 몸이 커요."

"너한테는?"

"잘해주느냐 그 말이오?"

"응."

"그 형은 오 학년이구 나는 일 학년인걸. 잘 만날 수나 있나요? 하지만 나 순철이형 과히 싫지 않아. 씩씩하고 공부도 일등하는걸. 형한테는 못 당하겠지만 그 대신 힘이 세거든요."

"힘센 게 좋아?"

건성이다. 건성으로 묻는다.

"남자라면 힘은 세야지요. 형, 나는 장차 검사가 될래요."

"뭐라구?"

"나쁜 놈들 혼쭐 내주게요. 사정 안 둘 거예요."

"독립운동하는 사람들은 어쩌고,"

"그때까지 우리가 독립하면 될 게 아니오?"

"기가 차서,"

환국은 하는 수 없이 웃는다.

"우리 친구들 중에는 힘이 있는데도 모범생 아니라 할까 봐서 나쁜 놈하고 싸우려 안 하는 놈이 있는데, 나는 그런 비겁한 자식은 싫어."

"힘만 가지고 싸운다고 이기냐? 쓸데없는 소리 말고, 맨날 강에 가서 사니까 어머님이 걱정하시잖아."

"강에 간다고 뭐 공부 안 하는 줄 알아요?"

"사고 날까 봐서 그러시지."

"형은 우리 어머니 좀 이상하다 생각 안 해요?"

"무슨 소릴 하는 게야?"

"굉장히 엄하시면서, 무슨 일이 있어도 눈 한번 까딱하시지 않으시면서, 우리들한테는 잔걱정을 하시니까 그렇지."

"그게 어째서 이상하니?"

"대개 사람들은 약하거나 강하거나 좋거나 나쁘거나 어느 한편, 안 그래요, 형?"

"글쎄……."

"맥 빠지네. 형은 너무 착한 게 탈이란 말이오."

"건방진 소리 마."

"남들이 다 그러던걸?"

"바보라는 얘긴가 부지."

"학자밖엔 못 될 거래요."

"그렇담 바보라는 얘기는 아니구먼."

"어이구, 배고프다."

형제는 집 앞에까지 와서 서로 얼굴을 쳐다보다가 집 안으로 들어간다.

"도련님, 점심도 안 드시고 여태 강가에 계셨더랬어요?"

안자가 나오며 묻는다.

"배고파서 빵은 사 먹었지만, 밥 빨리 차려주어."

환국은 아무 말 않고 사랑으로 들어간다.

"목간통에 가서서 몸부터 씻고 나오셔야지요."

"귀찮아. 안 씻으면 어때서 그래?"

"피부병 옮아요."

책상 앞에 앉으며 환국은 두 손으로 얼굴을 빡빡 문지른다.

'어째서 그럴까? 병원에서 수술로 잘라내 버릴 수는 없는 걸까?'

책상 위에 팔을 얹고 그 팔 위에 턱을 고인다. 독서로 인한 지적 수준은 상당한 높이에 가 있었지만 아무래도 나이는 나이다. 환국이는 계속 자신을 미워하는 감정에만 사로잡힌다. 그리고 계속 착각하는 것이다. 끔찍스런 그 혹을 본 뒤 혐오를 느꼈다는 것이 큰 배신이라고. 마치 소림을 깊이 사랑했던 것처럼, 둘이 서로 같이 사랑하다가 양소림을 버린 것처럼.

이튿날 새벽, 볼일이 좀 생겼다면서 유모를 데리고 부산으로 떠나는 어머니를 전송한 환국은 돌아오면서,

"무슨 일일까?"

궁금하고 일말의 불안도 있었으나 전에도 더러 그런 일이 있었으므로 그러려니 했다.

환국은 반나절을 낙서도 아니요 그림도 아닌, 얼굴이며 손이며 발이며 그런 것을 그리며 보낸다. 생인손은 아물 단계이긴 했지만 박의사는 내일 한 번 더 오라 했었다. 그러나 환국은 병원에 갈 수 없었다. 다시는 그 병원에 가고 싶지가 않았다. 거리에도 나가기가 싫었다. 거리에 나가면 양소림을 만날 것만 같아서 두려웠던 것이다.

'만일에 내가 양소림하고 결혼한 사이라면? 그 혹 때문에 도망쳤을까? 도망쳤다면? 그래, 그건 성한 여자를 버리는 것보다 더 못할 짓을 한 게야. 눈을 감고 뒤통수를 감싸고 달아나는 남자처럼 못나고 겁쟁이고 비정한 게 또 있을까? 바로 내가 그런 놈이다. 절대로, 절대로 양소림을 다시 보고 싶지 않아. 두 번 다시 만나고 싶지 않아!'

환국은 주먹으로 책상을 꽝! 친다.

'어디로 달아날까? 어머님을 따라 함께 부산으로 갈 걸 그랬나? 아니야, 하동 갈까? 섬진강에서 낚시질이나 할까?'

더 이상 그려볼 수 없게, 새까맣게 그려진 종이를 쭉 찢어
버리고, 새 얼굴같이 하얀 종이에 다시 얼굴이며 손이며 발이
며 그런 것을 계속 그리며 하얀 여백을 메워나간다. 그린다는
의식도 없이 쭉쭉 선을 그어나간다.

저녁때가 거의 가까워졌을 무렵,

"형! 형!"

하며 윤국이 소란을 피우듯 사랑으로 들어온다.

"나와봐요, 형! 순철이형 오셨수!"

환국은 본능적으로 화다닥 몸을 일으킨다.

"환국아!"

완전히 변성을 해버린 우렁우렁 울리는 음성이다.

"순철이 네가 웬일이냐?"

우울했던 환국이 얼굴에 웃음이 떠오른다. 순철도 씩 웃는
다.

"수영하다가 만났어요."

윤국이 쫑알대듯 말한다.

"인마, 니는 꺼져라."

순철은 윤국이 머리에 알밤을 먹이는 시늉을 한다. 윤국은
낄낄거리며 쫓아 나간다.

"들어와."

"응."

방에 들어온 순철은,

"오래간만이구나. 방학 때는 더러 보지만."

"앉어."

순철은 머리를 긁적긁적 긁으며 앉는다.

"니는 변함없이 약골이고 꽁생원이구나."

환국이 피식 웃는다.

"하기는 내 대가리를 깬 놈은 너밖에 없다마는."

"미안하다."

"그거 다 한때 앙이가. 자라느라고 그랬일 기다. 하기는 그
랬기 때문에 너한테만은 내가 경의를 품고 있지. 하하핫 하하
하하…… 이기기만 한다믄 무신 재미가 있겠노."

"이기려고 그랬던 건 아니었어."

"니도 지는 성미는 아니제. 그는 그렇고 배고파 죽겠는데
머 나오는 것 없나?"

"저녁 차리라 할까? 좀 이르지만."

"널 만냈이니 술 한잔 하고 싶네."

"뭐? 너 술 하나?"

"와? 남아 대장부 열여덟이믄 어른이다."

"나는 아직,"

"뻔한 일이지 머,"

하다가 순철이는,

"윤국아, 윤국아!"

하고 큰 소리로 부른다.

"네에!"

윤국이 달려온다. 방문을 열고 내다보며,

"너 말이다아, 소주 한 병 사오너라. 몰래, 알았나?"

"소주를요?"

"허허 참, 이래서 이 집엔 오고 싶지 않았다. 윤국아, 동생은 형을 위해 봉사하는 게야. 돈 주까?"

"있어요."

갑자기 윤국이는 신이 난 듯 쫓아 나간다.

"걱정 말아. 내 주정 안 하께, 도둑술을 배워서 이래도 술버릇은 얌전하다. 생각해봐. 모범생은 아니지만 나 우등생이야. 우등생 체면이 있지. 하하핫……."

"하긴 그래. 네가 여태 술을 안 배웠다면 그게 이상하지."

환국이는 밖으로 나가 안자를 부른다.

"친구가 배고프다니까 저녁상 빨리 차려주어요."

하고 방으로 돌아온다.

"그는 그렇고 명년에는 우리 진학해야 하는데 환국이 너 우짤 것고?"

"또 한 번 머리 깰려고 이러나?"

"이번엔 너 따라 안 간다. 넌 작정했나?"

"아니."

"그럼?"

"차차 의논을 해야지."

"지가 가는데 지하고 의논하믄 되는 기지."

"글쎄."

"나는 집에서 경의전(京醫專) 가라고 하는데 의사는 취미 없다. 의사가 싫으면 고등상업으로 가라, 그것도 취미 없고 정통 코스를 밟고 싶다."

"……."

"내 지망은 법과다. 고등학교냐 대학교 예과냐, 어느 쪽을 택하는가 그거는 생각 중이지만, 넌 어느 과로 가겠나? 우리 다시 경쟁하자, 좋은 뜻으로. 서로 자극을 받는 건 나쁘지 않지. 넌 명문 중학의 학생, 난 지방이지만, 실력이 문제 아니겠나? 대학만은 내 세상없어도, 아카몬* 아니면 경도제대라도 들어갈 작정이다. 넌 우짤래?"

"나는, 어머님이 반대하실 것 같아서 아직 말을 꺼내지는 않았지만 미술을 할까 싶어."

"뭐라구? 인마, 니 정신 있나?"

"소질대로 하는 거지 뭐."

"맥 빠지는 소리 집어치아라, 환쟁이 될라고 니 명문 중학에서 일이 등 했나?"

그 말은 순철에게 상당한 충격이었던 모양이다. 그는 환국이 자기와 꼭 같은 코스로 갈 것을 믿고 있었던 눈치다. 사실 환국이도 그 문제에 대해서는 속으로 은근히 고민해온 터이다. 주변에서는 거의가 다 순철이와 같은 기대를 하고 있었으니까.

"너도 알겠지만 내 성격이, 활동적이 못 되거든."

"공부하는 데 활동이 무신 상관고."

"공부에 그치는 일이 아니잖아."

"젠장, 해놓고 보는 거지."

"적성에 안 맞으면 허송 아니겠어?"

"그렇담 니는 아주 딱 작정을 했구나."

"……"

"형, 형, 술 사왔수."

윤국이 방문을 조금 열고 소주병을 디민다.

"저녁상 차리라 했으니 윤국이 넌 아무 말 말어."

윤국이는 낄낄대며 재미가 나 죽겠다는 시늉을 하며 나간다.

"너 동생은 딴판이다."

"그 앤 공격적이지, 늘."

"자식이, 한자리하겠어."

"한자리하면 뭘해. 나라 없는 백성이,"

"너 그래서 미술 하겠다는 것가?"

"반드시 그런 건 아니야. 그림이 좋으니까,"

"좋다고 업을 삼는다믄 난 씨름꾼이 돼야겠구나."

저녁상을 가져오는 모양이다. 밖에서 기척이 났다. 순철이 얼른 술병을 들어 책상 밑에 감춘다.

"이력이 나서 잘하는구나."

환국이 웃는다.

"아이구, 도갓집 도련님 오셨네요."

안자는 지나간 일을 생각하며 찾아온 것을 반가워한다.

"이거 미안합니다."

순철은 머리를 긁적긁적 긁으며 쑥스러운 듯 웃는다.

"잘 오셨어요."

"상이나 어서 디밀어주소. 배고파 죽겠소."

상을 내려놓고 안자는,

"사람은 열두 번 변성한다는데 참말 많이도 변했어요."

"세 살 버릇 여든까지 간다는 말도 안 있십니까?"

모두 웃고, 그리고 안자는 나갔다. 한 살의 차인데 순철의
사람을 대하는 품은 아주 능숙했다. 누구에게도 거리낄 것 없
이 자유롭게 자란 탓인가 보다. 그러나 내면적 성장은 환국이
편이 훨씬 빨랐고, 문제를 세분(細分)해가는 치밀한 면과 풍부
한 정서는 순철에게서는 아득한 것이다.

밥상을 당겨놓고 책상 밑의 술병을 꺼내려던 순철은 책상
위에 그려젖혀 놓은 그림을 본다. 한 장을 슬쩍 집어든다.

"아서. 낙서한 거야."

"허어, 낙서가 이만하믄 진짜 그림은 기차겠구나. 알 만하
다, 이걸 보니."

"어릴 적부터 그렸거든."

"그런데 이 얼굴은…… 아아니, 이 얼굴은 양소림이 아닌가?"

"뭐라구?"

"응, 양소림이다! 이 손, 손은,"

"어디 보아!"

환국이 종이를 휙 낚아챈다. 그리고 자신이 그린 그림을 보는 순간 얼굴빛이 하얗게 질린다. 그려놓은 손등 위에 선명하게 그려진 괴물, 그 징그러운 혹, 순철이 낯빛도 달라진다.

"너 양소림하고 알고 지내나?"

대답 없이 종이를 확 꾸겨 쥔다.

"알고 지내느냐고 물었다."

"몰라!"

"그러면 어떻게 그림으로 그렸나?"

"어제, 병원에서 봐, 봤거든."

환국은 궁지에 몰린 듯 중얼거렸다. 자기 자신도 알 수 없었다. 어떻게 그런 그림을 그렸는지.

"서울을 함께 오르내리면서……."

순철이는 하다 말고 눈살을 잔뜩 찌푸린다.

"먼빛으로 보기는 했지만,"

"불쌍하게 생각했나?"

"……."

"불쌍한 애다. 얼굴이라도 못생겼다면 얼마나 좋았으까."

"……."

"앞날이 불행할 거다."

"수술이 안 될까?"

"수술해서 될 일이라믄 아무도 혹 붙이고 다닐 사람은 없게?"

"……."

"술이나 마시자."

제법 주호(酒豪)같이 말했으나 사기 밥그릇의 뚜껑에다 술을 붓는 순철의 행동거지는 매우 서툴다. 환국이는 난생처음 사기 뚜껑에 부어주는 술을 정신없이 들이마신다.

"사양도 않고 마시네? 처음 아니가?"

"처, 처음이다."

속이 타는 듯했다. 쓰고 뜨거운 맛이 입 안에서 창자로 타고 내려간다.

"술이란 급히 마시면 안 된다."

순철은 자신도 뚜껑을 비우고 나서 이번에는 환국의 뚜껑에다 아주 소량의 술을 부어준다.

"순철아."

"와."

"넌 나보다 인간성이 좋은갑다."

"그건 무신 소리고?"

"나는 아찔했다. 그것을 보는 순간 달아나고 싶었다. 그런데 넌 불쌍한 애라 했지?"

"그, 그거야, 나는 양소림이를 짝사랑했거든. 그 애 때문에 밤잠 설친 일도 여러 번 있었다."

"알고서 그랬나?"

"몰랐지."

"알고 나서는 그 애를 잊었나?"

"잊고 자시고가 어디 있노? 양소림은 나한테 관심 없다."

"관심이 있다면?"

"관심 없어!"

순철이도 괴로운지 술을 마신다.

"젠장, 도둑 술 마실려니 이 술잔이 멋고?"

하다가,

"실은 집안도 좋고 여러 가지 면에서 나한테는 넘치는 상대 거든, 그 손등만 아니라믄. 그래서 우리 집에선 혼인 문제로 말이 많이 있었다. 우리 또래에 장가간 사람 많거든. 명년 봄엔 졸업이고 양소림도 사 년제니까 졸업이지."

"그쪽 집에서?"

순철은 고개를 저었다.

"집안에서 얘기가 다 돼가다가, 어머니가 고개를 흔든단 말이다."

"너는?"

"불쌍해. 양소림이는 서울 외가에서 소학교를 댕깄기 때문에 그 손등에 대해선 모리는 사람이 많다."

순철은 딴전을 부린다.

2장 계명회

"이리 오너라, 거 누구 없느냐?"

누리끼한 마직(麻織) 양복에 수수한 갈색 계통 넥타이를 맨 신사는 황태수다. 묵직한 몸집에 사십이 넘은 근화방직회사(槿花紡織會社) 사장인 황태수가 임명빈 집 앞에 와서 하인을 부른다. 심부름 아이가 쫓아 나오며,

"네."

"임교장 계시느냐?"

"안 계시옵니다."

"그래?"

난처한 표정을 짓다가,

"난감하군, 다시 오기도 어려운 일이고. 부인께서는 계시겠지?"

"네."

"그러면 가서 좀 뵙잔다고 아뢰어라. 황태수라 하면 아실 것이야."

"네."

얼마 안 있어 임명빈의 아내 백씨가 황급하게 나온다.

"아니, 황사장님께서 어쩐 일이시지요?"

몹시 놀란 얼굴이다.

"안녕하십니까. 그간 한번 찾아뵙지 못하여 송구스럽습니다."

"별말씀을,"

시어머니도 별세하여 삼년상을 치렀고 이 집을 덮쳤던 3·1운동의 회오리바람이 지나간 지 십 년, 이제는 평탄한 일상과 안정된 중년을 엿볼 수 있는 백씨를 바라보며,

"오래간만에 왔더니,"

"어려운 걸음 하셨는데 애아버지가 없어서 정말 애석합니다."

"귀가가 늦겠습니까?"

"아, 아닙니다. 하마 올 때가 됐는데,"

"그러면 잠시 기다려볼까요?"

"바쁘시지 않다면, 어, 어서 드십시오."

황태수는 임자 없는 사랑으로 안내된다. 손수건을 꺼내어 이마의 땀을 닦으며,

"이 방은 시원하군요."

"네, 시원한 편입니다."

백씨는 부채를 내밀어주고,

"그럼 조금만 기다리십시오."

하고 물러난다. 곧이어 심부름 아이가 얼음을 띄운 화채를 날

라왔다. 시원한 화채를 한 모금 마시고 부채질을 하면서 황태수는 착잡한 표정으로 방 안을 둘러본다. 그리고 입맛을 다신다. 황태수가 임명빈을 찾아온 것은 계명회(鷄鳴會) 회원 모두가 검거된 사건 때문이다. 서의돈을 필두로 하여 성삼대, 선우일 선우신 형제, 유인성과 유인실의 남매, 일본인 오가타 지로, 간도의 김길상, 그 밖의 회원 칠팔 명이 체포된 것이다. 일본인 오가타는 조선에 나와 중학교 교사직에 있으면서 계명회에 관계했으므로 연루되었고, 길상은 용정촌 공노인이 경영하는 여관에서 서의돈과 만난 자리에서 함께 끌려온 것이다. 황태수로 말하면 거의가 친구며 후배들일 뿐만 아니라 선우일은 측근이라 말할 수 있었고, 비밀리에 한 짓이지만 선우일을 통해서 계명회의 운영비를 내준 일이 있었다. 계명회란 사회과학연구단체 비슷한 것이다. 1920년 합법적 사회운동단체로 노동공제회(勞動共濟會)가 조직된 후 무산자동맹회(無産者同盟會), 서울청년회, 화요회, 북풍회, 고려공산청년회, ML 등 좌경한 모임이 많이 조직되었는데, 상호 알력과 파쟁을 면치 못하였다 하더라도 무력해지는 민족전선에서 사회운동으로 활력을 찾고자 하는 경향이 짙었던 것만은 확실하였고, 조선뿐만 아니라 일본 역시 그러하였으니 지식의 온상지로 되어 있는 일본의 유학생이나 유학하고 돌아온 청년층이 사회주의적 방향을 잡는 것은 어쩔 수 없는 것이라 할 수 있었다. 게다가 북쪽에서 불어오는 바람도 거센 것이었다. 그것은 상해임정이 약체화되어 가기 때문이기도 했을 것이다. 말하자면 계명회라는 것도 그와 엇비슷한 비밀결사 같은 것이다. 대개 일본 유학생으로 구성된 회원 중에 일본인 오가타가 끼인 것이 이채(異彩)였으나, 그보다 뜻밖의 김길상의 출현은 이해하기 어려운 일이겠다. 멀리 거슬러 올라가 보면 공노인이 서울 임역관 집을 드나들 적에 조준구를 파산지경에 몰아넣은 사람 중 서의돈을 들 수 있을 것이다. 그 당시 서의돈은 의식적으로 그렇게 한 것은 아니었지만 이상현과의 친분, 기화와의 정사(情事)에 얽혀 다소는 그 일에 가담했었다. 그러니까 공노인과는 지기랄 것까지는 없어도 면식은 있었던 것이다. 북만주 연해주 방면의 망명객 혁명가들이 관문인 용정촌을 거쳐가는 것은 상식이며, 하여 서의돈도 그곳을 거치는 동안 여관업을 하는 고령의 공노인과 만나게 된 것은 조금도 우연한 일은 아니다. 이곳에서 길상을 만나게 되었고, 연해주도 내왕한 서의돈은 그러나 연해주의 권필응과 깊은 유대를 가졌던 것은 아니다. 정확히 말하여 서의돈은 그들에게는 객원이었고, 그 자신도 떠돌이별로 자처한 터이다. 서의돈과 함께 끌려온 길상은 표면상 두 사람이 우연하게 만난 것으로 돼 있었으나 길상도 계명회와 관계가 있다. 계명회는 길상에게는 국내를 향한, 말하자면 디딤돌이었던 것이다. 계명회를 디딤돌로 하여 그의 손길은, 김환의 자살 이후 유야무야가 된 사건으로 하여 형평사운동에서 튕겨 나온 관수가 부산서 상점의

214

주인으로 변신하고 있었는데, 그곳으로 닿아지게 해놓은 것이다.

황태수는 양복저고리를 벗어놓고 담배를 붙여 문다. 계명회 회원이 체포된 사건의 발단은 지하인쇄물인 책자가 경찰 손에 들어갔고, 책자에 실린 논조가 걸려들었던 것이다. 황태수가 운영자금을 내준 것은 그들 사회주의 사상에 동조한 때문은 결코 아니었다. 방관자의 입장에서 서의돈에게 우의를 표했을 뿐이다. 자본주의 타도를 목표하는 그네들에게 자본가인 황태수가 돈을 냈다는 것은 그의 인품이며 도량이라 할 수 있었고, 주의사상은 어떻든 반일운동에 일조(一助)를 가하고 싶은 황태수 자신의 외로움 때문이기도 했던 것이다.

황태수는 많이 기다리지는 않았다. 임명빈이 씨근거리며 방으로 들어왔던 것이다.

"이거 큰일 나지 않았나."

황태수가 뭣 때문에 방문했는지 이미 알고 있는 임명빈이 들어서자마자 뇐 말이다. 황태수는,

"시끄럽게 됐다."

하고 잔기침을 한다. 임명빈은 마주 앉으며,

"회원명단은 어디서 입수했을까?"

"그야 모르지."

"사후책을 어떻게 하면 좋겠나?"

"글쎄…… 나도 그래서 찾아왔네만,"

"생때같은 놈들을 몽땅 잡아갔으니, 십 년 동안 미꾸라지처럼 잘도 빠져다닌다 싶더니, 의돈이 말일세."

"어떻게 생각하면 가볍게 넘어갈 것도 같은데,"

"잡혀간 사람들 하기 나름 아닐까? 일이 년 사는 건 각오해야겠지."

"요새 사람들 무모하게 객기야 부리겠나? 그리고 일이 년 같으면 별문제 없겠다만,"

"그럼 자네는 더 이상으로 생각한다, 그 말인가?"

"그야 모르지. 어떻게 덮어씌우려는지. 그놈들 정책에 좌우되는 거지 죄질이야 뻔한 것 아니겠나?"

"하긴 그래. 어때? 술이나 하면서 얘기할까?"

"아닐세. 술 마실 기분도 아니고, 좀 앉았다가 가야지."

두 사람은 한동안 마주 본 채 침묵을 지킨다.

"거 왜놈이 하나 끼어 있어서 찜찜하다."

황태수가 내뱉듯 침묵을 깬다.

"첩잘 거다 그 말인가?"

"그렇게는 생각 안 하지만 일이 커질 가능성도 있거든."

"선우일이는 언제 끼어들었지?"

"글쎄…… 처음에는 맞서서 갑론을박하더니 친구 따라 강남 간 격이겠지. 자네도 점잖은 교장 선생님 아니더면 얼씨구나 하고 끼어들었을 걸. 읊은 풍월이 있는데 가만있었겠나."

"사지를 꽁꽁 묶여버린 게지."

"묶인 게 아니라 철이 난 게야. 그래, 매씨는 잘 사시나?"

"잘 사는지 못 사는지 온,"

"매씨가 들어서 자넬 구제해준 셈이야. 두고두고 감사하게."

"무슨 소리를 하는 게야. 아무리 쓸개를 빼놓고 살기로 친구가 그런 말 할 수 있어?"

"용렬하기는, 자네 적성에 맞는 자리 찾아갔다는 얘기야."

"그래도 그런 말 들으면 열난다."

"무풍지대니까 잠자코 있는 거다. 제발 매부가 하는 방직에는 손대지 말구."

"팔은 안으로 굽는다는 말 못 들었어? 화통 터지면 방직에 비비고 들어가서 자네하고 맞서볼 거라구."

"그렇게만 된다면야, 하루아침에 내가 집어삼켜 버리지."

"엿장수 마음대로?"

"다 실없는 얘기고, 땀이나 닦게. 예나 지금이나 덤비는 성질만은 여전하구먼."

"중국놈같이 늘어져 빠지는 것도 여전하구."

두 사람은 별수 없이 껄껄껄 웃는다.

"그나저나 운수불길하면 나도 콩밥 먹게 될지 모르겠군."

"돈푼 냈다고 떠는 건가?"

"떨기는 누가 떨어? 콩밥 먹을지도 모른다는 얘기지."

"세상에 황태수가 사회주의자라 한다면 관 속에 든 송장이 웃을 일이지."

"관 속의 송장 옷을 짓만 한다면 무슨 걱정."

"하기야 근화방직 정도, 뺏으려고 든다면 눈만 흘겨도,"

"그러면 자네 매부는 대일본제국 만세를 부를 게야."

"왜 자꾸 들먹이나. 시류 타기론 피장파장인데, 조선사람끼리 그러지들 말라구."

"자네가 처남이니 하는 소리 아니겠나. 조용하 그 사람 경계인물이야. 얼빠진 양반 놈 집구석에서 어디 그런 요령 도둑 같은 인사가 생겨났는지 모르겠단 말씀이야."

지금까지는 농담이었는데 이번만은 황태수도 진지하게 말했다. 황태수가 농담을 하는 게 아니라는 것을 깨달은 임명빈은 입을 다문다. 조용하 인간성이 비정한 것은 황태수보다 명빈이 더 잘 아는 일이기 때문이다.

"그나저나 이래가지고는,"

"안 되지. 나도 오늘날까지 힘닿는 대로 푼수를 지키며 살아왔네만 앞으로의 일이 난감하네."

"머리 좋고 똑똑한 놈들 갈 곳 없고, 이러다가 앞으론 말짱 사회주의자판 날 거라구. 하기야 그것이나마 힘을 모아준다면, 입만 살아서 밤낮 쌈질이니, 그놈의 쌈질 때문에 왜놈들이 좀 봐주는지는 모르겠다만, 이러다가 만일에 독립이라도 된다면 대가리 터질 게야. 도시 이론투쟁이라는 그 말부터 나는 마음에 안 들어."

"자네도 늙었구먼. 왕시 이론투쟁이라면 자네가 가장 즐기던 기호품 아니었던가? 하하핫……."

"자네도 말 많이 늘었네."

"객쩍은 소리 이제 그만하고 명빈이 자네 수고 좀 해주어야겠어."

"어떻게."

"우리 주변에서 계명횐가 뭐 그것에 관련이 없는 사람은 자네뿐일세."

"음,"

"그리고 자네 위치가 구애될 게 없으니 들어간 사람들 뒷바라지라면 우습고, 각자 자기 집안에서도 나설 일이지만 발이 맞아야 할 거 아니겠어? 변호사 문제도 있고 하니 자네 재량껏,"

황태수는 양복 주머니 속에서 봉투 하나를 꺼낸다. 임명빈은 황태수의 의도를 충분히 양해하고 잠시 생각에 잠기다가,

"아닌 게 아니라, 내가 관여하지 않을 수 없게 되긴 돼 있지. 이번에 의돈이랑 함께 간도에서 잡혀온 김길상이란 사람은 내가 데리고 있는 진주 최부자댁의 아들, 그러니까 그 애 부친이거든."

"뭐?"

"기별을 해놨으니까 오늘낼 새 부인이 올라올 게야."

"조준구 땅문서, 아니 잃은 땅을 다 찾았다는 그 여장부의

남편이다 그 말인가."

"그렇다네."

"어떤 인물인데?"

"나도 모르는 사람이라구."

"……."

"똑똑하고 잘났다는 말은 들었지만 아들을 보면 짐작이 가는데,"

"큰 짐 짊어지는군."

"뒤에서 좀 뛰어주기라도 해야 면무식이라도 하지. 아무튼 고맙네."

"고맙다는 말 말게. 나도 관련자라구."

"허허어, 뽐내는 겐가?"

"당했으니 별수 없는 일 아니겠나?"

"어때? 저녁이나 함께 안 하겠어?"

"아닐세, 가봐야겠네. 사돈 될 사람이 찾아오기로 돼 있으니까."

"사돈 될 사람이라니?"

"내 딸년이 벌써 그렇게 됐네."

"자네가 붙잡혀 가면 파혼될 그런 자리는 아닌가?"

"친일파는 아니지만, 그야 모르지."

"세월 빠르다."

"빠르긴 뭐가 빨라, 내 나이 해서는 늦은 편이야."

황태수는 일어섰다. 문간에서,

"참, 잊었구먼. 명빈이 자네, 나한테 돈 받았다는 얘기는 말게. 들어간 사람들 가족한테도."

"그러겠네."

황태수를 전송한 뒤 임명빈은 곧장 서참봉댁을 찾아갔다. 집 안은 조용했으나 약 달이는 냄새가 풍겨왔다.

"어서 오십시오."

행랑아범이 겁먹은 얼굴로 나오다가 임명빈을 보자 마음을 놓은 듯 꾸벅 절을 한다.

"누구 편찮은 분이 계신가 본데?"

"네, 나으리께서."

"어르신네가?"

"아침에 쓰러지셨습니다."

"저런,"

"형사 놈이 떠밀어서,"

"낙상하셨느냐?"

"낙상하신 게 아니라 진노하셔가지고,"

"그럼 만나뵐 수 없겠구먼."

"네. 하지만 작은서방님이 계십니다."

"응, 큰일이다."

"머리 푼 집안 꼴이지요."

"그럼 영돈일 만나고 갈까?"

명빈이 작은사랑에서 기다리고 있는데 형과 같이 작은 몸집의 영돈이 바싹 마른 입술을 축이며 나타났다.

"형님 오셨습니까."

"응, 걱정되겠네. 아버님께서 쓰러지셨다구?"

"네, 형사한테 역정을 내시다가, 그놈들도 불손했지요."

"문중의 골칫거리, 버린 자식으로 치부하셨는데 뭣 때문에 심로하시는지."

"말씀으로만 그러셨지요. 그리고 경찰에 잡혀가기론 이번이 처음이니까요."

"자네가 안됐구면."

　명빈은 형만 한 체구지만 얼굴은 훨씬 곱상하게 생긴 영돈의 눈치를 살핀다.

"저야 뭐 젊은 놈인데, 아버님, 어머님 그리고 형수씨가 딱하지요."

"자네가 이해할밖에, 차남이 장남 몫까지 해왔으니 힘들었겠으나 형을 원망 말게."

　가산도 빠지고 영돈이 은행원으로 있으면서 이럭저럭 가사를 꾸려나가고 있는 실정을 명빈은 너무 잘 알고 있다.

"원망은요, 원망 안 합니다. 옛날엔, 왜 아시지 않습니까?"

　영돈은 쓴웃음을 띠었다.

"개차반이었지."

"지금은 형을 알 듯합니다. 이해할 수 있어요. 도리어 패기도 없고 용기도 없는 제 자신에 실망하고 있으니까요."

"그런 소리 말게. 자네는 큰 희생을 하고 있는 게야. 세상 만 사람한테 큰소리쳐도 의돈이 자네한테만은 할 말 없을걸?"

"아버님인들 큰 뜻 가진 자식을 이해 못하시겠습니까? 그러나 옛적 분이라 원통해하시지요. 그놈이 의병장 노릇을 해서 경찰에 잡혀갔다면 저승 가서 자랑거리라도 되련만 쓰러진 왕실은 아랑곳없이 양반 치자는 사상이냐 하시면서,"

"그러시겠지. 그런데 지금 어떻게 돼 있나?"

"그저 옥바라지를 하고 있는 정도지요. 형수님 가시게 할 수 없어서 제가 틈 봐가면서 갑니다마는,"

"변호사는? 작정 안 했겠지."

"생각하고 있습니다만 의논들을 해야 않겠습니까? 사건 하나에 여러 사람이 묶여 있으니까요."

"그렇지. 나도 그 생각에서 찾아왔네만 누구든 주동하는 사람이 있어야겠고, 그러자면 내가 나설밖에 없겠기에,"

"형님이 말씀입니까?"

"음,"

"그, 그렇게만 해주신다면,"

물에 빠진 사람이 지푸라기 잡듯 영돈은 허둥지둥 말했다.

"비용도 마련됐으니까 걱정 말구."

"고, 고맙습니다."

영돈이 눈에 눈물이 핑 돈다.

"친구니까 나도 앉아 있을 수만 없지. 강도짓을 한 것도 아니겠고 사기 친 것도 아니겠고,"

서참봉댁에서 나오는데 임명빈은 갑자기 뒤통수를 치는 것 같은 절망감에 사로잡힌다. 보이지 않는 압력이 머리통을 땅속으로 내리누르는 것만 같다. 두 손을 활짝 쳐들고 그 압력을 떠밀고 싶은 충동, 이민족(異民族)의 힘이 얼마나 비정한가를 가슴 저리게 실감한다. 은행에서 상사의 눈치를 보아가며 형무소로 달려가는 초라한 영돈의 모습이 눈앞에 어른거린다. 왜 이렇게 되었는가. 내 땅 내 나라에서 어찌하여 숨도 한번 크게 못 쉬는 행랑아범의 신세가 되었더란 말인가. 헐벗고 굶주리는 것보다 시시각각 주변을 살펴야 하는 마음의 무게는 질병치고도 가장 무서운 질병인 것만 같은 생각이 든다.

'이러다가 다 미치겠다.'

미쳐 있기보다 미칠 것을 예감하는 고통, 그런 뜻에서는 차라리 옥에 갇힌 사람, 뛰는 사람, 목적이 멀더라도 목적을 향해 가는 사람들이 오히려 속 편한지 모르겠다는 생각을 한다. 고인 물은 썩는 법이니까.

'그렇지. 미치지 않을 사람이 있다. 미치는 것을 예감 안 하는 사람, 조용하 같은 인물이다.'

집 앞 가까이 갔을 때 아내 백씨가 밖을 내다보고 서 있었다.

"임자, 왜 나와 있소."

"어디 가셨더랬어요?"

"서참봉댁에."

"아침나절에 형사들이 다녀갔었나 봐요."

"그랬다더군."

"옛날 생각이 나는군요."

"그런 일 뭣 때문에 생각하나."

"잊고 있었는데…… 한밤중에 어머님이랑 그릇 닦던 생각
이 났어요."

"쓸데없는 소리, 들어갑시다."

"혹시……."

"혹시?"

"당신이 관련된 건 아니겠지요?"

"걱정 마오. 내 나이 몇인데? 교장이 그런 푼수 없는 짓 하
겠소?"

두 팔을 뻗고 압력을 떠밀어보고 싶던 방금 느낀 충동을 생
각하며 명빈은 헤아릴 수 없는 비애를 느낀다.

'처성자옥(妻城子獄)이라 하던가? 허허헛…….'

"그럼 서참봉댁에 뭣하시러 가셨어요?"

안 하려고 참다가 하는 말 같았다.

"당연히 가봐야잖소? 당신도 틈나는 대로 가보시오. 가서
위로도 해드리고."

"저야 매일 간들 무슨 상관이겠습니까? 하지만 당신은 삼

가십시오."

"허허어?"

하다가 명빈은 아내를 떠밀듯 냉담한 몸짓을 하며 사랑으로
들어와 버린다.

'오늘내일 최참판댁 부인이 올 터인데 아내는 모르고 있다.
명희한테 원병을 청해야겠구나.'

명빈은 옷을 벗고 모시 고의적삼으로 갈아입은 뒤 팔베개
를 하고 방바닥에 드러눕는다. 체증같이 다 무겁다. 학교도
무겁고, 가족도 무겁고, 앞으로 해야 할 옥중 사람들을 위한
자신의 소임도 무겁다. 그리고 그 무거운 것은 무거운 잠으
로 그에게 떨어져 내린다. 잠결에 저녁 들라는 소리를 들었
다. 아내 얼굴도 보았다. 밥상을 들고 서 있었다. 손을 흔들며
강렬한 몸짓을 했던 것 같다. 소리를 지른 것도 같다. 날 제발
내버려두라고. 그러고는 또 무겁고 끌어당기는 잠 속으로, 땀
이 전신을 흠뻑 적시는 것을 느끼며 잠 속으로 빠져들어 가는
것이었다.

"아버지!"

이번에는 열 살짜리 막내아들의 목소리가 먼 곳에서 들려
왔다. 아주 먼 곳이다.

"아버지, 일어나세요."

"음, 으음, 좀 내버려두어."

"아니에요. 진주서 손님 오셨어요."

명빈은 벌떡 일어나 앉는다. 전등불이 환하게 켜져 있었다.

"진주서 환국형님 어머니가 오셨어요."

"음."

"굉장히 깊이 잠드셨나 봐요."

"왜?"

"얼마나 오래 깨웠다구요."

"그랬어? 손님 어디 계시냐?"

"안방에요. 어머님이랑 얘기하고 계세요."

"알았다. 내 곧 올라가마."

명빈이 안방에 들어갔을 때 백씨는 좀 어리둥절해하는 얼굴이었고, 서희는 침착했으나 어두운 낯빛이었다.

"올라오시느라 고생하셨겠습니다."

"안녕하십니까. 오래간만입니다."

"놀라셨지요."

"네."

"편지로는 자세한 말씀 드릴 수가 없어서,"

백씨의 얼굴에는 더욱더 의아해하는 빛이 돈다. 서희는 백씨가 전혀 아무것도 모르는 눈치여서 편지 받고 왔다는 말을 안 한 눈치다. 명빈은 아내 얼굴을 훔쳐보다가,

"환국이아버님 일이라고만 썼습니다만 실은 지금 서대문 형무소에 계십니다."

뿌지르듯 말한다. 서희 얼굴이 새파랗게 질린다. 백씨의 낯

빛도 달라졌다.

"뭐 대단한 일은 아닌 모양입니다. 무슨 행동이 있었던 것도 아니며 요즘 흔히 만드는 단체 때문인데, 말하자면 환국이 아버님은 연루되신 거지요."

"임선생님께서는 그 일을 어떻게 아셨습니까?"

"공노인으로부터 연락이 왔습니다. 아마 그곳에서 잡힌 모양이지요. 여러 가지 배려 때문에 댁에는 직접 알리지 않으셨던 것 같습니다."

공노인의 처사는 충분히 알 만했다.

"너무 걱정 마십시오."

"어찌 걱정이 안 되시겠습니까?"

백씨 말이다.

"여보, 부인께서 저녁 드셔야지."

명빈도 괴로웠다.

"아닙니다. 기차간에서,"

했으나 저녁을 먹은 것 같지는 않다.

"그럼 마실 것을 만들어 오겠어요."

백씨는 허둥지둥 일어섰다.

"아, 아닙니다. 그보다,"

"쉬시겠습니까?"

명빈이 묻는다.

"네."

"그럼 그렇게 하십시오. 푹 쉬었다가 내일 상의하도록 하지요."

서희는 환국이 쓰던 작은사랑으로 안내받으며 간다. 다른 방에서 기다리고 있던 유모는 서희 표정에서 심상찮은 사태를 짐작하는지 말없이 뒤따르다가 휘청거리는 서희를 얼른 부축해준다.

3장 내 땅에서

사천서 진주로 가는 길 연변은 황금 물결의 들판이 계속이다. 이제 들판은 낫 들고 들어설 농부를 기다리고 있을 뿐이다. 이때만은 풍요하다. 마음만으로도 풍요하다. 파종에서 결실까지 숱한 고비를 넘고 또 넘어서, 마치 험한 항로에서 항구에 닻을 내린 배처럼 느긋하게, 농부들의 마음은 그랬으리라. 들쥐를 보았는가, 눈이 시리도록 푸르고 높은 하늘에서 소리개 한 마리 팔매같이 땅을 향해 급강하한다. 이따금 배추밭이 지나가곤 한다. 끝물까지 다 따버린, 앙상한 고추밭도 지나간다. 담배를 꺼내 문 홍이는 잠시 핸들을 놓고 두 손을 모아 담뱃불을 붙인다.

'이럴 때가 젤 좋네라. 들판만 보고 있어도 배부른 것 같은께. 추수해봐야 땅 임자한테 가고 도지 빚 갚고 남은 곡식 쳐다보믄 허전하기만 하지. 일 년 양도를 우찌 댈꼬 싶으믄 손이 떨리서 쌀 한 됫박 떠내기가 무섭어진다 카이.'

언제였던지 새를 쫓으며 하던 아낙의 말이 생각난다.

'너거 집은 아무 걱정이 없일 기다. 일본 가서 돈 벌어 땅도 장만했겄다, 직업이 좋은께 어디 가도 묵고사는 거사, 무신 걱정이겄노. 이놈의 농사 밤낮 해봐야 남 좋은 일이제. 보릿 고개를 넘고 오뉴월 땡볕을 지내믄서 생된장에 왕치기 꽁보리밥, 세상없는 장골이라도 허리가 휘지.'

일본서 돌아온 지 일 년 남짓, 화물회사에 취업하여 핸들을 잡은 지도 일 년이 가까워온다. 아는 사람들은 모두 홍이가 직업을 잘 잡았다고 부러워들 한다. 조수석에 앉은 천일이도 운전수 되는 것이 유일한 꿈이요 금실 든 문장의 운전모 쓰는 날을 손꼽아 기다리는 아이다. 올해 열아홉 살, 평사리의 마당쇠댁네가 간곡히 부탁하는 바람에 홍이가 데려왔다. 마천일(馬天一), 욕심 많고 떼쓰는 데는 당할 사람이 없었던 마당쇠가 만복(萬福)이라 지으려던 아들 이름을 마가 성에 안 맞는다 하여 천일로 낙착이 되었는데, 이름 하나 큼직했으나 아비를 닮아 좀 우둔하고 철이 덜 난 편이었고, 어미를 닮았음인지 마음은 착했다.

'최참판댁에 한번 가봐야 하는데……'

홍이는 클랙슨을 울리고 핸들을 꺾으며 언덕에 가려진 길 모퉁이에서 커브를 돈다.

"바카노 마산, 신다 신슈, 시센니 다쓰 시센, 고맛타 고조, 도우스 루카 도에이, 후에루 후잔,"

아까부터 천일이는 왜말을 흥얼거리고 있었다. 번역을 하자면 바보의 마산(馬山), 죽은 진주(晉州), 사선에 선 사천(泗川), 딱하다 고성(固城), 어떡하나 통영(統營), 불어나는 부산(釜山), 그런 뜻인데 왜말로는 지명(地名)의 첫음과 형용사의 첫 음이 같고, 마산만은 첫 글자가 다르다.

사 년 전의 일이다. 경남의 도청(道廳)을 진주에서 부산으로 옮겨 가는, 진주로서는 사활에 관한 큰 사건이 있었다. 진주뿐만 아니라 종전까지 진주의 영향권 속에 있었던 마산, 사천, 고성, 통영조차 큰 변동을 예상하지 않을 수 없는 사건이었던 것이다. 그 무렵 《부산일보(釜山日報)》에 게재되었던 일종의 풍자 비슷한 글귀가 지금 천일이 흥얼거린 왜말이다. 그 기사 때문에 진주서는 《부산일보》 불매운동을 벌이기도 했던 것이다. 도청이라면 물론 행정구역의 행정을 담당하는 청사요, 이미 청사의 임자는 일본, 제반 행정을 일본인이 장악하고 있지만, 그러나 영남에서 가장 유서 깊었던 고도(古都)로서 긍지 높았던 진주사람들에게는 도청을 부산에 빼앗긴다는 것은 날벼락이었던 것이다. 임진왜란 때 빛나던 항쟁정신과 민란(民亂)의 진원지(震源地)였던 만큼 확실히 이곳 사람들은 다혈질이었으며, 지난날 일본에 의해 영문(營門)이 깨어지고 주권을 잃었을 적에 진노하고 비통해하던 그 격렬한 감정을 되씹은 것은 당연한 일인지 모른다. 뿐만 아니라 경제적으로나 여러 가지 측면에서 거세되고 낙후될 현실적 문제도 충격이 아닐 수 없었을 것이다. 신문 불매운동 같은 것도 그 당시, 격랑 속에 일었던 하나의 여파였다.

"바카노 마산,"

"인마, 그 옴대가리 찜쪄먹는 소리 그만 못 두겠나?"

모자를 비뚜름하게 쓰고 담배도 비뚜름하게 문 홍이가 나무란다.

"재미 안 있십니꺼?"

"시산이 나흘장 간다 하더라."

"심심해서요. 잠이 자꾸 올라 캐서,"

"……."

"형님."

"……."

"진주서 도청을 뺏길 때 왜놈 하나가 배 가르고 죽었다믄서요?"

"왜놈이 왜 죽어?"

"그라믄 뜬소문입니까?"

"건방지고 주제넘은 짓이지. 죽어도 조선놈이 죽지 왜놈이 왜 죽어? 지 땅인가? 지 고향이건데? 무슨 상관 있다고, 미친 놈!"

내뱉는다.

"하하아, 그라믄 죽기는 죽었구마요."

일본인 이시이 다카아케[石井高曉]를 두고 한 말인 모양이다. 아름다운 고도, 진주를 사랑했다는 사내.

"그렇지마는 진주를 위해서 죽었다믄 제법 아닙니까?"

"그 새끼들 배때기 가르는 거를 밥 먹기보다 쉽게 생각하니까. 그래서 전쟁에 강한 거야."

"그래도 그렇지요. 목심이 두 개 있는 것도 아닐 긴데 장난으로는 했겠십니까."

홍이 입에 문 담배를 뽑아 차창 밖에 던지면서,

"말 시키지 마. 왜놈 얘기라면 이가 떡떡 갈린다!"

힐끗 눈치를 살피며 천일이는 입을 다물어버린다. 홍이 화를 내는 것은 간도에서 몸에 밴 배일사상과 혼인 전에 평사리 강가에서 불문곡절 왜헌병한테 붙들리어 갖은 고초를 다 겪은 때문이지만, 일본에서 지낸 이 년 동안의 기억이 결코 유쾌하지 않았기 때문이다. 자존심 강한 홍이가 조선인이라 하여 수모를 당한 것도 잊을 수 없는 일이거니와 그보다 일본인에 대한 뿌리깊은 경멸로써 결산하고 그는 조선으로 나온 것이다. 무엇보다 홍이에게 혐오감을 안겨준 것은 남자 여자 할 것 없이 일본인은 속바지를 안 입는 일이었다. 주반*이라는 것을 한 겹 알몸에 감아버리고 기모노를 입는 그들 풍습이 홍이는 메스껍도록 싫었다. 그 혐오감을 한층 짙게 한 것이 여자들의 정욕이었다. 혼전의 계집애, 유부녀 할 것 없이 하숙

233

집 여자들이 한밤중에 이불 속으로 기어들어오는 체험을 홍이는 여러 번 했었다. 그러나 홍이는 심리적으로 일본 여자에게는 손을 댈 수 없었다. 그래서 하숙을 전전하지 않으면 안되었다.

"긴상, 소레 데키나이노(김씨, 그것 못하나요)?"

수치도 체모도 없이 거절을 당한 계집이 그런 말을 묻기도 했었다.

'더러운 짐승 같은 년!'

마음속으로 욕지거리를 하면서, 그러나 홍이는 화내지 않았고 실실 웃기만 했던 것이다. 왜헌병한테 끌려가서 죽을 만큼 당한 고문과 정신적 학대를 받았던 옛일을 홍이는 결코 잊지 않았던 것이다. 경찰서에서 풀려나왔을 때,

"앞뒤 재가면서 기어라 하면 기고 서라 하면 서고 눈물 흘리라 하면 흘리고…… 눈을 부릅뜨다가 뺨따귀 하나 더 맞는 것이 얼마나 바보짓인가 그걸 깨달았소."

누우런 나뭇잎이 뚝, 뚝, 떨어지는 거리에서 홍이는 그런 말을 했었고, 연학은,

"잘난 말 몇 마디 하는 것, 그건 아무짝에도 못쓴다. 바보 시늉, 미친 시늉, 뭣이든 빠져나오는 게 젤이제. 싸움이란 그래야 이기는 법이거든. 감정 때문에 힘 빼는 것, 그것같이 어리석은 일은 없다."

홍이는 자신이 한 말, 연학이 한 말을 잊지 않았다. 일본에

서의 이 년, 장이를 만난 일이 없었고 소식도 몰랐지만 홍이
는 이따금 장이 생각을 했다. 왜 일본에는 왔을까 하고 자신
에게 물어보기도 했었다. 만날지 모른다는 희미한 기대는 있
었는지 모른다. 조선으로 돌아온 후 아내 보연이는 마치 숙제
처럼 일본에서 장이를 만났느냐고 물었다. 홍이는 그 말에 대
하여 대꾸를 한 일이 없었다. 별안간 홍이 클랙슨을 울린다.
천일이 졸다가 눈을 번쩍 떴고, 한길을 걷던 노파가 머리에
인 보따리를 거머잡으며 허둥지둥 길가로 피한다. 화물차는
멎었다.

"저 할마씨 태워드려라."

천일이 차창에서 고개를 내밀며,

"할매요!"

귀를 잡수셨는지 멍하니 쳐다본다.

"할매요!"

"아이구 가심이야, 길을 비킸는데 와 안 가노!"

"어디까지 갑니까?"

"진주, 진주까지 가누마."

천일이 뛰어내린다.

"어서 타소!"

"……?"

"어서 타라 카이! 진주까지 실어다 줄 긴께요!"

아주 귀머거리로 작정했는지 천일이는 귀청 떨어지게 소리

를 지른다.

"아아, 아아앙 참, 그렇제? 아이구, 젊은 양반 고맙아서 우짤꼬?"

천일이 노파를 밀어 올리며,

"아따, 할매 보기보다 무겁소."

엉겁결에 차를 타기는 탔는데 달리는 화물차가 노파에게는 몹시 불안한 모양이다.

"딸네 집에 가십니까?"

긴장을 풀어주려는 듯 홍이 말을 걸었다.

"딸네 집? 딸이라도 있임사, 얼매나 좋을꼬."

"자식들이 없습니까?"

"에미 없는 손주새끼 둘 데리고 사는데,"

손등으로 콧물을 닦는다.

"안됐습니다."

"아 애비가 시비 끝에 경찰서로 붙들리가고 보이, 아침저녁 날씨는 차고, 옷이라도 받으믄 넣어주까 싶어서 나선 길인데,"

"시비를 우떻기 했기에요."

호기심에서 천일이 묻는다.

"금년 신수에 관재수가 없더마는, 무신 날벼락인지, 시비는 도지 빚 때문에 그렇기 됐구마. 추수하믄 갚겠다고 그렇기 사정사정했는데 빚 준 사람들은 추수를 저거들이 해 가겄다고,"

"그래서 치고받고 쌈을 했구마요."

노파는 고개를 끄덕였다. 차는 깎아지른 벼랑, 푸른 남강을 내려다보며 달리고 있었다.

"서로 치고받고 쌈이사 꼭 같이 했는데 우리 아아가 더 맞았이믄 더 맞았지, 빚진 죄인이라…… 논에 나락을 세워놓고 그거를 다 가지겠다 하니, 우리는 머 묵고살라는가, 난 평생 남하고 다투는 성미가 아니건마는, 붙이가 꺼꾸러 서서, 다 같이 싸와도 없는 놈만 가두고, 나도 마, 살고 접은 생각은 한 푼 없지마는 어린 손주새끼들 불쌍해서 비럭질을 해서라도 믹이기는 믹이얄 긴데,"

노파는 울지도 않고 앞만 내다보며 중얼거렸다.

"하모요. 할매가 맘을 단단히 묵어야제요. 산 입에 거미줄 치겠소?"

"천일이 너, 오래간만에 사람 같은 소리 하는구나."

홍이 쓴웃음을 띤다.

"억울한 거사 우리도 겪었인께요. 죄 없이 총 맞아 죽은 울 아부지 생각이 나서요."

강가 모래밭에 쓰러지던 마당쇠, 그 총소리 고함 소리는 아직도 홍이 귓가에 쟁쟁하다. 우둔하고 철이 덜 난 천일이를 신경질 안 부리고 보아주는 것은 그의 아비 마당쇠 죽음을 목격한 때문인지 모른다.

'처처에 억울함이구나. 털 떨어진 병아리 같은 어린것들, 고목 같은 늙은이는 갈 길도 바쁜데 어느 문전에서 또 비럭질을

해야 하나.'

진주 시내로 들어가서 천일이가 노파를 부축하여 내려준다.

"아이구, 어지럽어라."

"좀 있이믄 괜찮을 깁니다."

바카노 마산, 어쩌구 했던 천일이, 노파를 바라보는 눈이 어둡다.

"아이들 떡이나 사다 주소."

홍이 일 원짜리 한 장을 쥐여주는데 차멀미에 노오래졌던 노파 얼굴에 놀라움이 떠오른다. 노파는 지폐라는 것을 만져본 일이 없었던 모양이다. 하기는 떡을 사자면 백 개를 넘게 살 돈이었으니까. 고맙다는 인사를 하고 또 하다가 돌아서는 뒷모습을 바라보는 홍이 눈앞에 생모 임이네의 얼굴이 떠오른다. 임종 때의 그 비참한 얼굴, 눈을 뜬 채 숨을 거둔 얼굴, 생명의 빛을 잃은 눈동자.

'왜 좀 따뜻하게 못했을까? 난생처음 보는 저 노인을 위해서 내 마음이 이리 아픈데 생시 어머니를 위해 이만큼이나 맘아파한 일이 있었을까?'

견딜 수 없는 죄책감, 죽은 어미를 생각한다는 것은 가장 고통스런 일이다. 어쩌면 일본으로 간 이유 중에는 모친에 대한 기억에서 도망치고 싶은 심사가 있었는지 모른다. 비참한 죽음을 잊고 싶었는지 모른다. 병석에서 병으로 갔지만 임이네의 죽음은 월선의 죽음과는 달랐다. 이 두 죽음에서 비로소 홍이는 월선에 대한 그리움으로부터 놓여났으며, 월선이 점령했던 자리에 생모의 죽은 모습이 낙인과 같이 찍혀버렸던 것이다. 임이네의 죽음은 죽음과의 무참한 투쟁이었다. 마지막 순간까지 체념 못한 죽음과의 투쟁이었다. 애증을 넘어선 그 모습은, 견딜 수 없는 연민으로 종전까지의 홍이를 파괴하고 만 것이었다. 그것은 자기 자신의 죽음과 모든 사람의 운명으로 확대되어간 허무의 깊이 모를 심연이었다. 월선이 축복받은 죽음이라면 임이네는 저주받은 죽음이요, 근원적으론 죽음이란 저주받은 것일 거라는 공포는 홍이 마음을 깊이 지배하였다. 홍이는 노파의 뒷모습을 바라보다가 고개를 흔들었다. 또 한 번 고개를 흔들었다.

'불쌍한 어머니…… 아버지는 어떻게 돌아가실까?'

갑자기 검은 바람이 발끝에서 전신을 덮어씌우는 것 같은 느낌이 엄습해온다.

시장 입구에서 짐을 푸는 동안 홍이는 천일이를 데리고 음식점으로 갔다. 국밥 한 그릇으로 요기를 하는데 천일이도 기분이 안 좋았던지 말이 없었다.

"인마, 기운 내!"

"야."

입을 닦으며 홍이 음식점에서 나오는데 양복을 입고 구두를 신고 금시곗줄을 늘어뜨린 두만이와 딱 부딪친다.

"안녕하십니까?"

홍이는 얼굴도 보지 않고 꾸벅 절을 한다.

"음."

두만이는 고갯짓만 하고 지나가 버린다. 인사라도 하니 제법이다 하는 투의 고갯짓 같고, 더 이상은 상종하고 싶지 않다는 고갯짓인 것도 같았다. 홍이는 으레 그러려니 생각한다. 빈 차를 차고에 몰아넣고 세수를 한 홍이는 옷을 갈아입는다.

"천일아."

"야아."

"나 간다. 저녁은 집에 가서 먹어."

"그라믄 형님은 집에 안 들어가실 깁니까?"

"아마 저녁 늦게,"

"상의어무니 또 야단하겠십니더."

"사무실에 가서 차고에 차 들여놨다는 얘기 잊지 마라."

"야아."

고개를 숙이는데 천일의 양 볼이 축 처진다.

'저눔 자식 또 어머니가 보고 싶은 모양이다.'

어슬렁어슬렁 거리에 나왔을 때 해는 아직 남아 있었다. 쭉 뻗은 신작로로, 자전거가 오고 간다. 시장 입구 편의 상점은 조선인들 경영이요 그 맞은편 동남편을 향한 곳에 즐비한 상점들은 일본인들이 장악하고 있다. 일본인들의 상점은 대개 안이 깊었다. 전등을 켜놓고 있는 곳도 더러 있었다.

"보래? 보래! 야 이눔 아아야! 홍이 앙이가!"

고함 소리에 돌아본다. 양복을 입은 삼석이 양복바지 호주머니에 두 손을 찌른 채, 목이 길고 얼굴이 길고 왕방울 같은 눈에 입매가 느슨한 근태는 한복 차림으로 팔을 휘저으며 걸어온다.

"자알들 어울렸구나. 어디 갔다 오나?"

"차머리서 만났다. 글안해도 니 말 함시로 오는데, 와 그리 니 보기가 어렵노."

근태 말이다.

"시세 좋은 운전수 나으리, 만내보기가 어디 그리 쉽겄나."

면도 자국이 검실검실한 삼석이 건들건들 몸을 흔들며 말했다.

"지랄한다. 방 안에 가만히 앉아 있어도 입에 밥 들어가는 너거들하고 처지가 같은가?"

"그래 일 끝났나?"

삼석이 어깨를 비틀듯 한 번 뒤돌아보고 묻는다.

"끝은 났지만,"

"끝은 났지만 우떻다는 거고? 달아날라꼬? 그거 안 될 기다."

"가볼 데가 있긴 있는데,"

"잔소리 마라. 사람이 아주 딴판으로 변했다 카이."

"나만 변했나? 자네들은 어떻고?"

홍이 웃는다.

"온 세상에, 옛날 일 생각 안 나? 부산까지 함께 가가지고 복장 터지게 애멕인 생각 안 나느냐구. 그 생각만 하믄 이늠 자식을 한분 패주겄다, 이를 덜덜 가는데 이리 점잖아서야 어디, 때리는 내가 미친놈 되겄제? 근태야, 안 그렇나?"

근태는 목이 부어서 나오는 것 같은 웃음을 웃는다. 얼굴에는 옛날과 다름없이 검버섯이 피어 있었다. 홍이는 잠시 생각하다가,

"이리 셋이 만나기도 어렵고, 내 오늘 술 샀다."

"하모, 그래야지."

삼석의 말에 근태가,

"어디로 가꼬?"

"그야 우리 집이지."

"너거 어무니 몽둥이 들고 나설라?"

"답댑이, 근태 저눔 아아는 지 나이 묵는 것도 모리니 탈이다."

"아따, 큰소리치네. 아아 애비가 돼가지고도 종아리 맞인 거는 잊어부렀는갑다."

"하하핫…… 하지마는 별수 있나? 기력이 있어야 날 때리제? 이자는 울 어매도 속절없는 뒷방 차지 앙이가."

"근태는 몰라도 나는 좀 떨리는데? 일본 바람 잡은 것을 내 탓으로 생각한 네 어머니가 야단났었지."

"흐흐흣…… 니 어무니하고도 대판 싸웠다 카데. 울 어매를

이긴 사람이 바로 니 어무닌데, 흐흐훗…… 볼 만했일 기구마
는,"

하다가 갑자기 삼석이 몸을 획 돌렸다. 그의 시선이 간 곳은
일본인 식료품가게였다. 갑작스런 그의 동작이어서 나머지
두 사람의 시선도 그곳으로 따라간다.

"노랑김치, 이거, 이거 말이오. 좀 팔라 카는데 와 그라요?"

중년쯤 보이는 아낙이 안쪽에 노랑물이 든 통을 손가락질
하며 말했다.

"우란요, 우라나이. 앗치니 이케(안 판다. 안 팔아. 저리 가아)!"

기름방울이 둥둥 떠 있을 것만 같은 살찐 일본여자가 팔을
내저었다.

"무신 말인지 알아들을 수가 있어야제. 거기 젊은이들 통변
좀 해주소. 빌어묵을 자석이 원족 가는데 벤토 반찬에 노랑김
치를 싸오라 해쌓아서 왔더마는,"

아낙은 울상이다.

"보소, 오카미상*,"

삼석의 눈빛이 험상궂다. 일본 바람을 쐬었으니 일본말이
야 유창했고.

"아니, 오카미상이라니!"

여자의 눈이 까끄름해진다.

"오카미상이지 그라믄 오쿠가타*라 할까요?"

악의적인 비꼼에 여자는 머쓱해진다.

243

"장사는 물건을 팔게 돼 있소. 조선사람 돈엔 똥이 묻었나? 와 안 팔겠다는 거요."

삼석이 바싹 다가선다.

"고노 바카야로(이 바보 새끼), 뭐라 카노!"

얼굴이 벌게져서 여자가 떠든다.

"아주머니, 안 팔려 하는데 살 것 없소. 시장 안에 들어가보시오."

홍이는 우선 아낙을 밀어낸다.

"아이구, 얄궂어라. 물건 안 팔라 카는 장시가 어디 있노? 아이구, 얄궂대이. 아니꼽고 더럽아서."

아낙이 비실비실 물러나고 삼석은 두 주먹을 불끈 쥔다. 근태는 얼굴이 노오래져 있었다.

"삼석아, 그따위 왜년 상대할 것 없다. 미친 짓 하지 말고 가자, 가아. 허허어, 이 사람이, 오기도 부릴 때 부리는 거지, 자아 자."

홍이 삼석의 팔을 잡아끄는 것을 본 일본여자는 약해서 꽁무니 빼는 줄 알았던지 한층 기승해져서 소매가 미끄러져 내려간 허연 팔뚝을 내두르며 찢어발기는 소리를 질러댄다.

"내 것 안 판다는데 무슨 건방진 소릴 짖어대는 게야! 일등국민인 우리가 너거들 야만인한테 네, 네 고맙습니다, 하게 돼 있느냐구! 오카미상? 혓바닥을 잘라줄까? 고노 쿠소다레(이 똥싸개)! 일본인한테 덤비는 조선놈의 새끼는 모조리 부타고야에 처넣어버릴 테다!"

"아니, 저, 쪽발이 쌍년이 뭐라 카노! 야 이년아! 이 똥돼지
겉은 년아!"

화가 머리끝까지 치민 삼석이는 부지중에 조선말로 욕을
퍼붓는다. 구경꾼들이 모여들었다.

"와 그라노? 무신 일이고?"

삽시간에 사람들은 울타리를 쳤고 상점 안에서 아들인 듯
열일고여덟쯤 돼 뵈는 사내아이가 놀라서 쫓아 나온다.

다부지게 생긴 몸집이다.

"엄마, 뭐야!"

"저 조선놈의 새끼가 날보고 오카미상이라 하는구나. 어이
구 분해! 물건 안 판다 했다고 굿테 가카루노요(대드는 거야?)."

"경찰을 부를까, 엄마!"

"홋도케(내버려두어). 센진노 야쓰라와 미나 안나 자마다요(조
선놈의 새끼들은 모두 저 꼴이야)."

"나니 유우카! 고노 인바이메(뭐라 카노! 이 매춘부야)!"

삼석이 홍의 팔을 착 뿌리치고 앞으로 나선다.

"안 팔 것을 상점은 왜 차렸어! 상점이란 간판 뜯어! 뜯어내
란 말이다! 손님보고 폭언하는 게 너희 나라 상도(商道)가!"

이번에는 유창한 일본말이다. 아들 녀석이 욕설을 하며 달
려들 듯하고 여자는 입에 거품을 물며 욕이란 욕은 모조리 꺼
내어 퍼붓고 아우성이다.

"그만하면 네년 근본은 알 만하다!"

삼석이도 그에 못지않게 욕을 퍼붓는데 사람들을 헤치고 교복을 입은 순철이 나타났다. 몸집이 좋아서 이내 사람들의 눈을 끈다.

"하야세!"

삼석의 멱살을 잡으려던 사내아이는 멈칫한다.

"손 내려!"

엉거주춤한다.

"너 그 사람한테 사과해라."

하야세[早懶]라 불린 사내아이와 순철이는 잘 아는 사이다. 방학 때도 아닌데 그가 어찌 집에 돌아와 있는지는 모르지만 그는 일본아이들만 다니는 부산의 중학에 재학 중이었고 방학 때면 유도를 배우는데, 순철이 역시 유도를 배웠고 해서 그들은 도장에서 알게 된 사이였던 것이다. 순철의 집은 부유했고 우등생에다가 힘도 장사여서 조선인이지만 하야세는 순철을 만만히 대해오지는 못하였다.

"장사하면서 안 팔았다면 그건 전적으로 너거 잘못이다. 그보다도 너 엄마 욕설에는 놀랐다. 몰상식한 데는 참말 놀랐다. 적어도 넌 부끄럽게 생각해야 한다! 빌어!"

여자는 욕설을 중지하고 순철을 바라본다. 뭐라고 또 외칠 차비를 하는 모양인데 아들이 어미를 떠밀어내고,

"싸움은 않겠지만 빌지는 않겠어!"

"너 나한테 혼 좀 나볼래?"

"비는 것은 싫다!"

하야세는 어미의 팔을 낚아채어 안으로 끌고 들어가는데 얼굴이 새파랗게 돼 있었다. 순철은 집요하게 빌라고는 하지 않았다. 하야세의 뒷모습을 바라보며 안도하는 눈치다. 잘못하면 사건이 크게 벌어질 것이기 때문이다. 한편 홍이는 윽박지르듯 삼석을 끌고 간다. 얼굴이 샛노래진 채 근태도 따라간다. 여차하면 함께 덤빌 기세였던 구경꾼들은 흩어지고 구경꾼들 속에 더러 끼어 있던 이웃 일본인들도 눈살이 찌푸려지게 외쳐대는 상스러운 욕설에 넌더리가 났던지 중립을 지키다가 그들 역시 제자리로 돌아간다. 흩어진 구경꾼들은 각기 한마디씩 했다.

"어느 연놈이고 간에 저 왜년 집에서 물건을 사기만 해봐라. 정강이를 딱 뿌질러 앉힐 긴께. 한 시절 전만 해도 어림이나 있어? 달랑 집어다가 그 왜년을 남강 물에 풍당 집어넣었일 기다. 진주사람들 기 다 죽었다, 기 다 죽었어."

"참 더럽다, 더럽아. 더럽아서 못 살겠다. 굴러온 돌이 본돌친다 카더마는 이런 경우를 두고 하는 말이라."

"와 아니라. 아무리 강약이 부동하다고는 하지마는 저따우로 더런 것이 우릴 하시해?"

"여관집 아들, 그 성미도 예사 성미가 아닌데 꿀떡꿀떡 삼키노라 애썼을 기다. 팔팔한 젊은 놈이 주먹부터 먼저 나갈

긴데 참는 거를 보이 나도 속이 부글부글 끓더마는,"

"왜년치고도 순 쌍년이더구마. 아따, 욕도 모지락시럽게 하
데. 하기사 머 사내놈 같았이믄 왜놈 아니라 왜놈우 할애비라
도 크게 벌어졌을 기다. 아무튼지 간에 나라 없는 우리만 섧
지. 일본놈 세상인데 우쩔꼬?"

"염치 좋고 주제넘지. 남우 땅에 와가지고 물건 사주는 것
만도 감지덕지 해얄 긴데,"

"호랭이 담배 묵던 시절의 얘기네. 아닌 게 아니라 그 왜년
의 말도 빈말은 아닌 기라. 일본인한테 덤비는 조선놈의 새끼
는 부타고야에 처넣겄다 안 하던가 배? 팔은 안으로 굽더라고
말썽이나 안 생길는지 모리겄다."

"칼로 배애지를 쑤시 직일 년!"

"도갓집 아들, 거 똑똑하더마. 부잣집 아들치고는."

"힘도 장사란다."

"그 아아야, 어디로 보나 큰소리칠 만하지."

삼석이는 홍이와 근태랑 함께 제집인 신일여관(信一旅館)으
로 돌아왔다. 육십이 다 되기까지 머리털이 세지 않았다 하여
까마구할매라는 별명을 가졌던 삼석의 모친은 이제 칠십이
다 된 늙은이로서 여관 경영의 실권을 포기한 터이지만 삼석
이도 삼십을 바라보는 나이에 자식이 셋이나 딸렸고 일본 바
람을 잡은 뒤 집에 죽치고 있는 것만도 가족은 다행으로 여겼
던지 집에 들어서는 품이나 가족들의 눈치를 보는 태도로 미

루어 삼석은 집안에서도 호랑이를 잡는 모양이었다.

"술상 차려."

아내에게 퉁명스레 말한 삼석이는 친구 두 사람의 등을 밀고 손님이 들어 있지 않은 뒷방으로 들어간다.

"앉아."

"응."

홍이와 근태는 엉거주춤 앉는다. 도저히 술을 마실 기분이 아니었지만, 기분이 상해 있는 삼석을 두고 갈 수도 없는 일이다.

"제에기랄! 이럴 때마다 독립운동에 뛰어들고 싶단 말이다!"

하다가 삼석은 열기가 남아 있는 얼굴에 쓰디쓴 웃음을 띤다. 울적하기론 홍이나 근태도 마찬가지였다.

"니 주제에? 앞으로는 공연히 씰데없이 상관 말아라. 똥이 무섭어서 피하나 더럽어서 피하지."

소심한 근태는 아직 마음이 제자리에 없는가 뒤죽박죽의 얘기를 한다.

"이 새끼야, 챙피스럽다, 챙피스럽아! 그 낯짝이 멋고? 횟배 앓는 놈겉이 노오래가지고, 실개 빠진 놈!"

내뱉는다.

"그건 근태 말이 맞다."

이마빡에 줄이 발딱 서는 삼석을 쳐다보며 홍이 말했다.

"홍아, 니 거 칼날 겉은 성질 어이다 버렸노?"

새삼스럽게 삼석은 홍이를 응시한다.

"근태는 그렇다 치고 니도 그러기가? 말짱 실개 빠진 놈뿐이다! 비겁한 놈들! 살믄 몇백 년을 살 기라고. 어이구, 열 나서 나 못 산다!"

"실개가 빠진 거는 아니다. 단단해졌지. 진주 바닥을 들엎을 만한 일이 아니면, 어리석은 짓이라구. 거지 같은 왜년 하나 깔봐서 멀쩡한 사내자식이 병신 돼야겠나? 밟아 죽인다 해도 그게 뭐 떳떳한 일이겠나? 감정으로야 밟아 죽이고 싶지. 나 역시 벌레처럼 꽉 밟아 죽이고 싶었다. 그러나 우리는 자신의 감정에 이겨야 해."

"흐음."

홍이 말이 옳았다.

"왜년 아니라 조선여자라도 그런 것 만내믄 못 이긴다. 마구잡이로 나오는데야 우짜겠노? 쌍년도 보통 쌍년이 아니던데,"

근태도 거들어서 말했다.

"마 그 일은 그 정도로 해두자."

"앞으론 열 내지 말게."

"후우."

홍이는 담배를 꺼내어 삼석이와 근태에게 하나씩 뽑아주고 자신도 피워 문다. 연기를 뿜어내면서,

"아까 그런 일이야 사실 다반사지. 우리 조선 아이들이 그

네들 집 앞에 잠시 서 있어도 왜놈의 애새끼까지 가라고 악쓰고 욕하고, 머리에 핏줄이 뻗치지만 새끼들하고 쌈하겠나? 아까 경우도 꼭 같애. 여러 해 전에 헌병 놈한테 붙잡혀서 자네들은 생각도 못할 고초를 겪었는데, 그때 기라면 기고 서라면 서고, 공매 하나 욕설 한마디 안 듣겠다는 결심을 했지. 오기 부려서 그놈들 낯짝에 침 뱉는다고 구멍이 뚫리겠나? 힘은 모아두었다가 할 수 있는 한 속을 파묵는 게야. 실질적인 이득을 보자 그 말이다. 참말로 마음으론 그놈들한테 꿀릴 것 하나 없다고. 일본것들 하층사회를 들여다보면 우리네 하층사회가 훨씬 양반이지. 그거는 삼석이 너도 가봤으니까 알 게야."

"그건 그래. 짐승이다. 하여간 별수 없긴 없지. 나도 여관인가 뭔가 이걸 하다 보이 아니꼽고 더럽지만 형사 놈들 술잔도 사주고 하지마는, 어이구 모리겠다, 술이나 마시고 취해야지."

삼석의 아내가 술상을 들여왔다. 주근깨가 더러 있었지만 양순해 뵌다. 그는 남편의 기분이 안 좋은 것을 눈치채었던지 술상을 내려놓고 고개를 한 번 숙인 뒤 아무 말 하지 않고 나간다.

술잔을 나누면서 한동안 침묵을 지킨다. 울적한 마음은 세 사람이 다 같다.

"참, 남수는 요즈막에 우찌 사나? 본 지도 오래됐다."

"촌에 가서 면서기질 한다던가,"

홍이 말에 근태가 대답한다.

"모두 이럭저럭 사는구나. 자아, 술들 마시자. 초상집에 온 것도 아니겠고,"

세 사람은 생각난 듯 술을 마신다.

"홍이아부지는 진주로 안 오셨제?"

근태가 억지로 화제를 만든다.

"음, 오실려고 해야지."

"어어참, 그렇지. 아까부터 물어본다는 기이,"

삼석이는 허둥대듯 입을 뗀다.

"최부자댁 말인데, 그 댁 바깥양반이 붙잡혔다는 소문이 있던데 참말가?"

"그런 모양이다."

"별놈의 소문이 다 돌더라. 독립군 우두머리라며?"

"사람 잡을 소리 말어."

"그라믄."

"좀 관계가 있긴 있었겠지."

"니는 그 사람을 아나?"

"어릴 적에."

"우떤 사람고,"

"마음씨 좋고 남자답고 인물 잘생기고, 뭐 그렇지."

홍이는 의식적으로 회피한다.

"그래? 소문으론 거물이라 카던데, 안 그렇다면 와 만주서 안 돌아오노."

"사정이 있겠지."

"이 자식아, 너 우릴 의심하는구나."

"의심이고 자시고 알아야 말이지."

"제에기랄! 뭐 재미나는 일 없나? 눈이 번쩍 띄는 일 말이다."

"허파에 바람 또 드는구나."

벌써 눈이 거슴츠레해진 근태가 목이 부어서 내는 것 같은 목소리로 말했다. 그 목소리는 삼석이 느끼는 권태로움과 흡사하다.

"이 자리꼽재기(구두쇠)야, 구들만 지키고 앉았는 놈아."

"그거는 내 아부지 별명이제. 내가 와 자리꼽재기고."

"해마다 땅이 불어난다는데 넌 아직도 잎담배 사서 종이에 말아 피우는 놈 앙이가."

"그거는 버릇이다."

"사철 소금에 절인 시커먼 김치밖에 모리는 입에 우리 김치 맛이 우떻노?"

"잘 묵을라 카믄 한이 없제."

"무신 재미로 사노."

"재미로 사나? 그저 참고 사는 게지. 누구는 머 바람 잡고 싶은 맴이 없는 줄 아나?"

해도 그만, 안 해도 그만인 말을 주고받는데 밖에서,

"보소."

하고 삼석이댁네가 부른다.

"와."

"좀 나와보이소."

"와 그라노? 할 말 있으믄 해."

"저기, 잠시만."

"제에기랄."

삼석이는 일어서서 나간다. 잠시 수군거리는 소리가 들리더니 댁네와 함께 돌아나가는 기색이다. 밖으로 나간 삼석이는 좀체 돌아오지 않았다. 홍이는 가라앉으려는 마음을 일으켜 세우듯, 그럴 때마다 내키지도 않는 술을 들었다. 근태 역시 그런 눈치였다. 이윽고,

"이자 삼십 질에 들어설 긴데 삼석이 그눔아, 돈을 몰라서 큰일이다."

하며 근태가 한마디 했다. 홍이도 근태가 무엇 때문에 그런 말을 하는지 알 수 있었다. 홍이 들은 말로는 삼석이가 더러 손장난을 한다는 것이다.

"차차, 지도 생각이 있겠지."

"말이사 바로 하지, 삼석이는 이런 여관업이나 함서 죽치고 앉았을 성미가 아니거든. 그러자 카이 울증이 나서 노름도 하는 모앵인데, 몰라, 언제 훌쩍 떠날는지. 이번에는 넓은 중국 바닥에 가서 헤갈고(헤매고) 댕기지 않을까?"

"글쎄…… 만주 벌판에 가서 소장사나 벌목업 같은 것, 그

런 게 제격인지 모르지."

"나도 집에서 그눔의 농사일 때문에 바빠 돌아갈 직에는 별 생각을 안 하는데 이렇기 한 분 나오믄 속이 답답하고 안개가 낀 듯기 번걸증*이 난다. 홍이 니사 직업이 좋아서 어디든지 몸 하나만 가믄 되지마는…… 남들은 땅마지기나 있다고 편케 앉아 묵는다 생각할지 모리지. 그러나 내 밑에 딸린 권속이 많고, 남 준 땅 추수해가지고 곶감 빼묵듯기 산다믄 벌써 들통 났일 기고, 그나마 우리 양도 될 만큼은 자작을 한께,"

"너이 가풍을 나도 좀 알지. 집안에서 근검절약하는 거야 좋지만 거 소작인들한테는 너무 심하게 굴지 말어."

"아아, 아니다. 나, 나는 안 그런다. 알다시피 내 성미가 허약한 편이라서, 머 남 준 땅이 얼매 되기나 해야지."

얘기를 하고 있는데 삼석이가 돌아왔다. 낯빛이 창백했다.

"무신 일고."

"빌어묵을, 재수가 없일라 카이,"

"와."

"형사가 다니갔다."

"아까 그 일 때문에?"

묻는 근태 얼굴이 시비할 때처럼 노오랗게 변한다. 삼석이 고개를 끄덕였다.

"뭐라고 해?"

홍이 묻는다.

255

"머라긴? 우리가 머 잘못한 것 있나? 아는 형산데, 경위를 묻더구만. 지도 사람이고 또 조선놈 앙이가. 상부서 진상을 알아 오라 해서 왔다더구나."

"잡아간다는 거는 앙이고?"

"잡아가기만 해봐라, 니 죽고 나 죽고 해볼 기다!"

"또, 또 저놈의 오기, 잡아가긴 누굴 잡아가. 상해를 입힌 것도 아니요 물건을 파손한 것도 아닌데 언쟁 가지고 잡아가나?"

홍이도 흥분이 되었던지 얼굴이 벌게졌다.

"형사 말이 그런 일로 난동이 일어나기 쉬우니까 신경을 쓴다는 기야. 내 그랬지. 간판 걸어놓고 물건 안 파는 것은 법에 걸리지 않느냐고, 그랬더니 은근하게 협박을 하더구마. 여관업을 하는데 빗뵈어서(밉보여서) 쓰겠느냐고, 에이, 참말이제 숨통 맥히서 못 살겠다!"

삼석은 술을 연거푸 몇 잔 들이켠다. 홍이는 담배를 붙여 물고 연기를 뿜어내며 간도 통포슬의 들판을 생각한다. 용정촌이 아니고 왜 통포슬을 생각했는지 모른다.

4장 진실

창밖이 어두워졌을 때, 곯아떨어진 삼석이를 내버려두고 방을 나섰다. 걱정이 되어 방문 밖에 우두커니 서 있었던지 삼석이댁네가 당황하며 가느냐는 인사도 잊은 채 달아나듯 가 버린다. 신일여관을 나선 홍이는 근태하고도 헤어졌다. 돌아 서 가는 근태 뒷모습에서 홍이는 주갑을 연상한다. 실제 그런 사람이 있었던가 싶으리만큼 기억은 아득히 멀었다. 사실 근 태의 뒷모습은 주갑을 닮은 데가 있었다. 발길을 돌려놓으며 석이 집을 향한다. 오늘 밤 말고는 좀체 틈이 날 것 같지 않았 기 때문이다. 추석에는 평사리에 가야 했고, 추수가 시작되면 화물차도 바빠진다. 바람은 제법 신선하고 어둠도 한결 빨라 졌다. 중심가에는 불빛이 많고 오가는 사람도 많았지만, 변두 리로 나갈수록 불빛은 희미하고 사람의 그림자도 드물다.

'막대기가 걷고 있구나.'

홍이는 자기 자신이 막대기 같은 생각이 들었다. 무릎이 꺾 이지 않고 걸음을 옮기고 있는 것만 같다. 피곤하기도 했다. 술을 어지간히 마셨는데 취해 오지 않았다. 막판에는 악쓰듯 술을 마셨고, 그러고 나가떨어진 삼석이는 삼석이 나름대로 고독했을 것이며, 나, 나는 안 그란다, 알다시피 내 성미가 허 약해서, 하며 약점을 찔렸을 때처럼 당황하던 근태도 근태 나 름대로 고독했을 것이다. 홍이는 새삼스런 일도 아닌데, 사람 과 사람 사이의 유대가 약해져 가고 있는 것을 생각한다. 간 도에 있을 때 혈육같이 짙고 강했던 동포들 사이의 유대를 지 금 이곳에서는 찾아볼 수 없는 것이다. 그곳이 간도요 이곳 이 조선이기 때문에 그런 것은 결코 아니리라. 핍박도 지나치면 인성(人性)을 마비시키는가. 차츰 조여드는, 차츰 그들의 수효가 많아지는 대일본제국의 힘, 어느 곳에 가도 그것을 목격할 수 있고 느낄 수 있다. 서로가 서로를 회피하는 경향, 무관심해지려는 경향, 일본 생활 이 년 동안 홍이는 똑똑히 그것을 확인하였다. 더구나 모집으로 일본 간 조선의 노동자와 청운의 꿈을 안고 유학 간 학생들은 동포이면서 이민족만큼이나 두터운 의식의 벽으로 갈라져 있었다. 노동력으로 고학을 하는 학생들은 또 그들 나름대로 그들 스스로의 성곽을 만들어 놓고 있었다. 다 같은 남의 땅인데, 다 같은 동포인데 간도와 일본의 형편이 그렇게 다를 줄이야. 정당한 논리의 전개는 아니겠지만 일본의 힘이 큰 곳이면 큰 곳일수록 생존이 그들에게 달려 있기 때문에 동포의 유대가 약화되는 거라고 홍이는 결론지었다. 오늘 삼석이와 마찬가지로 흥분하지 않았던 자기 자신, 그랬기 때문에 고독했을 삼석이, 이성으론 타당했겠지만 외로움이란 감정의 산물이다. 그러나 삼석이와 근태처럼 홍이도 오늘 밤 자기 나름대로 고독한 것이다. 생활이 삭막하다는 느낌과 더불어 외로움이 엄습해오는 것이다. 예전과 조금도 달라진 것이 없는데 간도에서는 친삼촌 같았던 영팔이아재도 이제는 타인이거니 생각한다. 형, 형 하고 따랐던 영팔의 아들 삼형제도 분명 타인이긴 마찬가지다. 그들 역시 홍이를 그렇게 생각할 것이 틀림없다. 모르게 모르게, 아무도 모르게, 사람들이 변해가고 있는 것이다.

'나이 탓일까,'

장이를 생각할 때는 더욱 그러하였다. 모든 것을 허용하고 가장 편하게 쉴 곳이던 월선의 경우도 그렇다. 살을 찢어내는 것만 같았던 그 아픔들을 이제는 실감할 수가 없다. 아내와 딸애, 그리고 머지않아 태어날 아이에 대하여 옛일을 잊을 만큼 그렇게 강한 정애를 느끼는 것도 아니면서. 그와 동시, 결코 비천한 짓만은 아니할 자존심은 그대로였지만, 생모 임이네의 역정(歷程)에 대한 수치심이 이제는 없는 것이다. 통영에서 장이 시가 식구들이 차고로 습격해왔을 때, 그때 일도 장이를 위해 아픈 추억이지만 홍이는 그 수치스런 기억도 극복한 것을 느낀다.

그런데 통증을 진통제로 마비시키듯 홍이 취기도 그런 상태였을까, 도무지 취기를 느끼지 않으면서 석이 집을 향하던 그의 발길은 엉뚱한 곳으로 가고 있었다. 처음 장이를 범했던 장소이며 마지막 작별도 그곳이던 숲을 향해 걷고 있었던 것이다. 옛날과 변함이 없었다. 걸터앉았던 바위도 그대로, 다만 가난한 백성들이 얼마나 갈퀴질을 하였는지 땅은 딱딱하고 메마른 것을 느낄 수 있었다. 바위에 걸터앉아 담배를 붙여 문 홍이는 어둠 속을 뚫어보듯 숲 사이를 바라본다. 아무도 없고 바람조차 별로 없다. 아주 멀리 길 쪽에 등불이 하나 가는 것이 보일 뿐이다. 허기진 듯 계속 담배를 빨아대던 홍이 담뱃불을 끄고 일어서려는 듯하다가 별안간 무릎 사이로

얼굴을 처박고 운다. 흐느껴 울다가 나중엔 어흐흥 어흥 하고
소리까지 내며 운다. 소리를 내고, 통곡을 하면서 홍이는 날
아야지, 날아야지, 마음속으로 외쳐대는 것이었다. 날아야지.

홍이 석이 집 앞에까지 왔을 때는 밤이 꽤 저물어 있었다.

"홍아, 니 참 오래간만이구나."

그새 이가 더러 빠졌는지 양 볼이 홀쭉해진 석이네가 반가
워서 손을 덥석 잡았다.

"오싰습니까."

석이댁네 을레는 건성으로 인사했다. 아이들은 벌써 잠이
든 모양이었다.

"오는 날이 장날이라꼬 우리 정선생이 아즉 안 오네."

하다가 석이네는 며느리 눈치를 힐끗 살핀다.

"아마 볼일이 있어서 그런 모앵인데, 어서 올라오니라."

신발을 벗고 석이네가 거처하는 큰방으로 들어간다.

"아아는 잘 크제?"

"예."

"참, 아즉 순산 안 했나? 그쯤 됐일 긴데?"

"아직 멀었습니다."

"이분에는 아들을 낳아야지."

"머 아들이나 딸이나 상관 있습니까?"

"그래도 너 아부지가 얼매나 기다리겠노."

"인력으로 되는 일이라야지요."

"하기사 그렇다."

아이가 깼는지 작은방에서 을례의 야단치는 소리가 들려온다. 석이네는 그 소리에 귀를 기울이듯 잠시 얼굴을 숙인다. 석이네의 무명 치마저고리가 심한 편은 아니지만 거무죽죽하게 때가 묻고 깃이 너덜너덜 떨어져 있는 것으로 보아 어딘지 모르게 이 집의 질서가 무너지고 있다는 인상을 준다.

"형님이 늦게 돌아오실 것 같으면 지는 가볼랍니다."

"아, 아니다. 곧 올 기구마는, 이내 올 기다."

팔을 꽉 잡는 석이네 표정에는 뭔지 필사적인 것이 있다.

"그래, 무신 의논이라도 할 기이 있어서 왔나?"

"의논이라기보다."

"좀 기다리믄 올 기다."

"최참판댁 일이 걱정돼서요. 소식이나 좀 들어볼까 싶어서 왔더니,"

최참판댁 일이라기보다 홍이는 길상이 걱정되어 온 것이다.

"어이구, 그러게 말이다. 내사 머 무식한 늙은이, 머를 알 겠나마는 큰일이제. 그 댁 마님이 또 서울로 올라가신 모양인데, 그 좋던 얼굴에 기미가 슬고."

하다가 한숨을 내쉬며,

"어째 금년은 이리 스산한지 모리겠다."

홍이는 석이네 말이나 집안 분위기도 그렇고 무슨 일이 있었다는 것을 짐작한다. 석이 부부의 불화설은 홍이가 진주로 돌아왔을 때부터 나돌았다. 기화 때문에 그렇다는 말도 있었다.

"석이어매가 며느리를 잘못 보았어. 남녀 할 것 없이 의처증이나 의부증이 있어서는 집안이 화목하기 어렵어. 의심이라는 것도 가이방 해야제? 참 기가 차서, 아 그래 봉순이가 지금 온전한 사람가? 온전한 사람이라야 얘기도 되는 거 앙이가."

곰방대를 두드리며 영팔이 한 말이었다.

"설마 봉순이누님을 두고 의심이야 했겠습니까."

"말 마라. 남정네 얼굴에 똥칠했다. 아니할 말로 설사 석이가 한눈을 팔았다고 하자, 남우 이목이 무섭운 교사 신분인데 안에서 아홉 폭 치마로 덮어주지는 못할망정, 말 같지도 않은 것을 트집 잡아서 보따리 싸가지고 친정으로 왔다 갔다, 사느니 안 사느니, 장모까지 덩달아서 이러니저러니,"

"그러니께 석이어매만 양새 낀 나무맹크로 못할 짓이제요."

판술네가 덧붙인 말이었다.

"너무 심히 그러믄은 남자란 있던 정도 떨어지는 법이다."

"성환이 외할매는 처음부터 사램이 좀 경하다 싶었지마는 성환네는 그리 안 봤는데 사람 차별이 심하고 땡알맞은(되바라진) 곳이 있더마요. 처음에사 그쪽에서 몸 달아가지고 한 혼사 아니던가 배? 그렇기 속이 깊고 착실한 신랑감이 어디 있일 기라고,"

"석이 그 아아가 겉보기에는 용한 것 겉지마는 성이 한분 나문 여간해서 안 꺾일 성미께, 자식 낳은 나를 우짤 긴고

했다가는 큰코다치지. 그런 점에서는 상의네가 잘하는 편이다. 아망을 부린다믄 상의네도 못할 기이 없지. 신식 공부는 못해도 김생원의 외손녀 아니가."

"집안을 말한다믄야,"

늙으면 말이 많아지는가 내외가 입을 모아 쫑알쫑알하는 것이 우습고 미운 생각도 들어서 홍이,

"본시 성미야 상의에미도 못됐지요. 사람이 좀 됐는가 싶더니 요새는 바가지를 긁습니다."

"허 참, 석이가 홍이 같애 봐라. 성환네 말라서 죽었게?"

"아저씨도 참, 아 지가 그렇게 몹쓸 놈입니까?"

"지금 얘기가. 옛날에야 큰소리 못하게 돼 있지. 하하핫…… 하기사 머 사내자식이 그렇게도 못해 보믄 벵신이다, 벵신이라,"

"어이구구? 자알 가르치요. 며누리가 들어보소. 시아부지 죽고 나믄 멧상도 안 들라 카겠소."

멍청하니 앉았던 석이네가 다시 말을 꺼내었다.

"저분 때 내 평사리에 갔다 왔네라."

"무슨 일로 가셨던가요?"

"바람도 쐬일 겸 그냥 훌쩍 가봤지. 너거 아부지는 잘 있고,"

"봉순이누님은 어떻게 지내시던가요?"

그 말 대꾸는 없이,

"안 가니만 못하더라. 푸건이가 안 죽었나."

"기여 죽었구만요."

"울어쌓는 야무네도 보기가 안됐더라만 울타리 앞에 등을 돌리고 서서 우두커니 서 있는 남정네 꼴은 눈에 심이 찌이더라. 부모 형제랑 등지고 나와서 여편네를 살리보겠다고 버둥거리더마는, 저승차사가 어디 사정을 두더나."

그 말을 끝내기가 무섭게,

"아가아, 성환아!"

며느리를 부른다. 불안해하는 음성이다. 대답이 없다. 듣고도 대답을 안 하는 것 같다.

"성환네! 자나아!"

"머할라꼬 그러십니까."

"아, 저기, 홍아."

"예."

"저녁 안 묵었제?"

"지금이 몇 신데 저녁을 안 먹었겠습니까."

"그, 그렇게 됐나? 벌써…… 성환네, 괜찮다. 자거라. 나는 또오."

어색하게 웃는다. 그러고는 다시 멍하니 말을 잃는다. 처음에는 아무렇지 않게 대하더니, 다음은 안절부절못하더니 이제는 홍이에게 마음 쓸 여유조차 없어졌는지 침묵을 지속한다. 밤은 자꾸 저물어가는데 돌아오지 않는 아들에게 온통 신경이 쏠렸는가, 아니면 작은방에서 기척이 없는 며느리가 목이라도 맨 것 같은 생각이 들어서인가. 홍이는 숨이 막힐 것 같고 흡사 바늘방석에 앉은 기분이다.

"아무래도 늦을 모양인데 지는 그만 가볼랍니다. 다음에 또 오지요."

"음? 음, 아이고, 내 정신 좀 봐라. 사람을 앉히놓고,"

일어서려다 만다.

"자식이란 삼십이 되고 사십 줄을 바라보아도 근심되기로는 강보 때나 매한가진갑다."

한숨을 내쉰다.

"쓸데없는 걱정입니다. 형님이야 실수할 분입니까."

"그거사 알지마는, 사람이란 살다 보믄은 이 일 저 일로,"

목소리를 낮춘다.

"그라믄 갈라나?"

"네."

"조금만 더 기다리볼 거로?"

"오늘 마산 갔다 왔는데 아직 집에 못 갔습니다."

석이네는 더욱 목소리를 낮추며,

"아가아, 그라믄 말이다, 가는 길에 판술네 집에 한분 들렀다 가거라. 내 생각에 성환애비가 거기 있지 싶다. 만내거든 집에 어서 가라고 권해봐라."

"그러지요."

"쯔쯔쯔…… 남우 집 자식 데리다 놓고 잘하나 못하나 애비

265

를 나무라야지 우짜겠노?"

조금 실토를 한다. 홍이는 왜 그러느냐고 되묻지 않고 일어
선다. 홍이를 따라 석이네도 마당으로 내려섰다. 팔짱을 끼고
허리를 구부리고,

"성환아, 아가아, 이서방이 간다. 내다보아라."

대꾸가 없다. 방의 불도 꺼져 있다.

"야아야, 성환네야!"

불안해하는 음성이다.

"아이구 참, 자는데 와 그라십니까."

올곧잖은 대꾸다.

"음 그래, 자, 잠이 들었는갑다."

석이네는 허둥지둥 홍이를 따라 문밖까지 나온다.

"아이구 내가 그만, 이 꼴 저 꼴 안 보고 그만 죽었이믄 좋
겠다."

울음이 북받치는지 치맛자락을 들고 입을 막는다.

"이러지 마십시오. 집집마다 근심 없는 집은 없습니다. 형
님이 다 처리를 잘해나갈 겁니다. 울기는 왜 웁니까. 이제 들
어가십시오."

겹저고리 밑의 가뿐한 두 어깨에 손을 얹고 석이네를 빙그
르르 돌려서 집 안에 밀어 넣은 홍이는 삽짝을 닫아주고 그
집 앞을 떠난다.

'일이 좀 심상찮구나. 왜 이리 사람 사는 게 복잡하나.'

홍이 영팔이 집에 갔을 때 과연 석이는 그곳에 있었다.

"뭐 하십니까 형님, 집에서 걱정하던데."

"그래?"

방 안은 담배 연기가 꽉 차 있었다. 석이의 얼굴은 평정했다.

"아따, 홍이 니 보기가 와 그리 어렵노?"

영팔이 서운해하듯 곰방대를 입에 물고 말했다. 재작년에 환갑을 지낸 영팔의 머리는 반백이 넘었으나 전과 다름없이 머리숱이 많아 상투는 컸고 몸은 건장했다.

"벌어 먹고살라니까 어쩌겠습니까."

"그거는 늙은 사람 하는 투정이고 야물게 사니께 얼매나 고맙은지, 니 아부지가 그래도 늦복이 있어서 그런갑다."

"한번 안 온다고 직일 놈 살릴 놈 해쌓더마는 면대한께 꼼짝 못해요."

판술네는 눈을 흘기고 함께 앉아 있던 판술이 껄껄 웃는다. 판술의 나이도 어느덧 마흔을 바라보게 되었다. 제술이와 또술이는 각각 분가를 했고 손자 둘, 손녀 둘, 아들 부부, 늙은 내외 여덟 식구가 단란하게 살고 있다.

"늙어갈수록 변덕이 늘어서 우떤 때는 남 놓은 내 자식이야 함서 니 칭찬에 입의 침이 마르는가 하면 우떤 때는 오리 새끼 물로 가고 우짜고 섭섭하니 서글프니 함서, 주책도 이만저만이건데?"

"추석에 가면 평사리에서 만나뵈거니 하고 생각했지요."

"아직 소식은 없나?"

"......"

"니 댁 말이다."

"멀었습니다."

"하마,"

"아지매가 오서서 태 가를 건데 혼자 놓겠습니까."

"생남해얄 긴데, 생남을 해야 너거 볼일은 본 셈인데,"

"홍이 너 할 말이 있어서 날 찾아왔나?"

석이 묻는다.

"할 말이 있기보다 길상이아재 소식이나 좀 들어볼까 싶어서요."

들떠 있던 방 안 공기가 싹 가라앉는다. 사건의 경위, 전말은 석이 편이 소상하겠으나 석이를 제외한 나머지 사람들은 길상과 함께 모두 간도에서 풍설을 겪은 처지다. 어릴 적에 본 기억조차 희미한 석이에 비하여 나머지 사람들은, 살 비비고 체온을 느끼며 짙은 정애와 강한 유대를 지녔던 길상과의 추억은 생생하다. 어떤 뜻에선 길상은 이들에게 지도자요 우상이었다 할 수도 있을 것이다.

"크게 걱정할 거는 없고, 일심에서 이 년을 받았는데 항소를 했으니 어찌 될지, 무죄 석방은 어려울 거다."

"결국 징역을 산다 그 말입니까?"

"응, 모두 그렇게들 생각하는 모양이야. 몸만 건강하다면 일이 년 사는 거야, 무죄 석방을 바라는 마음은 간절하지만 의지가 굳은 분이라서, 또 혁명가로서 그만한 각오가 없겠나?"

"집행유예가 된 사람도 많다 하던데,"

"서의돈이라는 분이 삼 년이고 그분이 이 년, 서선생은 주모자라 그렇고 그분은 간도에 계셨다는 것 때문에 불리했던 거지. 그것 때문에 왜놈들이 신경을 쓴 것 같다. 우연히 서선생과 용정촌에서 만났다는 것이 안 통했거든. 회원 명단에 이름이 있었으니까."

얘기를 듣고 보니 별로 새로운 소식은 아니었다.

"면회는 됩니까?"

"된다더라."

"한번 만나봤으면 좋겠소."

고개를 숙이고 깍지 끼고 있는 판술의 큰 손을 쳐다보며 홍이 뇌었다.

"글쎄…… 이제 가야지."

"네."

홍이와 석이 일어선다.

"석이가 괜찮다, 괜찮다 한께 괜찮다고 생각해야지 우짜겠노. 큰일 하는 사람이 당하는 고초니께 그러려니 맘을 달랠밖에 없겄다."

영팔이 곰방대를 재떨이에 털고 일어섰다. 판술네는 남폿불을 들면서,

"그만 조선에 나와서 편히 살 긴데 머가 기립아서(그리워서)
그 고생을 하노."

"어허어! 여자들이 참견할 일이 아니라니께. 남아 대장부,
큰 재목이 썩어서 될 기든가? 흠, 강우규, 그런께 총독을 직일
라 칸 그 양반도 내가 만내본 일이 있는데, 침술 가지고."

"또 그 소리, 귀에 못이 박이겠소. 아는 얘기를 와 또 하요."

간도 퉁포슬에 살 때 주갑의 급체를 침으로 고쳐주던 강가
라던 중늙은이가 바로 강우규 열사였었다는 얘기는 그때 한
복이를 따라왔던 주갑이한테 들은 것이다. 영팔이는 걸핏하
면 식구들한테 그 얘기를 하곤 했었다.

구두를 신고 신돌 아래로 내려선 석이는,

"영호야."

아이들이 있는 아랫방 문이 열리면서,

"네에!"

얼른 신발을 신고 소년이 쫓아 나온다. 다름 아닌 한복의
아들 영호(永鎬)였다.

"아저씨, 안녕하십니까."

홍이에게 인사를 한다.

"응, 영호구나."

"천일이형 잘 있습니까."

"그래 잘 있다."

"영호야."

영호는 석이에게로 돌아선다.

"그러면 여기 좀 있어 봐라, 공부 잘하고."

"네."

"추석에는 집에 갈래?"

"안 갈 깁니다."

"그래. 내 집이거니 생각하고…… 나 간다."

영호는 꾸벅 절을 한다. 식구들이 모두 문간까지 따라나왔다.

"어둡은데 조심해서 가거라이."

판술네가 남폿불을 쳐들어 올리며 말했다.

"걱정 말고 어서 들어가십시오."

두 사람은 어깨를 나란히 하고 다소 경사진 길을 내려간다.

"영호 그 아이 형님 댁에 안 있었습니까?"

"음, 집 안이 시끌시끌해서 오늘 밤 데리고 나왔다. 오히려 우리 집에 있는 것보다 아저씨 댁이 나을 거란 생각이 들어서,"

영호는 이곳 농업학교의 이 학년이었다. 농업학교에 들면서 한복이 간청하는 바람에 석이가 데리고 있었던 것이다.

"우리 저기 아래 내려가서 술이나 한잔씩 하고 가자."

"그럽시다."

석이 심정은 아주 복잡하고 괴로운 것 같았다. 그래서 홍이는 술 생각이 없었지만 응한 것이다.

일종의 암투라고나 할까. 석이와 을례 사이에 계속돼오던 일이 오늘 사소한 일로 폭발했다. 평양에서 기화를 데려온 후 석이는 도덕적으로 지탄받을 만한 행위를 한 적이 없다. 그러나 심정적으로 기화에게 헌신적이었던 것만은 사실이다. 고지식하고 양심과 윤리적인 문제 때문에 고민해온 석이는 을례가 기화와의 사이를 지적한 데 대해서 강경하게 부인할 수 없었던 것이 암투의 발단인 것만은 틀림이 없다.

"아가야, 봉순이는 성환이애비 은인 아니가. 오늘날 면무식을 하고 선생질이라도 하는 기이 다 봉순이 은공인데 우째 사람으로서 내 모른다 허겄노. 성한 사람이믄 또 모리겄다마는,"

"당자는 아무 말 못하는데 와 어무니가 나서서 변명을 하십니까!"

을례는 악을 썼다. 평양서 갓 내려온 기화는 그 당시 환이가 체포되고 자살하는 사건을 겪으면서 전전긍긍하던 중에 박외과에 입원을 시켰고, 석이가 보살펴주었던 것이다. 그것 때문에 을례와 석이 사이에 언쟁이 가실 날이 없었고 피차간의 감정이 해소되지 못한 채 오늘에 이르렀는데, 석이는 을례 인간성에 대한 염증과 기화에 대한 자기 감정에 대한 가책에 시달려왔다. 을례는 을례대로 여분이 없는 생활, 시모나 남편 전적에 대한 모멸감, 그런 것들을 합쳐서 시집을 잘못 왔다는 후회와 아울러 떠받쳐주어도 뭣한데 아편쟁이 기생한테 진심을 쏟는다는 것에 광란적인 질투를 느끼게 됐던 것이다. 그리고 살도 피도 안 닿은 생판 남인데 돌보아줄 이유가 없지 않느냐는 주장은 엉뚱하게 영호에게 가서 불꽃을 튀기는 일이 번번이 있었다. 살도 피도 안 닿은 남의 자식 맡아 있을 이유가 없지 않느냐, 하숙비는 준다지만 우리가 하숙 치는 사람이냐, 기화에 대한 악감정을 간접적으로 영호를 통해 발산했지만 어지간히 심하게 굴어도 아이가 참을성이 있고 비뚤어진 곳이 없어서 지내왔는데 오늘 저녁, 저녁상을 받았을 때, 그것은 순전히 악의에 찬 짓이었다. 영호와 석이는 늘 겸상을 했었다. 한데 석이 밥그릇엔 보리 알갱이 하나 볼 수 없는 쌀밥이었고 영호 밥그릇엔 쌀알 하나 구경할 수 없으리만큼의 보리밥이 담겨져 있었던 것이다. 얼굴이 시뻘겋게 부푼 석이는 잠자코 밥그릇을 바꾸어놨다. 슬금슬금 눈치를 보며 밥상머리를 맴돌던 을례는,

"밥그릇을 바꾸는 법이 어디 있소? 제가끔 자기 밥그릇이 따로 있는데,"

"뭣이! 이년아!"

순간 밥상을 때려엎고 벌떡 일어선 석이는 을례의 뺨을 후려갈겼다. 때린 것도 혼인 후 처음 있는 일이요 연 자를 놓고 욕을 한 것도 처음 있는 일이었다. 을례는 악을 쓰며 덤벼들었다. 석이네는 눈을 껌벅거려놓고 아들을 나무랐고, 어린것 둘은 왕왕대며 울었다.

"가자, 영호야."

아연실색한 영호의 팔을 끌고 석이는 집을 나왔던 것이다.

변두리 살풍경한 주점에 마주 앉아 술을 마시면서, 석이는 집안일을 입 밖에 내지 않았다.

"어때? 현재 직업이 맘에 드나?"

"괜찮은 편입니다. 좀 고되기는 하지만요. 어디든지 날아갈 수 있는 직업 아닙니까?"

"그건 그래, 기술이니까. 더 공부를 하려 했으면 할 수도 있을 건데 후회 안 하나?"

"후회 안 합니다. 했으면 우습게 됐겠지요."

"누가 이런 말을 하더군. 인간의 목적, 어떤 형태로는 목적에서 초월하는 것은 성인의 길이요, 사람은 각기 나름대로 목적을 가지는 법인데, 물론 최선은 목적을 달성하는 일이겠지. 차선은 목적에 비하여 자신의 능력으론 감당할 수 없을 때 깨끗이 포기하는 일인데, 능력이 못 미쳐 탈락한 사람들은 대개 반드시 그 목적 자체를 경멸한다는 게야. 홍이는 어느 편인가."

"글쎄요. 우습게 됐을 거라 했지만 뭐 저한테는 공부하는 것을 목적 삼았던 일이 없었던 것 같아요. 그런데 능력은 못 따르지만 끝까지 포기 안 하는 사람도 많지 않을까요?"

"그건 나 같은 경우일 게다, 허허헛 허헛헛."

"그건 두고 봐야 알 일이고, 형님 술 드십시오."

술을 부어준다. 술을 마시는 것을 쳐다보고 있다가 홍이는,

"형님."

"왜."

"형님네 내외분의 사이가 안 좋은 것은 봉순이누님 때문이라는 말이 있어요. 어찌 된 일입니까?"

슬쩍 던져본다. 흥미가 있어서 그랬던 것은 아니었다. 오히려 석이의 절망감 같은 것을 풀어주고 싶은 심정이었다. 석이얼굴이 딱딱하게 굳어졌다.

"그런 건 왜 물어."

"술자리라 그냥 물어본 겁니다."

석이는 입을 꾹 다물었다가 술을 부어 한 잔 더 마시고 나서,

"기화 그 사람 때문에 싸움이 잦은 것은 사실이다. 나한테도 책임은 있어."

"최참판댁 부탁 때문에 한 일 아니었습니까? 얼마든지 알아듣게 얘기할 수 있는 일 같은데."

"그렇게 할 수도 있었겠지."

"그렇다면?"

"나는 최참판댁 부탁 때문에 그 사람 일을 돌보아준 건 아니다."

"과거 은혜 때문에 그랬겠지요."

"그것만도 아니고,"

"그렇담 이상하게 생각합니다."

"마음대로 생각하게. 설명하기도 싫고, 설명하기도 어렵다."

농담처럼 말하면서도 석이의 얼굴 근육이 전율하듯 떨리고있는 것 같았다.

"옛날에 간도에 있을 적에 봉순이누님이 한번 온 일이 있었지요. 소학교 땐가, 그때 나는 학교 때문에 용정에 있었고 영팔이아재랑 아버진 통포슬이란 곳에서 농사를 지었습니다. 그때 봉순이누님이랑 함께 통포슬로 찾아가는데 얼마나 자랑스러웠던지, 들판이 훤한 것 같았지요. 영 그때 일을 잊을 수 없었습니다. 형님도 뭐 그런 것 아닙니까?"

"음, 그런 거다. 하하핫 하하하."

마치 유쾌한 것처럼 웃었으나 뭔지 목메이는 것 같은 것이 있다.

"진심으로 그 사람이 정상적인 상태가 되어서 딸애를 키우며 잘 살 것을 바라지. 그것뿐인데 그 진심이라는 것이 아마 아내에게 가는 것보다 더 절실하여 불화가 생기는 것, 나도 잘 알어."

그것은 어떤 고백 같은 것이었다. 어떤 고백 같은 그 말을 듣지 않았어도 홍이는 이미 짐작이 갔었다. 자신의 입에서는 쉽사리 봉순이누님이라는 말이 나오는데 석이는 두세 살은 위인 봉순이를 두고 누님이란 말을 붙이지 않았다. 기화 그 사람, 누님이라 부르지 않는 것에 문제가 있다고 홍이는 아까부터 생각한 것이다.

"그나저나 그 아이는 어떻게 합니까."

"소학교 들어갈 때에는 진주로 데리고 오겠다 하시더군."

"환국이어머님이요?"

"음."

"대여섯 됐을 걸요?"

"일곱 살이지."

"이제 가셔야지요. 어머니가 안절부절입니다."

"그러시겠지. 나도 나쁜 놈이다. 푼수 모르는 나쁜 놈이지."

석이와 헤어져 집으로 돌아오면서 홍이는 오늘 하루가 굉장히 길었던 것 같은 생각을 하는 것이었다.

5장 아침 커피

극히 소수의 가까운 사람들을 응대하기도 하는 별채의 조용한 서재는 침실이 하나 붙어 있었고, 목욕탕, 화장실을 신축했으므로 사실상 조용하 부부의 거실로 사용되고 있었다. 근자에 와서는 독서라는 것을 도통 하지 않았기 때문에 거실 전용이라 해도 과언은 아니었다. 잠옷 위에 감색 바탕과 갈색 무늬가 있는 가운을 걸치고 소파에 다리를 꼬고 앉아서 신문을 읽던 용하는,

"당신 오라버니는 왜 그러지요?"

보라색 한복을 입고 커피잔에 커피를 붓던 명희는,

"네에?"

하고 돌아본다. 머리칼이 희고 묵직해진 목덜미에서 흔들렸다.

"당신 오라버니 말이오."

"……."

"무슨 상관이 있어서 그 사건에 머리를 디미느냐 그 말이오."

"디밀기는요."

커피잔을 용하 앞에 하나 갖다 놓고 맞은편에 자기 몫을 놓은 명희는 남편과 마주 앉는다.

"그 사건 때문에 요즘엔 동분서주 바쁘신 모양인데, 그래도 머릴 디밀지 않았단 말인가?"

"들어간 사람들이 모두 친구, 후배들이니까 그렇지요."

"친구, 후배?"

"커피 드세요."

"교육자의 입장에서 그래 되는 건지 모르겠군."

신문을 접어서 사회면으로 눈길을 옮기며 조용하는 커피잔을 든다.

"파렴치해서 감옥에 들어간 사람들 아니잖아요? 도울 수 있다면 도와주는 것이 도리라고 저는 생각합니다."

"그래요?"

이마에 주름 세 개를 잡고 눈을 치뜨며, 마치 명희의 소상(塑像)같이 창백한 얼굴을 들어 올리기라도 하듯 쳐다본다. 냉랭한 눈빛이다. 조롱의 빛도 지나간다. 그러나 그런 눈에 익숙해져 있는 명희는 태연하게 커피를 마신다. 명희를 쳐다보던 조용하는 신문을 팽개치듯, 그러고 나서 커피 한 모금을 삼킨다.

"일본 가서 대학까지 나온 여성이 퍽으나 단순하구먼. 임명빈 씨만 해도 그렇지 내일모레면 머리털이 하얗게 될 터인데 젖내 나는 아이들 일에 끼어들어서, 유치하기는 온, 그러고도 애국지사연할 터인즉 딱한 일 아니겠소?"

"제가 오라버니한테 사표를 내시라고 권고하겠어요."

"어디다 사표를 낸다는 거요?"

"어디긴요, 학교지요."

"겨우 그게 의견이오?"

"⋯⋯."

용하는 커피잔을 든 채 일어섰다. 책장 앞에, 명희에게 뒷모습을 보인 채 서 있다가 방 안을 이리저리 거닐기 시작한다.

"나는 임명희 씨 의견을 듣고 싶었던 거요. 사회주의, 공산주의에 대한 당신의 소견 말이오."

그 말은 명희 등 뒤에서 들려왔다. 명희는 시트에 깊이 몸을 묻은 채 커피잔을 놓고,

"가사과 출신이 그런 것 알 턱이 있겠어요?"

"임명희 씨는 귀족의 부인이오. 그리고 그네들이 타도를 외치는 자본가의 부인이지요. 진정 자신의 처지가 그렇다는 것을 자각한다면은 원시적으로라도 의견이 있을 법한데, 안 그렇소? 내 말이 옳지 않소?"

"저는 그들이 자본가만을 적대하여 비밀단체를 만들었다

고는 생각지 않아요. 주권을 찾으려는, 독립운동의 일환으로, 위장전술일 수도 있잖겠어요?"

"하하핫 하핫하 으으하핫핫…… 소견치고는 걸작이오. 하하핫핫……."

치밀하고 냉정한 성품에는 전혀 걸맞지 않는 웃음소리를 울리며 웃는다. 그래도 명희는 꼼짝없이 앉아 있었다. 조용하는 소파로 돌아와 앉으며 커피잔도 탁자에 내려놓고 담배를 꺼내어 붙여 문다.

"내 말이 과했소? 속이 상했으면 내 사과하리다. 나는 아직 당신을 열렬히 사랑하고 있으니까 다치게 하고 싶지 않어. 그는 그렇고."

일 단계는 끝난 듯 이 단계로 옮겨갈 기색이다.

"며칠 후면 동경의 찬하가 신부감을 데리고 귀국할 터인데 일본여자를 동서로 맞는 당신 기분은 어떻소?"

"제 기분 따라서 혼사가 좌우되나요?"

"허허어, 항상 당신은 비약하는구료."

"아무튼 축복해드려야지요."

"아무튼?"

"……."

"아무튼이란 말이 왜 붙지요? 내키지 않는다는 거요? 형식적으론 그렇게 해야 한다, 그 말이오?"

"집안 여러 어른께서 제가 이 댁으로 시집올 때처럼 괴로워

하시니까 그렇지요."

"흠. 듣고 보니, 그도 그렇겠군. 여하튼 동생 얼굴을 지척에
서 보게 되어 다행이오. 당신도 그리 생각하는 거요?"

"오늘 기분이 안 좋으신 모양이군요. 잘 안 되는 일이라도
있어요?"

"왜?"

"기분이 안 좋으실 때 늘 이러시지 않아요?"

"그랬던가?"

"……."

"별로 기분 나쁜 일 없는데?"

두 팔을 벌리고 고개를 흔들어 보인다.

"그럼 됐어요. 오늘 평양에 가시는 거지요?"

"갔으면 싶은 게로군."

"……."

"또 오 그는 그렇고, 누구라던가? 당신 후배라던데? 노래하
는 여자 말이오."

"홍성숙이요?"

"아, 맞아요. 홍성숙이라 하더구먼. 그 여자 결혼한 사람이
오?"

"했지요."

"뭐 하는 남잔데?"

"그건 알아 뭐 하시려구요."

"질투하는 거요?"

"아니오."

"그럴 테지."

"……."

"그런데 그 여자 남편은 지지리 가난뱅이인 모양이군?"

"어째서요?"

"일전에, 그러니까 조선호텔에서 식사를 했지요. 마침 그 여자도 그곳에 와 있었소. 나하고 동석했던 친구가 그 여자하고 잘 아는 사이라더구먼. 그래서 내게 소개를 해주었는데, 그쪽에서 당신 얘기를 하더구먼요."

말을 끊고 힐끗 쳐다본다.

"그러고 나서 하는 말이 일간에 독창회를 열게 돼 있으니 후원 좀 해달라나? 당돌하기도 하고 매력도 있긴 있어요."

"후원 좀 해드리세요."

"당신이 부탁하는 거요?"

"후배니까."

"남편이 있다 해서 금단의 열맨 줄 아오?"

"그런 말씀 저한테 하셔야 시원하시겠어요?"

"당신 날 좋아해서 결혼한 것 아니잖아!"

별안간 소리를 빽 질렀다. 그러나 조용하는 이성을 잃은 것도 아니요 약이 올랐던 것도 아니다. 명희는 눈살을 찌푸린다. 또 시작이다 싶었던 것이다.

"말해봐요!"

"제가 그럼 당신을 속였나요?"

"항상 하는 그 대답이군."

"당신도 항상 하시는 그 말씀 아니에요?"

할 수 없다는 듯 씩 웃는다.

"아이가 없어서 어른들이 권하는 대로 소실 하나 둘까 생각했는데 당분간 보류해야겠소."

"왜요?"

"아직은 매력이 있소. 또 매력이 있어질 게요."

매력이 있어진다는 말은 시동생의 귀국에서 비롯된 말이리라. 명희는 우울한 눈을 들어 창밖을 바라본다. 나뭇잎이 지고 있다. 갈색으로 변한 커다란 목련 잎이 뚝뚝 떨어지고 있다. 마음 바닥에 기차 바퀴가 갈고 지나간 것처럼 쓰라림이 지나간다. 조용하의 정신적인 학대를 어떻게 피하는가, 그것에는 이미 이골이 나 있었지만, 그러나 당할 때마다 마음은 황폐해가는 것이다. 오늘 아침에는 명희를 괴롭히는 데 세 사람이 동원되었다. 오빠와 시동생과, 그리고 홍성숙은 처음 등장이다.

조용하를 전송한 명희는,

"아버님께서 쓰실지 모르니까 돌아가요."

운전수에게 이르고 그는 전차를 탔다. 전차에서 내린 명희는 또각또각 구두 소리를 내며 걷는다. 발 밑에서 가을이, 낙

엽이 아우성치듯, 스산한 냉기를 느끼며 걸음을 빨리한다. 그리고 강선혜를 찾아갔다.

"어이구, 우리 귀부인께서 무슨 바람이 불었나?"

"방해 안 됐어요?"

"아아니, 이 애 좀 봐? 방 안에 애인이라도 감추어두었단 말이냐? 어서 들어가자."

방으로 들어간 명희는 코트를 벗어놓고 옆으로 다리를 뻗으며,

"나 오면서 말이유,"

"응."

"언니 안 계시면 좋겠다 생각했어요."

"무슨 소리야?"

"창경원에라도 갈려구요. 혼자 가서 벤치에 앉아 있음 얼마나 편할까 하구,"

"아 그러면 곧장 갈 일이지."

"글쎄…… 언닌 아무 변화도 없는 모양이지요?"

"있다가 없다가, 어이구 말 말어, 죽을 지경이야. 이젠 어린애 노릇도 할 수 없잖아, 집에서 말이야."

여전히 방 안은 화려하고 얼굴엔 화장이 한층 짙어졌다.

"시집가세요."

"시집가니까 좋데?"

선혜 얼굴에 비웃음이 지나간다.

"시집가서 좋은데 뭣하러 여긴 왔어? 창경원엔 뭣하려 갈려 했나."

"그이 평양 가는데 전송하고, 가을이잖아요."

"그래도 깡다리는 있어서…… 하기야 뭐 안 가도 걱정, 가도 걱정, 이 애 명희야."

"……."

"나 잡지 하나 낼 생각이다."

"뭐요?"

"빌어먹을 자식들, 내 원고는 밤낮 퇴짜야. 괘씸해서 잡지 하나 낼려고 해. 그러면 내로라하는 작자들, 하하핫……."

사내처럼 웃다가 싱거워졌던지 그만둔다.

"그는 그렇고 왜 그 계명회사건 말이야,"

"그래서요."

"너도 알다시피 유인실이 그 애가 말이야,"

"집행유예로 나왔잖아요."

"그는 아는데 어쩌면 그리 엉뚱하냐? 참, 너 제자였었지?"

"여학교 때 좀 가르쳤어요."

"이지적으로 아주 단단하게 생겼던데, 어쩌믄 그렇게도 대담하지?"

"학교 때부터 똑똑했지요."

"계집애가 어쩌자고 공산당을 해?"

"중상 말아요, 언니. 그 애가 무슨 공산당이에요. 또 공산당이면 어때요?"

"이 애 좀 봐? 귀부인께서 그런 말 해도 돼?"

"우리 남편하고 의견 일치군요."

"뭐……."

"그런 일이 있었어요."

"그뿐인 줄 아니?"

"그만두세요, 언니."

명희는 선혜가 무슨 말을 하려는지 아는 듯 제지한다.

"옛날엔 그렇지도 않았는데 언닌 많이 변했어요. 생각을 해보세요. 물론 이번 경우는 비합법적인 모임이었지만요, 독립당이다, 뭐 그런 명칭으로 정당하게 단체를 구성할 수 있어요?"

"없지."

"그렇담 무엇이든 단체를 만든다는 것은 중요한 일일 거예요."

"만들어서 되는 일이 뭐 있어? 밤낮 머리빡 깨지는 쌈질이 고작인데, 조선놈들 해서 되는 일 하나 없어! 모두 개새끼들이야! 저주받은 민족이야!"

강선혜는 악을 쓴다. 그동안 이 여자가 얼마나 피폐해 있었는가, 명희는 몽롱한 상태에서 정신이 번쩍 드는 것을 깨닫는다. 단순했던 머리는 더욱 단순하게, 적당히 천기 어렸던 모습은 더욱 천덕스럽게, 어리광기는 어리광대로, 무식함은 바닥을 드러내었고, 짙은 화장 밑에 붕괴되어 가는 생활의 소리가 들리는 듯, 명희는 모골이 송연해 옴을 느낀다.

'임명희는 더욱 고상하게, 침착하게, 여유 있고 교양은 쌓이고 생활은 굳어져 가고,'

강선혜는 아래를 향해 떨어져가고 있었으며 명희는 위를 향해 솟구치고 있었는데, 그러나 명희는 그 아래위가 곡선이 되어 서로 마주친다는 생각을 한다. 더욱 멀어졌는데 그것은 더욱 가까워진다는 얘기도 되겠다.

"사내새끼들은 좁쌀같이 좀스럽게 깔근적거리고 계집들은 불여우같이 빨간 혓바닥으로 사람의 간부터 뜯어먹지. 내 주먹이 철권이라면 일격으로 내려치고 가루로 만들었으면 얼마나 좋을까? 어, 어이구우, 마포 강서방 딸 미쳐!"

몸을 쩔쩔 흔든다.

"태어나길 잘못 태어난 거야. 사내로 태어나든가 계집으로 태어날 양이면 공주나 아니면 통지기로나 태어날 일이지."

"남녀 평등주의는 어디 갔수? 백기 든 거예요?"

"이 애, 말 말어. 백기 드는 정도가 아냐. 그것 땜에 시집을 못 간다, 이 애."

"안 가는 게 아니고 못 가는 거유."

"소심한 사내들이 다 달아나니까 안 가는 게 아니고 못 가는 것 아니겠니?"

명희는 웃는다. 겨우 옛날 같은 웃음을 띤다.

"식자깨나 든 사내는 마포 강서방 딸인 것도 싫을 게고 말이야, 재산 보고 덤비는 사내는 내가 싫어. 우리 아버지도 불쌍하지. 아들을 두었으면 판사나 검사 만들어서 지체를 높일 건데 재물이 쌓여도 예나 지금이나 변함이 없는 마포강 강서방 아니냐? 참, 판사 검사 얘기가 났으니 생각나는데 너 정상조 그 사내 기억하니?"

"독설가 말이지요?"

"음, 입정 나쁜 그 사내 말이야, 고문 패스해서 검사 됐다더라."

"잘됐네요."

"그뿐인 줄 아니?"

"뭐가 또 있어요?"

"친일파 거두의 사위가 됐다는구나."

"출세하겠어요."

"이 애, 검사면 조선인으로선 출세 다 한 거야. 그 이상 어디로 올라가니? 그 약은 갈밭 쥐새끼 같은 자식이 유산이나 분배받으려고 장가갔겠지. 친일파 거두란 것은 친일파 부자하고 같은 말 아니겠니? 너한테 열 올리더니 서로가 다 비슷하게 낙착이 된 셈인데, 그보다 명희야,"

불러놓고 힐끗 쳐다본다.

"너 좀 이상한 것 같다."

"뭐가요."

"우리 집엔 왜 왔지? 새삼스럽게 이상해지는군. 너의 남편

나랑 만나는 것 싫어하잖아?"

명희는 깨어진 자기 자신을 주워모아 그릇에 담아버린 듯 평소의 작정된 표정으로 돌아가 있었다. 명희는 웃기만 했다.

"좋아. 다 관두자. 모험하듯 왔을 테니까 귀족 평민 없기야. 난 안 편한 게 젤 싫어. 넌 내 후배, 난 너 선배, 귤이나 까먹자꾸나."

구석지에 있는 바구니를 끌어당겨 귤을 집는다.

"자, 까먹자."

명희도 함께 귤을 깐다.

"일본 있을 때 생각 안 나? 밤에 너랑 귤 까먹던 생각."

"나요."

"서로 많이 변했다. 너는 명실공히 귀부인이 됐고 난 미친 년 다 됐지. 흠, 막 대놓고 저게 대학 나온 여자냐? 하는 사내도 있어. 개떡 같은 글 한 조각 써놓고 문인 행세, 망신스럽다고 면전에서 욕하는 사내도 있지. 그러면 난 웃는다구, 대들기도 하구. 그러고 나면 슬슬 피하는 거야. 똥 피하듯 피한단 말이야."

거짓말을 전혀 안 하는 것은 아니지만 본시 꾸며대어 말하는 일이 없는 선혜였지만 지금 한 말은 보다 솔직한 고백이다. 생각 없이 기복(起伏)이 심한 선혜 화제 중에서 가장 절실한 말이기도 하다.

"나가지 마세요. 안 나가면 될 거 아니에요?"

"그래도 안 나가면 선들선들 미칠 것 같아서 말이야. 한데 내가 아까 무슨 말을 하다 말았지? 오오라, 유인실이 얘기를 하다 말았구나."

"애들 얘기 뭐할려구 해요? 관두세요."

"지금도 애들이야? 당당한 여자야. 너보다 당당하구 나보다 당당해. 특이한 여자지. 철두철미한 배일사상에다 최신식인 공산주의자, 쟁쟁한 두뇌들만 모인 계명회의 홍일점 유인실, 게다가 더욱 특이한 것은 왜놈 애인을 갖고 있다는 점일 게야."

"언니야말로 빨간 혀로 사람의 간부터 뜯어먹는구려."

"뭐야?"

"그렇잖아요? 계명회 성격에 대해선 왈가왈부 않겠어요. 인실이 사상에 대해서두요. 그렇지만 인신공격은 안 하는 거예요. 무슨 근거로 단정하지요?"

"어이구, 옛날 제자랍시고, 하지만 경찰서에서 조사 때 다 드러났다던걸?"

"언니가 담당한 취조관이었나요? 매번 언니도 당하면서,"

"왜놈을 애인으로 가진 것을 누가 나쁘다 했니? 특이하다 했지."

"나쁘다 좋다는 얘기가 아니잖아요? 사실이냐 거짓이냐, 하기야 뭐 전혀 근거 없는 얘기도 누가 그러더라는 정도면 약과지요. 내가 보았다, 그러는 지경이니,"

"......"

"오빠가 그 일의 뒷바라지를 하고 있어서 진상에 대해선 언니보담은 내가 더 잘 알 거예요. 일본인 오가타라는 사람은 유인실이 오빠 유인성 씨의 후배였었고,"

"그건 나도 알아. 동경지진 때 조선인 학생들을 숨겨주었다는 얘기, 그리고 뭐 그 일본인 세계주의자라나? 글쎄 요즈음엔 주의라는 게 하도 많아서,"

비꼬듯 말하고 선혜는 부지런히 귤을 까서 입 속으로 집어넣는다. 서먹한 분위기 속에 그 얘기는 중단되고 말았다. 명희는 선혜가 인실에 대하여 악의적인 것을 느꼈다.

'왜 그럴까?'

그 순간 느닷없이 아침에 남편이 얘기하던 홍성숙이 생각이 났다. 꽤 노골적인 남편의 표현이 새삼스럽게 되새겨진다.

'금단의 열매가 아니라구?'

그 말이 맞을지도 몰랐다. 홍성숙이 조용하의 유혹에 넘어갈지도 모를 일이다. 넘어가지 않는다면 두 번째 이혼을 감행하여 홍성숙에게 미끼를 던지게 될지도 모를 일이다. 다만 확실한 것은 조용하에게 홍성숙을 취할 가치가 있다는 결론이 내려졌을 때 그것은 가능할 것이란 생각이다. 홍성숙은 능히 남편과 이혼하고 조용하의 구혼을 받아들일 것이다. 야망이 강한 홍성숙이며 성악에 천부적인 재질을 가지고 있는 여자, 성악가로서 대성하고 싶은 욕망에는 조용하가 안성맞춤의 배우자이기 때문이다. 남자에게도 성악가라는 것은 새로운 매력이 될 수 있다. 정규적인 교육을 받은 성악가 홍성숙은 조용하의 부인으로서 손색이 있는 것도 아니다. 명희의 상상은 차츰 기정사실 같은 방향으로 옮겨간다.

"너 무슨 생각을 하니?"

"네?"

"무슨 생각을 하느냐고. 너 지금 이루지 못한 사랑 생각했지?"

"미쳤수?"

"내가 보고 싶어서 왔니? 안 그렇지."

"엉뚱하긴,"

"창경원 벤치에 혼자 앉아 있고 싶었다는 얘기가 그거 아니니."

"기가 막혀서,"

"너 상현이 그 사람 좋아했지? 나 알어."

명희의 낯빛이 변한다.

"거봐. 얼굴이 새파래지는구나. 걱정 말어. 나 발설 안 할거야. 했다면 벌써 옛날에 했게?"

"무슨 근거로?"

화를 낸다.

"아이구 몰라. 다 쓸데없는 얘기고, 영화나 보러 가자."

"싫어요. 곧 가야,"

"너이 남편 어디 갔다며?"

선혜는 일어서서 외출할 준비를 한다. 전에는 없었던 양복장 문을 열고 무슨 옷을 입을까 잠시 궁리를 하는 듯하다가 자줏빛 비로드 원피스를 꺼내어 입고 회색 코트를 걸친다.

"언니, 나 영화 보러는 안 갈 거예요."

머플러를 두르다 말고,

"그럼 어디 갈래?"

"아무 데도, 집에 가야지요."

"너 우니?"

"내가?"

"너 울고 있지 않니."

"울긴,"

명희는 화다닥 일어선다.

"나 갈래요, 언니."

"이 애 봐라? 명희야!"

선혜 집을 뛰쳐나온 명희는 한참 걷다가 돌아본다. 핸드백을 찾느라 허둥대는지 선혜는 뒤따라 나오질 않았다.

"미쳤구나, 내가, 울기는 왜 울어?"

중얼거리며 걸음을 빨리한다. 도시는 가을이었고 또 석양의 시각이다. 상현이 때문에 울었는지 남편과 홍성숙의 미래에 대한 공상 때문에 울었는지 자신도 알 수가 없다. 메마르고 바늘로 찔러도 피 한 방울 나올 것 같지 않았던 황폐했던

마음 어느 구석에 눈물방울이 남아 있었더란 말인가. 그런 중에도 명희는

'선혜언닌 심술궂은 늙은이가 될 거야. 사람이 자꾸 달라져 가고 있어.'

하며 덧없는 남의 생각을 하기도 한다.

집으로 돌아갔을 때 이 집의 수호신같이 늙어온 찬모 달이 어멈이,

"마님, 큰일 났습니다."

"왜?"

"큰서방님 오셨습니다요."

하는데 찬모 낯빛이 질린 것을 깨닫는다.

"평양으로 떠나신 양반이 그럴 리 있나."

"아닙니다요. 가신다고 함께 나가신 뒤 몇 시각 지나서 오셨습니다요."

"도중하차했구나. 왜 그랬을까?"

"마님을 찾아오라고 벼락이 떨어졌지 뭡니까? 효자동에 사람을 보내고, 진노하고 계세요."

"알았네."

별채로 명희가 들어갔을 때 조용하는 얼굴을 일그러뜨리고 소파에 앉아 있었다.

"어찌 된 일이에요?"

"……"

294

"찾으셨다구요."

"……."

"저 선혜언니 만났어요."

그래도 대답은 없다. 할 수 없이 코트를 벗고 남편과 마주보고 앉았다. 명희도 더 이상 그쪽에서 말이 있기 전에는 말안 하리라 결심한 듯, 노려보는 조용한 눈과 맞선다.

6장 수모

《청조(靑鳥)》 잡지사 사무실 문을 밀고 강선혜가 푸른 머플러를 너풀거리며 들어섰을 때 둘러앉아서 얘기를 하며 웃곤하던 사람들은 약속이나 한 듯 입을 다물었다. 아직은 가을인데, 책상과 의자와 사람 이원 별다른 비품이 없는 사무실 안은 초겨울같이 썰렁했다.

"얘기를 하다가 왜들 이러시오?"

환영하지 않는 것을 뻔히 알면서 강선혜는 비윗살 좋게 빈의자를 끌어당겨 둘러앉은 사람들 속에 끼어든다. 극단(劇團)산호주(珊瑚舟)의 회원, 그러니까 여배우 애란(愛蘭)이 외면을한다. 그의 품 넓은 보랏빛 코트에 갈색 베레모를 쓴 모습과조각같이 아름다운 콧날이 강한 거부와 모멸감을 나타낸다.연회색 실크 장갑을 뽑으며 선혜 눈이 날카롭게 애란의 옆모습을 쏜다.

"내 흉이라도 보고 있었나? 하던 말을 꿀꺽 삼키고 왜들 벙어리 놀음인가요?"

다시 내뱉었다.

"강선혜 씨가 무슨 거물이라고 우리가 흉을 보았겠소."

다리를 꼬고 앉아 있던 시인 이정백(李亭伯)이 다리를 풀고 바짓주머니 속에 두 손을 찌르며 하품하듯 말했다. 안경을 쓴 삼각형 얼굴이 섬세한 느낌을 준다.

"그래요? 거물 아니면 흉을 안 보나요?"

이정백이 멈칫한다.

"한데 애란인 밤낮 식모 흉을 보던걸요."

"어머? 그렇담 선혜언닌 식모란 말예요?"

고개를 비틀듯 선혜를 쳐다보며 애란이 비웃는다.

"거물 아니면 흉 안 본다기에 한 말이야. 속들이 뻔히 들여다뵈는 말재간 가지고는 배우도 시인도 못 된다구."

"좌충우돌이군."

이정백은 웃고 넘기려 한다.

"나도 이젠 별 볼 일 없는 여자지만 말이야,"

"그럴 리가 있어요?"

《청조》사의 기자 최인기(崔仁基)의 말이었다. 선혜는 힐끗 곁눈질을 하고 나서,

"애란이 너, 낯판때기 반반하다구 너무 까불어."

"왜 또 이러실까?"

"우리 조선사회에선 말이야, 무대에 한두 번 섰다간 별 볼일 없는 여자가 된다구. 김 안 나는 물이 더 뜨겁다는 말도 못 들었나? 조선놈의 사회가 그런 거라구."

끼어들지 않고 신문을 읽고 있던 캡 쓴 사내가 말했다.

"그럼 일본이나 미국 가서 살아야겠수다."

그 말도 묵살하고 선혜는,

"화려한 꿈은 꿈일 뿐이지. 연극이 어떻고 셰익스피어가 어떻고 고상한 인텔리처럼 자처해 보았자 이곳에선 에잇! 얏! 하는 말광대 계집 이상으론 생각 안 해."

"그건 어느 정도 사실이지."

신문만 훑고 있던 사내가 이번엔 맞장구를 쳤다.

"그렇지요, 배선생?"

"조선에서는 아직 여선생, 여의사, 전도부인 말고는 그렇지요. 인텔리여성들은 신식 기생이지요."

이정백이 낄낄 웃는다.

"되로 주고 말로 받는군."

선혜는 머쓱해진다. 대적하기 어려운 상대인 것도 사실이지만 그보다 자신이 한 말이 있어 응수할 도리가 없는 것이다. 사내는 책상을 들이 엎고 신문사를 그만둔 배형광(裵炯光)인데, 신문을 접어 호주머니에 찌르고 일어선 그는 캡을 앞으로 쑥 내리며 간다 온다 말도 없이 사무실에서 나가버린다.

"최기자."

힐끗 쳐다본 최인기,

"왜요?"

퉁명스런 대답이다.

"권선생 어디 갔수?"

순간 애란과 이정백의 시선이 마주친다. 입가에 묘한 웃음
이 번진다.

"모르겠는데요."

권선생이란 다재다능하다는 평이 있는 극작가 권오송(權五
松)이다. 그가 대표로 돼 있는 극단 산호주는 단골로 드나드는
청진동의 요릿집 반월(半月), 그곳 여주인의 이름을 따온 것이
었고, 일 년에 서너 번 나올까? 명색이 문예지인《청조》도 권
오송이 주재(主宰)하는 잡지다. 이 밖에 사무실 아래층의 다실
(茶室)이 권오송의 소유였다. 극단과 잡지에 사채를 다 털어 넣
었다는 말이 있었고, 자금 끌어들이는 재간이 상당하다는 소
문도 있는 사내다. 강선혜는 다실에 나온 김에 은근히 권오송
을 만날 목적으로 사무실을 찾았던 것이다.

"권선생님한테 무슨 볼일이 있어 오시었소?"

이정백이 실실 웃으며 묻는다.

"이정백 씨가 그건 알아 뭐 하실래요?"

"글쎄올시다."

"강선혜가 권오송 씨를 짝사랑한다, 소문낼려구요?"

"누굴 참샌 줄 아시오?"

"거물이 아닌 건 나랑 마찬가지겠지만 남자가 참새여서는 너무 귀엽잖겠어요?"

"허 참,"

"어때요? 잇몸이 근질근질하신가요?"

"남자가 아닌 것이 유감천만이군."

"장갑을 던질 텐데 말씀이죠? 영국까지 유학은 안 가신 줄은 알지만 당신 꽤 신사군요."

"이럴 때 어줍잖게 배운 것이 여자한테 유죄거든."

"어줍잖게 지식인인 탓으로 주먹을 휘두르지 못해 참으로 유감이오. 그보다 여자, 여자 하는 사내치고 잘난 놈 못 봤으니까."

이정백의 얼굴이 시뻘게진다. 명확하게 판정패다. 여자가 대등하게 싸우려 들면 망나니처럼 주먹을 휘두르든가 말재주를 부릴밖에 없는데, 두 경우는 다 이로울 것이 없고 사내가 치사스럽게 되게 마련이다. 애초 무관심했으면 좋았을 것을 깔보고 들었기 때문에 당한 봉변이었다. 그렇다고 해서 자리를 차고 일어서지지는 않았다. 제에기, 똥이 무서워 피하나? 더러워서 피하지, 하며 문이라도 쾅! 닫고 나가고 싶지만 애란의 아름다운 콧날이 도망가는 용기를 저해한 것이다. 어색하고 민망스런 침묵이 흐른다.

"어젯밤 홍성숙 씨 독창회에 가셨더랬어요?"

침묵을 휘저어버리듯 최기자는 애란을 보고 물었다.

"갔었어요."

"잘하지요."

"글쎄요, 그런 것 같더군요. 사람들도 많이 오구요."

"얼마나 부러웠을꼬?"

가시 돋친 강선혜의 말이 날아왔다.

"누구 얘길 하는 거예요?"

"너 얘길 한 게야."

"흥! 뭣 땜에 내가 부러워하나요?"

태연하다는 듯 픽 웃는다.

"청중이든 관객이든 사람들 대가리 수를 믿고 사는 여자들
이니까 말씀이야. 하긴 홍성숙이 편이 훨씬 고급이긴 하지만."

"관객을 믿어요?"

"안 그런가?"

"기가 막혀. 별 희한한 소릴 다 듣겠네."

애란의 눈꼬리가 치올라간다.

"안 그렇다면 애란이 넌 배우 아니구나. 흐흐흣…… 세상엔
사는 것도 가지가지, 돈 많은 사내 낚으려는 수단인가 부지?"

"뭐라구요? 그 말 취소하세요!"

"못하겠다면 어쩔 테야? 너 오늘 잘못 걸렸어."

애란의 얼굴이 새파랗게 질린다.

"게다가 말이야, 조용하 씨의 그 어머어마하게 큰 꽃바구니

까지 무대 복판에 떡 버티고 있었으니 목구멍에서 손이 나올 만큼 부러웠을 게야. 하하핫 하하핫핫."

사내같이 웃어젖히는 강선혜 웃음소리는 여느 때와 달리 자포자기, 신경질적인 것이었다.

"누가 보내온 꽃바구닌지 그걸 알기는커녕 난 꽃바구니조차 못 봤어요!"

"아, 그래? 여자는 원래 거짓말을 잘한다더군. 눈감고 아웅이다. 그러고 다이아몬드 타이 핀을 한 조용하 씰 눈이 빠지게 쳐다본 것도 아니라 할 게고,"

"시시콜콜 알고 있는 그 사람이야말로 목구멍에서 손이 나올 만큼 부럽고 탐났던 것 아니에요?"

전세를 가다듬듯 냉정해지며 핸드백 속에서 콤팩트를 꺼내어 애란은 얼굴을 들여다본다. 그러나 콤팩트를 든 손은 떨고 있었다.

"내가 배우야?"

"……."

"내가 가수냐 말이야. 왜 이래. 내가 시시콜콜 아는 것은 그들, 그러니까 조용하 씨 부부를 맺어준 바로 그 장본인이기 때문이야."

애란이뿐만 아니라 다른 두 사내도 좀 의외란 표정이다.

"뭐 그렇고 그런 처지, 언니 덕분에 오빠 덕분에 여학교 문턱이나 겨우 밟고 나온 처지, 상판때기만 반반하다구 도도해

지나?"

관전하던 최기자가,

"허허어, 왜들 이러지요? 치사하게들 싸우는군."

애란의 언니가 기생이요, 오라비가 순사라는 것은 모두가 다 아는 비밀이다. 애란은 울면서 사무실을 쫓아 나갔고,

"돈 아깝다! 마포강에서 번 돈이지만 동경까지 가서 뭘 배웠나."

이정백도 욕지거리를 하며 애란을 뒤쫓아 나가버린다. 최기자는 책상 앞으로 돌아가서 책으로 책상을 탕탕 친다.

"비위가 노래기 회 쳐 먹겠다. 도대체 얼굴 가죽들이 얼마나 두꺼운지 모르겠구먼."

누구라 칭하진 않았지만 물론 선혜를 향한 비난이다. 강선혜도 좀 지나쳤다 싶었던지 최기자한테 대들지는 않는다. 나이도 제보다 훨씬 어린 남자에게, 어쩌면 강선혜는 최기자 말이 귀에 들어오지 않았는지도 모른다.

'그놈의 계집애 재수가 없었던 게야. 잘못 걸렸지. 하지만 고게 까불긴 까불었어.'

마음속으로 중얼거렸으나 마음속으로부터 우러나는 말은 아니었다. 까닭 없이 멍해지는데 새로운 분노가 치미는 것이었다. 선혜는 자신을 나쁜 인간이라 생각하지 않았다. 남을 해친 일도 없다고 생각했다. 남한테 해 될 것도 없고 자신이 하고 싶은 일을 좀 했을 뿐인데 어째서 지탄을 받아야 하며

소외를 당해야 하는가 싶었다.

"최기자."

"왜 그래요?"

"내 그럴 일이 있어서 물어보는 건데, 앞으로도 잡지가 계속 나올 것 같아요?"

아무 일도 없었던 것처럼 천연스럽게 묻는다. 최기자는 한 번 쳐다보고 대답 없이 책상 서랍을 연다.

"묻는 말에 대답해요."

"그걸 내가 어떻게 알아요."

"그럼 최기자는 밥도 안 먹고 사나? 월급 타 먹는 직장 일도 모르게?"

"남의 걱정할 것 없어요."

"흠,"

"남의 걱정 관두고 자신의 일이나 생각하슈. 사람 꼴 우습게 됩니다. 그럴 나이도 아니잖소?"

"충고하는 게요?"

"네에, 충고하는 겝니다."

하는데 중키에 다부지게 생긴 권오송이 들어왔다.

"어이구, 강여사가 우리 사무실에, 웬일이시오?"

알은체를 하는데 깔보는 기색은 없다.

"무척 바쁘신 모양이죠?"

저기압, 혼란, 그것에서 몸을 일으키듯 자리에서 일어선 선혜는 제법 여자답게 인사를 한다. 그러나 어색한 몸짓이었다.

"별 성과도 없으면서 바쁘군요. 아, 앉으세요."

친절했으나 의례적인 것이었고, 권오송의 눈빛은 싸늘했다.

"여쭐 말씀이 있어서 왔습니다만 어째 분위기도 안 좋구."

"아, 네."

잠시 생각는 것 같더니 권오송은,

"최군."

"네."

"자네 점심은 했나?"

"아직, 사무실이 비어서 못했습니다."

"또병이는 어딜 가고?"

"배가 아프다기에 집에 가라 했습니다."

"그래? 그럼 점심하고 오게. 점심값 있나?"

"있습니다."

뿌루퉁해서 최기자는 나간다. 권오송은 선혜와 마주 보고 앉으며 담배를 꺼내어 붙여 문다. 아무렇게나 맨 넥타이, 별로 손질도 안 한 것 같은 양복, 그러나 분위기가 세련되었고 피곤해 뵈는 것이 오히려 맑은 느낌을 준다.

"권선생님."

"네."

피어오르는 담배 연기를 바라보던 권오송이 시선을 선혜에게 옮긴다. 차가운데 눈길이 강하다. 종잡을 수 없는 눈빛이다.

"올 가을엔 공연이 없나요?"

"지금 준비 중입니다. 자금이 빠듯해서 위축감을 느끼긴 합니다만,"

"선생님 작품인가요?"

"아닙니다. 번역물인데, 입센,"

"『인형의 집』인가요?"

권오송이 웃는다.

"그래서 애란이가 여기 와 있었군요."

"애란이가요?"

"아까, 제가 올려 보냈어요."

"그건 또 왜요?"

"애가 좀 건방져서, 저도 못 참는 성미 아니에요?"

"남의 소중한 상품을 그래 쓰겠습니까?"

"애란이 무슨 역을 하지요? 노라인가요?"

그 말 대꾸는 없고 씁쓰름하게 웃을 따름이다.

"그 애를 울려 보낸 건, 질투의 감정도 있었는지 모르지요."

대담한 고백이다. 배짱 좋고 냉정한 권오송도 순간 머쓱해진다. 선혜도 조금은 쑥스러웠는지 고개를 숙이고 구두 끝을 내려다본다.

"젊어서 말입니까? 예뻐서요?"

"권선생님, 애란이한테 관심 있으시죠? 그렇지요?"

"하하핫 하하하하……."

'이거 또 형편없이 당할 모양이구나.'

선혜는 발끈해지며 고개를 쳐든다.

"나는 일밖에 모르는 사내올시다."

"네?"

"관심이 있는지 없는지 생각해본 일도 없었지만 만일 그렇다손 치더라도 될 법이나 한 일입니까?"

"……?"

"부자도 아니고 자식이 둘이나 딸린 홀아빈데 젊고 아름다운 여자 찍어본들, 나 그렇게 우둔한 사내는 아닙니다."

"하지만 애란이한테 야심이 왜 없겠어요? 선생님이 밀어주신다면 대단한 힘이지요."

"야심은 그 자신 능력에 달린 거지요."

권오송은 정색을 하며 말했다.

"야심을 위한 수단이라 한다면 더더구나 그럴 경우에는 이쪽에서 사절해야 하는 일 아니겠소? 이용물이 된다는 것은 모욕이지요."

"죄송합니다."

갑자기 선혜는 조그맣게 줄어든 듯, 사과하는 목소리도 낮았다.

"하여간에 영광은 영광이군요. 강여사가 저를 위해 애란이에게 질투를 느꼈다니 말입니다."

선혜의 귀뿌리가 새빨개진다. 얼굴은 말짱한데.

"강여사 강여사 하는 사람은 선생님밖에 없어요."

"듣기 거북합니까?"

"별로, 어쨌든 전 결혼에 한 번 실패한 여자니까요."

"그는 그렇고, 용건은? 아까 하실 말씀이 있다고 했는데."

"실은,"

"말씀하십시오."

"오늘은 못하겠어요. 한번 기회를 만들어주십시오."

"네……."

권오송은 선혜를 빤히 쳐다본다. 강한 눈길이다. 그러나 그 것은 결코 이성을 보는 눈은 아니었다.

"내일,"

쳐다본 채,

"창경원 문 앞에서 만날까요?"

선혜의 얼굴이 활짝 핀다.

"몇 시에 나갈까요?"

"세 시쯤, 어떻습니까?"

"저는 언제든 좋아요."

"그럼 세 시에,"

사무실에서 나온 선혜는 삐걱삐걱 소리가 나는 층계를 밟 고 내려오는데 희색이 만면이다. 예상했던 것 이상으로 일이 진전되어 만족했던 것이다.

'안 될 것도 없지. 어느 모로 보나.'

그간 갈피를 못 잡고 의기소침했던 선혜에게 자신이 생긴다.

처음부터 권오송을 결혼상대로 선혜가 생각했던 것은 아니었다. 그가 상처한 사람이라는 것도 최근에 안 일이었다. 되지 못한 글줄이나 써가지고 문사연(文士然)하고 다니는 꼴 보기도 싫다는 모멸과 생각나는 대로 마구 지껄이는 성미를 위험시하여 당한 경원, 심지어,

"비 오는 날 강아지처럼 쏘다니지 않게 누구 데려갈 사람 없나? 귀엽지도 않은 게 기어오르고 걸핏하면 체모 없이 짖어대고,"

그런 말까지 들어야 했던 그간의 사정은, 비록 문벌은 없으나 풍요한 환경에서 제멋대로 버릇없이 자란 선혜에겐 꿩장히 괴로운 것이었다. 그렇다고 해서 물을 떠나 살 수 없는 고기처럼 예술을 한다, 문학을 한다 하는 그들 변두리를 떠나 살 수도 없었던 선혜였다. 문명(文名)을 날리겠다는 야망 때문은 아니다. 무료하고 남아나는 시간을 주체할 수 없었기 때문이다. 해서 생각해낸 게 잡지를 내볼까 하는 것이었다. 순전히 보복심리에서 온 착상이었다. 그러나 경험이 없었다. 자금만 가지고 되는 일도 아니었다. 여자인 데다가 원만치 못한 대인관계도 문제였다. 이때 권오송이 발행하는 《청조》를 공동으로 하면 어떨까? 하는 생각이 떠올랐던 것이다. 《청조》에

대한 대부분 사람들의 공통적인 견해는 얼마 못 갈 거라는 것이었다. 극단과 잡지와 다실 세 가지 중에 어느 하나를 정리해야 한다면 잡지사가 맨 먼저 나가떨어질 거라는 얘기였다.

'나하고 합자한다면 잡지는 살아남을 게고, 그러면 난 상당한 세력을 갖게 된다.'

잡지가 살아남고 죽는 것은 관심 밖의 일이었다. 세력을 갖게 된다는 것만이 중요하다. 따돌림을 받는 아이가 사탕을 나누어 주면서 자신을 추종하는 세력을 만들어보겠다는 것과 다름이 없는 선혜의 생각인 것이다. 그러나 귀찮은 일은 싫고 게으른 타성에 빠져 있었으며, 모든 일이 용두사미, 완수한 것이라고는 일본서 전문학교를 졸업한 것밖에, 자식으론 딸 하나뿐일망정 자수성가하여 셈이 빠른 아비한테 자금을 짜내는 것도 수월한 일은 아니었다. 해서 미적거리고 있던 선혜 심경이 요즘 와서 갑자기 변했던 것이다. 집에서는 양자를 들이느니 어쩌니 하고 기류가 심상찮았다. 그것은 선혜에게 재산상 적잖은 위협을 내포하고 있는 것이다. 그리고 어느 날, 거울 속에 비친 자기 얼굴의 잔주름, 함박꽃이 빨리 시드는 것처럼 덩치가 크고 화려한 용모는 남달리 연령의 무게가 빨리 실리는 것을 선혜는 깨달았던 것이다.

'이래서는 안 되겠다. 웬만하면,'

권오송은 웬만한 정도가 아니었다. 결혼에 성공만 한다면 꽤 괜찮은 상대였다.

선혜는 아래층 다실에 의기양양해서 들어간다. 애란과 이정백이 그곳에 이마를 맞대고 앉아 있었다. 두 사람은 다 같이 들어선 선혜를 못 본 척했다. 일부러 그들 가까운 곳에 자리를 잡은 선혜는,

"애기야? 나한테도 커피 한 잔 주겠니?"

푸른색 가운을 입은 소녀는 덧니를 보이고 웃으며,

"네."

커피를 가지러 간다. 선혜는 콤팩트를 꺼내어 얼굴을 비춰 보며 눈썹 옆에 난 뾰루지에 신경을 쓴다. 애란과 이정백과 언쟁을 한 일은 말끔히 잊어버린 듯이. 다실 안의 사람들은 대개 알 만한 얼굴들이었다. 홍성숙의 독창회를 두고 왈가왈부하고 있었다. 그 얘기를 귓가에 흘려들으며,

'홍성숙이도 이제 치마 벗고 나온 꼴이군. 피래미 같은 자식들, 여자가 좀 어떻다 하면 산산조각으로 찢어발긴단 말이야.'

선혜는 중얼거리다가 날라다준 커피잔을 든다. 한 모금 마시며 입 속에서 액체를 굴려본다.

'아직 멀었어. 권오송 씨가 아무리 첨단을 가는 멋쟁이라지만 커피맛은 모르는 모양이야. 저기 눈깔 허옇게 뜨고 앉은 작자, 흥! 지까짓 게 무슨 놈의 커피야? 맛이나 알고서 마시는 겐가? 이정백이 저 녀석도 그렇지, 블랙커피라면 커피 종류가요? 하던 녀석이, 나 원,'

"거 남편이 기분 안 좋겠던데?"

"안 좋기는 뭐가 안 좋아? 잘난 여편네 뫼신 덕분에 영광이지."

"임교장 누이동생하고 신물이 날 때가 됐으니 하는 얘기야. 동부인하지 않고 혼자 오지 않았어?"

"글쎄에, 그건 좀 두고 봐야 알 일이고,"

"점 찍었다 하면 여지없을 게야. 자존심 강한 조용하가 남의 눈 피해가면서 바람피우겠나? 당당하게 도전할걸?"

"그러나 용모는 현재 부인이 월등하지?"

"대신 이쪽은 가수거든. 딴따라가 아니잖아?"

"그래도 남편 있는 여잔데,"

"헤어지게 하는 것도 흥밋거리 아닐까?"

'자알들 논다, 자알들 놀아. 음, 명희한테 한번 가볼까?'

갑자기 호기심이 동한다. 그리고 창경원 문 앞에서 만나자던 권오송에 대하여 자랑하고 싶은 생각도 치민다. 명희를 미워한 일은 없었다. 불행해지기를 바란 것도 아니었다. 그러나 선혜는 전광석화식으로 조용하가 명희에게 구혼을 했을 당시 자기에게는 일고의 값어치도 없는 것 같던 조용하 태도에 분노를 느꼈고, 겉과 달리 명희에 대하여 선망을 느낀 것도 사실이다. 그의 말을 빌리자면 명희의 전성시대만 해도 그러했다. 귀부인으로서 틀이 잡혀가는 명희에게 위압당했으며 명희의 결혼은 실패요 불행이다, 하면서도 그 집 문턱이 높은데 대하여 섭섭함을 금할 수 없었던 것이다. 어쨌거나 이제

는 명희와 자신의 처지가 전도될지 모를 기미가 보이기 시작
한 것이다. 홍성숙의 독창회에 보내어진 꽃바구니 일에서부
터 조용히 혼자 독창회에 나타난 그 진상을 알고 싶고, 입이
무거운 명희에게 권오송에 대한 일을 쏟아붓고 싶은 심정, 선
혜는 황황히 거리로 나왔다. 조남작댁 문전에는 전과 다름없
이 행랑아범이 나타나서 어디서 왔느냐, 누굴 찾아왔느냐 하
고 물었다.

"나 이 댁 젊은 부인의 친구요. 강선혜가 왔다 하면 알 거요."

얼마 후 다시 나타난 행랑아범은 무표정한 그대로의 얼굴
로 선혜를 별관으로 안내해주었다. 안에서 얘기하는 소리가
흘러 나왔다.

"바깥양반이 계신가요?"

"아닙니다. 손님이 계시오."

방 안으로 들어갔을 때 손님은 뜻밖에 홍성숙이었다. 짙은
화장에 진자줏빛 치마저고리를 입고 있었다.

"아아니, 이게 누구야?"

"누구긴요? 언니도 아실 텐데요?"

명희는 어색하게 웃었다.

"알구말구, 어젯밤에도 보았는데 모를려구. 너무 뜻밖이라."

"안녕하셨어요?"

성숙이 뒤늦게 인사를 했다.

"앉으세요 언니, 성숙이도 방금 왔어요."

"독창회가 끝나자마자 이 집을 방문한 걸 보니 양가의 인연이 보통 아닌 모양인데?"

명희와 성숙의 얼굴을 번갈아 본다.

"이 댁 언니랑 조선생님께서, 저에겐 분에 넘치는 후원이었지요. 인사도 드리고 또 중매 좀 들어줍시사는 청도 있고 해서."

"아니, 그럼 미혼이던가요?"

홍성숙은 손으로 입을 가리며 호호호 하고 웃는다.

"아니에요, 제 조카 땜에요."

명희는 어리둥절해한다. 명희는 연보랏빛 새틴의 치마저고리를 입고 있었다.

"서방님은 안 계셔?"

"나갔어요."

"원통하다."

"네?"

"두 여성을 나란히 앉혀놓고 보니 볼 만하군."

명희 얼굴이 딱딱하게 굳어진다. 그러나 선혜 말은 액면대로는 아니었다. 억울하다 한 것은 물론 나란히 앉아 있는 두 여자를 조용하가 보지 못해 그렇다는 얘기지만, 선혜는 학과 닭이라 생각한 것이다. 명희와 성숙을 비교할 때, 그러니까 명희 편에 서서 억울하다는 얘기다. 마침 심부름꾼이 차를 날라왔다. 차를 나누는 동안에도 어색한 분위기는 가셔지지 않았다.

"어젯밤엔 어째서 서방님 혼자 보냈나?"

"언니도, 무슨 실례의 말씀이에요?"

"왜?"

"보내다니요? 그인 완전히 자의로 간 거예요."

명희는 담담하게 정직하게 말했다.

"음악 애호가인 것은 미처 몰랐군. 그럼 넌 왜 안 왔니? 너하곤 선후배 아니야?"

"저하고만 선후밴가요? 언니하고도."

"동창이지만 제가 학교 다닐 적엔 졸업하고 안 계셨지요."

선혜의 악의를 느끼면서 성숙은 침착하게 말했다.

"왜 안 왔지?"

다잡아 명희에게 묻는다.

"전 몸이 불편해서 못 갔어요."

"먼저 왔으니까 얘기해요."

선혜는 손을 들어 보이며 양보하는 척했으나 할 얘기 있으면 어서 하고 가라는 것이다. 그러나 방약무인의 선혜 태도에도 불구하고 성숙은 질리는 구석이 없다. 서로 얘기하기론 처음이지만 성숙이는 선혜에 대하여 많은 얘기를 들었으므로 경의를 표할 이유가 없다고 처음부터 생각한 터였다.

"아까 중매 얘길 했는데 그게 무슨 소리야?"

여전히 덤덤하게 명희는 물었다.

"실은 말예요, 최참판댁 있잖아요?"

"음,"

"왜 그 작년 겨울이던가요? 역에서 최참판댁 아드님을 만나지 않았어요."

"그랬지."

"그때 제 조카도,"

"그 예쁜 소녀 말이지?"

"네. 몇 달 안 있으면 우리 소림이도 졸업이구요, 그 댁 아드님도 일본으로 유학하게 될 거 아니에요?"

"음."

"그러니까 중매 좀 드시라구요. 서로의 집안은 다 아는 거구요."

"어린애들 가지구,"

"어린애기는요? 결혼이 빠르다면 약혼이라도 해두는 게 어떨까 하구요."

"글쎄, 그게 될까? 그 댁이 요즘 좀,"

"너무 부담은 가지지 마세요. 모처럼 찾아온 김에 한 말이니까요. 언니께서 유념해두시라구 여쭙는 말이에요."

"하긴 적령기가 되면,"

"요즘 애들이 부모 시키는 대로 시집 장가 가나 뭐? 교육받은 애들은 더욱 그렇지."

선혜가 혼담에 티를 넣는다. 또 사실 혼담이 핑계이기도 했었다. 당자들의 나이를 봐서는. 홍성숙이 자신 요행을 바라는 기분인 것도 부인할 수 없었다. 소림이 지닌 결정적인 결함은 희망을 가질 수 없는 것이었으니까. 그렇다고 해서 무성의하게 늘어놓는 말이라는 것은 아니다. 환국이를 사모하는 소림의 고민, 우울증은 곁에서 보기 괴로운 것이었다.

"그렇지만 인연이란 알 수 없는 거예요."

홍성숙은 자신 없이 뇌었다.

"그야 그렇지. 그렇기 때문에 인생이 괴롭고, 비극도 탄생하는 거 아니겠어? 처녀 총각이 만나기도 어렵지만 해로하는 건 더욱더 어려운 게야. 한 번 실패는 두 번 세 번 실패할 가능성을 가진 거니까."

선혜는 너 단단히 조심하여 명희를 침노하면 안 된다는 뜻으로 말하는데 홍성숙은 선입관이 있었고, 교양 없는 말투에 눈살을 찌푸린다. 그리고 뜻밖에 적극적인 조용하 후원에 들떠 있는 자신을 깨닫고 착잡한 심정이기도 했었다.

"뒤늦게 철났수?"

명희가 빈정거렸다.

"다 겪어봐야, 그런 뒤 알게 되는 게야."

"그럼 언니, 다른 데 또 들러야 하니까 가보겠어요. 조선생님한테 고마운 인사 전해주시구요, 앞으로 종종 놀러 올래요."

한복 위에 코트를 걸치는데 선혜는,

"이 집 문턱이 얼마나 높다구? 종종 놀러 오게 안 될걸?"

비양치듯 말한다. 홍성숙은 선혜를 빤히 쳐다보다가 피식 웃고 만다. 그가 가버린 뒤,

"고거 여간내기가 아냐?"

"언닌 그 말투 때문에 큰일이에요. 나 창피스러워서 앞으론 언니 상종 안 할래."

명희는 화를 낸다.

"이 위선자야, 속이 부글부글 끓었을 텐데 참 천연스럽기도 하지."

"언니가 내 맘을 어떻게 알아요? 왜들 야단인지 모르겠어?"

"모두 두드러진 사람들이니까 그렇지. 귀족과 미인과 가희(歌姬), 배역이 그럴싸하지 않아?"

결코 명희의 기분이 좋을 수는 없다. 그러나 자기를 위해 과잉방어를 하는 것 같은 선혜의 태도는 싫었다. 홍성숙의 독창회를 둘러싼 조용하의 적극적인 태도라는 것도 그 목적은 명희를 괴롭혀주자는 데 있는 것을 명희는 안다. 얼마 전에 평양 간다고 기차를 탔던 조용하가 도중하차하여 집으로 돌아왔던 사건은 의처증 같은 양상을 띤 것이었지만 그것은 소위 시위에 지나지 않았고, 어젯밤 독창회에 명희를 못 나오게 하고서 혼자 간 것도 일종의 시위인 것이다. 명희가 그런 일에 고통을 느끼지 않는 한 조용하는 그 짓을 계속할 것이며, 명희가 고통을 느끼게 될 때 조용하는 명희에게 흥미를 잃어버릴지 모른다. 물론 그것을 노려서 명희가 고통을 안 느끼는

것은 아니다. 고통은 자연이지 인위적인 것은 아니다.

"아까 말은 그렇게 했지만 병은 너의 서방님한테 있는 게
아닌 것 같다. 명희야,"

"……"

"병은 너한테 있지? 그지? 창경원 벤치에 혼자 앉아 있고
싶다던, 바로 그 병 말이야."

"제발 그 시시한 얘기 관두세요."

"난 그렇게 안 생각한다. 어째서 시시하니? 소위 신여성이
라는 게 연애의 자유, 하다가 굴러떨어지는 곳이 돈푼 있는
늙은것들 소실이요, 아니면 배배 말라꼬여서 여자도 아니게
된 교육자, 전도부인, 이건 정말 너무 극단적이란 말이야. 낭
만이 어디 있어? 홍성숙이 같은 여자는 유부녀라도 야심 때문
에 너의 신랑한테 혈안이고,"

"마구 하는 것 아니래두요!"

"그러니까 너 같은 애는 가슴에 묻어둔 게 있어서 행복하
다 그 얘기야. 아까 창경원 벤치 얘기가 났으니 말인데 나, 나
말이야, 아무리 쏘다녀도 가슴에 묻어둘 불씨는 안 나타나고,
결혼할래."

놀라며 명희는 선혜를 쳐다본다.

"실은 나 그 얘기 하러 온 거야. 의논할려구."

"상대는 누군데?"

"너도 알 만한 사람이야."

"누군데? 정했어요?"

"그럴 단계는 아니야. 나도 여러 가지 복잡한 일이 많았어. 진작 맘을 잡고 시집갈 생각했으면 조촐한 사람 만났겠지. 내가 결혼 못한 건 나보다 내 아버지 재산을 노린다 그 생각 때문이었어. 그 생각 때문에 난 남자한테 대해선 철저히 인색했다. 장난 삼아, 쓸쓸해서 더러 사귄 사람도 있었지만 넥타이 하나 선물한 일이 없었거든. 그러나 사랑이니 연애니 그런 것 체념해버리면 어차피 생활이란 공범자로 시작되는 거 아니겠니? 허황한 소리 하지만 말이야, 여기 올 때까지만 해도 잔뜩 부풀어 있었다. 너한테 허풍 떨려고 말이야. 한데 가라앉는구나. 남자는 돈을 필요로 하는 사람이고, 난 나를 보호해주고 아내라는 자리에 앉혀줄 사회적 지위, 매력도 있는 그런 남자를 필요로 하고, 불가능한 일도 아니겠는데 왜 이리 가라앉는지…… 모르겠어."

"상대는 누구예요?"

"권오송 씨."

"아, 그 사람……."

"그 정도면 나도 승복할 것 같다."

"오빠하고 잘 알아요."

"그럴 거야."

"굉장히 냉정한 사람이라던데? 그 사람 상처했지요?"

"그렇다는구나. 아이가 둘 있고,"

"어느 정도 진전한 거예요?"

명희 눈에는 의혹이 있었다.

"넌 희망이 없다, 그렇게 생각하니?"

"난 아무것도 모르잖아요?"

"너 눈은…… 내일 창경원에서 만나기로 했는데…… 그게 진전의 전부야. 난 그 자리에서 잡지에 출자하겠다는 얘길 할 거구."

명희는 눈을 내리깔았다.

"솔직히 말해서 미지수야. 권오송 씨는 극단과 잡지를 위해, 자신의 야심을 위해 결혼이란 도박을 할까? 창경원에서 만나자, 그게 이성에 대한 호기심 때문이 아니라는걸, 그걸 왜 내가 모르겠니?"

"언니."

"너도 동감이지?"

"……."

"최소한도 그 사람 확실하겐 할 거야."

"네, 그분 언닐 속이진 않을 거예요."

선혜는 깔깔깔 웃는다.

"여기 올 때는 이런 얘기 하려던 건 아니었는데. 난 내 자신도 나를 속이고 있었던 거야. 너무 비참하니까 말이야. 나 뭐 시원한 거 좀 다오."

명희는 바구니 속에서 배를 골라내어 깎는다. 배 껍질이 끊어지지 않고 솔솔 접시 위에 쌓인다. 선혜는 자신과 권오송의 인연을 점치듯 끊어질 듯 끊어질 듯하며 이어지는 배 껍질을 바라본다. 절반 이상 깎였을 때 배 껍질은 끊어졌다. 선혜 입에서 한숨 소리가 새어 나왔다.

배를 깨물면서 선혜는,

"우리 말이야, 권오송 씨한테 희망이 없을 때, 명희 너도 홍성숙이한테 당한다면 그땐 말이야, 우리 상해로 달아나지 않을래?"

"그때 가서 생각해요."

명희는 우습기도 하고 서글프기도 하고, 그런데 일말의 희망 같은 것도 느껴져서 그냥 무의미하게 웃는다.

7장 마약의 심연

무거운 철문이 열리고, 냉담하고 무관심한 간수의 눈을 뒤통수에 느끼며 서희는 형무소를 나왔다. 일순간만 같은 길상과의 대면, 창살을 사이에 두고 이쪽과 저쪽에서 서로 바라본 짧은 시간, 목이 타는데 빗방울이었던가. 언제나 그랬었지만 사막을 걷듯 서희는 언덕길을 내려온다. 일체를 차단하고 만 높은 담벽, 붉은 벽돌의 담벽과 서대문 종점의 우중충한 풍경은 인생의 종말같이 서희 마음을 눌러 지른다. 이곳의 풍경은

여름 겨울 할 것 없이 늘 잿빛이었다. 형무소 문을 드나드는
죄인과 죄인들 가족의 마음과 같이 황량한 바람의 잿빛이다.
한 가지 희망이, 빛이 있다면 그것은 재소자의 건강이 그런
대로 괜찮다는 것뿐이다. 흰 무명 두루마기에 옥색 명주 수건
을 아무렇게나 목에 감은 서희는 잠시 멈추어 서며,

'겨울을 어찌 날꼬?'

쏟아지는 눈물을 훔치는데 유모가 다가선다.

"마님."

"⋯⋯."

"마음을 단단히 잡수셔야 합니다."

"가요."

"네."

남편에 대하여 원망도 존경도 없었다. 그리움도 없었다. 다
만 절대적인 관계가 있었을 뿐이다. 절대적인 관계, 현재의
상황만이 팽팽하게 가슴을 조여온다. 서희는 걸음을 옮겨놓
으면서 남편의 눈빛을 생각한다. 눈에 담긴 빛의 함량(含量)은
어느 만큼이던가. 그것은 생명력을 측량해보는 것이기도 했
다. 잘 견디고 있는가. 잘 견디어낼 것인가. 길상의 눈빛은 서
희 자신의 눈빛이었다. 그쪽에서 빛나면 이쪽도 빛이 난다.
그쪽에서 못 견디면 이쪽에서도 못 견딘다.

종점에 종을 땡땡 울리며 전차가 온다. 전차는 멎고 그 속
에서 을씨년스런 조선의 백성들이 쏟아져 내린다. 암석으로

깎아지른 산등성이의 가난한 주민들도 있겠지만 형무소를 찾는 어두운 얼굴들이 더욱 많으리라. 잿빛 산과 언덕 위를 흐르는 흰 구름, 서희 입에서 깊은 한숨이 새어 나온다.

"마님."

"전차 탑시다."

유모는 서희를 부축하여 전차에 오른다. 차창 밖의 거리는 올망졸망한 장돌뱅이 모습 같았다. 마고자 입은 노인이 구멍가게 앞에 앉아 있었다. 덧문을 꽉꽉 닫아놓은 찌그러지고 녹슨 함석판같이 살벌한 곳이 있었다. 지저분한 주점에 들어가는 사내, 입술을 닦으며 나오는 사내, 강아지가 쫄랑거리며 지나간다.

서희와 유모가 효자동 임명빈의 집 골목으로 접어들었을 때

"저기, 저기 서 계시는 분, 도련님이구먼요."

골목 한결에 교모의 챙을 깊이 내리고 책가방을 든 환국이 서 있었다. 사람 오는 기척을 느끼고 얼굴을 든다.

"벌써 학교가 파했느냐?"

서희가 묻는다.

"아닙니다."

"그럼?"

"걱정이 돼서 조퇴했습니다."

"……."

"아버님 만나보셨습니까?"

마른 입술을 축인다. 턱 언저리에 소름이 돋아나 있었다.

"오냐. 가자."

서희는 아들의 등을 민다.

"건강은 어떠신지."

"괜찮으시다."

모자는 천천히 발을 떼어놓고, 유모는 발끝을 내려다보며
뒤따른다.

"어머님."

"……."

"저도 한번 가 뵈면 안 되겠습니까?"

"너를 보시면 마음이 약해지신다."

"저도 이젠 어머님을 대신할 수 있는 나입니다."

"……."

"아버님은 절 보시면 오히려 맘 든든해하실 것입니다."

"부모 눈에는 언제나 자식은 어리게 뵈지."

집 안으로 들어갔을 때 햇볕 바른 마루에서 옷감을 펴놓고
마름질을 하던 백씨가 얼른 내려온다.

"다녀오세요? 그래 면회는 하셨습니까?"
하고 묻는다.

"네."

"건강은 어떠신지."

"보기엔 괜찮았습니다."

"그래요? 아암 그래야지요. 하느님이 도와주실 거예요."

"고맙습니다. 임선생님께 안부 전하고 감사의 말씀 전해달라 하더군요."

"별말씀을, 우리 애아버진 늘 할 짓 못해서 부끄럽다 하는 걸요."

백씨는 부엌을 향해 미음을 데우라는 말을 하고 나서,

"그런데 환국이 넌 웬일이냐? 너도 함께 갔었니?"

"아닙니다. 학교서 조퇴하고 오는 길입니다."

"왜 안 그러겠니. 너도 속이 타서 그랬구나. 자아 피곤하실 텐데 어서 들어가서 쉬십시오."

임명빈이 관련될까 봐 몹시 신경을 쓰면서도 백씨는 자신이 해야 하는 일에는 불만이 없었고 성심성의껏 서희에게, 또 담장 너머 서의돈 식구들을 대해왔다.

환국이 거처하는 작은사랑으로 들어간 서희는 두루마기를 벗는다. 그걸 받아 옷걸이에 건 유모는,

"미음보다 밥을 한술 드시는 게 어떨까요? 줄곧 굶으셨습니다."

"아니 미음을 마시겠소. 유모도 내 따라 고생이 많구려. 저 방에 가서 좀 쉬어요."

"저야 뭐 이렇게 몸이 튼튼한 걸요."

유모가 물러나자 서희는 환국이를 바라본다. 환국은 불만

과 근심에 찬 눈을 들어, 그러나 감싸듯 쳐다본다. 어머니를 쳐다보는 눈에 은행빛 저고리가 몹시 헐거운 것 같았다. 눈밑과 눈썹 언저리에 거뭇거뭇하게 나돋은 기미,

"환국아!"

"네."

"이리 가까이 오려느냐?"

환국이 서희 옆으로 다가앉는다. 손을 들어 아들의 얼굴을 쓸어본다.

"어머님!"

울먹인다.

"기죽지 마라."

"아버님을 걱정할 뿐입니다. 일본제국을 증오하구요. 무엇 때문에 기가 죽습니까."

"그래 넌 아버님 아들이구 내 아들이다. 그러나 무모하게 칼을 뽑으면 안 되느니라. 개죽음은 우리의 손실이고 그들의 이득이 된다."

"알고 있습니다."

"마음 편히 갖고 명년 진학을 생각해야겠지?"

"......"

"너의 입에서 공부는 해서 뭘하겠느냐 그런 말이 안 나오길 바란다. 안 하는 것은 쉽고 하는 것이 어려워. 사내는 어려운 길을 택해야 할 것이다."

"⋯⋯."

'이 애는 아직 연약하다.'

마침 유모가 미음 그릇이 놓인 상을 들고 들어왔다.

"도련님도 함께 잡수세요. 어머님한테 권하시고."

모자는 말없이 숟가락을 든다. 환국은 서희가 뜨는 미음 그릇의 양을 가늠해가면서 천천히 자신도 미음을 먹는다.

"내일은 내려가야겠다."

"내일, 내려가시렵니까?"

미음을 떠넣으려다 말고 환국을 쳐다본다. 나약할지는 모르지만 자신하고는 다른, 그리고 길상이하고도 다른 끈질긴 우수가 타는 눈이라고 서희는 생각한다. 서희 뇌리엔 순간 부친 최치수의 노여울 때 하는 버릇, 입매가 뱅글뱅글 돌던 얼굴이 지나간다. 부친에 대한 기억엔 인자한 면모가 없었다. 무서웠던 기억, 심장까지 얼어붙게 하던 그 웃음소리, 눈빛, 서희는 고개를 흔든다. 환국이는 그런 아이가 아니었다. 작은 공자니 성자(聖者) 같다느니 했었다. 소학교 때 순철이를 돌로 쳐서 상처를 입혔는데 그 일은 만 십칠 년, 오늘에 이르기까지 단 한 번 행사한 폭력이었으나, 상대편보다 환국의 충격이 컸었고 오랫동안 괴로워한 것을 서희는 알고 있다. 그런데 어째서 부친을 연상한 것일까. 환국은 서희의 응시가 의아스러웠던지 눈빛으로 왜 그러시냐 하고 물었다.

"음, 변호사 말씀이, 한 달 후에나 재심이 있을 듯하다니까."

"네. 한 달 후에⋯⋯ 재판의 결과는 어떻게 될까요?"

"글쎄⋯⋯ 무죄는 어렵겠다는 의견이고, 잘되면 집행유예, 형기가 줄든지. 그렇지 못할 경우도 각오해야겠지?"

"원심대로 될지 모른다는 말씀입니까?"

"그렇게 안 될 거라 장담을 하겠느냐?"

"네."

미음은 다 식어버리고 두 사람은 숟가락을 놓는다. 들창에서 한 줄기 햇빛이 새어 들어온다. 비스듬히, 상을 갈라서 세모꼴을 만든다. 그 한 줄기 빛 속에 수많은 먼지가 날고 있다.

"네가 중학을 졸업하구 진학했을 때 그땐 아버님을 찾아갈 수 있을 게다."

"그땐 나와 계시길 바라야지요."

서희는 말없이 아들을 바라보며 미소한다.

"어머님은, 세상에서 우리 어머님만큼 아름다운 분은 없다 생각했는데, 많이 상하셨어요."

"그러냐? 환국아."

"네."

"넌 내가 학교 얘기만 하면 회피하려 드는데 강요한다는 생각이 드느냐?"

"아닙니다."

부인했으나 벌써 얼굴빛이 흐려진다.

"나는 네가 스스로 뜻을 세워 그 길로 가는 데 방해가 돼서는 안 된다는 생각은 하고 있다. 그러나 앞으로 몇 달 남지 않았는데 진학 문제는 결정돼야겠지? 내가 언젠가 법과로 가라 했을 때 엄마의 생각을 넌 불순하게 생각했던 것 같았어. 변호사면 어떠냐, 해도 넌 엄마 희망을 불순하게 생각하겠느냐?"

"아닙니다. 생각해보겠어요."

고개를 숙인다.

"그래."

한숨을 마신다. 뉘우침, 어디서 오는 걸까. 뉘우침이 통증처럼 스며온다.

'이 아이한테 최참판댁 가통이 무슨 뜻이 있단 말인가. 무슨 의무가 있단 말인가.'

김환이 진주경찰서에서 자살한 것은 이 년 전의 일이다. 어둠 속에 묻혔던 인물 김환, 그의 죽음은 최참판댁의 그 엄청난 비극의 종연을 뜻한다. 김환을 마지막으로 비극의 주인공들은 다 사라진 것이다. 최참판댁의 영광, 최참판댁의 오욕, 이제 최참판댁의 상징은 재물로만 남았고, 호칭은 최참판댁보다 최부자댁으로 더 많이 불리게 되었다. 최서희의 집념은 창 없는 전사(戰士), 노 잃은 사공, 최참판댁의 영광과 오욕과는 상관없이 단절된 채 아이들은 자라고 있는 것이다. 아버지의 존재만이 그들 가슴속의 신화(神話)요, 아버지의 존재로 하여 아이들 가슴속에는 민족과 조국에 대한 강렬한 의식이 자라고 있는 것이다.

'왜 돌아왔을까?'

왜 돌아왔을까. 반드시 조선으로 돌아와야만 했을까. 아버지와 아들이, 남편과 아내가 헤어져야 했던 이유가 이제 와선 무의미한 것이 되어버렸다. 서대문의 붉은 담벽은 뉘우침의 매질을 하였고 아들의 창백한 얼굴도 뉘우침의 매질을 한다. 과거는 무의미한 것이며 없는 것이며 죽은 것이다. 현재만이 살아 있는 것, 미래만이 희망이다. 아이들은 현재요 미래다.

잠 못 이루는 밤을 지새고 이튿날 서희는 서울을 떠났다. 눈을 감고 기차에 흔들리는 서희 귓가에,

"별일 없는데 뭣하러 왔소."

남편의 부드러운 음성이 울려왔다. 얼굴도 똑똑하게 떠오른다. 흰 무명 바지저고리를 입은 창백한 얼굴이 망막 속에서 미소 짓고 있다. 깡마른 모습, 빛나는 눈동자, 이야기할 때 근육이 움직일 때마다 눈밑에는 잔주름이 모여들었다. 기름기 군살이 다 빠져버린 모습에는 자질구레한 생각마저 걸러낸 듯 확실한 그늘이 드리워져 있었다.

"임선생하고 환국이가 자주 책을 넣어주어서 감옥살이한다기보다 학교에 온 기분이오. 하하핫핫……."

웃었을 때 양 볼엔 더욱 깊은 주름이 새겨졌다.

"한 이 년 동안 공부 많이 하고 나갈 텐데 변호사가 하도 성화여서 항소는 했지만, 아무렴 어떻소? 너무 걱정 마오. 겨울 걱정도 말아요, 만주 벌판 삭풍에 단련된 몸인데. 나는 죄를

져서 이곳에 온 게 아니오. 좀 쉬려고 왔지. 허허헛……."

감았던 눈을 떴다. 기차는 계속 달리고 있었다.

집으로 돌아온 서희는 이틀 동안을 묵은 뒤 유모와 함께 평사리로 왔다.

"어이구 마님 우짠 일입니까?"

길섶에 서서 얘기하고 있던 아낙들이 펄쩍 뛰듯 놀라며 인사를 한다. 서희는 인사만 받고는 말없이 지나간다.

"별일이구나. 올해 추석엔 안 오시더니 우짠 일일꼬? 신색이 말이 아니구마는."

"그러씨. 얼굴에 근심이 가득 차 있구마는. 무신 일이 있기는 있는 모앵이다. 나도 좀 들은 얘기가,"

"무신 얘긴데?"

"머, 아니다. 아무것도 아니다."

당황하며 강하게 부인한다.

"사람도 싱겁기는, 들은 말이 있기는 있는가 배?"

"있기는 머가 있노."

하다가 아무래도 좀이 쑤시는지,

"헛소문이지 싶다마는, 말이 나믄 큰일 날 기다."

"허허 참, 말이 나기는 어디서 날 기고?"

아낙은 귓속말을 한다. 듣는 아낙의 눈이 휘둥그레진다.

"아이구 기가 막힌다. 맞아 죽었다고?"

"쉿!"

"세상에, 그러니께 독립운동을 하다가 그리 된 기제?"

"그거는 모리겠고 왜놈한테 맞아 죽었다 카이."

"그 말이 어이서 나왔는고?"

"진주서 듣고 온 사램이, 뭐 두만이가 그랬다 카던가?"

"아무튼 집터가, 남자는 수를 못하는 집터니께."

"말을 하자 카믄 최씨네 사람도 아닌데 와 그랬일꼬?"

서희가 언덕길을 올라갔을 때 대문 앞 빈터에 기화가 쭈그
리고 앉아 있었다. 서희가 오는 것도 모르는가, 기화는 멍청
히 마을을 내려다보고 있었다. 흐트러진 옷매무새에 시골 아
낙같이 아무렇게나 쪽 찐 머리였다.

"여기서 뭘 하고 있지?"

"아이구, 아, 아씨!"

후다닥 일어선다.

"몸은 좀 어떠냐?"

"쇤네야 뭐, 그보다 서방님은 어떠신지요."

"음."

기화를 바라본다. 빛이 없는 눈동자다. 탄력이 없는 피부의
빛깔은 누리팅팅했다. 서희는 외면을 하며 먼 산을 쳐다본다.
만산이 단풍이다. 섬진강 강물은 소리 없이 흐르고 나룻배가
간다.

"가자."

기별 없이 나타났기 때문에 집 안이 술렁댄다. 올데갈데없

는 떠돌이를 남편으로 맞이하여 아비 육손이와 함께 행랑에
사는 언년이가 맨 먼저 뛰어왔다.

"마님, 어서 오십시오."

"음."

이번에는 계집아이가 행랑 쪽에서 팔짝팔짝 뛰어나왔다.
무심코 고개를 돌리던 계집아이의 눈이 서희의 눈과 마주친
다. 멈칫하고 놀라며 물러서려는 시늉을 한다. 커다랗고 겁에
질린 듯한 눈동자, 자그맣게 다문 입술, 햇볕에 그을었을 터
인데 살빛이 희다.

'역시……'

"양현아."

겁에 질린 눈동자가 기화한테 옮겨졌으나 어미를 대하는
눈에도 스스러움이 있다.

"마님께 인사드려야지?"

아이는 고개만 숙인다.

"이리 와."

서희가 손짓한다. 머뭇머뭇하며 아이는 다가왔다.

"많이 컸구나."

머리를 쓸어준다.

'가엾은 것들!'

서희는 아이를 볼 때마다 상현의 자취를 느낀다. 항상 옆에
있었으면 그것을 느끼지 않았을지 모른다. 한참 보고 있으면

아이의 얼굴에선 상현의 자취가 사라지기 때문이다. 기화는 아이 아비가 누구인지 한 번도 말한 적이 없었다. 그러나 오늘의 대면에선 더욱 확실하게 상현의 모습을 서희는 아이한 테서 보았다.

"양현아?"

"예."

"내년에는 진주 집으로 가야지. 오빠들이 널 보고 싶어 하니까."

오빠들이라는 말에 기화, 언년이, 다 함께 놀란다. 뒤늦게 쫓아나온 육손이, 언년이 남편 막동이 넋을 잃은 표정으로 서 있었다.

"그러고들 서 있지 말고 아궁이에 불을 지펴요."

유모가 나무라듯 말했다.

"예, 예."

막동이가 달려간다.

"마님 우짠 일이십니까."

육손이 새삼스럽게 나서며 인사를 했다. 유모는 들고 온 트렁크를 마루에 놓고 언년이랑 함께 부엌으로 들어간다. 서희는 안방에 들어섰다. 불기 없는 방이 썰렁하다. 자리에 앉지 않고 선 채 들창 밖을 우두커니 내다본다. 들창 너머 저만큼 별당의 지붕이 보였다. 선명하게 물든 은행나무 윗부분이 보인다. 노오란 빛깔에 푸른 하늘, 눈이 시리도록 푸른 하늘이 보인다. 기화가 방석을 들고 방에 들어왔다.

"불 지폈으니까 곧 따뜻해질 거예요. 자아, 이거 깔고 앉으십시오."

돌아선 채, 들창 밖을 내다보며 말이 없다.

"마님, 앉으십시오."

"⋯⋯."

"무슨 일로 오시었습니까."

"그냥, 봉순아."

"예."

"저기 은행나무, 연못가의 수양버들이 이젠 고목이 되었구나."

"예."

"양현이가 일곱 살이니⋯⋯ 자네가 일곱 살 되던 가을에 내 어머니가 이 집에서 떠났다."

"그런 말씀을 지금,"

"삼십 년 하고도 일 년이 더 지났구나. 저 나무들이 고목이 되는 것은 당연하지."

"그야,"

"너랑 나랑 상복을 입고 연못가에서⋯⋯ 다 지나간 얘기다."

"예, 다 지나간 얘기지요."

돌아선다. 서희는 기화의 얼굴을 빤히 쳐다본다.

"얼굴이 안됐군. 나는 옛날 일을 잊어야겠지만 자네는 더러 옛일을 생각하게."

"지나간 일 생각하면 뭘하겠습니까? 다 부질없는 짓이지요."

두루마기를 벗는데 기화가 받아서 옷걸이에 걸며 말했다. 서희의 말뜻을 기화는 모른다. 아마 오늘 현재가 얼마나 비참한가를, 기화는 그것도 모르는 것 같다.

"따끈한 생강차 한 잔 주겠나? 유모한테 일러."

"예."

"두 잔 가져오라 하게."

현재 기화는 서희에게 큰 신세를 지고 있는 처지지만 세월은 이들 사이에 가로놓인 주종(主從)이라는 벽을 차츰차츰 허물어왔다. 그것은 기화보다 서희가 더 많이 느낀다. 극심한 사회적 변동이 원인이겠지만 가장 오래된 추억을 함께 간직한 두 사람의 처지 탓이며, 가시밭길을 걸어왔고 지금도 걷고 있다는 실감은 어쩔 수 없는 연민, 애정으로 변하게 마련이다. 애정은 권위를 무너뜨린다. 양현(良絃)에게 하늘 같은 제 아들을 가리켜 오빠들이라 한 것도 비단 상현의 딸일 것이란 짐작 때문만은 아니었을 것이다. 기화가 생강차 두 잔을 받쳐들고 들어왔다.

"함께 들자."

기화가 안절부절못한다. 황송하여 그러는 것 같지는 않다. 그의 병든 영혼이 술렁이기 시작한 것 같았다. 안정을 못 찾

는 분위기는 아까 대문 앞에 쭈그리고 앉아서 마을을 내려다
보던 그 모습에서도 이미 볼 수 있었던 것이다.

"요즈음에도 역마살이 남아 있느냐?"

뜨거운 생강차를 마시며 서희는 희미하게 웃는다.

"아씨도 참,"

얼굴이 구겨지면서 어둡게 가라앉다가 솟다가 자맥질하다
가, 헐겁게 옷고름을 여민 인조견 저고리가 연방 펄렁펄렁 나
풀거릴 것만 같은 불안감을 준다.

"내년에는 양현이를 학교에 넣어야 할 터인데,"

"……."

"진주 집으로 데려가야겠다."

"……."

"자네도 함께 안 가겠나?"

"제가 어떻게, 감히 그럴 수 있겠습니까?"

"왜?"

"아씨도,"

기화의 얼굴이 구겨지면서 어둡게 가라앉는다.

"양현이가 올해 일곱 살이니까,"

"……."

"명년에는 진주로 데려가야겠구나."

"……."

"자네도 함께 가지."

"제가 어떻게? 현이한테도 좋지 않지요."

그 말은 옳았다.

"보고 싶지 않겠느냐?"

힐끗 쳐다본다. 그러나 양현을 생각하는 눈은 아니다. 보다 견고할 것을 예상하는 감옥에 대한 공포다. 갑자기 기화는 두 손으로 얼굴을 가리며 울기 시작한다.

"아씨! 저, 저는 떠나야 합니다. 보내주십시오!"

"······."

"이대로, 이대로 여기 있다간 숨통이 막혀서 사, 살지 못할 것입니다. 강물에 빠져 죽고 말 것입니다. 아씨! 제가 이곳에 서 죽어야 합니까!"

"양현이 크는 걸 보며 낙으로 삼을 수 없겠느냐?"

"사람 되기 글렀습니다. 이, 이제는 사, 사람 되기 글렀지 요. 어미 될 자격도 없구요. 으흐흐흣······."

"여기서 나가면 넌 거리귀신이 된다. 마음을 잡아보아."

"현이 앞길을 생각해주십시오, 아씨! 기생에다 아편쟁이, 그런 어미 두어서 뭘 하겠습니까? 나가서 거리귀신이 되게 내 버려두십시오."

거짓말이다. 나가고 싶은 일념뿐이다. 도망을 시도한 것이 한두 번이 아니었다. 물론 늘 그랬던 것은 아니었다. 가끔 경 풍 든 아이처럼 달아나려는 발작을 일으키는데 지금이 그 발 작의 시초인 것이다.

"어째 아씨는 옛날처럼 꾸짖지 않으십니까? 꼴도 보기 싫으니 나가라고 내쫓으세요. 그, 그럼 사람들이 절 잡지 않을 것입니다. 아씨! 저는 몹쓸 계집이옵니다! 모, 몹쓸 계집! 으흣 흣흣 제발 살려주십시오. 아씨!"

"봉순아."

"예, 아씨!"

"몹쓸 계집을 덮어줄 만큼 내 날개는 크고 넓다. 아무리 몹쓸 계집이라도 자식한테는 어미가 있어야 하느니라. 자네는 그걸 잘 알 터인데 어째 그러느냐."

"아, 아니옵니다. 지체 높은, 예, 기생이 있을 곳은 아니옵니다. 아편쟁이 계집이 누를 끼칠 뿐이지요. 아씨! 제발 저를 내보내주십시오."

이번에는 소리를 내며 엉엉 운다. 눈물이 손가락 사이에서 흘러내린다.

"내가 널 지키고 있단 말이냐?"

서희는 어이없는 듯 웃는다.

"온 동네 사람들이 매 눈같이 예, 아이구 참말로 답답해서, 현이가 누구 딸인지 아, 아씨는 모르실 거예요. 아시면 절 쫓아낼걸요?"

"알고 있어."

"예?"

얼굴을 감쌌던 손을 풀고, 흐릿한 눈이 의심에 가득 차서

339

서희를 쳐다본다. 탄력을 잃은 피부가 축축 늘어질 것만 같다. 누리팅팅한 피부 빛깔은 무겁고 암울하다.

"알 턱이 없어요! 모르실 겁니다. 이 세상에서 아는 사람은 아무도 없지요. 나 혼자만 아는걸요? 아씨가 어떻게? 쫓아내세요, 아씨! 현이는 이부사댁 서방님 딸입니다. 이제 내쫓으세요! 내쫓으란 말입니다!"

기화의 눈이 별안간 커다랗게 벌어지면서 발광하듯 악을 쓴다.

"그쳐!"

"내쫓으시면 될 거 아닙니까! 쫓아내세요! 쫓아내세요! 전 가야 합니다!"

"그치지 못하겠느냐!"

고함 소리에 유모가 놀라며 방문을 연다.

"유모는 나가 있어요."

손짓을 하고 서희는,

"나가려거든 나가! 나가서 죽어!"

기화의 풀이 꺾인다. 무안 풀인가 기화는 다시 엉엉 소리 내어 운다.

'이런 것들이 다 무슨 인연인고?'

한참을 울다가,

"아씨! 다시 한번 창을 해보겠어요, 아씨!"

또 시작이다.

"아씨! 이렇게, 이렇게 빌어요. 마지막으로 한 번만,"

두 손을 맞잡고 빈다. 서희는 외면을 해버린다. 차마 정시할 수 없다. 창(唱)을 하겠다는 것도 물론 거짓이다. 기화는 치매(癡呆) 상태로 가고 있는 것이다.

'불쌍한 것.'

다정다감했던 그 감성은 어디로 갔는가. 사무치게 깊었던 그 숱한 한은 어디로 갔는가. 너그럽게 이해하고 푼수를 알며 물러나 앉을 줄 알던 그 조신스러움은 어디 갔는가. 욕심 없고 거짓 없던 그 천성은, 아니 연연(軟娟)하고 그 풍정(風情)이 사내들 마음을 사로잡던 기생 기화의 모습은 어디로 갔는가. 그에게서는 양현을 향한 모성마저 없어져가고 있는 것이다. 무엇이 이 여자를 이렇게 만들었나. 마약의 심연으로, 다정다감함이 유죄요, 다정다감함의 단죄(斷罪)인가.

"제가 잘못했소. 아씨, 용서해주십시오."

희미하게 이성을 찾는 것 같다.

"참겠습니다. 예. 여기 말구 어디 갈 곳이 있겠습니까?"

"모르겠구나. 하느님은 공평하신가 보다."

"예?"

'연한 심장이 찢기어 죽지 않으려면 너처럼 병들어야 하나 보다.'

"아까 제가 말씀드린 것 그거 거짓말입니다. 용서하시오. 현이는 이름조차 모르는 사내,"

"부질없다. 가서 쉬어라. 그리고 새는 날엔 절에 가자."

8장 판정패

"말순아! 말순아!"

목청껏 소리를 지른다. 열두 시가 되기도 전에 정성을 다해서 한 화장이 일그러질 만큼 선혜는 입을 벌리며 다시,

"말순아아! 이 기지배, 말순아!"

말순이는 능장을 부리며 주둥이를 있는 대로 내밀고 온다.

"이 기지배, 재수 없게 사람 신경 돋울 참이냐!"

"이쪽저쪽에서 쌍나발을 불어대니 전들 몸이 두 갠가요?"

"뭣이? 이 버릇없는 기지배를 봤나? 쌍나발이라니!"

"쌍나발 편이 낫지 쌍소리라면 더 우습잖아요?"

하다가 저도 우스웠던지 킥 하고 손바닥으로 입술을 가린다.

"기가 차서, 구두 닦아놨냐?"

"아니요, 안에서 불러요."

"넌 내 심부름만 하면 돼. 일할 사람이 너뿐이냐? 잔말 말구 어서 구두나 닦어. 깨끗하게 닦아야 한다아."

"저를 부르는 게 아니고요, 아씨를 부른단 말이에요."

"뭐?"

"마님하고 나리가요. 빨리 오시래요."

"어이구 신경질 나. 가서 말이야, 피치 못할 일이 있어서 나가는데 저녁에 와서 들어가겠다고 전해! 그리고 빨랑 와서 구두 닦어."

"아이구 참 저쪽에선 긴한 얘기가 있다 하고 이쪽에선 피치 못할 일이 있다 하고 어느 장단에 춤을 추죠?"

선혜는 말순의 머리를 쥐어박는다.

"쪼그마한 게 입만 까져서, 도무지 상하구별이 없단 말이야."

그것은 선혜 자신에게 책임이 있었다. 부모가 무식한 데다가 외동딸의 처지고 보니 집안에서 버릇없기론 선혜가 첫째였으니까. 게으르고 생활은 무질서했다. 명령은 끊임없이 번복되고 신경질을 남발했다. 그러나 생래가 독한 성질은 아니어서 영이 서질 않았다. 부모들 역시 재산 관리는 잘했지만 가풍이 없는 탓으로 하인 부리는 데 굴곡이 많아 돌아서면 빈축을 사기 일쑤였다.

"하여간 나 지금 바쁘다. 빨랑 구두나 닦어."

"그럼 아씨가 대신 야단맞으세요."

"누가 누굴 야단해? 이 나를?"

하다가 생각을 고쳐먹고 방으로 들어간다. 거울 앞에 앉아 얼굴을 다시 한번 점검하고 탄력을 잃은 눈언저리를 손끝으로 눌러보다가 시계를 본다.

"늦겠다!"

양복장을 연다. 손질해놓은 회색 투피스를 꺼내어 살펴본 뒤 어깨에 걸쳤던 가운을 밀어내고 슈미즈 위에 자주색 블라우스를 입는다. 투피스를 입고 손가락을 입에 물며 양복장 안을 한동안 노려본다.

"에따 모르겠다."

투피스와 같은 천으로 된 코트를 걸친다. 자주색 장갑, 검정 핸드백, 옷은 늘 잘 입는 편이다. 소위 취미가 좋다는 얘기겠다.

"닦았니?"

방에서 나오며 묻는다.

"닦았어요."

"됐다."

바람을 끊듯 선혜는 활발한 걸음걸이로 집을 나섰다.

'빌어먹을, 뭐가 이래?'

웃음을 흘린다.

'이건 승부야. 승부를 걸었으면 이겨야지, 흥.'

또각또각 구두 소리를 내며 걷는다. 옷이 괜찮은 것 같아서 기분은 과히 나쁘지 않았다.

'밑져야 본전이지 뭐. 나도 계산하고 덤빈 일이니까 모욕감 가질 필요는 없는 게야. 처녀도 아니겠고 수절과부도 아니겠고, 오늘은 일단 잡지에 출자하는 사무적인 일에서 얘기를 끝내야 할 게다. 낚싯밥에 걸리나 안 걸리나 어디 두고 보자.'

뱃심 좋은 사내처럼 마음속으로 큰소리를 땅땅 치며 걸어갔으나, 전차를 타고 내리고 창경원이 보이기 시작했을 때 팔목을 들고 시계를 들여다보는 선혜 얼굴에 초조한 빛이 역력했다. 오 분가량 약속시간이 늦어 있었다.

'저기 와 있구나!'

급히 걷는다.

"늦어서 죄송합니다."

어느덧 선혜는 소학생처럼 절을 하고 있었다.

"숙녀를 기다리게 해서 되겠소?"

권오송은 슬그머니 웃었다.

"표 사야겠지요?"

"여기 사놨습니다."

손을 펴 보인다. 선혜는 저도 모르게 입을 벌리고 웃는다.

"별로 사람이 없죠?"

창경원으로 들어간 선혜는 사방을 둘러보며 들떠서 말했다.

"일요일이 아니니까, 그리고 날씨도 꽤 쌀쌀해졌지요."

"오래간만에 오니까 참 좋네요."

"그런 것 같소. 소풍 온 아이들처럼 사람들이 싱싱해 뵈는군요."

천천히 보조를 맞추며 걷는다. 권오송은 항상 그대로, 그 어조 그 모습이었다. 얘기의 내용과는 관계없이.

"늘 생각은 하는데 바빠서 실행은 못하지만, 이번 겨울엔 경주를 다녀와야겠소."

"겨울에요?"

"겨울이란 계절은 좋지요. 그냥 쓸쓸한 게 아닙니다. 뼛골에 스며드는 그런 감정의 계절이니까요. 여행하기엔 더없이 좋은 계절이지요."

"선생님도 쓸쓸할 때가 있어요?"

"나는 사람이 아닙니까?"

발부리의 돌을 걷어차고 얼굴은 선혜에게 돌리며 묻는다.

"아니에요. 그런 뜻으로 한 얘긴 아니에요. 냉정하시구 너무 균형이 잡힌 것 같아서 말예요. 저 같은 왈가닥도 권선생님한테만은 마구 대하기가 어려워요."

"그렇습니까? 하하핫 하하하핫⋯⋯."

"정말이에요."

"그것도 일종의 호신책인지 모르지요."

"⋯⋯?"

"그래서는 안 되는데 말입니다."

권오송은 할 얘기가 뭐냐고 묻지 않는다. 물으려 하지도 않는다.

"저기 건물 보십시오."

"네."

"내가 다녀본 곳은 일본과, 봉천에 한 번 가본 일이 있는데, 아전인순지 모르겠습니다만 우리 조선의 고궁같이 짜임새 있는 것은 없을 것 같더군요. 저기 저 조그마한 별당, 규모는 작지만 완벽하지 않습니까? 아주 힘이 있지요? 작아도 장난감 같지가 않단 말입니다."

"말씀을 듣고 보니 그런 것 같아요. 저야 뭐 그런 것 아니요?"

"요즘엔 양풍이 안 들면 행셀 못하는 세상이니까……."

"양복 입은 저를 나무라시는 것 같네요."

"아, 아닙니다. 그럴 처지도 아닙니다만 선혜 씨만큼 양복을 입을 줄 알면 됐어요."

"영광입니다."

비원 후문이 보이는 곳까지 왔다.

"저기 벤치에 좀 앉았다 갈까요?"

"네. 그러세요, 선생님."

권오송은 담배를 꺼내어 붙여 문다. 침묵이 흐른다. 선혜는 불편하다. 그러나 권오송은 담뱃맛을 즐기는 듯 태연했다. 여전히 무슨 얘기냐 하고 묻지 않는다. 차츰 선혜는 권오송이 얄미워지기 시작했다.

'나더러 얘기를 하라는 겐가?'

"선생님."

"네."

"결혼 안 하시나요?"

"글쎄요."

"남자분들은 혼자 사시기 힘들 텐데요."

"좋은 사람 있으면 해야겠지요. 하지만 여자가 고생할 겝니다."

"애정만 있으면 고생 같은 것 극복할 수 있는 일 아니겠어요?"

"애정도 나름이겠지요, 피차가. 나는 사람의 애정을 내가 하는 일만큼 믿지 않습니다."

"그건 불행한 일이에요."

"네, 불행한 일이지요."

"예술에 대한 집념이 강하다는 뜻인가요?"

"허허헛 허허허……."

권오송은 담배를 버리고 구둣발로 문지른다. 웃음의 뜻이 무엇인지 선혜는 알 수 없었다. 사람 없는 고궁에서 독신인 남자에게 독신인 여자가 결혼에 관한 얘기를 했다면 그것은 노골적인 의사타진이다. 선혜도 말을 하려 해서 한 말은 아니었다. 어떤 서슬에 나온 말이긴 했다. 그런데 권오송의 태도는 다른 화제 때와 조금도 다름이 없다.

"한 바퀴 더 돌아볼까요?"

권오송이 일어섰다. 선혜는 말없이 따라 일어선다. 동물원 쪽으로 걸어간다.

"어제, 제가 잡지사에서 화낸 얘기 들으셨어요?"

"화를 냈습니까?"

장난스럽게 웃는다. 얘기를 들은 눈치다.

"어째서 모두 손끝으로 절 튀기려 하는지 모르겠어요."

동물우리에 거리를 두고 만들어놓은 철봉 울타리에 상체를 기대며, 권오송의 웃음이 맘에 안 들었던지, 자기 흉을 봤을 것 같은 생각이 들었던지 선혜는 뾰로퉁해서 말했다.

"자신이 없으신 모양이군요."

"주먹을 쓸 수 있는 남자였다면…… 모두 생쥐 같아요, 조선남자들 말예요. 여자가 조금만 잘난 소릴 하면 그걸 못 삭여서 몸살이 난다니까요. 저희들 영역을 침해하는 원수처럼 말예요. 그야말로 얼마나 자신이 없음 그러겠어요? 얼굴 하나 치켜들고 여기저기 미낄 던지는 여자도 치사하지만 남자들은 그보다 더 옹졸하구 인색하구, 여자는 오로지 남자의 노예요 노리갯감으로 작정하고 있는 게 조선의 남자들이란 말이에요. 해외에 나가서 교육받은 남자도 마찬가지예요. 아니 더 했으면 더했지, 그러고도 입센의 『인형의 집』이 어떻고 노라가 어떻고 천연덕스럽게 말을 하니 기차지요."

내친김에 앞뒤 생각 없이 선혜는 지껄이며 흥분한다. 아까 한 결혼 얘기와 마찬가지로 본의 아니게 대화는 빗나간 것이다.

"강여사."

"저도 어쩔 수 없어요. 이런 식으로 쏟아놓기 때문에……."

선혜는 자기 성격에 절망하는지 갑자기 풀이 죽는다.

"물론 강여사가 말한 그런 경향이 없다 할 수도 없지요. 그러나 남자 대 여자, 그것 다 자신 없는 얘기 아니겠소? 쌍방이다아. 인간 대 인간, 우열을 가리든지 싸움을 하든지, 허허헛 허헛헛…… 어째 이런 얘기가 나왔지요?"

"말로는 뭣인들 못하겠어요. 실제가 그렇지 않으니까,"

권오송도 철봉에 상체를 기대며 담배를 꺼내어 붙여 문다.

"이런 좋은 곳에서 화나고 흥분될 얘기는 하지 맙시다. 나도 다른 사람들이 강여사한테 얘기하는 만큼 독설갑니다. 남녀 평등주의자도 아니구요. 오히려 상대가 여자이기 때문에 할 말 안 하는 경우가 많지요. 솔직히 말해서 강여사는 아직 철이 덜 났어요. 좋게 표현해서 말입니다. 모든 것을 자기 본위로 할려는 거는 여자뿐만 아니라 남자에게 있어서도 나쁩니다. 어떻게 마음대로 하고 삽니까? 참아야 할 때는 참아야지요."

"저한테도 미움 받을 요소가 있는 건 알아요. 나잇값 못하는 것도 알구요. 하는 일 없이 사치만 하고 다닌다고, 그런 반감도 알아요. 오늘은 모처럼 어려운 기획 만드셨는데 이젠 용건을 얘기해야겠지요?"

권오송은 뭔지 잠시 고통스런 표정을 짓다가 대비하는 자세를 취한다.

"잡지에 관한 일인데요."

운을 뗀다. 권오송은 말없이 담배를 피우며 맞은켠 나무숲을 바라본다.

"어렵다는 얘기 사실입니까?"

"사실입니다."

"제가 출자를 하면 안 될까요?"

"우선 반갑고 고마운 얘깁니다."

"우선이라면?"

권오송은 대답을 안 한다. 철봉에서 몸을 일으켰다.

"슬슬 나가볼까요?"

"네?"

권오송은 시계를 본다.

"나가봐야겠습니다. 약속이 있어서요."

뺨을 찰싹 때리는 것만 같은 반응이다. 선혜는 숨을 마시듯
말을 잃는다.

"강여사,"

"......"

"그 제의는 좀 생각해봐야겠습니다. 시간을 갖고 서로 얘기
해봐야잖겠습니까."

"그는 그래요."

좀 풀어진다. 창경원 앞에 나왔을 때 권오송은 픽 웃었다.

"강여사는 연애 못하겠소."

"왜요?"

"좋은 시간을 분개하고 남성들을 규탄하는 것으로 모조리
다 써버리지 않았소? 분위기를 박살내고 말았지요."

선혜는 비로소 킥 소리를 내며 웃는다.

"자아, 그러면 어떻게 한다아?"

하늘을 한 번 올려다보더니 호주머니 속에서 수첩을 꺼낸다. 수첩을 팔랑팔랑 넘기고 들여다보던 권오송은,

"내일모레, 모레가 좋겠군요."

"네? 뭣 말예요?"

"만나서 얘기 좀 할까요? 잡지에 출자하시겠다는 그 문제 말입니다. 생각해보고 그때 말씀드리지요."

장소와 시간을 약속하고 집으로 돌아온 선혜는 여우에 홀린 것 같은 묘한 기분이었다. 어제 기회를 만들어달라 했을 때 응해준 권오송의 의도가 아리송했던 것이다. 뺨을 찰싹 때리는 것만 같았던 반응을 모욕으로 받아들인 것은 속단이며 오히려 그 반대로 생각할 수도 있는 일 아닐까? 권오송은 이해 문제보다 자신에게 관심이 있었던 것은 아니었을까? 그러나 헤어질 때 그는 그 문제를 위해 다시 만날 것을 원했었다. 그러나 분위기가 박살났다는 말은 농담이겠지만 뭔가 의미심장한 것이 있었다.

'이건 더 답답할 노릇이야. 권오송 씨는 나한테 관심이 있는 걸까? 관심 있는 척한 것일까?'

권오송 씨는 언닐 속이지 않을 것이란 명희의 말이 달콤하게 귓가에서 울렸다. 한데 왠지 더 불안하고 초조해지는 것이다. 기분이 나쁠 리 없는데 불안하고 초조한 기분은 저녁때 그의 부모 앞에서 신경질로 폭발되고 말았다. 매파가 가져온

혼담은 이미 있었던 것이며 양자 문제도 계속 논의돼온 것인데, 다른 때보다 부모의 태도가 강경하긴 했었다.

"제가 그런 사내하고 혼인할 여자예요? 그런 여자로 봬요? 어림없어요. 그건 절대로 안 될 거예요!"

"그런 남자라니?"

온통 얼굴이 수염에 묻힌, 우락부락하게 생긴 선혜의 부친 강서방은 담뱃대로 재떨이를 치며 말했다.

"조합에서 손가락에 침을 묻혀가며 돈이나 세고 있는 서기, 그따위한테 제가 시집갈 것 같애요?"

"안 하니만도 못한 전문핵교 나온 것밖에 너 잘난 게 뭐 있냐! 천하일색 양귀비냐! 아일 낳아도 서넛은 낳았을 나인 몰라!"

소리를 지를 때마다 담뱃대로 재떨이를 친다.

"좋아요! 저도 할 말 있어요! 결혼을 왜 못하는 줄 아세요?"

"못 가나! 안 가지이!"

"김서방 박서방 아무 데나 가는 게 그게 결혼인가요? 마포 강 강서방 딸이라 아무 데나 가도 좋단 말이에요!"

"이런 년을 봤나. 이런 천하에 불칙한 년!"

담뱃대로 딸을 치려고 하자 금가락지를 양손에 끼고 얹은 머리를 한 선혜 모친이 영감을 막아선다.

"골병이다, 골병이라. 그냥 소핵교나 마쳐서 얌전한 데릴사위 얻자 했더니 부득부득 영감이 우겨서 참 꼴 좋소. 콧대만 천왕산겉이 높아가지고 부모 알기를 발싸개만큼도, 어이구

나도 모르겠다! 죽든지 살든지, 이제는 입이 열 있어도 양자
들이라 마라 못하겠다."

"알았어요! 알았단 말예요! 나 부모 번 돈 한 푼 안 받겠어
요! 거지가 되든 강물에 빠져 죽든 상관 마세요! 양자 들이세
요! 나 안 말려요!"

"이년이 환장을 했나?"

악을 쓰는 딸을 보며 모친의 얼굴이 질린다.

"마음대로 해! 죽든지 살든지. 자식 없는 중이 살까?"

부서져라 방문을 닫고 제 방으로 내려온 선혜는 책상 위에
이마를 대고 운다. 울면서 생각하기를 내가 왜 그랬을까? 밖
에서 머리끝까지 화가 나도 그렇게까지는 안 했는데?

권오송과 약속이 된 날, 약속한 시간에 본정통의 향리라는
찻집으로 선혜가 들어섰을 때, 시간은 이 분가량 일렀건만 권
오송은 먼저 와 있었다. 그는 혼자가 아니었다. 등을 보이고
있는 남자와 이야기에 열중해 있었다.

"안녕하세요?"

권오송이 얼굴을 들었다.

"아, 나오셨군요. 앉으세요."

자기 옆자리를 가리키다가,

"참, 인사하세요."

선혜가 몸을 돌렸을 때 권오송과 마주 앉은 남자가 고개를
들었다. 선우일이었다.

"선우선생이 웬일이세요?"

"난 누구라구?"

우물쭈물하다가 선우일이 웃는다.

"이미 아는 사인가?"

권오송이 물었다.

"임명빈이 그 형님 매씨하고 함께,"

말이 끝나기도 전에,

"아아, 그럼 동경서 친면이 있었겠군."

"이번엔 고생이 많으셨지요?"

선혜가 인사를 차린다.

"저야 뭐, 풀려났으니 괜찮지만 아직 남아 있는 사람들이 고생이지요."

"운이 나빴어요."

"운이 나쁘다면 우리 조선사람 모두가 운이 나쁜 겁니다."

"얼굴이 수척해지셨어요."

"감옥살이 몇 달 했다고 수척해진 건 아닙니다. 여러 해 만에 만났으니까 늙은 거지요. 하하핫…… 요즘에도 명희 씰 만납니까?"

"네, 만나요. 며칠 전에도 만난걸요."

"명빈형님보고는 민망해서 물어보지 못했습니다만, 잘 살아요?"

"상상에 맡기지요."

"그거 묘한 대답이군."

"양반이나 귀족들은 우리 서민들과 달라서 늘 안 편한 사람들 아니에요?"

"그런가요? 하하핫…… 선혜 씨도 안 편하겠소."

"그건 왜요?"

"요즘 세상엔 부자가 귀족이니까요."

"한데 이상현 씨 그분 소식 들어요?"

"잘 있겠지요."

냉담한 대답이다.

"중국에서 안 돌아왔겠지요?"

"글쎄요, 돌아왔다는 얘긴 못 들었소."

"미남이고 재주꾼이고…… 왜 중국엔 갔을까요? 실연이라도 하고 간 거 아니에요?"

선혜는 화제를 이어가기 위해 상현을 두고 물고 늘어진다.

"여자들이란 만사를 그렇게 결론짓고 싶은 모양이죠?"

"이 사람아, 그런 소리 말게. 강여사한테 혼날려구."

권오송이 핀잔 주듯 끼어들었다.

"괜히 여투사로 만들지 마세요, 권선생님. 전 3·1만세도 못 부른 여자니까요."

권오송은 찻집 소녀를 불러 선혜를 위해 커피를 주문한다.

그리고 말을 잇기를,

"말이 났으니 얘긴데 상현이 그 사람 소설하고 담을 쌓았나? 그곳에서라도 써서 부쳐주면 좋으련만."

"열등감 때문에 안 돼."

"작품이 좋은데 왜?"

"여러 가지 요인이 있지. 그중에서도 시골 선비의 기질이 남아 있어서, 청백리의 조상을 둔 게 잘못이라."

"그건 또 무슨 뜻인고?"

"소설 쓰는 데 대해서 뭐랄까? 수치심 비슷한 걸 가지고 있거든. 부친의 존재도 상당한 영향이 있었을 거야."

"음……."

"그 사람 부친, 연추에서 독립운동을 하시다가 끝내 못 돌아오시고 세상을 떴는데, 합방되기 훨씬 이전에 가셨다니까 선구자라 할 수 있겠지."

"소설 쓰는 것을 수치로 여긴다면 우리 같은 연극쟁이는 사람으로 안 보겠군."

"광대가 사람인가?"

"에키 이 사람."

"배 쫄쫄 곯지 말구 일찌감치 집어치우지."

"흥, 독립운동에만 선구자가 있나? 사회주의자가 할 말은 아니고."

"이 사람아 도장 찍지 말게. 또다시 감옥살이하라는 게야?"

"공산당들 삼 차나 검거됐는데 한 번에서 꽁지 빼면 어쩌누. 하하핫 하하핫……."

격의 없는 친구 간의 농담 반 진담 반의 얘기를 옆에서 듣는 선혜는,

'우연히 만났을까? 아니면 미리 약속이 돼 있었을까? 도무지 권오송이란 사낸 속을 모르겠어. 농담할 때도 진담 같고, 진담도 농담 같구, 구렁이 담 넘어가는 듯, 그런가 하면 또 어떤 때는 아주 확실하구, 여자관계에 대한 뜬소문 같은 것도 없었던 것 같다. 선우일이는 여기 왜 나타났을까? 이들은 단순한 친구 사일까?'

선혜는 커피를 한 모금 마시고 나서,

"선우선생, 인실이는 괜찮습니까?"

하고 묻는다.

"건강 말입니까?"

"여러 가지로."

"여러 가지라면, 잘 모르겠는데요?"

어조가 삐뚜름해진다.

"항간에서는 그 일본청년 때문에 말들이 많던데요?"

"우매한 사람들이 입을 놀리지요. 인실이 발밑에도 못 오는 것들이 돌질을 하는 거지요."

선우일의 얼굴이 벌게졌다. 선혜는 무안하여 얼굴을 붉힌다.

"하기야, 인실이 그 애는 똑똑하구 의지도 강하구……."

중얼거리듯, 선혜는 자신이 비참해진다. 선우일은 들락날락하는 찻집 출입구를 한 번 돌아보고 나서,

"두 분, 말씀하십시오."

전과는 달리 깍듯하게 변한 어조로 말했다.

"그럼, 강여사."

하고 권오송이 서두를 꺼내었다.

"나 그 문제 많이 생각해보았습니다. 사실은 잡지 형편상 생각하고 어쩌구 그럴 여유도 없는 거지만 강여사의 의도랄까, 그게 중요할 것 같아서 말입니다. 출자하겠다, 그 말씀은 투자하겠다는 뜻인데 이윤이 전혀 없다는 사실을 아셔야 할 겁니다."

"알아요."

"출자한 돈을 걷어낼 수 없는 사정도 아십니까?"

"그것도 알아요."

"그럼 출자 아닌 희사가 됩니다."

그렇게 따지고 드니까 선혜는 당황하기 시작한다. 딱딱한, 사무적인 어조는 목을 누르는 것 같기도 했다.

"그, 그것도, 아무튼 전 돈 벌려고 그러는 건 아니에요. 돈을 회수한다는 생각도 안 했구요, 다만,"

외로운 생각에서 그랬다는 말은 목구멍에서 삼켜버린다.

"알겠습니다. 다음은 경영문젠데 그것에 대해선 어떤 생각을 하셨습니까?"

"뭐 제가 알아야지요? 잡지 만드는 것 전혀 백지 아니에요?"

"그럼 간섭은 안 하겠다 그 뜻입니까?"

"왜 그리 따지고 드세요? 꼭 구두시험 치는 것 같아요. 전 그저,"

"아닙니다. 불쾌하겠지만 명확히 해두는 것이 서로를 위해 좋습니다. 단도직입으로 말씀드리지요. 강여사께서 자금을 냈다 하여 잡지에 어떤 영향력을 가진다는 것을 나는 원치 않습니다. 가령 이 원고를 실어라, 저 원고는 싣지 마라 하는 등, 물론 강여사 자신의 글도 포함해서,"

정곡을 찌르듯 권오송은 무자비하게 말했다. 선혜의 낯빛이 달라진다.

"없는 처지에 이것저것 가릴 게 뭐 있누. 호의는 무조건 받아들이는 게야. 왜놈들이 회유책으로 내놓는 돈도 아니겠고,"

선우일의 말은 들은 척도 않고,

"더 솔직히 말하자면 자금을 댔다 해서 강여사의 시녀 노릇은 못한다, 잡지를 못 내는 한이 있어도, 그렇게 되면는 난장판이 될 겁니다. 남 보기엔 빈약한 책이지만 우리대로의 기준은 있으니까요."

창경원에서 뺨을 찰싹 때리는 것 같았던 느낌은 유가 아니다. 머리채를 잡고 얼굴을 확 젖히며 눈을 들여다보는, 선혜 눈은 선우일의 양복 단추에 가서 머문 채 움직이지 않았다.

"사람도 고지식하긴, 그렇게 따질 건 뭐 있누. 잡지의 사정이란 다 그런 거지. 어느 미친 사람이 돈 벌려고 돈을 내나. 또 선혜 씨는 잡지에 대해서 백지라 했고 문사도 아닌 사람이

글은 뭣하러 써."

"아닐세. 문외한인 자넨 몰라."

권오송의 눈빛엔 거절하고 싶은 충동이 일렁이고 있었다. 돈의 유혹은 말할 수 없이 컸으나 결과가 시끄러워질 것을 우려한 것이다.

"권선생님,"

"말씀하십시오."

"좀 비열한 것 같아요."

"……."

"이제 알겠군요."

"뭘 말입니까?"

선혜 얼굴엔 배신감에서 오는 노여움이 있었다.

"이 자리에 선우선생이 어째서 합석했는가 그걸 말예요."

"네? 무슨 소리지요?"

선우일이 시트에 기대었던 몸을 일으키며 의아한 낯빛으로 말했다. 그러나 권오송은 입을 다물고 있다.

"선우선생이 증인이지요? 그렇지요?"

다잡는다.

"증인이라니? 내가 무슨 증인입니까."

선우일이 제 가슴을 가리킨다.

"이 친구는 모르는 일이지요. 저녁이나 먹자고 나왔을 뿐입니다. 그러나 내 의도는 강여사가 말한 대로지요."

"알겠어요. 애당초 저의 의도도 순수하진 않았으니까 피장 파장이에요. 간단하게 결론짓지요. 희사하겠습니다. 그까짓 마포강에서 뱃사공이 모은 돈, 값있게 쓰는 것 나쁘지도 않을 거예요. 그럼 저는 가보겠습니다."

선혜는 핸드백을 들고 일어섰다. 찻집 밖으로 나왔을 때 선혜 눈에선 눈물이 쏟아진다.

"공연히 긁어 부스럼이다. 저렇게 되면 돈 받기가 어렵잖아? 자네가 한 대 맞은 셈이야."

선우일은 웃었고 권오송은 침묵을 지킨다.

9장 풍류 따라

평사리에서 빠져나올 때는 도망을 가야 한다는 일념뿐이었다. 과녁을 노리는 궁수(弓手)처럼 도망이라는 한 곳에 생각은 집중되었었다. 그러나 진주에 발을 들여놓는 순간,

'내가 여기는 왜 왔을까?'

도망을 치려고 했으면 부산 방면으로나 나갈 것이지 왜 하필이면 진주로 왔을까, 기화는 피뜩 그 생각부터 했다. 무엇 때문에, 무엇을 하기 위해 미친 듯이 절절하게 도망해야 한다는 생각에 그처럼 사로잡혔는가, 기화는 꿈에서 깨어난 것처럼 자신의 갈등이 현실과 동떨어진 것을 깨닫는다. 깨고 나면

꿈은 멀어져가는 것처럼 진주까지 허겁지겁 치달은 과정이 희미하게 옅게 의식 밖으로 사라져가고 있다. 눈에 익은 강물과 대숲, 멀리 보이는 옥봉의 기와집들, 처음 기생이 되었던 곳이며 달갑지 않던 중년 사내가 머리를 얹어주었었다. 아무러면 어떠리, 임자 없는 나룻배, 농 삼아 그런 말을 하고서 구레나룻이 짙고 얼굴이 둥글넓적한 구두쇠, 전참봉 소실이 되었던 기억이 살아난다.

'그때 석이는 물을 길러 오던 물꾼이었다. 나는 꽃같이 젊은 기생이었지. 이제 나는 서른여덟이고 아마 석이는 서른다섯? 그러니까 십오 년도 더 된 옛날 일이야.'

남강 다리 위에는 쉴 새 없이 사람들이 지나가고 있었다. 꼬질꼬질 때 묻은 터럭수건(타월)으로 양 귀를 싸잡아 동여매고 누비옷을 입은 마부가 말을 몰고 지나간다. 강바람은 차다. 겨울 바람이니까. 기화는 보따리 든 손을 늘어뜨리고 다리 난간에 앞가슴을 붙이며 강물을 내려다본다. 가장자리, 강가에는 희끗희끗 살얼음이 잡힌 모양이지만 다리 위에서 내려다보는 강물은 푸르고 물살 세게 출렁이고 있다.

'미쳤다, 미쳤어. 여긴 뭣하러 왔지?'

양현의 얼굴이 눈앞을 지나간다. 엄마를 꺼려하는 차디찬 눈이다. 고개를 들고 강 언덕 옥봉 쪽을 바라보다가,

'에미 없이도 그 애는 자랄 거야. 양현이한텐 내가 없는 편이 낫다.'

다리를 건너서 기화는 옥봉 가는 길로 접어든다. 감색 세루 두루마기에 자줏빛 털목도리, 회색 털장갑, 그만하면 진주의 추위쯤, 든든한 차림인데 그러나 기화는 춥다. 몹시 춥다. 헐 벗고 벌판을 거니는 것처럼. 그것은 추위라기보다 막막한 외 로움이었는지 모른다.

지난여름에도 기화는 도망을 시도한 일이 있었다. 그때도 오늘과 꼭 같은 기분이었다. 실상 도망, 도망, 했지만 그것은 기화의 의식에 실려오는 강박이지 평사리의 생활이 감금된 상태는 아니었고, 끊임없는 감시 속에 있었던 것도 아니었다. 처음 평양에서 데려왔을 무렵, 진주 박외과 의원에서 치료를 받은 기화는 평사리로 실려갔었던 그 시기에는 서희의 엄명이 있고 해서 감시를 받았지만 그 이후론, 작별을 고하고 나섰 다면 물론 여러 사람이 말리고 타이르곤 했겠으나 몰래 빠져 나올 기회는 얼마든지 있었다. 그러나 기화 자신이 체념한 듯 어느 정도 답답한 시골 생활에 순응하려고 노력한 것도 사실 이다. 이십 년 가까운 방랑 생활, 창(唱)으로써 일가를 이루겠 다고 굳게 굳게 결심하고서도 하루아침에 결심을 내동댕이친 일이 몇 번이며 보잘것없는 사내를 따라, 그것도 진정 반해버 린 사내도 아니었는데 기생으로 닦은 기반을 걷어차고 전전 했던 일은 또 몇 번이었던지, 종국에는 마약에까지 손을 대어 한 줄기의 빛과 같았던 양현을 버린 꼴이 되고 말았다. 최초 엔 길상을 잃었고, 다음엔 상현으로부터 버림받고, 잃어버렸기 때문에 스스로를 버린 기화는 또 버림받았기 때문에 스스로를 잃었고, 마지막 희망을 버렸기 때문에 그는 모든 사물에 대한 인식을 망각한 것이다. 도망은 상실과 망각에서 오는 일종의 충격일까.

지난여름에는 새벽길을 걸어서 하동까지 나왔다가 나루터에서 이부사댁 억쇠를 만났던 것이다. 기화를 보자마자,

"봉순아! 니 어디 갈라꼬 여기 또 왔노!"

억쇠는 새우같이 작은 눈을 부릅뜨고 반백의 상투를 흔들며 화부터 냈다.

"저기, 저어 여수 좀 갈려구요."

"여수는 멋하러!"

"......"

"니가 또 맘을 잘못 묵는다. 그 문전에서 나오믄 고생밖에 할 기이 없는 거를 와 모리노?"

새벽길을, 두 활개를 휘저으며 나오긴 했으나 나룻배 탈 돈도 없이 막막하고 후회스럽기도 했던 기화는 그러나,

"나 가야 해요. 제발, 제발 박서방, 날 보내주시오."

"가기는 어디로 가아! 잔소리 말고 날 따라오니라."

억쇠는 기화의 등짝을 치듯 하며 떠밀었다.

"싫소. 나는 가야 해요."

"참말이제 니도 예사 벵이 앙이다. 설사 나가라 캐도 주질러 앉아얄 긴데 무슨 놈의 염치가 그 모양고? 니 일 아니라도

근심이 태산 겉은 그 댁 마님 생각을 좀 해라."

"산송장이 무슨 염치가 있겠소. 쓸데없는 짐인데,"

기화는 흐느꼈다.

"알기는 아는고나. 말이 주종이지 형제겉이 함께 컸이믄 그 정리를 생각해서라도, 천지간에 의지할 곳 없는 서로의 처지를 생각해서라도 그라믄 못쓴다."

어세를 누그러뜨리며 달랬다.

"정신 채리라. 딸 생각도 해야지. 자아, 가자. 우리 집 할망구가 평사리꺼지 데불다 줄 긴께."

더 이상 고집은 피우지 않았다. 기화는 느적느적 억쇠를 따라 걸었다. 평사리와 하동은 지척이어서 억쇠는 기화 근황에는 소상했다. 뿐만 아니라 윤씨 생시에 그랬듯이 가을 추수가 끝나면 서희는 잊지 않고 이부사댁에 곡식을 실어 보냈기 때문에 친지 같은 양가의 인연은 끊이지 않았고, 해서 억쇠도 허물없이 기화를 나무라고 몰아세운 것이다.

이부사댁으로 가는 도중 기화는 중학생 교복에 교모를 쓴 소년을 만났다.

"도련님, 어디 가시오."

억쇠 말에 기화는 펄쩍 뛰듯 놀랐다.

"저기,"

소년은 그렇게만 말하고 억쇠를 따라가는 기화는 거들떠보지도 않았다. 기화는 넋을 잃고 멀어져가는 소년의 뒷모습을 바라보고 서 있었다.

"가자."

"야."

"지금 지나간 학생은 우리 집 큰 도련님이다. 헌칠하제?"

억쇠는 자랑스러운 듯 기화에게 동의를 구했다.

"어머님을 닮았나 부지요?"

"외삼촌을 닮았지."

이부사댁 집 안은 적막했다. 뒤뜰 쪽의 방문은 열려 있는지
모르지만, 여름인데 장지문은 굳게 닫혀 있었으며 마루에 나
앉은 사람도 없었다. 기화가 안채 장지문을 우두커니 바라보
고 서 있는 것을 본 억쇠는 문득 깨달아지는 일이 있었던지,

"봉순아, 이, 이리,"

갑자기 당황하며 기화의 옷자락을 잡아끌었다. 행랑채 앞
뜰에는 옛날에 있던 감나무가 아직 살아서 매실(梅實)만 한 풋
감이 매달려 있었다. 감나무 그늘 아래는 멍석이 깔려 있었다.

"앉아라. 여기가 우리 집에서는 젤 씨원타."

억쇠는 멍석을 가리키며 푸대접을 변명하듯 말했다.

"이기이 누고오? 봉순이 앙이가?"

장독에서 된장에 묻은 콩잎을 꺼내다 말고 억쇠댁네 유월
이 반가워서 쫓아온다. 유월의 얹은머리도 잿빛이었다. 웃음
과 함께 눈 밑에는 거미줄 같은 잔주름이 모여들었다.

"오래간만이오."

"와 아니라? 참 오랜간만이다."

"아지매도 늙었소."

"내사 갈 날이 가까운게 그렇다 치고 분길곁이 곱던 니 얼굴이 와 이리됐노? 말로는 들었다마는 니 형상이 이런 줄은 몰랐구나."

"잔소리는 두었다 하고 어서 점심이나 채리라. 그라고 임자, 봉순이를 평사리까지 데리다 주어야겠는데……."

무안스럽게 억쇠는 가르고 들어서듯 말했다. 기화를 빨리 보내기 위해 서두르는 기색이다. 입 밖에 낸 일은 없었지만 억쇠는 상현과 기화의 관계를 어슴푸레 눈칠 채고 있었다. 해서 아까 상현의 처, 시우(時雨)어머니가 방문을 열고 나올까 봐서 억쇠는 순간 당황해했던 것이다.

"아씨, 억쇠옵니다."

작은방 문 앞에 가서 억쇠는 허리를 굽혔다.

"무슨 일이오?"

방문은 열렸으나 발로 가려진 방 안은 확실찮았다. 시우어머니는 바느질을 하고 있는 것 같았다.

"저기, 최참판댁 식구가 왔는데,"

"무슨 일로?"

"집 나온 모앵입니다. 성한 사람이 아니라서 안사램을 딸리 보내야겠십니다."

한동안 말이 없다가,

"성한 사람이 아니라면…… 옛날의 침모 딸이라는 그 사람이오?"

기생이냐 하지는 않았다.

"예, 그렇십니다. 인사를 시킬라 캐도 사, 사램이 온전찮애서."

"괜찮소. 그렇게 하시오."

억쇠는 돌아와서 허락을 받았노라 했고, 유월이는 기화 덕분에 평사리에 가게 됐다면서 좋아했다. 그리고 나들이에 설렌 듯 머리를 털면서,

"청솔가지로 빨래 좀 삶았더마는 온통 불티다."

기화도 유월의 옷에 앉은 불티를 털어준다.

"밖에서 삶았나 부지요?"

"오뉴월 앙이가? 부석에서 빨래 삶을 수 있이야제. 빌어묵을 남정네가 값이 싸다믄서 청솔가지만 사들이놓은께, 마누라 눈깔이 뭉개지는 생각은 안 하네라."

"허허어. 잔소리가 와 그리 많노? 해 좀 치다보고 시부리라."

"나릿선 타고 가도 해 안에는 못 돌아올 기요. 영은 떨어졌고, 나중 일이사 내 모리겠소."

유월이는 서둘러서 점심을 차려 왔다.

"찬이 없어 어쩌꼬? 머 좀 맨들어볼라 캐도 저눔의 첨지가, 발등에 불 떨어진 거맨크로 갑채쌓으니께. 요기 삼아 한술만 뜨라."

얼굴에 물을 찍어 바른 유월이는 옷을 갈아입는다고 행랑

방으로 들어갔다.

"어 묵어라. 여기가 씨원타고 우리 집 도련님도 곧잘 여기서 밥상을 받네라."

곰방대를 물고 앉은 억쇠는 또다시 변명 비슷하게 되풀이말했다. 기화는 목이 탔는지 숭늉부터 들이켠다.

"할아범!"

순간 밥 얻어먹으러 왔던 거지처럼 숭늉 그릇을 내려놓은기화는 쫓아오는 사내아이를 훔쳐본다. 뛰어오다 말고 사내아이도 기화를 유심히 바라본다.

"무신 일입니까, 도련님?"

억쇠의 작은 눈이 가물가물해지면서 얼굴 가득히 웃음을띠고 아이를 쳐다본다.

"응, 아까 어디 갔었어."

"예. 나루터까지 나가보았습니다. 행여나 하고,"

"작은아버님 댁에서 누구 오신대?"

"그런 거는 아니지마는, 예,"

"방학인데 형님들은 왜 안 오지?"

"그러씨요. 소인도 오늘 낼, 하마 오실 거라 생각하고,"

양자 가서 남해(南海)에 사는 상현의 동생 상열이에게는 열여섯, 열두 살의 아들 형제와 아홉 살, 다섯 살 난 딸이 둘 있었다. 큰아들 세민(世敏)이는 시우와 함께 부산의 P중학을 다닌다.

"할아범, 이 사람은 누구야?"

아이는 기화에게 손가락질을 하며 물었다. 기화는 허둥지둥 눈길을 떨어뜨리며 입이 미어지게 밥을 입 속으로 밀어 넣는다.

"최참판댁 식구올시다."

"으음, 그래? 그렇다면 환국이 윤국이 그 형님들, 다 안녕하시냐?"

이번에는 기화를 향해 의젓하게 묻는다.

"예, 예."

입 속에 가득 밥을 문 채 기화는 대답한다.

"작년 여름엔 여기 송림에 놀러 왔었는데, 낚시도 하고…… 가거든 내가 안부 묻더라고 전해. 알았어?"

"예, 도련님."

곰방대를 털고 허리춤에 찌른 억쇠는 집모퉁이를 돌아가는 아이의 잘생긴 뒤통수를 바라본다.

"작은 도련님이제. 저만할 때 서방님 그대로다. 그리내듯기 닮았제. 감나무를 오르내릴 직에는 세월 간 줄 모리고 상현도련님이거니, 깜박 잊일 때가 있다 카이."

'우리 양현이도 서방님을 꼭 닮았소.'

기화 눈에 눈물이 가득 고인다.

"어서 밥 묵으라."

"야. 작은 도련님은 몇 살이오?"

"올해 열 살이구마는. 성미도 옛날 서방님 그대로고,"

"······."

"흠, 우짜다가 하나씩 맨들어놓고 가신 기지. 지금은 어디서 머를 하고 기시는고."

한숨은 기화 입에서 먼저 나왔다.

"어디서 술타령이나 하고 계시겠지요."

숟가락을 놓고 일어선 기화는 옷매무새를 고치는 시늉을 하며 억쇠를 외면한다.

"안 하던 나들이를 할라 칸께 옷이야 머야 구색이 맞아야 제."

유월이 행랑에서 나왔다. 올은 굵었지만 모시 적삼에 인조견, 회색 보일 치마를 입고 옥색 끈으로 허리를 질끈 동여맨 모습이다. 허리끈에는 남색 염낭이 매달려 있었다.

"보소, 나도 이리 꾸민께 좀 젊어 보이요?"

"지랄하네. 어 갔다 오기나 해라."

유월이를 따라 기화는 이부사댁을 나섰다.

"펜하게 가자."

"아지매."

"와."

"나룻선 타고 갈 겁니까?"

"그래야 안 하겠나?"

"그만 걸어가요."

"와. 대낮에 들어가기가 민망스럽아서 그러나?"

"그런 셈이오."

"그럴 거를 나오기를 와 나오노."

"병이지요."

넓은 하늘을 질러 멀리 날아가는 새를 올려다보다가 눈이 부신지 기화는 손바닥으로 얼굴에 그늘을 만들며,

"병이지요."

다시 뇌고 웃는다.

"서울 소식은 좀 듣나?"

"나는 캄캄절벽이오."

"꼭 남우 말 하듯기, 와 그라노? 니는 길상이하고 함께 컸고 길상이를 좋아 안 했나!"

기화의 기색을 살핀다.

"아지매도 참, 철나기 전의 일을 가지고 무슨 그런 싱거운 소리를 하요. 지금 처지가 어떤데, 함부로 그런 말 하는 거 아니오."

"안 듣는 데서야 상감님 흉도 본단다."

"뭍으로 가는 겁니까?"

"니가 그렇게 하자며?"

"햇볕이 뜨겁소."

"뜨끈해서 도리어 좋거마는. 나락이 무럭무럭 커겄다. 어이구 강바람도 씨원코."

공기는 맑고 햇볕은 뜨거웠다. 그저께 흡족하게 내린 비로 산천은 씻긴 듯 푸르렀다. 논가 도랑엔 풍부한 물이 햇볕에 희번덕이며 흐르고 있었다.

"아지매."

"와."

"서방님 소식은 듣습니까?"

서울 소식은 듣느냐던 유월의 어조와 같이 이번에는 기화가 묻는다. 손수건으로 이마의 땀을 훔치며 유월이는 내키지 않는 대답을 했다.

"들으나 마나, 어디 한 해 두 해 된 일가? 이자는 우리 아씨도 자파(포기)하시얄 기다."

"그래도 기다리면 돌아오시겠지요."

이제는 기다릴 처지가 못 되는 자기 자신을 생각하며 기화는 말했다. 설사 양현을 기르며 기다린다 하더라도 이상현이 자신에게 돌아올 사람이 아니라는 것을 기화는 잘 알고 있었다.

"어느 때든 설마 돌아오시겠지. 천지신명께 밤낮으로 축수했지마는 소용 있더나? 우리 나으리 객사하신 거를 몰라 하는 소리가?"

"그 어른께서는 돌아오실 형편이 아니었지요. 독립운동하신 어른이 왜놈 천하에 오실래야 오실 수 있었겠어요?"

"그놈의 독립이라는 기이 멋인고. 나으리께서도 허사였고 기다린 사람들도 보람이 없었제."

"노마님께서는,"

"말도 마라, 숨찬 병 때문에 기동도 못하신다. 우떤 때는 얼굴이 진짝겉이 부어서 눈 뜨고 못 본다. 다 심화벵이제. 무자석 상팔자라고 차라리 우리겉이 자석 없는 사람이 나을라?"

길은 강변을 따라 뻗다가 강변에서 멀어지기도 하고, 푸른 강물 위에 흰 물새는 흰 손수건처럼 보이기도 한다. 강변 따라 이어지는 산기슭에 마을이 이어지고 끊어지곤 한다. 인가가 모인 곳의 지붕들은 제법 큼지막하고 외딴곳에 한두 채 있는 초가 지붕은 고막 딱지처럼 작다.

"큰 도련님은 중학교에 다니시지요?"

중학생 교복과 교모의 소년은 기화를 거들떠보지도 않고 지나갔었다. 그의 부친처럼.

"부산서 다니시는데 방학이라고 돌아와 기신다."

"몇 살이지요?"

"열일곱 앙이가. 옛날 겉으믄 벌써 장가드싰지."

"우리 환국이도련님하고 동갑이네요."

"만주서 돌아오시가지고 낳았인께. 어이구 불쌍한 우리 아씨, 앞날이 첩첩태산이다. 후명년이믄 시우도련님도 웃핵교에 가시얄 긴데 우찌 될란고."

"환국이도련님은 명년인데요?"

"우리 도련님은 소핵교를 한 해 늦기 가서서, 이곳에선 그것도 일찍은 편이었제. 그 댁이사 머, 어느 모로 보나 청풍당석 앙이가."

"속을 헤치고 보면 청풍당석이 어디 있겠소."

"하기사 옥사걸이 험한 일이 어디 또 있겠나마는, 말 듣기
로는 두 해만 있이믄 까막소에서 나온다믄? 그래도 쌓이고 쌓
인 재물, 한 가지 걱정이야 없으까?"

"그 재물을 어떻게 모았기에요?"

"어쨌거나, 아무보고도 이런 말은 안 했다마는, 우리 아씨
삯바느질하시는 거를 어느 누가 알겠노."

"삯바느질을 해요?"

"남들은 여기저기서 부동하여 편히 살 기다 생각할 기다마
는 그것도 한 해 두 해…… 외할아버님이 돌아가신 뒤로는 외
가서도 전과 같지 않네라. 양자 가신 작은서방님은 이녁 자석
들이 많은게 조카 자석까지 일본에 보내시겄나."

"……."

"우리끼리니 하는 말이지마는 최참판댁에서 추수 때마다
곡식을 보내주시니 망정이지…… 우리 아씬 굶고 앉았느니보
다 더 못 견딜 일이라 하시지마는, 집안 형편이 말이 아니네
라. 작은댁에서도 일 년에 한 분 목돈을 보내주시는데 말이
지주지 삼사백 석 하는 형편에 그것도 감지덕지 앙이겄나? 그
러나 시우도련님 학자(學資)에 선영봉사, 벵든 노마님 치송, 아
무리 가용을 절용해도 우리 아씬 밤잠 못 주무신다. 세상이
더럽아서, 참 세상 더럽더마. 옛날에는 굽실굽실하던 아전 놈

들, 하정배 하든 상것들이 돈푼 잡았다고 갈롱* 피는 거를 보
믄, 세상에 우리 아씨가 그런 것들 샀바느질 안 하시나? 그거
는 노마님도 모리시는 일이제."

"우리 아씨한테 말씀,"

"아이고, 큰일 날 소리!"

유월이는 걸음을 멈추고 펄쩍 뛴다.

"그 말이 났인께 하는데 우리 박서방이 시우도련님 학자 따
문에 그런 말을 한 분 했다가 혼벼락이 났다. 평생 그렇기 노
발대발하는 아씨를 본 일이 없구마. 말씸하시기를 작은댁, 외
가는 핏줄이니 학자를 아니 받아도 굽혀야 할 처지요, 받았다
하여 각별히 굽힐 필요도 없는 일이거니와 금전으로 인하여
남에게 굽히게 될 그따위 학문은 해서 뭘 하겠느냐! 추수 때
마다 최참판댁에서 보내주시는 것은 정의로 받는 것이요 그
것조차 아니 받느니보다 못하거늘, 그런 넋 빠진 얘기를 할려
거든 썩 내 집에서 나가거라! 우리 박서방은 풀죽 겉은 땀만
흘맀제."

"아지매는 쫓겨나는 게 그리 무섭소?"

유월이는 유심히 기화를 쳐다본다.

"무섭을 거 머 있겄노. 설마한들 두 식구 바가지 들고 빌어
묵기야 할라꼬?"

"그러면 나오는 게 뭐가 어렵소? 어려운 살림살이에 두 식
구 줄면 그 댁에서도,"

"모리는 소리다. 우리가 객식구가? 묵으나 굶으나 우리는 한식구다. 요새 세상에는 상전 노비가 어디 있으냐, 그렇기들 말하지마는 노비 신세 면했다고 잘삼사? 못살기는 매일반이더라. 우리 내외는 그 댁에서 낳고 한평생을 그 댁에서 살았고, 우리 집이지 남우 집이 앙이다. 말이 상전이제. 만주 가신 서방님도 우리 손에서 컸고 지금 두 도련님도 우리 내외 마음으로는 손주거니,"

"……."

"우리 일은 그렇다 치고 니는 우짤라꼬 자꾸 이러제?"

"모르겠소."

기화는 쓴웃음을 띤다.

"그 댁 마님이 평사리로 자주 오시는 것도 아니고, 죽은 듯기 들엎우리고 있음 될 긴데,"

"우리 아씨가 왜요?"

"성정이 무섭다믄? 여자가 오죽하믄,"

"그런 소리 말아요. 우리 애기씨처럼 정이 짙은 사람은 없을 게요."

"말 듣기론 찬바람이 솔솔 분다 카던데?"

"옛날에…… 어머님을 잃으셨을 때 우리 애기씬 일 년 열두 달을 울었답니다. 무서운 성미도 그 탓이오. 할머님, 어머님에 대한 그 절절한 심정, 정이 많아서 병드는 대신에…… 예, 그렇지요. 독사같이 무섭게 살았지요. 우리 양현이는 에미를 찾지 않소."

기화는 나직한 목소리로 웃었다. 얼마를 걷다가 유월이는 길섶에 주저앉았다.

"상것이라 할 수 없고나. 나들이한다고 보선을 신었더마는 발이 괴어서 못 걷겠네."

꿍꿍 앓으며 버선을 벗은 유월이는 맨발에 하얀 고무신을 신는다.

"시우도련님이 공부 갔다 오시믄서 이 고무신을 한 켜레 사다주싰지."

자랑스럽게 말하며 유월이는 웃는다.

최참판댁을 향해 언덕을 올라갔을 때 강물과 산에는 어슴푸레한 저녁이 찾아왔고, 마을도 저녁 안개에 싸여가고 있었다.

지팡이를 짚고 지팡이에 의지하며 언덕 아래를 내려다보고 있던 용이,

"돌아오는고나, 그래야지."

올라오는 기화를 쳐다보며 말했다.

"아이구, 몸도 편찮으신데 나와 기시오?"

유월이 인사하고 기화는 운다.

"아무래도 돌아올 것 겉은 생각이 들어서……. 집안에는 별 고 없지요?"

"야."

"보, 보수이 와, 와소오!"

똥장군을 지고 나오던 개똥이, 얼른 지게를 내려놓고 대문 안을 향해 소리 지르고 나서 기화를 보고 벙실 웃는다. 울다 말고 기화는,

"이 천치야!"

"내, 내느 보, 보시 처치지마느, 이 인지느 어이 가, 가이 마 아."

개똥이는 또 벙실 웃으며 좋아한다.

"평사리 최참판댁에서 병신들 운동회 열어야겠다, 흐흐훗 훗……."

기화는 저도 모르게 낄낄 웃었다. 어이가 없었는지 유월이,

"아이가아? 지랄하네. 웃음이 어이서 나오노."

"아이고 우스워라. 아지매 이 집에 병신이 셋이오. 육손이, 개똥이, 봉순이, 흐흐흐훗……."

"그만해라. 남도 미치겠다."

용이 나무란다. 언년이 쫓아나왔다.

"아지매도 참! 가면 어딜 갈 거라고, 보따리 이리 주시오!"

보따리를 뺏아 들며 혀를 찬다.

"언년아."

"돈 한 푼 없이 가면 어딜 갈려고 나갔습디까?"

"양현이 고년 날 찾지도 않지?"

"……."

대문 사이로 얼굴을 내밀었던 양현이 어미를 보자 집으로

내뺀다.

"그럴 게야. 왜 안 그러겠어. 어미 험한 꼴을 다 아는데, 현이는 훗날 커서도 그걸 못 잊을 게야."

혼잣말처럼 중얼거리며 사람들을 헤치고 기화는 집 안으로 들어갔다.

'나무관세음보살,'

기화는 보따리를 가슴에 안고 간다.

추석도 지난 늦가을의 발작은 서희가 와서 저지해주었다. 오래간만에 쌍계사에 가서 혜관도 만나보았고 불공도 드렸다. 그때 혜관의 얼굴이 떠오른다.

'나무관세음보살,'

서희는 지금 서울에 가고 집에 없다. 찾아가면 따뜻한 방에 발을 뻗고 앉을 수 있을 것이다. 그 생각을 하면서도 기화는,

'봉춘네를 찾아갈까? 찾아가면 며칠은 재워줄 건데…… 어디서 살까?'

그러나 기화의 발은 곧장 옥봉을 향하고 있었다. 옥봉의 연홍이 집은 옛날 그대로였다. 그러나,

"그 어머닌 여기 안 계시요."

기화의 행색을 살펴보며 젊은 기생이 심드렁하게 말했다.

"이사를 하셨단 말이오?"

"왜 찾지요?"

"왜 찾긴? 기생이 기생 어미 찾는데 이유가 있겠느냐?"

상대가 기생이라 기생의 가락이 나온다. 젊은 기생은 숙어
들었다.

"아, 예⋯⋯. 저기,"

하다 말고 길에까지 나와서 손가락질하며 연홍의 집을 가르
쳐준다. 옛날 집에서 여남은 채 지난 곳에 규모는 작으나 조
촐한 기와집이 있었다.

"자네 누군가?"

연홍은 기화를 알아보지 못했다.

"나 기화예요, 어머니."

"뭐라구?"

육십을 바라보는 나이긴 했으나 연홍도 나이보다 늙은 것
같았다. 옥색 반회장저고리에 가지색 양단 치마, 금비녀에 금
가락지를 끼고 있었다. 차림새를 보아 생활은 부유한 듯, 그
러나 얼굴의 잔주름은 기화의 변모 못지않게 참담했다.

"그러고 보니, 으음, 한데 여긴 뭣하러 왔지?"

순간 연홍의 목덜미가 벌게진다.

"왔으니까 올라오기나 해라."

"예."

방 안에는 놋화로에 빨간 숯불이 타고 있었다. 군불을 땐
뒤 방금 불을 담아 들여놓은 것 같다. 기화는 비로소 추위를
느낀 듯 후둘후둘 떤다.

"앉아라. 장석같이 서 있지 말구."

"예."

목도리를 끌러 한 곁에 놓고 앉는다.

"소문으론 들었다만 네 신세도 말이 아니게 됐구나."

부젓가락으로 화롯가에 흩어진 불씨를 복판에 옮겨놓으며 연홍은 냉담하게 말했다.

"뵐 낯이 없습니다."

"이리 가까이 앉아라! 떨고 있지 말구."

기화는 화로 가까이 다가앉는다. 방 안의 의걸이 비품들은 모두 옛날 그대로다. 손때 하나 묻지 않은 백동(白銅) 장식은 그림자가 비칠 만큼 깨끗이 닦여져 있었다. 세간 가꾸기에는 신경질적이리만큼 까다롭던 성품은 예나 지금이나 다름이 없다는 생각을 기화는 한다.

"너 손가락으로 네 눈 찔렀지이. 옛날 생각을 하면 꼴도 보기 싫어. 더러운 게 정이라고, 그새 세월도 많이 지나갔고."

"욕 많이 하셨을 거예요."

"욕? 욕만 해? 그때 내 손에 잡혔으면 머리끄덩이 성해났을까? 하필이면 소화 그년하구 짝짜꿍이 맞아서,"

또다시 연홍의 목덜미가 벌게진다.

"그 얘기 하면 어머니가 한사코 말리실 거라 생각하구요."

"전참봉한테 맡긴 이상 가라 마라 할 처지도 아니었지만 하필이면 소화 그년이 너를 빼내?"

"그, 그건 제가 부탁을 했던 거예요."

"하기야 뭐 이제 다 늙어가는 처지, 소화하고도 오가며 지내고 있다만 그때 일 생각하면 산 넘어간 부아가 돌아온다. 그땐 소화 그년, 날 골려줄려고 널 운삼이한테 건네준 게야."

"그게 아니에요."

"아니긴 뭐가 아냐! 그래 그러고 나가서 넌 명창이 되었느냐?"

"……."

"이 꼴 하구서 날 찾을 생각을 했으니, 하기야 아편쟁이 체모 차린다는 애긴 못 들었다. 입음새를 보아하니 약값 떨어져서 날 찾아온 것 같지는 않고,"

"아편 뗀 지 오래됐어요."

기화는 고개를 숙인다.

"아편쟁이치고 아편 안 뗐다는 연놈 못 봤어!"

"……."

"계집이란 주모가 없으면 빌어먹어. 기생은 더욱 그렇다. 옛날엔 너도 날보고 돈만 안다고 했지만 겨울이 와서 메뚜기 신세 깨달아도 소용없지. 죽네 사네 하는 것도 젊은 한 시절, 늙은 놈 깝데기 벗기는 짓도 삼십 안짝의 일이야."

"이젠 다 글러버린 일이지요."

"하긴 그래. 사내를 후려먹기엔 넌 이미 늙었고 망가졌고, 나도 곰 부리는 중국놈 행세하기 어려운 나이가 됐지."

연홍이는 갑자기 서글프게 웃었다.

"그래 무슨 일로 날 찾아왔느냐?"

"혹, 봉춘어머니 사는 곳을 아시는가 싶어서요. 어머니도 한번 만나보고 싶었구요."

"봉춘에미? 그 예수쟁이 할망구는 찾아 뭣할려구?"

"좀,"

연홍은 기화를 빤히 쳐다본다. 그의 얼굴에는 차츰 심약한 빛이 돌았다. 그것은 변모한 기화에 대한 연민이기보다 여자의 흔적조차 찾기 어려워진 자기 자신에 대한 연민인 것 같다. 금붙이도 비단옷도 제 구실을 하지 못하는 늙은 몸에 대한 자기 연민인 것 같았다. 그리고 무료한 시간.

"그보다 소화 말이 혹 너가 찾아오면 저한테 보내달라 하더구면. 그까짓 것 어디 가서 뒤졌지 여태 살았겠느냐 했다마는,"

"무슨 일로 절 오라 했을까요?"

"뭐 전할 게 있다나? 나도 자세한 건 모른다."

"그보다 봉춘어머니는요?"

"시은학교 근처에 산다던가? 그건 소화가 잘 알 게야."

"그 어머닌 그냥 그 집에 사시나요?"

"응. 부자 영감 얻어 살다가 먼저 죽어주어서 한밑천 잡았지. 돼지처럼 살이 쪄서 잘산다."

"그럼 이제 됐어요. 가보겠어요."

"곧 죽어가면서도 오기는 있어서, 듣기 싫은 소리 좀 했기로, 십여 년 만에 와가지고 저녁 한 끼도 안 먹고 가겠다 그 말이냐?"

"……."

"너는 마음속으로 이런 말 하고 싶을 게야. 어머니가 나 땜에 손해 본 일 있어요? 하고 말이야."

"악착같이 살고 싶었다면 그런 셈도 해보았을지 모르지요."

"그건 믿을 만한 말이야. 그래도 못 죽고 살았으니 어쩌누. 저녁이나 먹고 가거라. 꼴을 보니 춥고 배고프고, 봉춘네를 찾는 걸 보니 최부자댁에 갈 처지도 못 되는 모양이고."

기화는 고개를 숙인다. 연홍은 밖을 내다보며 저녁을 차리라고 이른다.

저녁상을 함께 받은 연홍은,

"자식 없는 내 신세도 그렇고 그런 거지만 너도 어쩌다가 그 몹쓸 짓을 하게 됐지?"

"……."

"소화 말로는,"

"그 어머닌 운삼 어른께 들으셨겠지요, 저 얘길."

"글쎄다. 기화 너 운삼이 그 작자하고 관계가 있었더냐?"

"아니에요. 절대로 그런 일 없었어요."

"운삼이 너한테 반한 것은 틀림없는 일이지?"

"운삼 어른께서는…… 제 소리를 아까워하셨지요."

"……."

"무던히 애를 쓰셨는데 그럴 때마다 중도지폐하고, 제가 나쁜 년입니다. 은공을 모르는 금수가 됐지요."

"천하의 잡놈이, 수없는 기생을 울리더니만 어째 너한테는 그리 진심이었던지 모르겠구나."

기화를 유심히 본다. 소화(小花)가 기화를 보자는 이유는 운삼이한테 있는 듯하고, 연홍은 그것을 알고 있는 눈치다.

"하기야 버림받은 기생치고 한 년도 그자를 원망하는 기생이 없더라만, 그게 인복이라는 걸까. 아무튼 창악계(唱樂界)의 큰 봉우리였던 것만은 틀림이 없고, 끝까지 한량이었지. 그러나 흐르는 물 따라 사람은 가게 마련이고,"

"무슨 말씀이지요?"

"운삼이 죽었어."

"예?"

"소문도 못 들었나?"

"도, 돌아가셨어요……?"

"풍류 따라 한평생…… 죽음도 홀연히 갔다니까, 병고 없이, 그것도 복이지."

기화는 멍청할 뿐이다.

"이제는 촉석루의 한량도 없고 기생도 없고, 그것 다 옛말이야. 연홍이만 퇴물인가? 기생들 다 퇴물 됐다. 신식 식자제 놈들이 풍월을 어찌 알 것이며 추수 끝낸 촌부자들 외입장이 기생집이지. 그러고 보면 운삼이도 귀한 사람이었던가. 흥, 그래서 소화도 의리를 지키는지 모르겠구나. 젊은 시절에는 상판만 반반하지 듬짜*라고 멸시받던 소화가…… 어느 날, 네가 또다시 날 찾아왔을 때 나도 세상에 없는 사람이 될지 그건 아무도 모른다."

연홍은 한탄하듯 말했다.

"죽음에 노소가 있겠습니까?"

"누구나 해보는 얘기지."

"제가 먼저 갈지 누가 알겠습니까?"

"아직 사십이 못 된 년이 무슨 요망스런 말버릇이냐!"

연홍은 화를 낸다.

"하지만,"

"아편은 끊었다며? 아직 생각이 있어 그러는 게야?"

"아, 아니에요. 미칠 것같이 답답하고 명대로 살 것 같지가 않아서요."

"그게 다 아편 독 땜에 그렇지. 그 해독을 몰라서 시작했냐?"

"할 말 없지요."

"……."

"일생 동안 살고 싶고 꼭 살아야겠다 생각한 일이 한 번 있었지요. 생각지도 않았던 계집아이를 하나 낳아서, 그때 무슨 짓을 해서라도 살아볼려고 했어요. 한 이태 살았지요. 그러나 수중에 돈이 떨어지고 보니 기생 하던 년 뭘하겠어요? 아무리 생각해도 엄두가 안 나요."

"도와줄 수 있는 사람을 찾았으면 될 거 아니야?"

"죽어도 그 짓은 못하겠데요. 계집애를 업고 평양으로 갔지 뭡니까? 멀리 가자고 간 곳이지요."

"그곳에서 기생집에 나갔더란 말이지?"

"예."

"삼십 넘은 기생, 눈먼 새나 돌아보았겠나. 그놈의 간장 찢어지는 소리 덕을 보았겠네."

"그런 셈이지요. 나무아미타불이었지요. 술을 마시게 되고 어린것도 어미한테 희망을 버렸겠지만 저 역시 제까짓 것 커봐야 기생 딸년 기생밖에 더 되겠는가, 희망을 버렸지요. 마음에 없는 사내를 끌어들이고 그 사내한테서 아편 찌르는 걸 배웠어요. 아주 미쳤던 거지요. 기화도 가고 내 딸도 간 거예요. 쓰레기가 돼버린 거예요."

"딸애는 어떻게 했나?"

"그건 어머니가 알아 뭐 하실래요? 데려다 기생으로 키우시렵니까?"

"술도 안 마셨는데 주정하냐?"

기화는 숟가락을 놓는다.

"어머니, 나 밥 못 먹겠소. 술 있으면 한잔 주시오."

"그래 좋다."

연홍은 문밖을 향해,

"여기 저녁상 물리고 술상 들여오너라!"

소리친다.

"오래간만에 너의 〈적벽가(赤壁歌)〉 한번 들어보자."

연홍이 가야금을 내린다. 소매 끝을 한 번 걷고 줄을 고르며 퉁겨본다. 옥색 저고리와 가지색 양단치마, 금비녀, 금가락지가 비로소 빛이 나기 시작한다. 한 겹 걷어 올린 소매 끝과 소맷부리가 아름답게 흔들린다. 맑은 가야금 소리, 기화는 옷깃 쪽에 턱을 묻는다. 차츰 얼굴에 혈색이 돌아온다.

10장 사랑과 미움

낡은 조바위를 쓰고 두둑한 솜저고리를 입은 봉춘네는 끼었던 팔짱을 풀면서 교지기가 사는 집 안을 들여다본다.

"보소."

엉덩이를 쳐들고 아궁이에 불을 지피던 교지기 노인 권서방이 그런 자세인 채 돌아본다.

"어제 왔던 사람인데 정선상님 나왔십니까?"

"직원실에 가보소. 나왔일 기요."

"직원실이 어디요?"

"핵교 문을 들어서믄 바로 옆이니께 가보소."

봉춘네는 다시 팔짱을 끼고 얼굴을 향해 불어닥치는 바람을 마시며 뛰어간다.

"아이고 칩어라. 고치겉이 날씨도 맵다."

텅 비어버린 운동장을 질러서 건물 안으로 들어간 봉춘네는 몸을 부르르 떤다. 운동장의 바람 대신 교사 안의 냉기가 심장을 꿰뚫는 것 같다. 그것은 추위 때문만은 아니다. 봉춘네는 교회당을 제외한 큰 건물에 대해서는 늘 무섬증 비슷한 것을 갖고 있었다. 기웃기웃하다가 봉춘네는 눈에 띄는 도어를 살며시 밀어본다. 난롯가에 의자를 끌어다 놓고 책을 읽고 있는 석이 뒷모습이 보인다.

"보래?"

석이 돌아본다. 봉춘네는 문을 밀고 들어왔다.

"아주머니."

"니가 와 있다 캐서,"

"추운데 이리 와 앉으십시오."

석이는 의자를 끌어당겨 난롯가에 놓는다.

"날씨도 고치겉이 맵다."

의자에 앉은 봉춘네는 어줍은 듯 옷고름으로 눈가를 닦는다.

"늙은께 조금만 바램이 불어도 눈물이 나와쌓아서, 청성궂게(청승맞게) 와 눈물이 나는지 모리겄다."

"어제 오셨다구요?"

"응. 너그 집을 몰라서, 집 가리키돌라고 왔더마는 내일 일직이라 카던가 니가 나올 기라 캐서,"

"아침에 나오니까 권서방이 그러더군요."

"그래 어무이랑 잘 기시나?"

"네."

"아아들도 잘 크고오?"

"네."

"너거 장모는 가끔 길에서 만나네라."

"그런데 무슨 일로, 무슨 일이 있습니까?"

석이 표정은 우울했다.

"저기, 기화가 지금 우리 집에 와 있다."

"네?"

놀라며 석이는 봉춘네 얼굴을 쳐다본다.

"언제 왔습니까?"

"어제 아침에 왔더라."

"어디 간다고 하던가요?"

"아니, 그런 말은 안 하더라마는 맴이 안 놓여서 니를 찾아
안 왔나. 최부자댁에는 죽어도 안 갈 기라 카고,"

"그래요……."

얼굴이 구겨진다. 석이는 등을 돌려 책상 위의 담뱃갑을 집
는다. 담배를 붙여 문 그는 창밖으로 시선을 돌린다. 바람에
창문이 흔들린다.

"그것뿐이라믄 또 모리겠는데 난데없이 돈 칠백 원을 나한
테 맡기믄서,"

"돈 칠백 원? 무슨 돈인데요?"

얼굴빛이 달라진다.

"돈 칠백 원이라 카믄 큰돈 앙이가? 나도 대기 놀랬다. 그런데 듣고 보이, 니도 아는지 모리겄다마는, 운삼이라고 창을 하는 사람인데 그 길에서는 명이 났제. 옛날에, 우리 봉춘이가 살아 있일 직에 나도 한분 본 일이 있네라."

"그 위인이 기화를 데려갈려고 돈을 주었다 그 말입니까?"

"그기이 앙이고 그 사람이 죽기 전에,"

"죽어요?"

"죽었다는구나. 천하의 난봉꾼이고 한량이라 카던데 죽었단다."

운삼이 난봉꾼이요 한량이라는 것은 석이도 잘 아는 일이다.

"소화라고 옛날 운삼이하고 살았던 기생인데, 그런게 소화 주선으로 기화가 서울의 운삼이를 찾아간 일은 너도 알 기다."

"알지요."

"그 소화한테 운삼이가 죽기 전에 기화한테 전할 수 있이믄 전하라고 돈 칠백 원을 맽기났더란다."

석이는 저도 모르게 한숨을 내쉰다.

"고맙기야 얼매나 고맙은 일고? 그러나 영문은 잘 모리겄더라."

"그 사람, 기화누님을 많이 도왔지요. 명창 만들려고 애도 썼고, 그렇게 생각해주는 사람이라도 있었으니 다행이지요."

"그러씨, 그 박복한 것이,"

"지금 뭘 하고 있습니까?"

"나한테 돈을 맡아 있으라 카고는 내처 잠만 자고 있다. 정신없이, 그래 우짜믄 좋겠노? 저라다가 또 어디로 내빼부리믄 우짤꼬?"

석이는 또 한숨을 내쉰다.

"생각하면 밉기도 해요. 죽든지 살든지 내버려두고 싶기도 하고,"

재떨이에 담배를 눌러 끈다.

"그거는 석이 니가 몰라서 그렇다."

"모르기는 뭘 몰라요? 훤하게 다 압니다. 서울서부터,"

석이는 강하게 증오감을 나타내었다.

"그 불쌍한 거를 너무 그러지 마라. 산개겉이 팔도강산을 돌아댕기던 거를 촌구석에 꽉 처박아놨인께 우째 벵이 안 날 기고. 지 팔자가 좋았이믄 기생이 됐겄나. 기생이믄 기생으로 살아야제 별수 없네라."

"교회에 나가시는 아주머니께서 그런 말씀 하셔도 좋습니까?"

"성내지 마라. 나도 처음에사 와 그런 생각을 안 했겠노. 그런데 기화를 치다보이, 그때 여기 벵원에 있일 적보다 더 못씨게 됐더라. 사램이 그렇기 망가질 수 있이까. 마치 물고기를 뭍에다가 올리놓은 것겉이, 차마 못 보겠더라."

394

"맘을 못 잡으니 그렇지요. 타고난 창부요."

석이는 자신이 한 말에 스스로 놀라 얼굴이 새파래진다.

"그래 기화가 요조숙녀더나! 머를 니가 알기는 아노! 하기
사 니는 남을 가르치는 선생이끼 기생 같은 거를 언제꺼지
돌봐주는 것은 달갑지 않을 기다. 그래도 니는 그렇기 못한
다! 개고리 올챙이 적 생각 못하는 기이 어디 선생가! 니한테
우찌했다고 그런 소리를 하노!"

봉춘네도 발끈해져서 언성을 높인다.

"나한테는 돌보아줄 능력도 없거니와, 착실하게 살아보겠
다는 생각이 없는 사람을 난들 어찌하겠습니까."

냉정하게 칼로 자르듯 말했으나 다시 담배를 붙여 물고 신
경질적으로 성냥불을 흔들어 끈다.

"세상에는 끼니조차 잇지 못하는 사람이 수두룩한데 의식
주의 걱정 없이 아이를 기르며 왜 못 삽니까? 남이 그 이상 어
떻게 해주겠어요? 부모 형제도 어쩔 수 없는 일이지요."

"그거는 그렇다마는, 차라리 묵고살기가 어럽아서 품팔이
라도 할 수 있음사? 그 편이 낫제. 날이믄 날마다 먼 산 보고
할 일 없이 한숨 쉬는 그기이 어디 할 짓가? 까막소믄 까막소
거니……"

"……"

"봉춘이 그년은 지 목심을 지 손으로 끊더마는 기화는 산송
장이 되고, 우찌 그리 복도 없는지 모리겠다. 석아."

"네."

"내가 머 이래라저래라 한다고 될 일은 아니다마는 뜬금없
는 돈이 생기고 했이니 차라리 진주서 무신 장사라도 시키믄
우떨꼬?"

"타고난 재주도 고비를 못 넘겨서 성공 못했는데 장사라고
고비를 넘기겠습니까? 그저 헤매다가 죽자는 거지 딴생각은
없을 겁니다. 본시부터 그랬지요. 아주머니도 잘 아시지 않습
니까? 돈 생각하는 사람이오?"

"하기사 그렇다. 하도 딱하이 해본 소리제. 그 불쌍한 것 섬
기줄 마땅한 사람이라도 있었이믄 좋겠다마는, 저라다가 돈
생긴 김에 또 아편을 맞일라 카믄 우짜꼬?"

"맘대로 하라 하소!"

"니가 성을 내는 것도 당연하다마는, 나도 부애가 나서 아
까 언짢은 말을 했다마는 길을 두고 메를 못 간다*고 우떡허
든 길로 끌어주어야 안 하겠나."

조바위 속의 봉춘네 눈이 희미하다. 옛날부터 바느질솜씨
가 좋아서 항상 깔끔하게 차려 입었던 봉춘네, 여전히 옷매무
새는 깔끔했으나 늙음은 초라하고, 어쩔 수 없이 궁상스럽다.

"우짤래? 지 하는 대로 그만 내비리두까?"

풀었던 팔을 모으며 봉춘네는 다시 팔짱을 낀다.

"아니믄 최부자댁에 기별을 하까?"

"아주머니 먼저 가십시오. 좀 있다 가볼 테니까."

"올래? 그라믄 기다리고 있이께."

봉춘네가 나간 뒤 석이는 석탄이 타고 있는 난로만 쳐다보며 움직일 줄 모른다. 창문은 여전히 바람에 흔들리고 있었다. 기화의 일을 생각해야 할 것을 석이는 아내 생각을 한다. 날이 갈수록 방자해지는 아내와 손자 때문에, 어미 없이 자라게 될까 봐 두려워하는 아이 할머니의 굽혀드는 모습을 생각한다. 눈앞에 없고 뚜렷한 사건도 없는 기화를 두고 사사건건 물고 늘어지는 아내의 행동이 실상 기화하고는 무관하며, 불평 불만에서 온 트집인 것을 석이만 아는 일이 아니다. 시어머니도 아는 일이다. 그러니 우쩌겠노, 새끼들 생각하고 다독거려야지, 그 말이 어머니의 입버릇이었다.

'가슴이 터질 것 같다.'

석이는 책을 집어들고 책장을 넘긴다. 활자가 눈에 들어올 리가 없다. 허사였다. 서울 이범준한테서 온 편지를 꺼내어 펼쳐본다. 깨알같이 작은 글씨로 박아 쓴 편지, 몇 가지 중요한 일이 숨겨져 있었지만 일견해서는 평범한 근황을 전하는 글귀에 지나지 않았다. 오래전부터 관수와의 연락이 이범준을 통해 취해져 왔었다. 석이는 그 편지를 한 번 훑어보고 나서 난로 속에 집어던진다.

'폭탄을 안고 도청에나 쳐들어갈까 부다!'

진주서 도청을 부산으로 옮겼을 무렵 이전을 빌미 삼아 한방 터뜨려볼까 하는 얘기는 있었다. 얘기로 그치고 만 일이었지만. 석이는 일어서서 방 안을 왔다 갔다한다.

'사로잡히면 안 된다. 냉정해야 한다. 기화에게는 평사리에 남는 길밖에는 없다.'

눈을 감으면 망막 속에 비치는 꽃무지개 같은 색채를 띤 생각들이 머릿속에 계속하여 출몰한다. 한없는 나락으로 몸이 떨어지는가 하면 솟구쳐오른다. 떨어지고 싶은 마음과 솟구쳐오르고자 하는 마음이 심한 갈등을 일으킨다. 기화의 출현은 먹구름을 몰고 올 것이라는 예감, 파괴 직전과도 같은 위태로운 느낌이 엄습해온다. 석이는 방 안을 걷다 말고 고개를 흔들어댄다. 가슴 속에서 일을 향한 것이든 기화를 향한 것이든 그 어느 것이든 간에 행동하고자 하는 정열이 부글부글 끓어오르는가 하면, 지칠 대로 지쳐버린 패잔병처럼 자리에 주질러 앉고 싶은 피곤이 몰려오곤 한다. 대추씨같이 생긴 서의돈의 모습이 눈앞을 스치고 간다. 형무소에서 붉은 옷을 입고 복역하는 서의돈이 나약한 놈! 하고 침을 뱉는 모습이 떠오른다.

'서의돈 선생…… 구변 좋고 배짱 좋고 훌륭한 사내지.'

존경할 만한 값어치가 충분히 있는 사람이라는 것을 석이도 안다. 그러나 석이 마음속에는 반감이 도사리고 있는 것이다. 그것은 질투하고는 다른 감정이다. 기화를 깊이 사랑했음에도 불구하고 인연은 그쪽에서 잘랐다. 그것은 사내의 의지였는지 모른다. 기생의 처지에서 그의 사랑을 받아들였고, 발길을 끊었을 때 그러려니 했었던 그때의 기화도 상기된다. 만일 서의돈이 조국의 독립이라는 큰 뜻을 품지 않았더라면 어떻게 되었을까. 역시 마찬가지로 기화는 버림받았을 것이라고 석이는 생각한다. 명문의 후예들, 선비의 후예들, 그들에게 애정이란 이른바 풍류에 불과한 것이었을 테니까. 또 기화는 기생이었으니까. 풍류와 기생은 당연한 결과였는지 모른다. 다른 사람의 표현을 빌리자면 서의돈은 기화에게 미쳤다. 바로 그 미친 상태에서도 단호하게 발길을 끊었던 서의돈의 냉정함에 석이는 반감을 가졌던 것이다. 그것은 통틀어 양반들의 냉정함이요 기생이나 서민들에 대한 근본적 모멸이기 때문에 석이는 서의돈에 대하여 순수한 존경을 바칠 수 없었던 것이다. 지금 서의돈에 대한 기억을 되살린 것은 석이 자신이 처한 위치에서 기화를 생각한 탓은 아니었을까. 학교 교사와 기생, 일가의 가장과 기생, 어떤 시기가 닥치면 자신도 결별을 감행하지 않으면 안 될 것을 생각한 때문이 아니었을까.

'도대체 진실이란 무엇일까? 진실을 위해 진실을 희생해야 하는 것은 모순이다. 하물며 평정을 위해 진실을 희생하는 것은 모순 이상이다. 그러나 사람들은 사람의 도리를 지켜야 한다고 한다. 사람의 도리는 무엇이며…… 약자를 희생시켜온 것이 대부분의 도리가 아니었더란 말인가? 사내답다는 것은 또 무엇일까? 약자를 보호하기보다 약자 위에 군림하는 것을 두고 사내답다 해오지 않았던가?'

석이는 외투를 걸친다. 교사를 나섰을 때 권서방이 석탄 바케쓰를 들고 걸어왔다.

"선생님, 어디 가십니까?"

"잠시 다녀오겠소. 권서방은 직원실에 계시도록,"

"예. 다니오시이소."

봉춘네 집은 학교를 오가는 길켠의 조그만 함석집이었다. 이곳으로 이사온 지 일 년 남짓, 지나가는 길에 전보다 자주 봉춘네를 만나곤 했었다.

"어디 가십니까?"

판자문을 밀고 들어갔을 때 봉춘네는 손가방을 들고 마당에 서 있었다. 조바위 대신 두루마기를 입고 있었다.

"막 예배 보러 갈라 카이 오네. 나는 저녁때나 올 줄 알았지."

"네."

"나선 길이니 내 퍼뜩 갔다 올게. 기화도 일어나 있인게 들어가서 좋은 말로 달래봐라. 니 말은 좀 안 들겠나?"

"……."

"기화가 예수만 믿었이믄 똑 좋겠는데, 예수님을 의지하고 살 수는 없이까? 보통 사람도 믿음 없이 살기가 어럽은데, 아마도 내 신심이 약해서 하나님 앞에 못 데리고 가는갑다."

혼잣말같이 중얼거리며 봉춘네는 장독 울타리에 널어놓은 버선 몇 짝을 걷어 마루에 올려놓고,

"그라믄 나 갔다 오께."

석이는 외투 호주머니 속에 두 손을 찌르고 우두커니 서 있

었다. 울타리가 얕아서 거리가 내다보였다. 방 안에서는 숨을 죽인 듯 아무 기척이 없다. 신돌 위에 구두를 벗고 석이는 마루로 올라섰다. 방문을 열었다. 기화는 방 한구석에 처박히듯 쭈그리고 앉아 있었다. 힐끗 석이를 쳐다본다. 계속 잠만 잔다고 하더니 기화의 얼굴에는 다소 생기가 있어 보였다. 무릎을 모아서 세우고 그 위에 얹은 하얀 팔목이 가늘어 보였다. 남색 법단 저고리에 자줏빛 치마를 입고 있었다. 농짝과 이불한 채밖에 없는 방이 그래도 좁아 보였다. 벽에는 기화의 두루마기가 걸려 있었다. 석이는 말없이 외투를 벗어 밀어붙이고 자리에 앉자마자 담배부터 꺼내 붙여문다. 서로 고집 세게 입을 열지 않는다. 기화는 전과 다른 석이 표정에 겁을 먹은 것처럼,

"나 평사리 데려갈려고 왔어?"

석이는 대답 없이 휴지를 꺼내어 담뱃재를 떤다.

"내버려두지 않고 모두들 왜 이리 성가시게 하는지 모르겠어. 내가 애야? 소 새끼야?"

그래도 대답이 없자 불안해진 기화는,

"난 그곳이 답답해서 못 산단 말이야. 미칠 것 같고 강물에 뛰어들고 싶고 머릿속이 터져버릴 것 같단 말이야. 내가 무슨 몹쓸 죄를 졌다고 가는 곳마다 사람을 놔서, 어이구 참!"

몸을 쩔쩔 흔든다.

"어디 갈려고 나왔소."

"그, 그건 나도 모르겠어."

풀이 죽는다.

"무슨 일을 할 요량으로 나온 거요?"

대답이 막혀버린다. 기화는 석이를 한번 쳐다보고 장지문 쪽으로 시선을 옮긴다.

"아무 말 말고 평사리로 돌아가시오."

배 속에서 밀어내는 굵은 목소리에 압도당하면서, 그러나 기화는 강하게 고개를 저었다.

"그렇담 어떻게 하려는 거요! 어디로 가서 무엇을 하겠다는 생각을 못하는 사람이 보따리는 왜 싸!"

소리를 버럭 지르는 바람에 기화는 움찔한다.

"말 잘했어요! 애도 아니고 소 새끼도 아닌 어른이면 애를 돌봐야지, 소도 제 새끼를 돌보는 법이오!"

"내가 머 에민가?"

중얼거리듯 낮은 목소리다.

"참는 것도 한도가 있지, 환국이어머님 성의를 생각해서라도 이럴 수 있습니까?"

"나, 나도 참았어. 얼마나 참고 견뎠는지 너, 넌 모른다."

"아편 맞고 싶어서요? 술 마시고 노래하고 싶어서요? 사내하고 함께 노닥거리고 싶어서요?"

기화의 얼굴빛이 변한다. 길 가다가 뒤통수를 얻어맞은 것처럼, 크게 벌린 눈이 석이를 응시한다. 자신의 귀를 의심하는 것 같은 표정이다.

"왜요? 나는 그런 말 못할 줄 알았소? 항상 당신 눈에는 물지게 지던 선머슴아이로만 보이는 거요?"

정신없이 휴지에다 피우던 담배를 말아 쥔 석이는 손아귀 속에 그것을 으스러지게 누르며 이를 악물고 기화를 본다. 잡아먹을 듯 험악하다. 기화는 그런 무서운 석이 얼굴을 본 일이 없었다. 여간해서 감정을 나타내질 않았던 석이가,

"언제부터 그리 도도해졌니? 너 앞에서도 죽어지내라 그 말이야?"

슬금슬금 눈치를 살피며 기화는, 그러나 어세만은 강했다.

"신세 좀 졌기로, 세상에 이런 법이 어딨어! 뭐 어쩌고?"

"자존심 따위 옛날 옛적, 쓰레기통에 버렸을 텐데요?"

"오냐! 쓰레기통에 버렸다! 난 쓸개도 없는 년이야! 하지만 이젠 너이들 도도한 사람들한테 폐 끼치지는 않을 테다."

"늙은 난봉꾼의 그 알량한 유산 덕분이군요."

석이 눈이 이글이글 탄다. 절망에다 예기치 않았던 질투의 감정이 피를 끓게 한다.

"흥! 그 돈으로 아편 맞고, 정석이도 사내니까 술 사다 놓고 어디 한번 노닥거려 보겠소? 이 년 동안 많이 참지 않았소?"

"아니 이게,"

기화는 푸들푸들 떤다. 석이는 더욱 잔인하게,

"퇴물이라도 기생은 기생이오. 상하 가릴 게 뭐 있어!"

두 주먹을 쥐고 기화는 벌떡 일어섰다.

"이, 이놈아! 가, 감히,"

마주 보며 일어선 석이에게 달려들어 주먹을 휘두른다. 석이는 그 팔을 낚아채어 비틀며 갑자기 발광한 사람처럼 기화의 뺨을 두 차례나 갈긴다.

"병신! 천치!"

석이는 무릎을 꺾고 앉으며 흑 하고 흐느껴 운다. 그는 오랫동안 그런 자세로 울었다. 기화는 넋이 나간 듯 우는 석이를 내려다본다. 맞은 쪽 뺨이 빨갛게 물들었고 다른 한쪽의 뺨에는 소름이 돋아난 듯 오소소해 보였다. 손수건을 꺼내어 코를 풀고 눈물을 닦은 석이는 잠긴 음성으로 말했다.

"아마 내가 미쳤던가 부지요."

"......"

"아무리 둘러보아도 빠져나갈 구멍이 없는데, 미쳤지요."
하다가 이번에는 울부짖듯,

"자신의 불행은 자기 혼자 짊어지시오. 남까지 불행의 구렁창으로 끌고 가면 안 돼요!"

기화는 하는 말엔 대꾸 없이,

"왜 울었지?"
하고 묻는다. 석이 역시 그 말 대꾸는 않고,

"나는 내가 파멸하는 것을 지금 원하고 있는 거요. 나까지 불행하게 하지는 말아요!"

"나까지⋯⋯?"

"기화 때문이오. 측은하고 불쌍하고, 세상에는 더 불쌍하고 불행한 사람들이 얼마든지 있는데, 안 그렇소?"

"아무것도 바라지 않아. 내가 나쁘다."

"어디든 가서 잘 살았으면 잊을 수도 있었는데."

"석아!"

"나하고 어디 멀리 만주나 시베리아로 달아난다면 행복해질 수 있을까."

"무슨 소릴 하는 게야?"

서로 쳐다본다. 눈과 눈이 강하게 부딪는다. 바람 소리, 함석 지붕에 모래 구르는 소리.

"산중에서 나하고 화전민이 되어 숨어 산다면 기화는 행복해질 수 있을까."

잠꼬대같이 석이 중얼거린다.

"아마 내가 미쳤는가 부지요. 옛날 물지게 졌을 그 시절 전참봉이란 사내를 죽이고 싶었을 때처럼, 물지게로 면상을 쳐 죽이고 싶었던 그때처럼."

"어, 어지러워라."

기화가 픽 쓰러진다.

"왜, 왜 이래요!"

순간적으로 기화를 안아 일으킨다. 얼굴이 백지장이었다.

"왜, 왜 이래요?"

"날 반듯이 누, 눕혀주어."

허둥지둥, 이불 사이에 끼워둔 베개를 뽑아 기화 머리 밑에
받치며 눕힌다.

"저, 정신 차려요!"

"좀 있으면 나, 나을 거야."

"내가 잘못했소."

백지장 같은 얼굴에 엷은 미소를 띠며,

"나 평사리 갈게."

"괜찮소?"

"좀 누워 있으면…… 소, 손을 꼭 눌러주었으면,"

"그, 그러지요."

기화의 손을 눌러 잡는다. 잡는데 심장의 고동처럼 손이 뛴
다. 이마에 땀이 솟는다.

"좀 괜찮은 것 같다."

눈을 감은 채 기화가 말했다.

"너무 심한 말을 했소. 용서해주시오."

"그런 말 들어야 싸지. 나 평사리에 갈게."

"아무 말 말고 편히 누워 있어요."

오랫동안 두 사람은 서로의 심장 소리를 듣는 듯 침묵을 지
킨다. 눈을 감은 채 누워 있는 기화 얼굴에 혈색이 돌아온다.
기화가 얘기를 시작했다.

"내가 세상에 나서, 석이처럼 나한테 잘해준 사내는 없었

다. 언제나 너를 대하면 마음이 편했어. 어딜 가도, 어느 누구랑 같이 있어도 어찌 그리 마음이 안 편했을까."

"아무 말 말아요."

아까 안아서 누일 때 그 가뿐하던 기화의 몸무게를 생각하며 다시 끓어오르는 어떤 격정을 누르며 석이 말했다.

"아니야. 우리가 언제 또 이렇게 만날 수…… 없을 거야. 집 없는 강아지 같고, 항상 떠날 차비를 하는 철새 같고…… 어디 비비고 기댈 것이라곤 없었어. 어쩌면 그렇게들 인색했던지."

감은 눈에서 눈물이 흐른다. 인색했었다는 말을 했을 때 기화는 상현을 생각했다. 상현의 본가(本家)를, 그 집의 아들 형제를 눈앞에 떠올리고 있었다. 개밥에 도토리 같았던 그때 자기 모습도 생각이 났다. 인생의 종말같이 피폐한 자신을 위해 뜨거운 눈물을 흘려주는 사내가 있다니, 운삼이 남겨놓고 간 칠백 원을 무감동하게 받았던 기화였는데 석이의 눈물은 어찌하여 크나큰 경이였을까.

"어릴 적에 엄마가, 무당 될라고 그러나, 기생 될라고 그러나, 하면서 쥐어박고 하더니, 동티는 조상에게서 난 모양이야. 우리 외할아버지라던가? 그 어른이 운봉의 광대, 명창이라 하던지……."

눈물은 볼을 타고 흘러내리는데 기화는 눈을 감은 채 미소한다.

봉춘네가 돌아왔다. 손을 호호 불며 방으로 들어온다.

"아니 와 이라노!"

"어지럼증이 생겼는갑소."

대답하고 석이는 외투를 챙겨 든다.

"그렇다믄 이부자리를 깔고 눕히야제."

봉춘네가 이불을 내리려 하는데,

"이제 괜찮소, 이불은 무슨,"

기화가 일어나 앉는다.

"그럼 또 오지요."

석이는 허둥지둥 방문을 열고 나간다. 마당에서 외투를 입으며 삽짝을 나서려는데 봉춘네가 쫓아 나온다.

"그래 머라 카더노?"

"뭐라 하기는요, 평사리로 돌아가겠다 하기는,"

외면을 하는데 봉춘네는 집요하게 석이 시선을 찾는다.

"그 생각이 며칠이나 가겠노."

"글쎄요."

"따신 거라도 끓이서 좀 마시고 안 가고?"

"생각 없습니다."

"그런데 니 눈이, 대기 운 사람 겉다. 와 그렇제?"

"울기는요. 가, 갑니다."

휭하니 나가버린다.

"얄궂어라? 기화는 백날 울어도 씨원찮을 기다마는 석이가 와 울었일꼬?"

408

마루에 놔두었던 꾸러미를 부엌으로 가져간다. 교회에서 나오는 길에 장을 보아온 것이다. 솥에 물을 부어놓고 장작불을 지펴놓고 나서 봉춘네가 방으로 들어왔을 때 기화는 벽을 향해 돌아누워 있었다.

"자나?"

"아니요."

"지금도 어지럽나?"

"많이 좋아진 것 같애요."

"죽을 좀 쑤까?"

"생각 없소."

"안 묵어서 그렇다. 아침도 드는 둥 마는 둥, 묵고 정신부터 좀 차리야제."

"걱정 마세요. 나 평사리로 갈게요."

"누가 니보고 가라 카나? 내사 니하고 같이 있는 기이 좋다. 어디 후딱 달아나까 싶어 그기이 걱정이지."

"이젠 어디 달아나지 않을 거예요."

"니 맘을 우찌 믿노."

기화는 누운 채 돌아본다.

"그보다도 석이가 운 것 겉은데 와 그랬제?"

"예? 아 저기, 총 맞아서 죽은 아버지 얘길 해, 했더니,"

얼버무리는데 얼굴이 빨개진다.

"지나간 얘기는 멋 땀시 해가지고 그 사람도 영 맴이 안 편한갑더라. 그보다도 교회서 돌아오는 길에 석이 장모를 만났네라."

"석이 장모를요?"

"응, 니가 와서 석이가 집에 와 있다는 이야기를 했지."

"그런 말은 뭐할려고 했어요."

"서로 잘 아는 사이 앙이가."

"처가까지 아나요, 뭐."

"하기는 말을 해놓고 보이 좀 뒷맛이 안 좋기는 하더라만, 석이댁네는 우떤지 몰라도 장모는 세를 딸른 사람이제. 없는 사람 하시하고, 하지마는 사위가 오늘 저렇기 된 거는 다 니 덕 앙이가."

"지나간 얘기 하면 뭘 해요. 오늘 내 꼴이 이 모양인데."

"니가 우때서? 맘만 잡으믄 최부자댁에서도 니를 우천좌천 하는데."

"……."

"죽물이라도 마시야지, 부석에 불 때놓고 왔는데 깨미음 쑤어 올게."

11장 어머니의 노여움

석이 직원실에 들어갔을 때 권서방이 어디 아프냐고 물었다.

"아니요."

"안색이 안 좋습니다."

권서방이 나간 뒤 석이는 책상 위에 엎드렸다. 후회한다기보다 부끄러웠다. 어째서 그런 짓을 했는지 알 수 없었다. 그러나 한편으론 오랜 멍울이 풀린 것 같은 기분이기도 했다. 미진(未盡)한데, 갈증을 느끼는데, 어떤 가능성도 찾아볼 수 없는데 멍울이 풀린 것 같은 기분은 감정을 발산한 데 연유하는 것이리라. 문 두드리는 소리가 난다.

"들어오시오."

석이 책상에서 얼굴을 든다.

"정선생 안녕하시오?"

농조로 말을 걸며 들어선 사람은 뜻밖에 처남 양필구다. 누이동생 을례의 모습이 비슷이 있긴 했으나 완강한 체구에 담백한 느낌을 주는 사내다.

석이는 당황한다.

"오래간만이오."

양필구는 껄껄껄 웃는다.

"오래간만이오? 음 그렇지, 우리가 처남 매부 간이었지."

"웬일이야?"

"지나는 길에."

했으나 지나가는 길에 별 볼일 없이 들른 것 같지는 않다. 그는 의자를 끌어당겨 난롯가에 앉아서 손을 싹싹 비빈다.

"우리 매씨께서는 요즘도 속 썩이나?"

석이는 대꾸 없이 난롯가, 필구와 마주 보고 앉는다.

"혁명가의 아내 될 자격이 없단 말이야."

여전히 농담조로 말하는 필구를 힐끔 살핀 석이는,

"거창하게 나오시는군."

"친구를 생각해서 나는 별 찬성 안 한 결혼인데……."

이번에는 농담이 아니었다.

"새삼스럽게 무슨 얘기 하는 거야?"

"역시 자식은 모친이 좋아야."

"생모 같으면 자네가 그런 말 했겠나?"

"그야 물론이지. 자기 혈육에 대해선 객관성을 잃는 것이
인간의 본능이니까."

석이는 필구의 의도를 가늠해보듯 깍지 낀 손에 머리를 얹
고 등을 뒤로 젖히며 고갯짓을 몇 번 해본다. 방금 있었던 기
화와의 일을 필구가 알 턱이 없다. 필구의 용무는 무엇인가.

"그래 매씨 때문에 날 찾아왔나?"

"할 일이 없어서? 그런 일로나 만났다 해두지."

"집안은 편안한가?"

"다소의 불평이야 왜 없겠나. 다 남자 하기 탓이지. 여자에
게 아첨 떠는 것도 좀 배워둘 필요가 있어. 더러 허풍도 떨구,"

석이는 쓰게 웃는다.

"그것도 살아가는 방법이지. 자네는 융통성이란 게 없어서

그게 흠이다. 담배라도 좀 권해볼 수 없겠나?"

"잊었다."

또 쓴웃음을 지으며 담배를 내민다. 담배 연기를 뿜어내며
필구는,

"진주란 참 묘한 곳이야."

"묘하다면 다 그렇지."

"아니 특히 그렇다는 얘기지. 극과 극이 공존해 있는 본보
기 같은 도시 아닐까?"

"여러 가지 여건이 그렇게 만든 거야. 역사적으로도…… 모
든 것이 수용될 수 있는 공간인데 또 그게 알맞게 크니까 서
울 같을 수 없고, 유동이 안 되니까 부산 같을 수도 없는 거
아니겠어?"

"그건 그래. 사회주의의 온상 같은 형평사운동의 시발점이
진준가 하면 보수적 기풍이 가장 강하고, 기생문화에 전 부패
가 있는가 하면 서릿발 같은 열부의 절개를 숭상하고, 민란의
소용돌이 속에서도 근왕사상(勤王思想)은 확고하고, 상중하의
계급의식은 여전히 투철하지."

"그건 이 나라의 축도(縮圖) 아닌가."

"관수형님은 선견지명이 있었어. 확실히 인물이야."

"새삼스럽게 무슨 소리야?"

"옹달샘에서 빠져나가기 잘했다 그 얘기지."

"도망쳤지, 선견지명 때문인가 어디,"

"어쨌거나,"

"움직여볼려고 그러나?"

"내 의사라기보다,"

"가겠어?"

"자네 이범준이한테 연락 안 받았는가?"

"……."

"하여간에 부산에 가봐야 알 일이지만,"

"언제 떠날 거야?"

"자네는 어쩌려구?"

"나도 가야지. 볼일이 좀 남아 있어서,"

"모레쯤 갈까 싶어."

"나는 며칠 더 걸릴걸."

"하기야 뭐 개인행동 하는 게 좋지."

"일직이란 건 어떻게 알았나."

"집에 갔었다. 신변정리 좀 해두는 게 좋을 게야."

"자네는?"

"별수 있어? 사태 불리하면 처가에서 먹여 살리겠지."

"사태 불리를 어느 정도로 보나."

"콩밥 일 년 먹겠지. 왜? 자네답지 않게, 불안하나?"

"지루해서 그런다."

"그건 무슨 뜻인고?"

"계속 뛰고 싶어서."

"사정이 바뀌었군."

석이 필구를 쳐다본다.

"중국놈같이 물에 물 탄 듯 술에 술 탄 듯, 자네 그런 사람 아니었나? 서둘기야 내가 서둘렀는데 어지간히 답답해진 모양이구나. 그건 적신호야. 전에 자네가 나보고 한 말일세."

"그랬던가?"

"실은 일직인 줄 모르고 한잔 할려 했더니……."

재떨이에 담배를 눌러 끈다.

"최부자댁 일은 어찌 됐나."

"사는 거지."

"원심대론가?"

"그런다는 얘기더군."

"연학이는,"

"어젯밤에 내려왔어."

"나형사가 연학이를 찾는다는 소문이던데,"

"최참판댁 일 땜에, 뜯어먹을려고 그랬겠지."

"하기야 그 능구렁이가 나형사 속을 쏙 뽑아놓기야 했을 테지."

필구가 돌아간 뒤 석이는 창가로 가서 교정을 걸어나가는 필구의 뒷모습을 바라본다. 아무렇지도 않게 툭툭 내던지던 말만큼 그의 뒷모습이 확고한 것은 아니었다.

'왜 기화한테 그렇게 폭행을 했을까. 미친 것처럼 왜 그리

덤볐을까.'

비로소 석이는 자신이 일을 앞두고 있었다는 것을 깨닫는다.

'울기는 왜 울었을까? 천하에 못난 자식같이 울었다.'

그것도 비로소 깨달아진다. 일을 앞두고 있었기 때문에.

'만주로 함께 달아나자고? 시베리아로 가자고?'

희망조차 가질 수 없는 일이었다. 희망조차 할 수 없기 때문에 그런 말을 했는지 모른다.

일직을 끝낸 석이는 봉춘네 집 앞을 지나가다가 잠시 머물렀다. 다시 걷기 시작한 그는 영팔이 집을 찾아간다.

"춥다. 여기 구둘막에 앉거라."

판술네가 아랫목의 자리이불을 걷으며 권했다.

"들으니 어매가 다리를 꼽쳤다믄?"

"네."

"늙은 사람은 잘 안 풀리는데 침이나 맞았나?"

"맞았지요. 이제 그만한 모양이더군요."

"거 며눌아이가 아아들을 안 돌본께 할마씨 혼자 지고 안고, 그러이 다리 심이 빠진 기지. 농사를 짓나 길쌈을 하나, 젊은 사람이 양끼 밥 짓고 무신 일이 그리 많아서,"

영팔이 불만스럽게 내뱉었다.

"날이 갈수록 말만 늘고, 석아, 그러려니 생각해라. 남자가 무신 잔소리가 그리 많소."

416

"잔소리라니, 나 겉으믄 그런 며누리 안 본다. 석이가 장개는 잘못갔다."

"석이가 갈라 캤건데? 석이어매가 우기서 한 혼사 앙이오. 자석들 바서 씨어마씨가 감싸야지 우짜겠소."

"지난분에도 내 한분 가서 봤다마는 씨어무니 말에 어디 그리 불칙하게 대할 수 있나. 근본이 돼 있이믄 그렇기는 안 할 기다."

"모두 제 불찰이지요."

"또 보따리 싸거든 이분에는 내삐나도오라."

"씨끄럽소. 사람 하나 들고 나는 기이 그리 시운 일이건데? 자석이 장석이라 안 합디까? 자석들이 걸리 있인께 서로가 참아야지요. 아니할 말로 늙은 사람은 갈 길이 바쁜께 어린것들 생각 먼지 해야제."

판술네는 걸레질을 하며 말했다.

"사람이 경망하고 성질도 안 좋다 하던 홍이댁네가 오히려 생각보다는 시아배 공경할 줄은 알더마. 그거 다 근본이 있인께 그런 기라."

"와요. 석이댁네 집안이 어때서요? 오라비는 좀 똑똑하건데?"

"밭이 다른께 그렇지. 임자, 저녁상이나 차리지."

"야. 글안해도,"

"집 안이 조용한데 모두 어디 갔습니까?"

석이 묻는다.

"판술이 권속은 모두 처가에 갔구마. 내일이 장인 환갑 앙이가."

"그라믄 나 저녁 채리올 긴께 앉았거라."

판술네가 나가자 석이 말했다.

"한복이형님은 더딜 모양이지요?"

"어디 한 발 두 발이건데?"

"사오일 내로 와야 하는데,"

"그러씨……."

"……."

"무신 별일이야 있겠나. 아이가 원체 탄탄하고 직심이라서 걱정할 것 없다."

"걱정하는 건 아니지마는……."

"연학이한테 얘기 들었제?"

"네."

"이자는 할 수 없는 일이고, 몸 성키 있다가 나올 날이나 기다리야지. 길상이가 돌아오믄 머가 좀 달라지기는 달라질 기다."

"그거는 그렇고 아저씨,"

"와."

"기화누님이 지금 진주에 와 있소."

"머? 진주에 와 있다고?"

"네."

"그거 자꾸 그래쌓아서 큰일이네. 최참판댁에 와 있나?"

"아니요. 학교 근방에 있는, 옛날의 수양어머니 집에 와 있는데 아저씨가 좀 수고해주십시오. 최참판댁엔 아무 말씀 마시고."

"그런께 날더러 봉순이를 평사리까지 데리다 주라 그 말가?"

"네."

"그거사 어렵잖은 일이다마는 자꾸 그래쌓아서 야단이네. 최참판댁에서도 좋아라 하겠나?"

"그러면 내일…… 내일 학교로 절 찾아오시겠습니까?"

"그러지. 내가 그 집을 모른께."

저녁상을 함께 받고 이런 저런 얘기를 하다가 석이는 일어섰다. 겨울의 저녁은 여덟 시였지만 한밤중처럼 캄캄했다. 석이는 집으로 가는 도중 길거리 주점에 들러 혼자 앉아 술을 마신다.

'한 번 더 들여다보고 올 걸 그랬나?'

소주를 계속해 마신다.

'어머니, 아이들…….'

컵을 내민다.

"한 잔 더 주시오."

주모가 기울이는 술병에서 찬물 같은 술이 콸콸 쏟아지는 것을 쳐다본다. 술은 유리컵의 전 가까운 곳에서 멎었다.

"손님, 독한 소주를 우짤라꼬 그리 많이 마십니까?"

주모가 말리듯 말했다. 석이는 컵을 눌러 잡으면서,

"그것은 그쪽에서 걱정할 일이 아니오."

"술이사 팔믄 좋지마는, 막걸리 마시듯기, 그래가지고는 속 버립니다."

"허허, 쓸데없는 걱정 말아요. 내 속 버리지 당신 속 버리는 건 아니니,"

주점에서 떠드는 소리는 벌 떼가 닝닝거리는 것같이 의식에서 멀어졌다가 가까워지곤 한다. 추운 날씨에 밀폐된 주점 안은 목이 멜 만큼 담배 연기로 가득 차 있었다. 죽으러 가는 것도 아니며 영원히 사라지는 것도 아닌데 석이는 기화로부터 영원히 떠난다는 생각을 한다. 영원히 떠날 것이면 한 번쯤, 의지나 목표나 일상의 테두리를 벗어나서 자신을 위한 자유를 누릴 수는 없었더란 말인가, 석이는 자문해본다. 고작한다는 게 나약한 여자의 뺨을 때렸고 감정을 짓이겨 난도질하듯, 그리고 부끄러운 고백으로 그쳐버린 일을 석이는 목구멍에서 타는 술기처럼 되씹어본다. 서의돈이나 이상현도 결코 진실이 아니었다고 말하지는 않을 것이다. 기화를 농락한 것은 아니었다고 주장할 것이다. 그러나 기화가 기생이기 때문에 양심의 가책을 아니 받았거나 혹은 덜 받았을 것이란 말은 이쪽에서 할 수 있다.

'개새끼들! 양반이랍시고 떵떵거리는 놈들! 그중에서는 눈알이 똑바로 박혔던 개새끼들! 처음부터 풍류로 나갈 것이지,

진실이니 애정이니 동정이니 뭐 말라비틀어진 거야?'

오입이 아닌 사랑은 했으나 책임은 아니 져도 좋은 안위함, 한 여자가 쓰레기로 전락되어가는 일과는 무관했던 그들에게 대체 진실이란 무엇일까, 그들의 아픔이란 대체 어떤 종류의 아픔일까, 면면하게 이어져 내려온 자부심을 희생하지 못하는 그들에게 헐벗고 굶주린 사람들은 무엇을 기대할 수 있을 것인가, 석이는 연달아서 쫓아오는 의문과 분노를 마시듯 술잔을 비우고 비틀거리며 일어선다.

"술값 여 있소!"

"조심해 가시이소."

주모의 말을 뒤통수에 들으며 석이는 바람 부는 밤거리로 나섰다.

"그들은 우리의 친구가 아니다! 그들은 어떤 경우에도 우리를 배반할 것이며 모멸하고 지배할 것이다. 관수형님!"

석이는 이리 비틀 저리 비틀 하며 거리를 헤매듯 걷는다.

"형님, 기대할 것 한 푼 없다구요! 형님 말씀은 맞습니다. 이론도 밝고 정세에도 밝고 전술전략에도 능하겠지요. 하지만 그들은 영웅주의에서 결코 벗어날 수 없단 말입니다. 빈자의 자부심과 그들의 자부심이 같습니까? 결코 같을 순 없단 말입니다! 그들은 사나이의 자부심, 강자로서의 자부심, 그거 아닙니까? 인간의 존엄성은 아니지요. 네, 아닙니다! 베풀려고 하지요. 베푼다고 생각하지요, 안 베풀 수도 있는 일이지요. 왜 베풉니까? 왜 같이 가지는 것을 그들은 모욕으로 느끼지요?"

이리 비틀 저리 비틀, 집 앞에까지 갔을 때 집 안은 깜깜했다. 판자문을 와락와락 잡아 흔든다.

"문 열어!"

대답이 없다. 빈집같이 아무 소리도 없다.

"문 열어!"

여전히 아무 반응이 없다.

"어머니! 문 열어주시오!"

이번에는 마누라 대신 어머니를 불렀으나 마찬가지다.

"후우……."

석이는 판자 문 앞에 퍼질러 앉는다. 호주머니를 뒤적거려 담배를 붙여 문다.

"달 참 조옿다!"

동그마니 떠 있는 달을 보며 석이는 담배 연기를 뿜어낸다.

"흠, 평사리에만 달이 있는 줄 알았는데 진주에도 달이 있었던가?"

나오는 대로 무심히 지껄여놓고 석이는 왜 오늘 밤에 그것을 느꼈을까, 달을 느꼈을까? 하고 생각한다.

"어머니! 문 안 열어주시겠습니까!"

퍼질러 앉은 채 소리를 지른다.

"이놈아! 이 불효막심한 놈아!"

언제 나왔던지 마당에서 들려온 굵은 음성이다. 석이는 엉덩이를 털고 일어섰다.

"술 좀 마셨습니다!"

"내가 문을 안 열어줄라 캤는데 이웃이 부끄럽아서 열어준다."

문이 열렸다. 하얀 무명 치마저고리의 꾸부정한 모습이 달빛 아래 드러났다.

"달 참 좋지요, 어머니?"

석이 비틀거리며 들어간다.

"니가 그래도 교사가?"

"왜 이러십니까? 교사는 술 마시면 안 됩니까? 전에는 안 그러던 어른이 오늘 밤따라 왜 이러시지요?"

"이놈아! 누가 장난으로 말하는 줄 아나! 싱둥겅둥, 술주정으로 넘길라 카지 마라!"

"어머니도 참, 사십을 바라보는 아들한테 이놈 저놈! 너무 그러지 마십시오."

마루에 철썩 엉덩이를 박듯 앉는다.

"어머니, 이 사람 어디 갔어요?"

석이네는 아들을 노려본다.

"냉수 한 그릇 주십시오. 술이 좀 과했던 것 같소."

떠왔다.

"다리는 아주 나으셨습니까?"

"우째서 니 기분이 그리 좋노?"

석이네가 속삭이듯 묻는다. 강한 눈초리로 아들을 노려보면서.

"제 기분이 좋아 보입니까? 어머니도 늙으셨소. 아들 기분을 몰라보시니,"

"이놈아! 이 환장한 놈아!"

냉수를 들이켠 석이는 사발을 내민다.

"이 사람이 어디 가고 밤늦게까지 시어머닐 부려먹지요?"

사발을 받아 마루 구석에 밀어놓은 석이네는,

"너 내 방으로 좀 들어오너라."

"오늘 밤은 몹시 취했습니다. 자야겠소. 내일 아침에,"

"들어오라믄 들어와!"

"네, 네, 정신없는데요?"

더듬더듬 큰방으로 들어간다. 석이네는 등잔에 불을 켰다. 이부자리도 깔아놓지 않고 말끔한 방 안은 썰렁했다. 이가 빠져서 홀쭉한 석이네 얼굴은 더욱 홀쭉해 뵌다.

"내 묻는 말에 속이지 말고 대답해라."

"네."

"너 지금 어디서 술 마시고 오는 길고오."

"오면서 길거리 주점에서 마셨습니다."

"이자는 에미보고도 거짓말을 하는구나."

"……?"

"술은 술집에서 마셨다 치자, 그라믄 지금까지 어디 있었
노?"

"판술이 집에 갔었지요. 대체 왜 그러십니까?"

술이 좀 깨는지 석이 정색을 하고 되묻는다.

"그라믄 오늘은 그곳 말고 간 곳이 없었더냐?"

순간 석이는 움찔하고 놀란다. 술기가 싹 가셔지는 것을 느
낀다.

"그건 왜 묻습니까?"

"대답이나 해!"

"……."

"왜 대답을 못하나!"

"집안에 무슨 일이 있었군요."

"대답을 못하는 거를 보이 사돈이 한 말이 틀림이 없구나."

석이 얼굴이 일그러진다.

"니 처는 아아들 데리고 친정에 가부렀다."

석이 자세를 바로 하고 눈을 내리깐다. 한참 만에,

"장모가 와서 뭐라 했습니까?"

"봉춘어매 집에 봉순이를 불러다 놓고 네가 댕긴다 하더라.
이젠 살림 다 살았다. 천근 겉은 내 새끼들, 석이 니가 그럴
줄은, 차돌에 바람이 들믄 석돌만도 못하다 하더니 어이구 이
일을 우찌하믄 좋을꼬."

운다. 석이는 한숨을 내쉰다. 갔었다고 얘기 못할 것도 없

었다. 그러나 모친에게도 변명을 하고 싶지 않았다. 아무 일
도 없었노라고 말하기가 싫었다. 아무 일도 없었지만, 그러
나, 아무 일도 없었던 것은 아니었다.

"오만 사람이 그 짓을 해도 내 아들만은, 철석겉이 믿었는
데 우리 석이만은. 우째 아무 말이 없노! 할 말이 있거든 좀
해봐라."

"……."

"명색이 생도를 가르치는 교사 앙이가. 은혜는 은혜고 하필
이믄 봉순이하고. 내가 무신 얼굴을 들고 고향 사람들을 대하
겠노."

"……."

"기생에다가 아편쟁이, 넘이 부끄럽어서 우찌 살꼬. 성환네
가 뭐라 카고 간 줄 아나? 핵교에 말해가지고 니 모가지 떼어
놓고 안 살아도 안 살 기라 카더라."

"나도 그 여자 데리고 살 마음 없소."

처음으로 석이 입을 떼었다.

"니가 환장을 해도, 어림없다! 내 눈에 흙이 들어가기 전에
는 못 그란다! 불쌍한 내 새끼들 에미 없이 우는 꼴 나는 못
본다! 며누리거니 생각하고 내가 살았는 줄 아나? 내 새끼들
어미거니 하고 살았다. 니는 와 그리 못하노?"

"일없습니다. 나도 참을 만큼 참았고 그 여자하고 헤어지는
일이라면 없었던 일도 있었다 하겠소."

"그, 그라믄 봉순이를 데꼬 살겄다, 그, 그 말가?"

"왜 안 됩니까? 그러나 그렇게 되지는 않을 겁니다. 혼자 살 겠소. 자식한테 정이 있는 여자라면 그렇게는 안 할 겁니다."

"석아 제발,"

석이네는 어세를 누그러뜨렸다.

"내가 빈다. 제발, 새는 날에 처가에 가거라. 그런 일 없다고 잡아떼고 달래서 데려오너라. 니가 에미 말 안 들은 일이 있었나? 내가 빈다. 마음 잡아라. 마가 끼어서, 봉순이 그년도 그렇지, 세상에 어디 사내가 없어서, 옛날에는 안 그렇더마는 동생겉이 생각한 너를 그럴 수가 있나."

"어머니!"

"와? 봉순이 욕을 한께 억울하나? 분하나? 눈이 멀었구나! 아주 눈이 멀었구나!"

"어머니 눈이 멀었소. 어머니 눈에 봉순이가 그런 여자로 보입니까? 어머니는 자식 때문에 눈이 멀었소. 성환네하고 다를 것이 없단 말입니다. 나 가서 눈 좀 붙여야겠어요."

멈칫하다가 석이네는 아들을 잡는다.

"그렇다믄 내일 아침에 가거라. 처가에 가서 니 안사람, 아 아들을 데리고 오너라. 소원이다. 달래서 데리고 와야 한다."

"지가 빌고 들어온다면 구태여 이혼하자 하지는 않겠지만 제가 갈 거라는 기대는 갖지 마십시오. 시어머니, 남편을 업신여기는 여자가 제 자식이라고 대수로 여기겠어요? 할머니

든 어미든 아이들에게는 사랑만 있으면 됩니다."

12장 귀부인들

이 지방에서는 보기 드문, 소위 귀부인 두 여자가 병원 문을 밀고 들어섰다. 그 사치스런 차림새에 사람들 눈이 일제히 쏠린다. 대합실에서 기다리고 있던 사람들은 양교리댁(楊校理宅) 부인인 것을 알고 호기심에 찼던 시선을 내리깔아버린다. 경의를 표하는 동시 위축감을 느꼈기 때문이다. 두 여자는 그러니까 양소림의 어머니 홍씨와 그의 동생 홍성숙이었던 것이다.

"아이구 마님께서,"

나무 걸상에 기대어 앉아 있던 여자가 뒤늦게 메뚜기처럼 뛰어 일어난다.

"어인 일로,"

여러 번 빨아서 소매가 짧아진 양회색 누비저고리의 앞섶을 모으며 여자는 공손히 절을 한다.

"자네는 웬일인가?"

홍씨는 점잖게 물었다.

"예. 아아가 아파서 왔십니다. 이놈아, 마님께 인사 안 디리나?"

얼굴이 부석부석 부은 여남은 살 된 소년이 겁에 질린 듯 일어서서 절을 한다.

"부기가 있는 걸 보니, 거 좋잖은 징조구먼."

상대편 근심에다 칼질을 하듯 말해놓고 다시,

"요즘엔 살기가 좀 나아졌느냐?"

"우환만 없이믄은 사는 거사 우찌 살아도 안 살겠십니까."

여자 눈에 눈물이 도는데,

"언니, 뭘 하는 거예요?"

눈살을 찌푸리는 성숙은 검정색 나비 무늬가 화려한 은회
색 양단 두루마기를 입고 자줏빛 치마, 갈색 여우 목도리를
두르고 있었다. 홍씨는 옥색 법단 두루마기를 입었고 남색 치
마 밑에 눈빛같이 흰 버선발이 두드러졌으며, 홍옥을 끼운 금
봉채는 나이에 비하여 야했다. 화장이 짙은 성숙보다 피부 빛
깔은 언니 편이 맑았다. 이목구비도 훨씬 더 다듬어진 느낌이
었고. 그러나 마지막 안간힘을 쓰고 있는 것처럼, 메마른 종
이꽃처럼, 홍씨의 미모는 아슬아슬했다. 그들은 기다릴 것도
없이 당연한 얼굴로 진찰실 문을 밀고 들어섰다. 난로에는 석
탄이 타고 있었다. 햇볕이 가득 들어찬 진찰실, 소독 냄새와
훈기가 얼굴을 스친다.

"선생님, 그간 안녕하셨어요?"

홍씨는 친숙한 음성으로 박효영 의사에게 인사를 했다. 성
숙은 목에 감은 여우 목도리를 끌러 팔에 걸면서 박의사의 안
경 쓴 얼굴을 힐끗 본다.

"오래간만이군요."

박의사는 안경을 밀어 올리며 말했다. 치료실 쪽에서 아이 우는 소리가 들려왔다.

"병원 출입이 잦아서는 안 되지요. 안 그렇습니까, 선생님?"

홍씨는 입을 가리며 웃는다. 약지에 낀 다이아몬드반지가 찬란하게 빛났다.

"그렇지요. 병원을 모르고 지내는, 그 이상의 복이 어디 있 겠습니까? 우리는 영업이 안 되겠지만,"

박의사는 홍씨를 바라보며 웃었다.

"오늘 환자는 제가 아니구요,"

말을 하다 말고 홍씨는 동생을 돌아본다. 성숙은 다소 겸연 쩍은 듯 벽면만 쳐다보고 있었다.

"서울서 온 제 동생인데 감기 기운이 좀 있어서요."

"네. 앉으시지요."

세련된 성숙의 모습에는 별 관심이 없는 듯 박의사는 환자 가 앉는 자리를 눈으로 가리킨다.

"선생님께서도 혹 아실는지, 홍성숙이라고 제 동생은 성악 가예요."

진찰보다 소개가 더 중요한 것처럼 홍씨는 또다시 말했다.

"그렇습니까? 나는 문외한이 돼놔서,"

성숙이 모욕감을 느낄 만큼 반응은 냉담했다.

"성숙아, 너도 인사드려라. 진주서는 제일가는 명의(名醫)시다."

"처음 뵙겠습니다."

쌀쌀하게 고개도 숙이지 않았다. 성숙은 두루마기를 벗은 뒤 진찰을 받기 위해 박의사와 마주 앉는다. 치료실에서는 여전히 아이 우는 소리가 들려왔다.

"성악 하는 사람이라 목이 상하는 일엔 무척 신경을 쓰는 것 같아요."

"그러실 테지요."

가슴과 등을 누르며 진찰을 한 박의사는 청진기를 내리고 목 안을 들여다본다.

"좀 부었군요."

"괜찮겠어요?"

홍씨가 물었다.

"대단치는 않습니다."

거만스런 표정으로 옷매무새를 고치는 성숙에게 혐오스런 일별을 던진 박의사는,

"무리하지 말고 쉬십시오."

아내였었던 익란을 생각했던 것이다. 그런 부류의 여자, 예술이 뭔지도 모르면서 만 사람이 칭송해주기를 바라는 여자, 야비한 허영을 고상하게 분식한 여자, 다음 순간 박의사는 자신의 편견을 뉘우치듯,

"잠깐 기다리세요. 허군,"

흰 천으로 칸막이가 된 곳에서 허정윤이 모습을 드러낸다.

"안녕하십니까."

정윤이 홍씨를 향해 인사한다.

"아니, 그동안 통 볼 수 없더니?"

정윤에게 종이를 건네준 박의사가,

"방학 동안 도와주고 있지요."

"방학이라면?"

"의전의 학생입니다."

"네? 그럼 의학 공부를 한다 그 말씀이에요?"

"그렇지요. 이 년만 고생하면 의사가 되는 거지요."

"잘됐네요. 난 그런 줄도 모르고……."

약제실을 다녀온 정윤은 주사기에다 주사약을 뽑아 넣고,

"팔 걷으실까요?"

성숙이 곁으로 다가왔다. 빈한한 애송이 같았던 지난날의
모습은 아니다. 삼사 년 동안 심신이 성숙한 탓도 있겠으나 자
신과 긍지를 찾은 정윤은 옛날과 다름없이 조수복을 입었건
만 그 걸음걸이부터 전과 같지 않았다. 피곤하고 고생스런 자
취가 있었지만. 성숙은 박의사에게 진찰을 받을 때보다 오히
려 냉정하지 못하다. 흰 가운처럼 정결한 젊음이 풍겨오는 정
윤에게 압도된 것처럼 보였다.

"소림이도 집에 와 있겠군요."

박의사가 말을 걸었다.

"와 있기는 한데…… 요즘엔 늘 우울한 것 같아서 걱정이에
요."

홍씨의 얼굴이 어두워졌다.

"그럴 나이지요. 명년 봄엔 졸업이군요."

"전문학교에라도 보내고 싶지만, 영감도 그럴 의향인데 소
림이가 안 가겠다고 고집이지 뭡니까."

"본인이 싫다면 무리하게 권하지 않는 게 좋지요. 명랑한
것 같지만 퍽 내성적이더군요."

"점점 그러는 것 같아요. 작년까지만 해도 어린애였어요."

잠시 망설이다가,

"선생님."

"네."

"언젠가 농담 삼아 한 얘기,"

"그 얘기는,"

당황한다.

"잊으셨던가요?"

"아닙니다. 기억하고 있지요."

"아무 말씀도 없으시길래, 그러려니 했지만,"

홍씨 얼굴은 한층 더 어둡게 가라앉는다.

"그 댁 사정이, 아시다시피,"

"네, 그건 알아요."

"그 댁 아니라도 좋은 혼처가 얼마든지 있을 텐데 무슨 걱

정입니까?"

했으나 음성은 겉도는 것 같았다. 박의사 자신도 그것을 느꼈던지 잠시 어색한 표정을 지었다.

"뭐, 기대하고 말씀드렸던 건 아니에요."

"언니, 안 가시겠어요?"

주사를 맞은 뒤 얘기 끝나기를 기다리던 성숙이 볼멘소리로 말했다. 소림의 혼담이 굴욕적인 것 같아서 불쾌했고, 예술가에게 경의를 표할 줄 모르는 뭐 저따위 시골 무식쟁이 의사, 하는 기분도 있었을 것이다. 치료실의 아이 우는 소리는 멎었고, 새로운 환자도 들어와서 기다리고 있었다. 아이를 내보낸 뒤 진찰실로 나온 간호원 숙희는 대합실에 기다리고 있는 환자들 생각을 하는지 초조한 눈으로 박의사를 쳐다보고 있었다.

조제된 약봉지를 받아들고 병원 밖으로 나온 성숙은,

"언니, 그렇게 하는 거 아니에요."

"뭐가,"

"소림이 문제 말예요."

"답답하니까,"

"우리 소림이한테 다소 약점이 있기로 저따위 의사한테까지 매달릴 건 없지 않아요? 자존심 있는 짓은 아니지요."

"매달리긴? 서로 허물없이 지내는 사이니까 그랬던 거지. 우리 집 영감하곤 각별한 사이야."

"그래도 그렇지요. 될 일이라면 박의산가 뭐 그런 사람의 힘 안 빌려도,"

"조병모 남작의 자부 말을 하려는 거지?"

"그래요. 그 선배 언닌 최참판댁하고 각별한 인연이 있는 사람이에요."

"그건 네가 모르고 하는 얘기야."

"모르다니요? 뭘 몰라요?"

"그건 나중에 집에 가서 얘기하마."

성숙이 힐끗 쳐다본다.

"하기는 뭐 욕심이지. 그 댁하고 혼인이 되리라 믿지도 않지만."

"그 댁엔 약점이 없나요? 부친이 형무소에 있는 일은 그럴 수도 있지만, 신분을 따진다면 보통 약점이 아니지요."

"그러나 당자에 비하면…… 옛날과 달라서 당자끼리의 조건이 더 중요하지. 성품이나 인물이나 그 댁 도령은 너무 출중해."

자매는 행인들의 시선을 끌며 천천히 걸어간다.

"역시 시골은 따분하군요."

"그야."

하다 말고,

"넌 서울도 따분해서 못 견디는 성미 아니냐?"

"그건 그래요. 불만이 많아 그런가 봐요."

"쓸데없는 소리 말어. 너만큼 고루 갖춘 사람이 몇이나 되겠니?"

"고루 갖추었다구요? 남편은 골샌님이구, 물 쓰듯 할 만한 재산이 있나요? 아이는 나도 별로 원치 않지만,"

"넌 어릴 적부터 욕심이 많았어."

"언니, 나 평범한 여자 아니에요. 주위 환경이나 남편도 내 예술을 살려주어야 하는 거예요, 물심양면으로. 이놈의 나라도 그래. 미개한 나라, 우매한 백성들, 예술이 꽃 피기는 아득해요. 민도가 얕으니 예술을 이해할 턱이 없지요. 외국에선 성악가로 성공하면 그야말로 여왕이에요, 여왕. 이거는 뭐, 수심가 부르는 기생쯤, 애당초 성악 공부를 하지 말았어야 하는 건데, 아니면 남의 나라에서 태어나든가,"

"그래도 많이 개명한 거야. 내가 자랄 때만 해도 여자가 일본 유학 생각도 못했어. 성악이 다 뭐야? 광대 취급이었을 거구."

"언니까지 그러시기예요?"

성숙은 발끈한다.

"내가 그렇다는 게 아니구 한 시절 전의 얘기 아니냐."

"하기야 뭐, 의사라는 것도 옛날엔 중인들이 해먹던 건데 요즘엔 언니까지 굽신굽신, 한데 그 박의산가, 그 사람 콧대는 왜 그리 높지요? 삼정승, 오판서라도 난 집안인가요?"

드디어 뭔지 모르게 무시당했다는 느낌이 분통으로 터진다. 엉뚱한 데다 고리를 걸고서.

"집안 사정이야 모르겠지만 의사치고 콧대 안 높은 사람 있든? 환자들한텐 하느님이지. 자기 생명을 맡겨놨는데 왜 안 그러겠냐."

"흥! 시골 의사 따위, 콧대 높아봐야 별수 있겠수? 천장에 이마빼기 부딪기밖에 더 할려구."

보기 싫게 얼굴을 일그러뜨린다.

"애두 참, 심사가 왜 그리 틀어졌지?"

"까닭 없이 미워요."

홍씨는 곁눈질로 동생의 오똑한 콧날을 보며,

"좀 무뚝뚝했기로, 그래도 너이 형부는 서울 일류병원의 의사보다 박의사의 실력이 낫다 하셔. 아는 것도 많고 존경할 만한 인물이라 하시던걸?"

약을 올리듯, 웃는다. 무안해진 성숙은,

"존경할 만한 인물이라면 어째서 여자가 달아났지요?"

"그 소린 뉘한테 들었냐?"

"소림이 고모님이 그러데요."

"그런 말을 너보고 해? 점잖은 처지에, 하긴 박의사 부인하고 친한 사이긴 했었지만,"

"그 얘기뿐인 줄 아세요?"

"……?"

"최참판댁,"

"최참판댁?"

"네에, 최참판댁, 그 댁 부인 말예요."

"그 부인은 또 왜?"

"사모한대요."

"누가?"

"누구긴, 박의산가 그 사람이요. 그래서 재혼도 안 한다던가?"

"고모가 그 얘길 하더란 말이냐?"

"그렇다니까요."

"고모도 여간 실없는 사람 아니구먼."

홍씨는 마땅찮아 한다.

"그만한 근거가 있으니까 한 말 아니겠어요? 여자한테 무관심한 척, 그런 사내일수록 엉뚱한 생각을 한단 말예요."

"여자란 혼잣몸이 되면 언동을 삼가고, 그래도 구설수를 면하기 어려운데 소림이 고모는 옛날 같지가 않아."

"무슨 뜻이에요?"

"너니까 하는 얘기다만 실은 박의사를 두고 우리 시누이랑 얘기가 있었거든."

"혼담 말인가요?"

"음. 피차 초혼은 아니지만 애가 없고 어지간히 걸맞는다 싶었는데,"

"어느 쪽에서 거절했나요."

"술자리에서 너의 형부가 말을 꺼냈는데, 간 사람의 친구를 그럴 수 있겠느냐고 박의사가 회피하더라는 게야."

"어지간히 자신 있는 사내구먼."

다른 여자에게도 냉정했었다는 얘기가 성숙의 노여움을 다소는 풀게 한 것 같다. 더 이상 박의사에 대한 화제를 끌고 가려 하지는 않았다.

어마어마하게 규모가 큰 집, 대문 안으로 들어간 자매는 하인들의 인사를 건성으로 받으며 안방으로 곧장 들어간다. 널찍한 방에는 화류장, 괴목장이며 일본식 경대 등 세간이 가득 들어차 있다. 모두 값진 것이지만 어쩐지 들썩날썩, 안정감이 없는 방이다. 자매는 다 같이 두루마기를 벗고 보료 밑 따뜻한 방바닥에 손을 밀어 넣으며 앉았다.

"너 괜찮냐?"

"골치는 좀 아프지만,"

"점심 먹구 누워 있어."

"누워 있기도 답답하구 서울 가야 할까 봐요."

"쉬이 못 올 텐데 더 있다 가려무나. 허락받고 왔다며?"

"글쎄요……."

순간 초조한 빛이 성숙의 얼굴을 스치고 간다.

"마님."

문밖에서 부른다.

"왜 그러느냐."

"진짓상 올릴까요?"

"노마님께선 점심 진지 드셨느냐?"

"예."

"그럼 애기씨랑 함께 할 테니 들여오너라. 그리고 손 씻을
물 좀 다오."

"예."

놋대야 두 개가 마루 끝에 놓여졌다. 손을 씻으면서 수건을
들고 서 있는 계집아이한테 홍씨가 묻는다.

"도련님들 아직 안 오셨느냐?"

"오셨다가 점심 드시고 작은댁에 가셨습니다."

점심상을 들여놓은 찬모는,

"애기씬 점심 안 드시겠다 하십니다."

"왜?"

"그냥 안 드시겠다고,"

"어쩔려고 그러는지 모르겠구나. 방 안에만 들어박혀서,"

"내가 가서 데려올게요."

성숙이 일어서서 나간다.

"소림아?"

건넌방 다음의 방문 앞에서 성숙이 부른다.

"소림아."

"왜요, 이모?"

"들어가도 되니?"

"그러세요."

소림은 책상 앞에 앉아 있었다. 얼굴빛이 창백했고 웃지도 않았다.

"어머닌 너가 와야 진지 드시겠대. 가서 한술이라도 뜨는 게 어떨까? 자아 가자꾸나."

살그머니 두 어깨를 잡는다.

"이모, 병원에 갔다 왔어?"

"응."

"박외과 말이죠?"

"그래."

"우습다. 감기 들었는데 외과병원엔 뭣하러 갔을까?"

"이 애가 난데없이 무슨 소릴 하는 거야? 너이들은 무슨 병이든 그 병원에 가지 않았니?"

"그러니까 우습다는 거예요."

"시골이니까 할 수 없지. 자아 쓸데없는 소리 말구,"

"이모."

"점심 먹자니까?"

"나 그 병원만 생각하면 죽고 싶어."

성숙의 낯빛이 변한다. 어릴 때부터 서울 외가에서 자랐고 성숙이 보살펴주었던 소림은 홍씨보다 이모를 따랐으며 성숙이도 조카를 무척 사랑했었다.

'이 애가 제 손등 때문에 이러는구나. 가엾은 것,'

물론 손등에 있는 괴물 때문에 소림은 죽고 싶은 생각을 한다. 그러나 박외과, 그러니까 손을 쓸 수 없는 외과병원을 원망한 탓은 아니다. 지난여름 그 병원 앞에서 환국이를 만난 사건, 자신의 치부를 보고 겁에 질렸던 환국의 눈빛을 생각하기 때문이다.

"왜 그런 눈을 하고 날 보아요? 이제 그런 눈은 지긋지긋해! 어머니도 아버지도 할머니도 할아버지도, 고모 삼촌들! 날 그런 눈으로 보지 말아요. 나, 나 아무렇지도 않으니까,"

"소림아, 소림아."

"나 참아왔어요. 어릴 때도 참았어요. 동무들이 놀려도 참았어요. 제발 모르는 척하세요. 날 내버려두란 말예요. 이모도 날 내버려두란 말예요. 날 사랑하거든,"

소림은 울지 않았다. 펜촉으로 책상을 꼭꼭 찌르면서, 괴물이 없는 오른손은 왕후의 손같이 아름다웠다.

"그래. 내버려둘게. 배고프면 나중에라도 밥 먹어, 응?"

성숙은 안방으로 건너오며 눈물을 닦는다. 홍씨는 밥상을 마주하고 우두커니 앉아 있었다. 동생 눈에 눈물을 본 홍씨는,

"배고프면 먹겠지. 시장할 텐데 어서 먹으렴."

자매는 수저를 든다. 말없이 한동안 밥을 먹다가,

"아까 집에 가서 얘기하겠다 했는데 무슨 얘기예요?"

성숙이 물었다.

"음, 뭘?"

"서울의 조남작댁 자부 얘길 했을 때 말예요."

"아 그 얘기……."

떨떠름해하는 어투다.

"좋잖은 얘기예요?"

"좋잖기보다, 하긴 좋은 얘긴 아니지. 너 정동의 왕고모님 아냐?"

"왕고모님…… 왜요?"

"지난가을에, 서울 갔을 때 어머님이 함께 가자 해서 찾아뵌 일이 있었다. 팔십 고령이라 언제 세상을 뜨실지 모르겠고,"

"그래서요?"

"우리하고 상관이 없다면 없는 일인데,"

"답답하게, 얘기나 빨리 하세요."

"이런저런 집안 얘기를 하다가 소림이 얘기가 나왔지 뭐냐? 그래 자연히 혼처를 말하다 보니까,"

"최참판댁 얘기가 나왔겠군요."

"그랬단다."

홍씨의 얘기에 의할 것 같으면 팔십 고령인데도 부골스럽게 생긴 왕고모는,

"본시는 하동 사람이라? 하동의 최참판댁? 오오라, 생각이 나는구먼."

"고모님께서 아시옵니까?"

친정어머니 유씨가 물었다.

"나는 그 댁을 모른다. 허나 그 댁에 출가한 조씨네 집안하

고 사돈 간이라."

"우리가요?"

"촌수를 따지자면 팔촌이 넘을 게야. 나도 조씨네 집안으로 출가한 아이는 본 일이 없고 얘기를 들었을 뿐인데, 그 아주 몹쓸 계집이라더구나. 최씨네 살림을 몽땅 집어삼켰다던가?"

"예에?"

"집안이 넓다 보니 별 우스운 게 다 있게 되는데, 게다가 소생으로 하나 있는 게 꼽추라나?"

"저런?"

홍씨는 순간 가슴이 설렁했다. 소림의 손등을 생각했던 것이다.

"조씨네 사람들이 원래 사지가 짧고 볼품이 없는 골격이라 그쪽 내림이겠으나."

"촌수가 어찌 되는지요?"

아까 들었는데 다시 따지듯 묻는다.

"너희들하고는 팔촌이 넘어. 팔촌이 넘는다니까."

그것을 명심하라는 듯 왕고모는 팔을 흔들며 말했다.

"나한테 육촌 오라버니의 손녀니까. 지금은 망해서 아무것도 없다더라마는 문중에서도 제쳐놓은 사람들이라, 심성들이 나쁘고 사람들이 인색하기로 호가 났었지. 그중에서도 조씨네한테 출가한 고년이 독종이라더구먼. 파락호가 된 서방 놈하고 작당을 해서 최씨네 살림을 결딴냈다는구나. 병신인 아

444

들 놈은 어디다 버렸는지 알 길이 없고 남의 재물로 광산인가 해서 알거지가 된 서방 놈은 자취를 감추고, 그 계집은 산귀신이 돼서 혼자 살고 있다던가? 악종이지. 홍씨 집안의 망신이야. 척이라도 멀었으니 망정이지. 그러나 최참판댁에서 그 일을 알게 된다면 좋을 건 없지 않겠느냐?"

"참말로 금시초문이군요, 고모님."

"상종 안 한 지가 오래되었으니 너희들이 알 턱이 없다. 몰라도 되는 일이고. 그래 관옥 같다는 그 도령을 사위 삼으려거든 덮어두는 게야. 아암, 팔촌이 넘으면 친척이라 할 수 없지. 촌수를 찾고 따지지 않는다면 남인 게야. 인물 좋고 똑똑하고, 너희들을 봐도 안 그러냐?"

"저는 홍씨 아니옵니다, 고모님."

"아 그런가? 그렇구먼. 유씨였지."

왕고모는 웃었다.

"그리고 소림이는 양씨옵니다. 홍씨는 외가지요."

"허허허헛…… 참 그렇구먼."

친정어머니와 왕고모의 대화를 들으며 홍씨는 그 저주스런 손등의 혹을 생각했던 것이다.

"언니도 참, 홍씨가 세상에 한둘이에요? 몰라도 될 일 가지고 공연히 신경 쓰는 거예요."

홍씨는 픽 웃는다.

"차라리 그런 일로나 신경 쓰게 될 형편이라면 얼마나 좋겠니."

상을 물린 뒤,

"너는 가서 좀 쉬려무나."

"언니?"

"왜."

"소림이한테 그런 힘이 없었다면 이 집에선 그 댁하고 혼사 안 할 거예요."

"그건 또 왜?"

"그 도령 부친이 하인 신분 아니에요?"

"글쎄다."

"그렇지만 이젠 신분제도가 타파된 지 오래예요. 조병모 남작, 그 쟁쟁한 권문세가에서도 중인 집안의 딸을 데려가는 걸 보면, 후취이긴 하지만 세상이 아주 달라진 거예요."

"무슨 말 할려고 그러니?"

"소림이가 큰일이유. 전과는 달라요. 전문학교 보내는 것은 권하지도 마세요. 아까 난 눈물이 나서 혼났어요."

"……."

"소학교에서 여학교까지 소림이가 얼마나 참고 견디며 다녔는가 그걸 깨달았어요."

"그렇담 어떡허면 좋겠니?"

"언닌 화내실지 모르지만요, 손쉬운 곳에 신랑감이 있을 성 싶어요. 아까부터 내내 그 생각을 했는데, 인물도 그만하면 잘생겼고 체격이 훤칠하고, 병원의 그 청년 말예요."

"무슨 소릴 하는 게야?"

홍씨는 펄쩍 뛴다.

"아무리 내 딸이 병신이기로 병원의 조수 따위! 그런 소리 말어."

"조수가 아니잖아요. 의전에 다닌다는 말을 똑똑히 들었어요?"

"그래도 조수는 조수야. 박외과 병원의 조수였단 말이야."

"장차는 언니가 굽실굽실하는 박의사같이 될 텐데요?"

"뭐?"

"아니면 상것이나 백정네 집안이라 싫은가요? 그렇담 얘기는 달라지지만,"

"집안이야 뭐 선비 집안이라던가? 하지만 부모 형제도 없고 혈혈단신,"

"그건 오히려 잘됐네요."

"잘되기는 뭐가 잘돼! 남의 이목이 있지. 고공살이나 다름없는 병원의 조수 따위를 사위 삼는다면 남들이 뭐라겠니? 그건 안 돼."

"하인의 아들을 사위 못 삼아 노심초사하면서."

"그래도 최참판댁 핏줄이야."

"그 청년은 선비 집 자손이라면서요?"

"그, 그건 그래도 형편이 달라."

"소림이 처지를 생각하셔야지요. 저러다가 큰일 날 거예요. 이러고저러고 하다 혼기 놓치면 처녀로 늙는 꼴 보시겠어요?"

"그, 그거야, 그렇지만 너 형부가 들었다 봐라. 기둥뿌리에 도끼질하실 거야."

"언니, 세상 물정은 언니보다 내가 좀 알아요. 우리 소림이 손만 안 그랬으면 조선의 젤가는 사원들 못 데려오겠어요?"

"그러니 가슴에 멍이 들지. 얼굴이나 못생겼더라면 버린 자식으로 치부하고 아무에게나 주어버리겠다만, 억울하고 분하고, 미련을 버릴 수가 없구나."

홍씨는 제 가슴을 치면서 눈물을 흘린다.

"삼신께선 무슨 억하심정이던고. 어디 한 곳 안 예쁜 데가 없는 내 딸을, 옛날 같으면 왕비감인데. 그것이 팔뚝에만 났어도,"

흐느껴 운다.

"언니, 그만두어요. 나도 언니만큼 소림일 사랑해요. 사랑하니까 그 애를 위해 어떻게 하는 게 좋을지 궁리해보는 거 아니겠어요? 잘 생각해보아요. 부모나 집안의 체통 같은 것보다 소림이 장래를 먼저 생각해야 해요. 물론 최참판댁 도령하고 혼인이 된다면 그 이상 좋을 것이 없겠지만요."

"그건 우리들 희망이지 안 될 게야."

홍씨는 고개를 흔들었다.

"너한테도 말하고 싶지 않지만, 세상이 달라지는 바람에 돈

푼 모아서 양조장이다 정미소다 차려놓고 거들먹거리는 상것이 글쎄, 우리 소림이를 두고 청혼할려 했다는 게야. 생각만 해도 치가 떨려, 그 분한 생각을 하면. 성숙아, 글쎄 청혼을 하려다가 소림이 손등 때문에 그, 그만두었다잖겠어? 근본 없는 상것들이 말이야."

홍씨는 이성을 잃고 발작처럼 소리를 내어 운다.

"그만 그쳐요. 소림이 듣겠수."

"그, 그런 형편인데, 안 될 거야. 최참판댁에서 우리 소림일 데려가겠니? 아, 안 될 거야."

"그러니까 진정하고 내 말 들어요. 병원의 그 청년 잡는 거예요. 보나 마나 고학이거나 어렵게 공부할 거예요. 지금 잡아야 하는 거예요. 학비라도 대주고 졸업 후 병원 하나 차려주면 소림이도 열등감 같은 것 안 가지고 살 수 있지 않겠어요? 냉정히 생각하세요. 처음엔 나도 어떨까, 그러나 생각할수록 안성맞춤이에요."

성숙은 열심히 설득하는 것이었다.

이날 밤, 너 형부가 들었다 봐라, 기둥뿌리에 도끼질할 거라 했었는데 뜻밖에 남편 양재문(楊在文)의 입에서 그 얘기가 먼저 나온 것이다. 얘기의 발단은,

"처제 데리고 병원에 갔었소?"

양재문이 물었다.

"갔었어요. 목이 좀 부었다 하더군요."

"허정윤인가 하는 그 청년 와 있지요?"

홍씨는 찔끔한다. 낮에 성숙이랑 한 얘기를 엿들었을 리는 없는데 싶었으나,

"왜요? 보기는 보았습니다."

"어떻습디까."

"네?"

"훤칠해 뵈지 않던가요?"

양재문은 보던 신문을 놓고 홍씨를 쳐다보았다.

"그건 무슨 뜻으로 하시는 말씀입니까?"

"오래전부터 생각한 일이오만, 소림이도 봄엔 졸업이고…… 그 아이를 사위 삼으면 어떻겠소?"

"네? 무슨 그런 말씀을."

"당신은 반대다 그 말이오?"

"병원의 조수 하던 사람을,"

"그것은 지난 일이지요. 지금은 의학 공부하는 어엿한 학생이오. 장차 의사가 될 사람이면 우리 소림이한테 부족함이 없는 신랑감 아니겠소?"

"영감께서 그런 생각을 하고 계실 줄 정말 몰랐습니다."

"과년한 딸 가진 사람이 어찌 그 생각을 안 하겠소."

"실은 낮에 소림이 이모가 그런 말을 하길래 제가 화를 냈습니다."

"처제가 그런 말을 하던가요?"

"네."

"이제부터 처제를 달리 봐야겠는걸?"

"우리 소림이한테 결점만 없었다면 성숙이가 그런 말 했겠습니까?"

"나는 소림이 손이 안 그렇더라도 의사 사위 보았을 게요. 우리 양주가 늙어서 병들어도 걱정 없을 것 아니겠소?"

양재문은 농조로 말했다. 그 얼굴 표정으로 보아 내심으로 이미 작정한 것 같았다.

"그럼 박의사한테 영감이 말씀하셨습니까?"

"당신 허락 없이 내 마음대로 했을 것 같소?"

"제가 못하겠다면 아니하시겠습니까?"

"못한다 할 이유가 없지 않소? 근본 없는 집 자손도 아니요, 빈한하고 부모 형제가 없는 것이 험이라면 험인데 의사치고 못사는 사람 없고 부모 형제가 없어서 다소 쓸쓸하겠으나 그것은 중요한 일이 아니지 않소? 대신 처가속이 번창하니 외로울 것도 없고,"

양재문은 시종 마누라를 놀려주듯 농치듯 말하였으나 그것은 딸아이에 대한 아픈 마음을 위장한 것이었다. 엄격하면서도 자상한 아버지, 다정스러운 남편 양재문.

"이제 잡시다. 불 끄고 천장 올려다보며 잘 생각해보시오. 당신도 신교육을 받은 신여성 시절이 있었으니까 체통보다 실속을 취하게 될 게요. 양반이라 뽐내다간 양씨 집안도 양조장 이가한테 뒤지고 말 테니까."

이순철네 집에서 청혼하려다 소림의 손등이 거론되어 결국 보류되고 말았다는 항간의 소문은 양재문한테도 상당한 충격 이었던 모양이다.

13장 왜 혼자 사는가

석이네가 손녀 남희(南姬)를 업고 영팔이를 찾아왔다.

"우짠 일이오?"

영팔이 방문을 열고 나오며 물었다. 석이네는 울었는지 눈 자위가 빨갰다.

"판술이는 아즉 안 왔겄지요."

"와 그랍니까? 칩운데 들어오소."

"들어갈 새도 없겄소. 아아가 아파서 벵원에 가는 길이구마 요. 늙은기이 혼자 갈라 카이,"

영팔이는 낡은 아비 외투를 뒤집어씌운 아이 옆으로 가서 들여다보며,

"꽁꽁 앓네. 벵원보다 한약국에 가입시다."

"사타리에 종기가 났는데 언간찮게 부었소. 그런 거사 벵원 에 가는 기이 안 좋겄소?"

"그러씨, 그라믄 벵원에 가보까요?"

판술이댁네가 부엌에서 나온다.

"오싰습니까."

"운냐, 시어무니는 어디 갔나?"

"장에 가싰습니다. 아아가 아픕니까?"

"응. 그만 개똥겉이 아무렇게나 컸이믄 좋겄는데,"

방으로 들어간 영팔이는 두루마기를 걸치고 나온다.

"가입시다."

집 밖으로 나온 영팔이 묻는다.

"성환네는 왔소?"

"오기는요. 인벵이 듭니다."

"그라믄? 아아들만 보냈다 그 말이오?"

"아아들을 보낸 기이 앙이라 달래서 데리올라꼬 가봤더마
는 제집아아가,"

"아픈 아아를 내비리두었더라 그 말이오?"

"지도 부애가 난께 그랬겄지마는, 어린기이 비쭉거리고 댕
기서 성을 냈는가 배요."

"허허어 참, 하늘이 무섭소. 시어무니가 아이 업고 벵원에
간다 캐도 따라나서지 않더라 그 말이구마는,"

"……."

"잔말할 것 없이 이차에 성환이 놈도 데리오소. 새끼 간수
도 못하는 에미, 있이믄 머하겄소."

"악정에 그랬겄지요. 석이 그놈도 직일 놈이오. 에미가 그

렇게 울믄서 사정을 했는데, 달래서 데리다 놓고 갔이믄 이런 일도 없었을 긴데 성환네도 남정네가 안 온께 어디 두고 보자 하고 빼물었겄지요."

"듣기 섭섭할지 모리지마는 석이어매가 아무리 며느리를 감싸쌓아도 내 사람 되기는 어럽울 기요."

영팔이는 길가에 코를 횡 하고 푼다.

"며느리 성정도 좋다 할 수 없지마는, 성환애비도 잘한 거 없소."

"나도 그 얘기는 들었소. 봉순이를 두고 이러쿵저러쿵 애멘 소리 하는 것은 미친 지랄이요. 이분만 해도 만나자고 해서 만낸 것도 아니겄고,"

"소견이 좁은 제집을 깔봐서, 아, 선이 이렇고 후는 이렇고 달래서 데리오믄 지가 떨어지겄소? 여자란 나무랄 때는 나무라더라도 달래는 일도 있이야지. 사내자식 소가지가 그렇게 손바닥만 해서야 무신 큰일을 하겄소. 아 그래놓고 떠난 지 맴인들 편할 기든가?"

석이네는 손바닥으로 눈물을 닦는다.

"버러장머릴 고치놓을라꼬 그랬일 기요."

"사람이란 어디 맘 쓰이는 대로 다 하고 삽네까? 반평생은 자식을 위해 사는 건데, 죽어 하는 이별이사 할 수 없지마는 살아서 이별을 관대로 하는 기요? 나는 에미 없는 자식 못 보요. 헤미가 천만분 코를 닦아주어도 에미 실안개를 마시야 아아는 잘 크니께요. 며느리가 이뻐서 씨에미가 세 분 네 분 찾아간 줄 압니까?"

"······."

"성이 나서 바우를 차믄 지 발만 깨지더라고 석이가 일처리를 잘못하는 기라요. 벌써 핵교에까지 소문이 들어가서 말썽이 난 모앵이고,"

"소문이야 성환네 어미 입에서 났겠지요. 그러이 남자 얼굴에 똥칠하는 거 아니겠소. 망치는 기지요. 아아, 임이네를 몰라서 그요? 제집 하나 잘못 만내믄 사내는 평생 헤어나지 못한께."

지나칠 정도로 영팔이는 부정하고 든다.

박외과를 찾아들었을 때 아마도 남희는 마지막 환자인 것 같았다. 해는 저물어 있었다.

"째야겠는데요?"

박의사가 말했다. 석이네 얼굴이 쌍그레진다.

"째믄은,"

"몇 살이지요?"

"세 살입니다."

"아버지 어머닌 어디 가고 할머니가 데려왔어요?"

"저기, 다 일 보러 가고 없어서······ 어린기이 괜찮겠십니까."

겁을 먹은 아이는 울어댄다. 종기는 주먹만큼 부어 있었다.

"이렇게 되도록 내버려두다니,"

박의사는 혀를 챘다.

"사타리가 돼놔서 몰랐던갑십니다."

숙희 간호원이 아이를 안고 수술실로 들어간다. 아이는 할머니를 부르며 울부짖는다.

"할머니는 나가서 기다리시오."

정윤이 석이네의 등을 밀었다. 대합실로 나온 석이네는 안절부절이다. 영팔이는 나무 걸상에 앉아서 눈만 꿈벅이고 있었다. 수술실은 멀어서 아이의 울음소리가 크게 들려오지는 않았다.

"죽일 년!"

비로소 석이네 입에서 며느리에 대한 욕이 나왔다.

"모질고 독한 년!"

치맛자락을 걷어 눈물을 닦는다. 자신이 받은 가지가지 수모, 오늘만 해도,

"복에 과한 계집, 복에 과한 며느리를 보아서 그러는 거요? 그 주제에, 하늘로 머리 둔 사람은 다 옷일 기요. 기생 외입을 저저이 다 하는 줄 아요? 선생질 하는 것은 고사하고, 미꾸라지 용 된 거는 와 생각 못하는고? 나도 이자는 딸 살리고 접은 생각 별로 안 하거마는. 염치 없고 주리텅이 없다! 물지게나 지고 빨래품이나 들믄서 살 것들이 그것도 복이라고 욜랑거리서 털어부릴라꼬, 흥! 살아봐야 별수 없을 기구마는,"

"사돈, 아무리 버릴 말이라도 무신 그런 말씸을 하십니까?"

"아아니, 그라믄 이녁들이 잘했다 그 말이오?"

석이 장모는 삿대질을 하며 입에 거품을 물었다.

"이년아! 한 나이나 젊어서 막설해라! 그놈의 집구석, 그 피를 받았는데 자식새낀들 별수 있겄나? 다 데리다 주고 그까짓 팔자 고치고 살믄 될 거 앙이가. 겨우 입에 풀칠하는 놈이 기생 외입이믄, 개기 묵고 이 쑤실 형편 되믄 참말로 언간찮을 기다."

"허허어 참, 이편 말도 좀 들어보고 갈라지든지 살든지 해야 안 하겄소? 일이 그렇게 된 기이 앙이고,"

"듣기 싫소! 제 놈이 떳떳하다믄 와 지 발로 걸어와서 기집 자식을 못 데리고 가는 거요?"

"지도 청백한께 오기가 나서,"

"오기는 무신 얼어 죽을 오긴고? 다 일없소. 기생년, 아편 쟁이 들앉히서 살라 카소! 옛말에도 딸은 치혼사 하고 며느리는 내리 혼사 한답디다. 애당초 안 할 혼사 한 기라요."

"그, 그라믄 자식들은 우찌 되겄소?"

"정가네 자식 우리가 무슨 상관이오?"

철이 난 손자 성환이는 친할머니 외할머니 시비 속에서,

"그만하라 카이, 그만하라 카이!"

하며 울부짖었다.

"할머니 들어오세요."

숙희가 내다보며 손짓을 했다.

"아이고 우짜꼬."

석이네는 허둥지둥 들어간다. 허벅지에서 궁둥이 쪽으로
붕대를 감은 아이를 정윤이 안아 왔다. 할머니한테 안긴 아이
는 부들부들 떨었다.

"아가, 내 새끼야."

옷을 챙겨 입히며 석이네는 연신 눈물을 흘린다.

"고름이 엄청나게 나왔어요."

숙희가 소곤거리듯 말했다.

"그, 그러믄 이제는 괜찮겄십니까?"

"매일 치료 받으러 다녀야 해요."

옷을 입은 후에도 아이는 개구리처럼 할머니 목에 매달리
며 부들부들 떨었다.

"할머니,"

박의사가 눈살을 찌푸리며 불렀다.

"예, 선상님."

"부모가 누군지 모르겠소만 낳아놓기만 하면 그만인가요?
죽으라고 내버려둔 게지, 온 세상에,"

"볼 낯이 없십니다."

"매일 꼬박꼬박 와야 해요. 치료비 무서워서 중도에 그만두
면 안 돼요. 아시겠소?"

"예. 고, 고맙십니다."

석이네가 나간 뒤, 병원의 환자는 끊어졌다.

"속병이면 몰라서 그렇다 하지만 어린애가 그 정도로 되기까지 몹시 보챘을 텐데, 나쁜 것들, 어린애를 개돼지 기르듯, 한심스럽다."

박의사는 담배를 붙여 물며 분개한다. 어른들 중에는 썩은 다리를 톱으로 잘라내는 환자도 있었다. 별의별 험한 환자들이 찾아온다. 그런데 묘한 것은 어린애에 대해서만은 언제나 박의사는 감정적이었다. 난로 앞에서 정윤이 박의사를 힐끗 쳐다본다.

"무식한 부모도 아닌데 왜 그랬을까요."

"자네 아는 사람인가?"

"안면은 있습니다. 시은학교 교사 어머니군요."

"그 할머니가?"

"네."

"나쁜 놈의 자식, 그러고도 남의 자식을 가르치나?"

"착실한 사람인데, 뭐가 잘못됐나 부지요."

밖에 나갔던 숙희가 들어온다.

"양교리댁에서 심부름꾼이 왔습니다."

"들어오라고 해."

심부름하는 소년이 편지를 가지고 왔다. 편지를 받아든 박의사는,

"회답 받아오라 하시더냐?"

"아닙니다. 안녕히 기시이소."

절을 하고 나간다. 담배를 눌러 끄고 편지를 집어들다 말고 박의사는,

"저녁들 하지그래."

정윤과 숙희를 보며 말했다.

"아직 이른데요."

"이르면 들어가 쉬어."

신경질적으로 말한다. 혼자 있고 싶은 것이다. 물이 빠지듯 환자가 다 돌아가고 병원이 조용해지면 정윤이나 숙희도 다 걸리적거리는 존재로 변한다. 박의사의 그런 습성을 아는 정윤과 숙희는 더 이상 사양하지 않고 나간다. 수부(受付)를 보는 소녀만 남겨놓고 정윤이 없을 때는 조수를 겸하는 약제실의 강남이도 함께 안으로 들어가는 기색이다. 속절없이 노처녀로 되어가는 숙희의 을씨년스런 뒷모습이 박의사 자신의 책임인 것처럼 짜증스럽게 되살려진다. 인고(忍苦)의 아름다움보다 초라하고 불안스런 뒷모습이요 쌀쌀하면서 묘하게 죄인 같은 느낌의 정윤이 뒷모습, 박의사는 다시 담배를 붙여 문다.

'피곤한 때문일까? 나이가 들어가기 때문일까?'

정신없이 바빠 돌아갈 때는 환자의 오물과 환부와 계층 따라, 개인 따라 풍겨오는 갖가지 냄새, 그리고 신음, 고함과 같이 남의 감정, 남의 동작도 그러한 일부로써 상황에다 밀어붙이지만 일단 그런 일이 끝나고 정지상태로 들어서면 감각은 결벽증으로 치닫고, 모든 상황은 잔기침처럼 신경질적으로

확대되고 세분되어 감정의 짙은 그늘이 실리게 되는 것이다. 정윤과 숙희, 그들의 미묘한 감정의 갈등이 비위에 거슬리고 뭔가 잘못되어가고 있다는 느낌은 타인의 일인데도 박의사를 불안하게 하는 것이며, 숙희에 대하여는 정윤과 자신이 공범 자만 같은 착각에 빠지는가 하면 숙희가 채권자처럼 미워지 기도 했다. 정윤에 대해서도 마찬가지였다. 그의 젊음과 야망 을 위해 한없는 동정이 가는가 하면 한편 약아빠진 쥐새끼처 럼 모멸감을 느끼는 것이다.

'양지바른 곳의 겨울 노인같이 궁상도 이만저만이 아니군.'

한없이 생각을 이리 뒤집고 저리 뒤집어보고, 결국 그것이 박의사의 휴식의 방법인가. 또 한 가지 사위가 조용히 가라앉 으면 자신은 왜 혼자 사는가, 반드시 그 일을 한 번 생각해보 는 것이다. 왜 혼자 사는가.

봉투를 찢는다.

박선생, 오늘 우리 한잔 합시다. 누이 얘기는 안 할 터이니 안 심하고 나오십시오. 매월에 일곱 시쯤 나가 있겠소.

양재문

편지를 구겨 휴지통에 집어던진다.

'이 양반이 되게 심심한 모양이야.'

나이는 양재문이 두세 살 위였다. 선후배의 그런 특수한 관계는 아니었지만 신학문을 한 그들 또래의 인물이 드문 지방이어서 의사와 환자라는 처지를 떠나 이들은 친숙하게 지내온 터이다. 양재문은 졸업하지 못했으나 동경의 Y대학에 적을 둔 일이 있었다. 막대한 토지의 지주로서 한인(閑人)인 양재문과 날이면 날마다 환자에게 시달리는 박의사, 서로의 사정은 달랐으나, 바쁜 척해보아도 늘 무료한 양재문은 무료했기 때문에, 박의사는 풍차같이 도는 일상으로부터 숨구멍을 트기 위해서 함께 술을 마시는 일이 흔히 있었다. 박의사는 회중시계를 꺼내어 본다. 다섯 시를 조금 지나고 있었다. 시계를 집어넣고 창문 쪽을 쳐다본다.

'좀 있으면 어둑어둑해지겠지. 그러나 일곱 시까지 뭘 하구 기다리지? 그동안 환자라도 한 사람 왔으면 좋겠다. 바빠도 걱정, 한가해도 걱정.'

자리에서 일어선 박의사는 뚜벅뚜벅 치료실 쪽으로 걸어간다. 수술실에서 아이의 울음이 울리고 있는 것 같다. 유리장문을 연다. 깨끗하게 소독하여 놓여진 수술기구, 그중에서 메스를 꺼내어 우두커니 내려다본다. 병으로 인해, 혹은 다른 목적으로, 빛나는 작은 이 연장이 자신을 위해 쓰여질지 모른다는 생각을 한다. 다시 창가로 걸어온 박의사는 어둠이 오고 있는 거리를 내다본다. 날씨가 풀리는 대로 신축하게 될 병원을 눈앞에 그려본다. 생각 같아서는 중심가에서 먼 곳의 넓은 대지 위에다 저택 같은 병원을 짓고 싶었다. 잔디밭과 수목이 있는 병원을 짓고 싶었다. 그러나 박의사는 그 꿈에 연연하지는 않았다. 사무실같이 네모 반듯반듯하고 쓸데없는 공간이 없고 입원실을 늘린 병원 건물의 설계는 이미 끝나 있는 것이다.

'아내가 있어도 걱정, 없어도 걱정, 내가 잘못하였나? 양씨 네 그 청상을 데려올 걸 그랬었나? 전문학교 출신이 아니니까 유식하지 않을 거구, 여학교는 나왔으니까 무식하지 않을 테고. 흠, 유식하지도 무식하지도 않은 여자라면, 나는 보모를 생각하는 걸까? 그래 박효영한텐 보모가 필요해. 그는 그렇고 삼월이 되면 더욱더 바빠진다. 한참 잊어버리고 살겠구나.'

마음속으로 중얼거려놓고 뭘 잊어버리고 산다는 것인지 박의사 자신도 알지 못한다. 그것은 또한 우스꽝스런 일이기도 했다. 청진기를 들고 진찰실 밖으로 나간다. 텅 빈 대합실 나무 걸상에 앉아서 숙희는 뜨개질을 하고 있었다. 정윤과 강남이 안에서 쉬고 있는 눈치다. 숙희의 모습은 처량했다.

"날 따라와요."

"네."

입원실의 환자를 살펴본 뒤 박의사는 시계를 들여다본다. 시간은 여섯 시를 훨씬 넘어서고 있었다. 안방으로 들어간 박의사는 와이셔츠를 갈아입고 감색과 녹색, 갈색이 섞인 화려한 넥타이를 매면서 문득 생각한다. 문학이다, 음악이다, 예술이다, 그런 말을 하지 않는 유식한 여자는 아마도 최서희 그 사람일 거라고. 거울에 비친 얼굴은 창백하였다. 굵은 테

안경이 희번득인다.

"선생님, 진짓상 올릴까요?"

식모 아주머니가 뒤에서 기척을 내며 물었다.

"오늘은 밖에 나가서 하겠소."

"예."

발소리를 죽이며 물러간다.

거리는 우중충했다. 박모(薄暮)를 헤치듯 박의사는 걷는다. 상가의 가등 빛이 길바닥에 드러누워 말할 수 없는 외로움을 몰고 온다. 상점 안에서 어른거리는 사람의 모습들은 멀고 먼 피안의 환영 같았으며, 알룩달룩한 잡화상 상품들은 종이꽃처럼 바스라질 것만 같았다. 의사로서는 한창 일할 나이, 소쇄한 양복차림의 신사 박의사는 고아같이 박모를 헤치며 간다.

요릿집 매월(梅月)에 갔을 때,

"아이구 박선생님, 오래간만이에요. 양교리댁 나으리께선 벌써부터 기다리고 계십니다."

마른 풀꽃 같은 향기를 풍기며, 비단 옷자락을 끌고 기생 화선(花仙)이가 환영했다. 무르익은 여체, 요릿집 여주인으로서 몸에 붙은 자신감, 그것도 매력이었다.

"화선이는 이제 살 그만 쪄야겠어? 그러다가 병나아."

"어이구 선생님도, 선생님 눈엔 병자밖에 안 보이세요? 이곳은 말예요, 선생님 같은 환자를 치료하는 곳이랍니다. 마음의 병도 병 아니겠습니까?"

"하하핫 하하하…… 화선이 말이 맞아."

양재문은 안방 보료 위에 앉아서 술을 마시고 있었다. 대머리에 동안인 그는 싱글벙글 웃는다.

"박선생."

"네. 숨 좀 돌립시다."

박의사는 코트와 윗도리를 벗어 화선이에게 넘겨주고 하얀 와이셔츠 바람으로 양재문과 마주 보고 앉는다.

"금랑아 소심아, 두 어른 잘 뫼셔라."

화선은 옷걸이에 옷을 걸어놓고 인사하며 나간다.

"박선생."

"네."

"우리 금랑이가 지금 뭐랬는지 아시오?"

양재문의 겨드랑 밑에 바싹 다가앉은 나이 어린 기생이 깔깔 웃는다. 하얗게 빛나는 이빨, 붉은 입 모습이 귀엽고 깨끗하다.

"들으나 마나, 뻔하지요. 철부지한테 좋잖은 충동질 했겠지요."

차분하게 생긴 소심(素心)이 웃음 짓고 따른 술잔을 받으며 박의사는 말했다.

"오늘 밤에는 박선생이 고자지 아닌지 증거를 보이라는 거요. 하하핫 하하하."

"어마나 나으리? 입에 침도 안 바르시고 그런 말씀 하셔요?

언제 금랑이가 그런 말 했습니까? 나으리께서 그런지 안 그런지 증거를 잡으라 아니하셨습니까?"

"거 보시오."

"이 자식 보게나? 인제부터 이래가지고는 촌놈들 상투 잘라먹기 문제도 없겠는걸?"

금랑이는 또 깔깔깔 웃어젖히고 소심이는,

"선생님, 어서 잔 비우셔요."

술을 마시는 박의사를 건너다보며 양재문은,

"어떻소, 박선생?"

"뭘 말씀이오!"

"오늘 밤 증거를 보이겠소?"

"그거 어렵지 않아요."

"말로만 그러지 말고 금랑이 소원 한번 풀어주시오."

"말로만 그러는 양반이 바로 양선생 아니시오?"

"적반하장, 내가 언제 말로만 그러던가요."

"허허, 누구 장님으로 아시었소? 금랑이 다리뼈 부러질까 걱정되어 그러는 것 아니겠소? 병원으로 들쳐업고 오시는 것도 보기에 딱하고, 절름발이가 된 금랑이 애처로워 어떻게 보지요?"

한바탕 웃음이 벌어진다.

"박선생도 수가 늘었소이다."

"돌팔이 의원, 입으로 먹고산다는 얘기 못 들으셨소?"

"아닌 게 아니라 서울서 온 내 처제가 야부이샤*라 하긴 하더구먼."

"그 성악가께선 아직 목의 부기가 덜 빠졌던 모양이군요."

"박선생이 역린(逆鱗)을 건드린 모양인데, 눈치코치도 없이 위대한 성악가를 왜 소홀히 하시었소? 예술가치고 자신을 천재 아니라 생각하는 사람 없고, 왕자(王者)대접 받기를 원치 않는 사람 없고오."

"사면초가요. 눈치코치는커녕 음치니 어찌합니까. 뭘 알아야지요."

"왕시 숨어서 바이올린을 켰다는 사람은 누구시던가?"

주거니 받거니 실없는 서설을 늘어놓으며 두 사내는 취기가 도는 것을 기다린다.

"그는 그렇고, 요즘 병원은 어떻소?"

"……."

"여전히 번창일로, 돈 받고 인사 받고, 그러니 의사들 콧대가 높아질밖에."

"양선생하고 엇비슷하지요."

"어째서요?"

"두 가지 면에서 비슷하지요."

"두 가지 면이라."

"첫째는 등골 빠지게 일하여 추수 바치고 절해야 하는 지주, 둘째는 대체적으로 왜놈의 보호를 받는 층에 지주와 의사가 든다 볼 수 있으니까요."

"듣고 보니 결국 우리는 친일파에다가 도둑놈이군그래."

"안 그렇다 할 수 있겠소?"

"그, 쓰고도 매운 말씀인데?"

"자기비판 합시다."

"좋소. 자기비판 합시다! 이 애들아, 술을 따라! 너희들도 자기비판 하는 뜻에서 벌술 먹기다!"

"어머, 저희들 어째서 친일파 도둑입니까?"

"서장 군수가 부르면 아니 갈 테냐? 논개 얼굴에 똥칠하는 너희들! 부끄러워할 것 없느니라. 동병상련 피장파장, 자아 벌주 마시자꾸나."

두 시간 넘게 그러고들 술잔이 오고 갔는데 갑자기 양재문은 기생들을 물리쳤다.

"이제 잡소리 다 걸러버리고 우리끼리만 생소리 좀 합시다."

양재문은 박의사 술잔에 술을 치면서 말했다.

"무슨 모의를 하려고 이러시오."

"모의는 모윈데,"

"독립군이 담 넘어왔던가요?"

"경험이 있으시오?"

"불행인지 다행인지,"

"속절없구면."

"속절없는 친일분자지요. 우리 너무 오래 살아서는 안 될 것 같소."

두 사내는 껄껄 웃어젖힌다.

"박선생."

"말씀하시오."

"허정윤이라는 그 청년 어떻게 생각하시오."

양재문의 얼굴은 갑자기 엄격해졌다.

"허정윤이,"

"사람됨이 어떤가 그 말이오."

"장래성은 있지요. 왜 그러십니까? 학자라도 보태주시려구
요?"

"보태줄 수도 있는 일이지요, 인물만 믿을 수 있다면은."

박의사의 의아해하던 얼굴이 싹 변한다. 짐작이 간 때문이
다. 그러나 다시 능청을 떨듯,

"믿는다는 것도 그렇지요. 어떤 면에서 하시는 말씀인지,"

"단도직입으로 말하자면 사윗감으로, 내 딸을 맡길 수 있는
인물인지,"

박의사는 침묵할밖에 없다.

"박선생께서도 아시다시피, 내 여식한테는 지울 수 없는 험
이 있질 않소? 삼월에는 졸업을 해야 하는데 결함만 없다면 일
본 유학을 시킬 수도 있고 혼처 걱정은 할 필요도 없겠으나,"

너털웃음을 웃으며 호걸스럽게 굴던 바로 전의 양재문을
의심할 만큼 비통한 빛이 얼굴 전체를 감싼다.

"내가 알기론, 최참판댁 자제한테, 일전에 부인께서 오셨을 때도 그 얘기를 하시던데요."

박의사는 가까스로 도피구를 찾는다.

"그 일은 우리의 희망일 뿐이지, 성사 안 될 거요."

"부딪쳐보지 않고는 모를 일이지요."

"그렇다면 박선생은 어째 오늘까지 침묵을 지키셨소?"

"그 댁 사정이, 좀 기다려보시는 게 어떻겠습니까?"

"그러면 허정윤이가 사윗감으로 적당치 않다 그 말씀이오?"

"양교리댁하고는 너무 동떨어지는 혼처 아니겠소?"

"내 자식한테 흠이 있으니 할 수 없지요. 사람됨이 시원치 않다면 거론할 필요도 없는 일이지만, 붙이라곤 아무도 없는 모양이지요?"

"아닙니다. 형이 하나 있어요. 가세가 형편없어 그렇지, 별로 하자가 없는 선비 집안이고 야망도 있는 청년이지요. 그러나,"

"그러나,"

"너무 가난해서요. 아직 공부 중이고, 서둘 것 있습니까?"

"그런 일이라면 우리 쪽에서 해결된 문제지요."

"글쎄올시다. 본인들의 의향도 있을 것인즉,"

박의사는 계속 꽁무니를 뺀다.

"현재는 학자금을 어디서 조달하고 있습니까?"

"우리 병원에 있으면서 저축한 돈이 좀 있었을 것이고, 주로 고학이었겠지요."

박의사는 숙희가 학자를 보태고 있다는 얘기를 못하는 만큼 자신도 다소 보태고 있다는 말을 입 밖에 내지 않았다. 양재문도 체면이 있는 사람이어서 그 이상은 서둘지 않았다. 그리고 또 그는 오해를 했던 것이다. 최참판댁 정도라야 혼사가 걸맞지 않겠느냐, 박의사의 의도를 그렇게 받아들였던 것이다.

"한데 소림의 그 고약한 것은 설마 유전은 아닐 테지요?"

"선천적인 거지요."

박의사는 그것에 대하여 언급하고 싶지 않은 듯 술잔을 들었다.

"물론 후천적인 거라면 고칠 수도 있는 일이 아니겠소?"

박의사는 눈살을 찌푸리며 양재문을 힐끗 쳐다본다.

"선천적이어서 불행 중 다행이지요. 후천적인 거라면 그건 암 종류이기 십상이지요."

"네?"

양재문의 얼굴이 겁에 질려 파아래진다.

"병원 밖에서까지, 양선생, 병에 관한 얘기는 그만둡시다. 소림인 병자 아니며 불구자일 뿐이오."

갑자기 신경질을 내듯 박의사는 말했다.

"네 압니다, 알아요. 불구자지요."

양재문은 억지 웃음을 웃는다. 분노와 서슴없이 말을 내던지는 박의사에 대한 증오감을 누르면서.

'이 말라비틀어진 뼉다구 같은 작자, 소갈머리 없는 놈! 자

식 없는 인간이니 내가 참아야지.'

"어서 술이나 드시오. 내일 땅이 꺼지고 하늘이 내려앉지 않을 테니 내 여식 문제는 박선생께서 두고 생각해주시오."

심했다 싶었던지 박의사는 쓴웃음을 띤다.

"홀아비보고 매번 중매를 서라니 양선생도 딱하시오."

얼버무린다. 양재문은 두 가지 면에서 박의사의 의도를 오해했다. 정윤과의 혼담에서는 지체 때문에, 불구자라고 화를 낸 것은 암에 대한 공포와 소림에 대한 측은함에서 충격적으로 내뱉은 박의사의 심약한 마음을 양재문은 이해하지 못하였다. 감정의 빛깔이 섬세하기 때문에 오히려 냉혹하고 무뚝뚝하고 신경질적으로 괴팍한 사람으로 오해받는 것은 역시 박의사의 성격상의 결함이라 할 수도 있겠다.

박의사의 귀로는 우울했다. 술기도 가셔졌다. 텅하니 비어버린 대합실, 나무 걸상에 걸터앉아 뜨개질을 하던 숙희의 을씨년스런 모습이 눈앞에 밟혔다.

'내가 무슨 생각을 하든 이 혼사는 되는 거다.'

밤바람을 마시며 담배를 붙여 문다.

'어느 때든 내 손은 무디어지고, 눈은 어두워질 것이다. 그 때가 오면 정윤이는 패기에 찬 의사로서…… 내가 신경 쓸 것 없어. 그들은 그들대로 길을 찾아갈 것이다. 외로운 길이든 찬란한 길이든 고통스런 길이든 안이한 길이든, 흥, 나는 언제부터 운명론자가 됐지?'

몇 발짝 못 가서 박의사의 생각은 다시 정윤과 숙희에게로 돌아갔다.

'결국은 숙희가 잘못한 게야. 숙희는 청춘의 희생을 보상받으려 할 것이며 그렇게 되면 정윤이 비참하다. 한때의 외로움 때문에, 야심 때문에 받지 않을 수 없었던 보조, 그로 말미암아 일생을 함께하는 것은 가혹하고, 함께하기엔 정윤이 너무 커버렸어. 아니야 아니야, 다 같이 억울하다. 저울대같이 이쪽이 올라가면 저쪽이 내려가고 저쪽이 올라가면 이쪽이 내려가고, 흠, 운명의 추만이 결정할 문제야. 흥, 언제부터 나는 운명론자가 됐지?'

병원 앞에까지 온 박의사는 우두커니 병원을 바라본다. 진찰실에 불이 꺼져 있었다. 약제실 쪽에는 불이 켜져 있었다.

'내가 구세주 노릇을 못한 탓이다. 정윤의 학자를 전적으로 내가 부담했더라면…… 어어, 아니지. 내가 무슨 상관이야? 내가 괴로워할 이유는 하나도 없다. 구세주 될 이유도 없고, 선심을 좀 썼으면 그것으로 내 할 일은 한 셈이야.'

문을 밀고 들어섰다. 약제실에서 박의사가 돌아오는 것을 기다리며 정윤은 책을 읽고 있었던 모양이다. 대합실로 나오면서,

"이제 오세요?"

"음. 강군은 갔나?"

"네."

"문단속하고 내 방으로 건너오겠나?"

"그러지요."

한복으로 갈아입고 담배를 붙여 무는데 정윤이 들어왔다.

"방학도 얼마 안 남았지?"

"네."

"형님 댁에 안 가보아도 되겠나?"

"갈 때 잠시 들르지요."

그의 형은 사천(泗川)에서 살고 있었다.

"졸업은 아직 멀었지만 숙희 혼기가 늦어지고 있는데, 자네 무슨 계획이라도 있나?"

예상했던 대로 정윤의 얼굴이 일그러졌다.

"아무 계획도 없습니다."

성난 목소리다.

"무작정 저러고 있을 수는 없는 일이지. 확실한 약속이라도 돼 있다면 모르지만, 숙희는 집에서도 상당히 시달릴 텐데."

입술을 깨물며 말을 못하고 정윤은 고개를 숙인다. 한참 만에,

"제가 나쁜 놈입니다."

14장 쫓기는 사람들

보리쌀과 소금이 든 부대를 짊어지고 굵직굵직한 돌멩이와 바위가 굴러 있는 개울을 따라 올라가는데 큰 바위와 개울을 향해 기울어진 철쭉 사이에 등을 보이며 앉아 있는 사람의 모습이 보인다. 한 사람이 아니다. 남정네와 아낙, 강쇠가 가까이 갔을 때 등을 보이고 있던 두 사람은 화다닥 일어섰다. 남녀는 중년이었고, 개울의 돌들을 뒤집어가며 가재를 잡고 있던 어린 사내아이와 열네댓으로 보이는 계집아이도 겁에 질린 눈으로 강쇠를 올려다본다.

"보아하니 산에서는 못 보던 얼굴인데, 권속을 데불고 어디로 갑니까. 가보아야 첩첩산중이오."

강쇠 행색을 보고 다소 마음을 놓았는지 사내는,

"어디로 가는 것도 앙이고 지망 없이 나왔소."

그러면서도 힐끔힐끔 눈치를 살핀다. 강쇠는 허리께까지 오는 바위에 짊어진 짐을 얹듯 기대어 서서,

"무신 사정이 있는지 모르겠소만 곧 해가 질 긴데, 여기서 어물쩍거리믄 노숙할밖에 없고, 산짐승이라도 나오믄 우짤 기요?"

"사, 사, 산짐승이 나와요?"

"아 그런 것도 모리고 산에 들어왔소? 산막이라도 하나 구방해서 밤샐 요량도 않고, 더군다나 어린것까지 데불고, 딱한

사람 다 보겠소."

"그, 그라믄 형씨 따, 따라가믄 안 되겠소?"

"할 수 없제요. 가입시다. 가기는 가되 내가 산도둑이믄 우짤라요?"

"무신 그런 말을,"

사내와 아낙이 찔끔한다.

"호랭이 밥 되는 것보담이사 도둑놈 지붕 밑에서 밤새는 편이 나을 기요. 하하하핫……."

강쇠 웃음소리가 쩌렁쩌렁 울렸다.

"가입시다."

일행은 느릿느릿 각자 들고 온 짐을 챙겨서 강쇠를 따라간다. 남편 오는 것을 먼발치에서 보았던지 강쇠댁네가 뛰어 내려온다.

"보소? 웬 사람들입니까?"

"지리산을 신선 노는 곳인 줄 알고 찾아온 사람들이다."

마당으로 들어서자 부엌에서 아배! 하면서 계집아이가 쫓아나왔고, 안방 문이 열리면서,

"애비 왔나?"

머리칼이 눈빛같이 하얗게 된 강쇠네가 내다본다.

"어인 사람들이 이리 많이 왔노?"

짐을 이고 지고 병신스럽게 서 있는 일행을 강쇠네는 반기듯 바라본다.

"강쇠야, 저 사람들 누고?"

"길을 잘못 든 사람들이라요."

"하모, 잘했다. 잘 데리고 왔다. 산중에서 길 잃으믄 큰일 나제. 아이들까지 데불고,"

산중에는 해가 빨리 지고 어둠도 빨리 온다. 봄이라지만 산속의 밤은 냉한하다. 보리쌀을 넣은 콩죽으로 저녁을 치른 뒤 아낙과 아이들은 강쇠네가 있는 큰방으로 몰아넣고 강쇠는 남정네하고 작은방에서 마주 앉았다.

"형씨도 참 짓궂소. 아까는 참말로 산도둑인가 생각했구마 요."

하며 사내는 비시시 웃었다.

"날이 밝아봐야 알제요."

강쇠도 싱긋이 웃는다. 마음 놓고 서로의 관상을 보니 박복하게는 생겼어도 나쁜 놈으론 보이지 않았던 것이다.

"설마 처자식 거나리고 사냥하러 온 것도 아닐 기고, 약초 캐러 온 것도 아닐 기고, 뭣하러 왔소?"

"오고자 해서 온 기이 앙이고 어마도지해서 오고 보이,"

"와요? 샐인이라도 했소?"

"샐인이사 했이까마는, 빚지고 도망온 기라요."

"빚을 지고 도망할 생각을 했이믄 미리 갈 곳을 정하고 나 서야지, 발등에 불 떨어진 것도 아니겠고,"

"그럴 사정이 있었소."

"새는 날부터라도 식구 거나리고 살 작정을 해얄 긴데 무신 사정인지 얘기해보소."

"그러잖애도 형씨한테 사정 얘기를 해야겠소."

산짐승 울음이 바람결을 타고 들려온다.

"우리도 옛날에는 땅마지기나 가지고 남부럽잖게 살았소. 그랬는데 왜놈들이 들어오고 영문이 깨지믄서부터 문서 없는 땅이라꼬 솔빡 뺏기고 말았구마요. 아부지는 그때 화벵으로 돌아가시고 우리는 고생길에 들어선 기라요. 산 목심 굶고 앉아 있을 수 없는 일이고, 빼앗긴 내 땅을 소작할밖에 달리 길이 없더마요. 거기다가 무신 액운인지 지주라는 놈이, 독사보다 모진 왜놈을 만냈이니, 추수한 곡식을 반씩 나눈다든지 아니믄 육, 사로 한다든지 그런 기이 아닌 기라요. 숭년이 들거나 말거나 소작료를 딱 정해가지고 꼬박꼬박 물어야 했인께요. 거기다가 마름 놈이 어찌나 숭악하던지."

사내는 순간 몸을 부르릉 떨었다.

"그래도 우짜겠소? 이작(移作)은 형제 이별보다 애처롭다 안 카요? 빚이 지나 걸이 지나 해나갈밖에 없는 기고, 형씨도 알겠지마는, 다문 밭 한 때기 논 한 마지기라도 이녁 땅이 있어서 남우 땅하고 쩌잡아* 농사를 지어야지 남우 땅만 가지고는 밥 못 묵소. 골벵이 들어도 땅이나 많이 얻으믄은 모리까 여간한 면이 없이믄 누가 땅을 많이 줍니까? 그런께로 자연 마름한테 빚을 내어 소작료를 물게 되고 마름 놈은 불쌍한 농사꾼을 상대해서 돈요리로 단물을 빼묵는 기라요. 마름 놈이사 추수 때 들판에서 곡식으로 걷어간께. 그러니까 마름 놈 농간으로 소작인을 자꾸 갈아치우게 되는 기고,"

"오나가나 사정은 다 마찬가지구마. 목을 쳐 직일 놈들!"

"농사꾼도 그렇소. 마름 놈들이나 작인들 집에 숟가락몽댕이가 몇 갠지 훤하게 다 아는 일이고, 그래서 앞으로 어렵겄다 생각하믄 피도 눈물도 없는 기라요. 들판에서 본전 이자 셈해서 곡식을 몽땅 가져가부리믄 머 묵고 농사 짓겄소? 빈손 털고 나갈밖에 더 있겄소?"

"배애지를 걷어차지 그냥 나가아?"

"강약이 부동인데 그렇기도 못하고,"

"그라믄 형씨는 그 빚을 띠어묵고 나왔다 그 말이오?"

"그런 셈인데, 들판의 곡식으로라도 갚을 수 있다믄 갚고, 나도 빈손 털고 나왔이믄 이리 수풀에 앉은 새맨치로 가심이 나 안 뛰지요. 가실에 추수해봐도 빚돈 갚기는 태부족인께 마름 놈 우리 딸애를 데리가겄다,"

"소실 삼을라꼬요?"

"소실이나 정기(부엌) 가시나로 달라 캄사? 청루에 팔겄다, 글안하요? 청루에, 소개쟁이를 데불고 낼 온다 카이."

"기가 맥히서,"

"나오기는 나왔는데 사람우 눈을 피하다 보이 산으로 올 수밖에 없고 어디 포전 쫓아묵을 만한 곳이 없는지, 참말로 난감하게 됐소. 곡식은 좀 가지왔지마는,"

"그렇기 하시오. 우선 새는 날에는 막살이부터 맨들고,"

"연장이 있겠소, 뭐 못 하나가 있겠소. 목수일이라고는 난 생,"

"연장은 우리 집에 있고 지천으로 있는 나무, 기둥 세우믄 되는 기요. 기둥은 칡넝쿨로 얽어매믄 될 기고, 겨울이 갔인 께 나무 껍질을 벳기 묵어도 굶지는 않을 기요. 포전이야 쫏 을라 카믄 얼마든지 있인께,"

"그렇기 해보까요?"

사내 얼굴이 활짝 핀다.

"그렇기라도 해야지 식구들 데불고 쪽박 찰 수도 없는 일 아니오!"

"아이구, 이자는 반쯤 살아난 것 겉소."

"고생할 것은 작정해얄 기요."

"무신 고생인들 마다 안 할 기요."

"사람 사는 기이 멋인지……."

강쇠는 등잔불을 쳐다보며 중얼거렸다. 사팔뜨기 눈에는 전과 다른 깊은 비애가 넘실거린다.

"형씨는 이 산에서 얼매나 살았소?"

"나는 날 적부터 산에서 살았소. 한 일 년 객리 생활을 해봤 지마는, 산놈이 도방에 나가봐야 뭍에 오른 개기 꼴이지 머겠 소? 밤도 저물었소. 이자 잡시다."

"야."

불을 끄고 따끈한 방바닥에 등을 붙이고 눕는다. 방문에서 달빛이 비쳐 들어오고 그림자가 흔들린다. 얼마 후 사내는 몹시 피곤하였던지 잠이 든 것 같다. 강쇠는 눈을 감은 채 잠을 이루지 못한다. 김환이가 유치장에서 목을 매달고 죽은 그해, 강쇠는 쫓기는 관수를 따라 부산에 나가서 부두노동을 한 일 년 했다. 김환이와 동행했다가 산천 석포 주막에서 튀기는 했지만 신원을 몰랐기 때문에 관수처럼 지명수배가 되지는 않았다. 따라서 산에 있는 가족에게 손이 뻗치지 않았던 것이다. 처자와 처가 식구들을 부산으로 옮긴 관수는 처가의 재력으로 기반을 잡았기 때문에 강쇠더러 부산서 함께 일을 하자고 집요하게 권유했으나 그것을 뿌리치고 재작년 여름 산으로 돌아왔던 것이다. 그러나 남원의 지삼만을 염두에 두고 산의 거처를 다른 곳으로 옮기긴 했었다. 짝 잃은 외기러기, 김환의 죽음은 강쇠에게는 삶의 지주를 잃은 것이나 다름없는 것이다. 그는 복수를 맹서하지 않고는 허무의 바다에서 헤어날 길이 없었다. 관수의 간곡한 청, 지당한 설득을 뿌리치고 산으로 돌아온 것도 실은 도시가 생리에 맞지 않다는 이유보다 복수의 맹서 때문이다. 부산 부두에서 노동하던 일 년간, 그 시기는 참으로 강쇠에게는 참담한 것이었다. 그는 불면에 시달려야 했었고, 찝찔한 바닷바람은 죽음에의 유혹을 해왔고, 깊은 곳에서 스며나는 비애를 그는 감당하지 못하였다.

"그만해두라니께! 덩치 아깝다. 언제꺼지 찔찔 울고만 있을 기고!"

바닷가에서, 어둠 속에서 흐느끼는 강쇠의 등짝을 관수는 냅다 치곤 했었다.

"와 내가 대신 안 죽었는지 모리겠다! 그만 내가 죽을 거로. 불쌍한 우리 성님, 으흐흣! 죽음도 유만부동이지, 그, 그렇게 참혹, 으흐흣……."

"그만두라니께! 하루 이틀이지 귀신이 붙었나! 누구는 가심이 안 아파서 이러고 댕기는 줄 아나! 그럴수록 이를 악물고 우리가 할 수 있는 일을 해야 한다는 생각을 와 못하노!"

부산의 일 년은 참담했다. 그러나 그 참담한 슬픔 속에서도 부두는 일해볼 만한 곳이었다. 갖은 신산을 맛보고 철새같이 모여든 부두 노동자들, 한가락씩 하는 거칠고 배짱 좋은 사내들, 연공을 쌓아 이력이 난 강쇠는 그들의 마음을 사로잡는 데 힘들이지 않았다. 상당한 내부조직은 강쇠의 공적이었던 것이다. 누구나 쉽게 알아들을 수 있는 언변으로, 소박하고 단순한 행동으로, 자제와 지구력, 그리고 힘센 주먹, 사팔뜨기 눈을 부릅뜨면은 거칠고 황폐해진 그곳 사나이들은 복종 아닌 미묘한 사랑을 느끼는 것이었다. 우리 다 서러운 놈들끼리, 흔히 하는 강쇠의 말투는 어느덧 우리 다 서러운 놈들끼리, 그들의 말투가 되었으며, 미약하나마 앞날의 등불 같은 것을 그들은 느끼곤 했었다. 그것은 산에서 나서 산에서 살아온 생래의 순박한 것, 환이를 통하여 부단히 훈련받고 합당하게 굳어진 생각, 그리고 환이를 잃어 사무친 비애, 그런 것이 저도 모르게 배어난 인간적 매력으로, 성실한 투지로, 옳다고 믿게 하는 것으로, 우리 편이라는 친애감으로 사람들 마음을 사로잡았을 것이다. 물론 부산을 떠나왔다 하여 그들과의 유대가 끊어진 것은 아니다. 그리고 지난해 섣달그믐께 부두 노동자를 위시하여 어업과 해운에 종사하는 노동자들의 소요가 실패로 끝났으나 강쇠는 실망하지 않았다. 자신이 관련되어 있지는 않지만 원산(元山)의 부두 노동자들의 파업(罷業)은 상당히 광범위했다는 소식을 강쇠는 듣고 있다. 부산에서의 실패, 불발을 두고 강쇠는 관수에게 이렇게 말했다.

"불씨 하나 던진 거지 머."

김환이가 살아 있었다면 이번 일은 어떤 결과를 빚었을까 생각하면서.

이튿날 강쇠가 일어났을 때 옆에 누워 자던 사내는 간 곳이 없었다. 방문을 열고 밖을 내다본다. 사내의 딸아이가 싸리비로 마당을 쓸고 있었다.

"아가아, 니 아부지 어디 갔노?"

밖으로 훌쩍 뛰어나오며 강쇠가 물었다.

"둘러본다 캄서 나갔십니다."

"온 성미도 급하다."

그러는데 아낙이 보리쌀을 씻어 이고 들어온다.

"잘 주무셨습니까?"

인사성 바르게 아낙은 아침 인사를 했다. 딸이나 아낙의 표정은 무척 밝았다. 새벽부터 사내는 이곳에 정착한다는 말을 그들에게 한 모양이다.

"우리 집사람은 어디 가고 아지마씨가,"

"예. 밭에 거름 내길래 지가 밥을 할라꼬요. 여러 가지로 고맙고 미안스럽십니다."

"별 걱정을 다 하구마. 너 나 할 것 없이 산의 인심은 그렇지 않은께 미안해할 것 없소. 사램이 기럽운 곳인께."

"예. 그런갑십니다. 노인네도 우찌나 잘해주시는지 친정 온 것 같십니다."

아낙은 퍽으나 상냥했다. 아침에 새삼스럽게 바라본 딸애도 예쁘장하고 덕성스러워 보였다.

한나절은 도끼와 톱을 꺼내어, 오막살이를 지을 나무를 베는 사나이를 도와 강쇠는 일을 했다. 나무를 찍다 말고 담배한 대를 피우며,

"형씨."

"예."

"나도 어지간하지마는 형씨도 어지간하요."

"예? 와 그랍니까?"

"여태 통성명이 없지 않소?"

"앗, 참, 이거, 내 정신이 아닌갑소."

"나는 김강쇠요."

"예. 지는 안가(安家)고 이름은 또병입니다. 형씨 나이는 우찌 됩니까?"

"마흔다섯이오."

"아이고, 그라믄 형님뻘이구마요. 지는 마흔하나올시다. 그라믄 앞으로 형님이라 부르겠소."

하더니 넙죽 절을 한다.

"한창 일할 나이구마."

"그러씨요. 사십이 넘어서 처가숙 데불고 길거리로 나왔인께 나일 헛묵은 거 아니겠소?"

"거기보다 백배 천배 나은 사람도 나이 헛묵었다 하더마. 사람 사는 기이 다 그런갑소."

"말씸 낮추시지요."

"차차 그렇기 안 되겠소. 자아, 일이나 합시다."

"이자 지 혼자 해도 될 긴데요."

"나도 오늘은 별로 할 일이 없인께 거들어주는 기요. 차차 산의 생활도 하다 보믄 익을 기고, 숯 굽는 법도 배우고 짐승 잡는 법도 배우고, 약초도 캐믄 살림에 조금은 보탬이 될 기요. 여기는 대개 이녁곁이 도망 온 사람들이 많은께 들어오기가 어렵지 일단 들어오고 나믄 명 보전은 할 수 있소."

"예. 신령님이 도와주신 거로 생각합니다. 아이 에미도 피가 나게 살겠다 하더마요. 다시는 사람 사는 마을에는 안 가고 칡뿌리를 캐 묵어도 남우 농사 짓지 말자 하더마요."

구덩이를 파서 개울의 자갈을 담아다 붓고 낫으로 대강 껍질을 벗겨낸 기둥을 묻은 뒤, 기어이 필요한 곳에만 강쇠가 내놓은 대못을 몇 개 박고 칡넝쿨로 기둥과 지름나무를 얽어맨다. 그리고 해 넘어가기 전에 지붕의 서까래가 올라갔다. 아낙과 딸아이와 사내아이를 합해 그들은 희망에 차서 온종일 집 짓는 일을 하는 것이었다. 자갈을 나르고 구덩이를 파고 칡넝쿨을 베어오고, 그 일은 아낙과 아이들이 했다. 아낙은 보기보다 힘이 좋아서 일을 잘했다.

"내일은 벽을 치고, 수숫대가 많이 있인께 얽어서 흙벽 치믄 될 기요. 바닥에는 마린풀을 깔고 봄 여름 넹길 생각하소. 찬 바람 불거든 구둘을 놓고 우선 비바람만 피하믄 될 긴께."

집 자리는 강쇠의 집이 있는 훨씬 뒤켠이었다. 소나무 몇 그루 베어낸 자리가 펑퍼짐해서, 강쇠가 그곳을 집 자리로 정해주었던 것이다. 사내는 관솔불이라도 켜놓고 집일을 더 하고 싶어 하는 눈치를 보였다.

"급히 묵는 밥 치하기 십상이제. 내일도 날인데 서둘 것 없소."

사내는 마치 신주처럼 강쇠의 말에 무조건 따랐다. 이튿날 새벽 강쇠가 길 떠나려고 일어났을 때 사내는 피곤한 잠에 빠진 채 꼼짝하지 않았다.

"맴이 앞서서 미치괭이겉이 일하더마는 곯아떨어졌구나."

방문을 열고 나간 강쇠는 개울로 내려가 세수를 하고 나서

"히야, 히야,"

하며 안방을 향해 낮은 소리로 부른다.

"야."

강쇠댁네가 살그머니 방문을 열고 나온다. 휘(輝)는 아들의 이름이다. 김환이 자신의 외자 이름과 마찬가지로 지어준 이름이다.

"어디 갑니까."

"음, 옷 좀 가지고 나오라고."

"멋 좀 자시고 가시야지요."

"일없어. 가다가 주막에서 해장국이나 한 그릇 사묵으믄 된께."

"어디 가실 깁니까."

"그거는 와 묻노? 언제는 내가 어디 간다 카고 떠나더나?"

"그런께 노상 간장이 타지요. 집에 남은 식구들 생각도 좀 해주소."

"잔소리 말고 옷이나 내 와."

"야."

어두운 산길을 나섰다. 바위틈을 구르며 흐르는 물소리, 달빛도 물결 따라 바위틈을 구르며 흘러가는 것 같다. 봄의 냄새는 새벽의 싱그러운 기운과 함께 사방에서 묻어온다. 새벽의 산길을 갈 때는 언제나 강쇠는 환이를 생각한다.

'과부의 소원 한번 풀어주었이믄 성님도 그런 죽음 안 했얼랑가.'

그것도 새벽 산길을 갈 때면 늘 생각하는 일이다. 환이에게 거역당하고 목을 매어 죽은 인이댁네. 강쇠는 그 여자의 원한 때문에 환이도 목을 매 죽었다고 생각하는 것이다.

'옹졸하고 괴팍하고, 그러이 우찌 옳은 죽음을 할 기든고?'

그럼에도 강쇠는 남은 사람들을 지키기 위해 스스로 택한 환이의 죽음을 눈물 없이 되살릴 수 없는 것이다. 환이와의 가지가지 추억, 죽음으로써 그의 사무치던 한을 강쇠는 알 것 같다.

'불쌍한 성님. 내가 성님 원수를 못 갚으믄 죽어도 눈을 못 감을 기요. 지삼만이 그놈의 애목을 이 내 손으로 비틀어부릴 기요.'

변을 당했을 때 강쇠뿐만 아니라 환이도 지삼만의 소행임을 대개 짐작은 했었다. 미심쩍은 면이 있었으나. 강쇠가 산으로 돌아온 뒤 첫 번째 한 일은 이종사촌 짝쇠를 남원으로 이사시킨 것이다. 지삼만이 다스리는 청일교의 교도로, 말하자면 잠입케 하기 위해서. 얼핏 보기엔 쓸모없는 병신 같았으나 천성이 말이 똑똑하지 못하고 의사표현이 어려운 짝쇠는 도리어 독사같이 약고 눈치 빠르며 잽싼 지삼만의 눈을 속이기엔 안성맞춤이었다. 지삼만의 목숨을 노렸던 것은 이미 오래전 일이거니와 강쇠는 그를 때려잡을 기회와 더불어 일의 진상을 똑똑히 알아둘 필요가 있었던 것이다. 그러나 진상은 짝쇠의 염탐에서 알아낸 것은 아니었고, 우연히 사당 출신인 주모 비연을 통해서다. 생래부터 음탕한 비연은 죽은 이모가 얼마나 얌전했는가를 들먹이며 행사 못 고치겠느냐고 노상 욕설인 강쇠를 할퀴듯 대들다가도 다시 만나면 추파를 보내는데, 이날도 강쇠는 환이 생각을 하며 횟술을 마셨다.

"비연아."

"야."

"그날 밤 품고 자던 놈이 우떤 놈고?"

술이 취해서 혀 꼬부라진 소리로 물었다.

"그날 밤? 무신 날 밤 말이오?"

"행사가 하도 더럽우이 생각도 안 나는갑다. 오밤중에 잘생긴 사내하고 내가 왔일 직에 네년이 꼬리를 쳤는데 잊어부렀나?"

"아아 깽판 부리던 그날 밤, 흥, 재수 더럽운 날이었제요."

"와."

"술값만 떼있소."

"니가 좋아서 안 받았겄지."

"좋고 굿고가 어디 있소. 방에 들어와 본께 뒷방문 열고 달아났십디다."

"뒷문을 열고 달아나아? 와."

"밖에서 고래고래 소리를 지른께 다칠까 봐서 삼십육곌 났겠지요."

"미친놈 다 보겠다. 내가 니 서방도 아닌데 갈라 카믄 앞문
으로 버젓이 나갈 일이지, 도둑놈도 아닐 긴데 뒷문으로 와
달아나노."

순간 강쇠의 머릿속에 번개같이 지나가는 생각이 있었다.

"술값도 떼어묵을 겸, 그랬겠지요."

"몸값도 떼어묵고,"

"그럴 새나 있었건데!"

"우찌 생기묵은 놈인데 사당 년 깝데기 벗길라 했던고?"

"흥!"

"개 핥아놓은 죽사발겉이 멀끔하게 생깄던가 보제?"

"멀끔하기는커녕 똥짤막한 작자가 팔은 길어서 똑 원숭이
겉십디다."

비연은 약이 올라 강쇠에게 눈을 흘겼다.

'옳지! 한가 그 직일 놈이 성님을 보고 갔고나! 이 목을 쳐
직일 놈을!'

그 말을 들은 후 강쇠는 미친 것처럼 한가를 찾아 헤매었
다. 그리고 기어이 작년 여름 한가를 산으로 끌고 왔던 것이
다. 한가는 손을 비비며 살려달라고 했다.

"서, 서, 성님, 나, 나는 등을 돌렸소. 죽도 살도 못해서 등,
등 돌린 죄밖에 없소. 사, 살리주이소."

"누가 니보고 등 돌린 죄 이외 딴 일이 있다 하더나?"

"예, 예, 그것밖에, 서, 성님도 지삼만이 성질을 아, 알 깁니다. 예, 할 수 없이, 묵고살자 카이, 다, 다른 죄는 없소."

사시나무 떨듯 한가는 인왕같이 뻗쳐 선 강쇠의 팔에 매달리며 애원했다. 그리고 환에 관한 것은 필사적으로 엄폐하는 것이었다.

"오냐. 우리를 배반하고 등 돌린 죄도 작은 것은 앙이다. 그 이상 머를 또 했일 기라고 다른 죄는 없다고 발명을 하노."

"예, 예, 다른 죄는 없소."

"네 이노옴! 주막에서는 와 달아났노! 이 동가리 동가리 썰어 직일 놈아!"

창백했던 한가의 얼굴이 주황빛으로 변했다.

"예? 아이고오, 그, 그날 밤, 나, 나는, 아니오! 나는 아니란 말이오!"

비로소 살아남지 못할 것을 깨달은 한가는 울부짖었다. 그리고 미친 것처럼 횡설수설, 결국 모든 것을 실토하고 말았다.

피가 넘쳐 흐르는 비수를 개울가에서 씻으며 강쇠는 목을 놓고 울었다.

도중에서 자는 주모를 깨워 시래깃국에 찬밥 한 숟갈을 말아 먹은 강쇠는 곧장 남원을 향해 걸음을 재촉한다. 남원에 닿아 짝쇠 사는 집으로 들어갔다.

"성, 기다리고 있었십니다."

짝쇠가 얼른 방 안으로 강쇠를 데리고 들어가며 말했다.

"오늘 제(祭)가 끝났다 캤제?"

"야."

"고단하다. 그래 별일 없나?"

"야."

"제수랑 아이들은 거기 갔나?"

"야."

"그놈이 니 댁네는 가만두던가 몰라?"

짝쇠는 화를 벌컥 낸다.

"꽃 겉은 기이 쇠비렀는데 못난 호박을 머한다꼬, 별 실없는 말을 다 하요. 명색이 손아래 제수를 두고 무신 그런 말을 하요!"

"내가 입이 험해진 것은 틀림이 없지마는 니 입에서 말 나오는 거를 볼라꼬 안 그랬나. 야, 야, 하는 말밖에 안 한께."

"타고난 거를 우짤 깁니까."

"거 봐라. 타고난 것도 아닌가 배? 말할라 카이 잘하구마는."

할 수 없이 짝쇠는 웃는다.

"술 좀 받아오까요?"

"그럴래? 저녁꺼지 기다릴라 카믄 답답할 긴께 술이나 마시까?"

"좀 기다리소."

짝쇠는 이내 술을 사왔다. 짠지하고 술주전자, 사발을 들고 들어왔다.

"니도 좀 마시봐라."

부어주는 술을 마시고 빈 사발을 내민다.

"나는 안 할라요. 술 취하믄 아무 생각도 못한께요."

"그라믄 그만두던지. 그래 지가 그놈 요새도 신수가 좋은가?"

"노상 그렇소. 돼지겉이 살이 찌고,"

"한가 놈 죽은 뒤 눈치가 우떻더노."

"죽은 줄이나 알까 봐서요. 안 보인다, 안 보인다 하면서 의심을 하기는 하는 모앵인데,"

"누굴? 나를?"

"나는 거들떠보지도 않소."

"어이구, 나를 보고 말을 하느니 서산의 소를 보고 말을 하지. 묻기 전에는 입 떼는 법이 없고 대답이라는 것도 어찌 그리 시원치 않노."

"지가가 거처하는 내부 사정만 자세히 알믄 될 거 아니오. 집 뒷담 쪽에는 지키는 사람이 없고오."

"그래, 그래 알았다. 니는 그곳에 가서 얼쩡거리고 있어라. 저녁때쯤 돌아와서 나랑 밤에 가믄 된다."

"알았소."

〈12권으로 이어집니다〉

어휘 풀이

갈롱: 간능(幹能). 일을 잘하는 재간. 재간 있게 능청스러움.

귀떡 맥히다: 기가 막히다. ≒기떡이 맥히다

길을 두고 메를 못 간다: 길을 두고 뫼로 못 간다. 쉽게 할 수 있는 것을 구태여 어렵게 하거나 편한 곳을 두고도 불편한 곳으로 가는 경우를 비유적으로 이르는 말.

깨반하다: 개운하다. 깔끔하다.

듬짜: 가윗사람. 여기에서는 실력이 시원찮은 하급 기생을 뜻함. ≒듬짜

머리 푼 꼴: 초상으로 머리 푼 것에 비유하여, 근심이나 재앙을 만난 격.

번결증: 번갈증. 다음증. 지나치게 목말라하며 물을 많이 마시는 증상.

범픅스럽다: 번폐스럽다. 보기에 번거롭고 폐가 되는 데가 있다. ≒번픅스럽다

신둥건둥: 건둥건둥. 대충대충. ≒신둥껑둥

아카몬[赤門]: 붉게 칠한 문. 여기에서는 도쿄대학을 칭함.

494

애발스럽다: 보기에 매우 안타깝게 애를 쓰는 데가 있다.

야부이샤[藪医者]: 돌팔이 의사.

오카미상[御上さん]: 가게 등의 안주인.

오쿠가타[奥方]: 신분이 높은 사람의 아내. 마님.

인삥: 인병(人病). 사람에 인한 마음의 병.

주반[襦袢]: 일본식 속옷.

쩌잡다: 꺼잡다. 한데 몰아서 잡다.

풍각 잡힐 곳: 풍악을 울릴 곳. 여기에서는 거사를 치를 장소를 의미함.

토지 11
3부 3권

초판 1쇄 인쇄 2023년 5월 5일
초판 1쇄 발행 2023년 6월 7일

지은이 박경리
펴낸이 김선식

경영총괄이사 김은영
콘텐츠사업2본부장 박현미
편집 임경섭, 한나래, 임고운, 임소정 **디자인** 정명희 **책임마케터** 박태준
콘텐츠사업6팀장 임경섭 **콘텐츠사업6팀** 한나래, 임고운, 임소정, 정명희
편집관리팀 조세현, 백설희 **저작권팀** 한승빈, 이슬
마케팅본부장 권장규 **마케팅4팀** 박태준, 문서희
미디어홍보본부장 정명찬 **브랜드관리팀** 안지혜, 오수미, 문윤정, 이예주
크리에이티브팀 임유나, 박지수, 변승주, 김화정 **뉴미디어팀** 김민정, 이지은, 홍수경, 서가을
지식교양팀 이수인, 염아라, 김혜원, 석찬미, 백지은 **영상디자인파트** 송현석, 박장미, 김은지, 이소영
재무관리팀 하미선, 윤이경, 김재경, 안혜선, 이보람 **인사총무팀** 강미숙, 김혜진, 지석배, 박예찬, 황종원
제작관리팀 이소현, 최완규, 이지우, 김소영, 김진경, 양지환
물류관리팀 김형기, 김선진, 한유현, 전태환, 전태연, 양문현, 최창우
외부스태프 교정 김태형

펴낸곳 다산북스 **출판등록** 2005년 12월 23일 제313-2005-00277호
주소 경기도 파주시 회동길 490
전화 02-704-1724 **팩스** 02-703-2219
이메일 dasanbooks@dasanbooks.com
홈페이지 www.dasan.group **블로그** blog.naver.com/dasan_books
용지 아이피피 **인쇄** 상지사피앤비 **코팅 및 후가공** 평창피엔지 **제본** 국일문화사

ISBN 979-11-306-9957-8 (04810)
ISBN 979-11-306-9945-5 (세트)